I0692816

Татарский отпрыск

Николай Н. Алексеев

Tatar offspring

Copyright © 2021 by Indo-European Publishing
All rights reserved.

ISNB: 978-1-64439-539-4

Tatar offspring

Nikolay Alekseev

Татарский отпрыск

© Индоевропейских Издание , 2021

ISNB: 978-1-64439-539-4

СОДЕРЖАНИЕ

ЧАСТЬ ПЕРВАЯ

I

ПРОЩАНИЕ

Был февраль 1559 года.

Хотя это один из самых морозных зимних месяцев, однако, в том году, о котором идет речь, февраль, словно начал собою весну, потому что вот уже вторая неделя, как стояла оттепель.

В саду боярина Темкина, где обыкновенно в это время года лежали сугробы снега, и деревья-великаны, бывали, покрыты толстым слоем инея, будто взамен покрывавшей их летнею порой темно-зеленой, тихо шепчущейся листвы, снегу было уже немного, и с ветвей кустов и деревьев падали крупные капли, словно слезы по уходившей безвременно зиме.

День клонился к вечеру. Косые лучи зимнего солнца, прорвавшись сквозь легкие облака, играли на каплях, повисших на концах древесных веток и на слюде окон боярского терема.

Вечер был тих. Никому поэтому из нянюшек и мамушек боярышни Марьи Васильевны Темкиной и на мысль не пришло удивиться тому, что боярышня, надев теплую телогрею, спустилась в сад.

"День хороший, теплый... Почитай, весна наступила. Знамо дело, боярышне скучно в тереме за пяльцами сидеть. Вот и пошла воздухом чистым маленько подышать", — думали они.

Невдомек и невдогад им было, что совсем не воздух чистый и не день ясный потянули Марью Васильевну в сад, а очи добра молодца-красавца. И диву бы все они дались, заахали, если б узнали, что сидит она теперь с этим молодцем в саду на скамье, от терема не больно далеко, и ведет с ней этот молодец, боярин-князь Андрей Михайлович Бахметов, беседу, словно голубь с голубкою воркует. Светятся очи молодого боярина соколиные лаской нежною, как вскинет он взор свой на зазнобушку... Да и как было не светиться ласкою очам Князевым, как было ему не любоваться на такую кралю писаную!

Высока, стройна была Марья Васильевна, словно сосенка молодая, что всеми ветвями тянется прямо к небу синему да солнышку жаркому, была и румяна, словно яблочко наливное...

А уж очи-то, очи! Взглянет она ими на молодца — и прости-прощай сердце молодецкое! Улетит оно, как пташка быстрокрылая, из тесной клетки выпущенная, и помчится вслед за красоткой, за ее очами лазоревыми! Над очами полукругами протянулись тонкой нитью брови темные, по плечу будто змея золотистая рассыпалась коса длинная...

Хороша была Марья Васильевна, да и Андрей Михайлович не урод был. Рослый, стройный и широкий в плечах, сродни он был тем богатырям, что встарь на святой Руси живали, про которых песни сложены: поведет плечом, шевельнет рукой, так, кажись, сила вон сама из тела могучего на вольную волюшку вырваться просится... Видно, молодец провел юность не в девичьей, а на буйном коне, на просторе степном за злым татарином гоняясь или преследуя в лесу вепря злобного; видно, засыпал он не под говор сказок старых мамушек на мягкой перине пуховой, а под шум ветра, под скрип сосен да елей развесистых спал, после забав молодецких на зеленой мураве-траве... Вот где нагулял ой свою силушку! И лицом он был красавец. Лоб высокий, белый, словно точенный из той кости, которую купцы везут из-за заморья далекого, а над ним вились кудри черные... Над губами ярко-красными усы длинные, молодецкие, в кольца закручивались... Всем бы ладен был Андрей Михайлович, если бы не черные глаза его, что под густыми черными бровями прорезались наискось от висков к переносице! Если станом своим да крепостью был он схож с богатырями русскими старинными, то глазами он не в них уродился, а в своего прадеда, чистокровного татарина, мурзу Бахмета, который еще при Василии Темном принял веру Христову и на царскую службу перешел...

И бедовые были эти глаза его азиатские! У храброго сердце екало и мурашки по телу бегали, а трусливого прямо робь брала, как сверкнут глаза Князевы из-под черных бровей насупленных, когда гнев в груди его разыграется.

Но зато умели они и нежить ласкою, греть огнем любви, когда видел князь друга милого или любушку свою желанную...

Целует, ласкает свою милую князь Андрей Михайлович, и, кажется, должно бы его сердце радоваться, а он между тем, нет-нет да и вздохнет тяжело-тяжело всею грудью своею могучею... Платит ласками горячими в ответ ему Марья Васильевна. Ласкает своего ясного сокола, сама между тем, как и он, нет-нет да вздохнет и смахнет рукой белою слезу, на глаза набежавшую...

— Милый! — шепчет боярышня, обнимая князя, — неужели ты покинешь меня? Не пожалеешь меня? Променяешь ласки мои девичьи, любовные и горячие на битвы опасные со златыми татарами?

— Не плачь, не тоскуй, моя ласточка, — говорит ей в ответ Андрей Михайлович. — Что же делать! Наш уж удел такой молодецкий: каждый день, каждый чай будь готов на службу царскую, на бой с ворогами лютыми.

— Да теперь ведь не то! — горячо возразила ему девушка. — Ведь тебе царь не приказывал в поход идти... Ты идешь своею волею.

— Все равно! Коли я его верный слуга — должен идти. Честь моя боярская того требует.

— Почему ж другие-то дома сидят? Вон Шуйские, Микулинские, Пронские — никто на бой не сбирается!

— Что ж мне до них! — усмехнулся князь. — Посмотри-ка. Вон высоко в ясном небе сокол малой точкою виднеется, чуть крыльями пошевеливает, — указал он боярышне на птицу, — а вон ворон чернокрылый лениво на ветке покачивается да одним глазом высь на сокола смотрит, и не хочет к небу синему на крыльях своих подниматься: знает, крылья его не выдержат... Потому и не равняться ему с соколом, и соколу с вороном... Так-то и мне с ними!

— Знаю, что сокол ты ясный и нечета им — воронам чернокрылым!.. Знаю, кипит в тебе удаль молодецкая, и покинешь ты меня!.. Что я буду делать без тебя, без моего дружка милого?! — грустно говорила Марья Васильевна, припав к плечу князя.

— Полно, милая! Полно, голубушка, не грусти! — утешал ее Андрей Михайлович, а у самого ресницы дрогнули. — Отгони прочь кручинушку..., не на век ведь мы расстаемся!..

— Кто знает! Чует мое сердце-вещун беду великую, неминучую! Ох, чует оно, чует! И была б моя воля, схватила бы я тебя руками своими белыми и не пустила бы в татарщину дикую, далекую! А вдруг тебя, милый — продолжала она, плача, — вдруг тебя... Страшно и молвить! Убьют татары бритые, косоглазые али поранят саблей булатною, али в полон возьмут!

— Зачем, пташка, вперед глядеть да заглядывать? Что же делать! Быть может всякое: чему быть, то не минет нас. Но Бог милостив, надо на милость его надеяться. Да и сам я не слабенек: в руке силушка есть, есть и сабля вострая, а как в бою вспомню, что меня ждет дома моя милушка и слезы горькие проливает, так еще силы прибавится, и повалятся вокруг меня башки бритые татарские, словно кочны капусты, — говорил князь и, обняв боярыню, глянул любовно в ее очи ясные.

— Милый, милый! Тяжело у меня на сердце! — сказала Марья Васильевна. — Любишь ли ты меня, сокол мой ясный?

— Могу ли я не любить тебя, мое солнышко красное, — воскликнул князь, проводя рукой по ее шелковистым волосам.

— Любишь? Так пожалей меня: не ходи в поход, не покидай своей милой!.. Послушайся меня! — произнесла красавица и взглянула на князя полными слез глазами.

"Аль и впрямь не ехать? — раздумался князь под влиянием взора Марьи Васильевны. — Не покидать ее? Разогнать ее кручину лаской, поцелуем жарким и остаться подле нее, забыв и о боях, и о битвах, и о татарах? Хорошо бы! А как же честь моя боярская? — приняли мысли князя иной оборот. — Неужели служить посмехом товарищам, чтобы они говорили: "вот был молодец, как следует, а теперь скоро, кажись, бабы его за прялку посадят".

— Нет! — решительно произнес князь, тряхнув черными кудрями. — Нет, милая, нельзя! Люблю я тебя крепко, но люблю и честь свою боярскую, люблю и потеху ратную, и удаль молодецкую!..

3

Нет, дорогая моя, проси от меня чего хочешь, все сделаю, проси хоть жизни моей, только не этого!

Грустно поникла головой Марья Васильевна, и из глаз ее слеза за слезой закапала.

— Полно, лебедь моя, не кручинься! — утешал ее князь. — Вернусь я к тебе, а там..., там спросим разрешения у твоего батюшки, верно, он даст свое согласие, да и свадебку сыграем! И заживем тогда с тобой! Полно же, не кручинься! Али боишься, что я забуду тебя?

— Нет, нет, милый! Не этого я боюсь: ужели я не верю тебе? — обняла его боярышня. — Хоть болит мое сердце, но что делать! Поезжай на бой с погаными, исполни только одну просьбицу!..

— Изволь! Какую? Говори, ласточка, я все исполню.

— Видишь ли... Да ты, пожалуй, не согласишься... Скажешь — бабьи — приметы!

— Я же сказал, что все сделаю.

— Так, вот видишь ли... Есть у меня ладанка... И мне нянюшка моя, старуха древняя — она еще отца моего нянчила — говорила, что эта ладанка заветная, диковинная... Кто носит ее, тому нечего бояться ни злых козней, ни врагов явных, ни тайных супостатов... Успокой меня, милый! Возьми себе эту ладанку. Она здесь у меня надета, вместе с тельником... Возьмешь, милый! А? Все у меня на сердце будет спокойнее...

— От тебя ль, от моей любы желанной, я чего не возьму! — воскликнул князь, прижимая к груди своей боярышню, — дай мне ладанку: я ее сейчас же при тебе на себя надену.

— Да, вот что, дорогой, чтобы не снимать ладанки с цепочки от креста, сделаем так, как друзья делают пред разлукой: обменяемся тельниками! — сказала Марья Васильевна и, сняв с шеи свой крестильный крест на серебряной цепочке и вместе с ним ладанку, передала его молодому князю.

Тот, в свою очередь, передал ей свой тельник.

— Ну теперь я буду спокойнее, — молвила боярышня, когда обмен был совершен, — Может, ладанка моя защитит тебя от беды.

— А чем я буду себя успокаивать, — задумчиво произнес князь, — ведь я не дал тебе ладанки заветной, что от беды защитила бы тебя...

— Милый! Зачем мне ладанка? Я не иду на ратное дело. Какие ждут меня беды?

— Кто знает? Может, отец твой захочет выдать тебя за другого? И обвенчают тебя с немилым... А я буду далеко-далеко биться с татарами, буду думать, что на Руси ждет меня моя желанная, а вернусь и узнаю... О! Не дай Бог этого! Лучше бы тогда ни тебе, ни мне на белом свете не родиться!

— Полно! Гони такие думы! Разве не веришь мне? Не веришь, может? Так клянусь тебе Пресвятою Божьей Матерью, что ни за кого другого не пойду я вольной волею! — горячо воскликнула девушка.

— Верю, дорогая, верю! — сказал князь, целуя ее, причем глаза его огнем вспыхнули. — Ну, а если..., если батюшка твой заставит тебя выйти за другого... Что тогда?

4

— Тогда... Да полно, милый, об этом говорить... Не будет этого... Не мучь такими думами ни себя, ни меня... Лучше поцелуй меня жарче в последний раз, а то время уходит... И то дома скажут: "Чего это Марья так долго в саду засиделась".

— Да! Пора! — тяжело вздохнув, сказал Андрей, поднимаясь с места. — Прощай, моя желанная! — продолжал он, обнимая боярышню. — Да хранит тебя Господь, моя люба, моя милая!..

— Прощай, дорогой! — говорила, плача, Марья Васильевна. — Прощай! Береги себя. Помни, что на Руси ждет тебя твоя зазнобушка и слезы горькие проливает!

— Жди меня, жди, моя желанная! Я возвращусь, если Господь позволит, и — вот те крест святой — никто на далекой чужбине не заставит меня забыть любушку ненаглядную!..

Голос Андрея дрожал, на глазах блеснула слеза. Он хотел уйти, сделал шаг, два... Да не выдержало ретивое — воротился. Снова крепко обнял боярышню, жарко поцеловал и, тяжело вздохнув, поспешно, не оглядываясь, пошел к выходу из боярского сада.

И, пока ее высокая фигура не скрылась за обнаженным зимой, но густым кустом, росшим у выхода, два голубых глаза с тоскою следили за ним, и слеза за слезой выкатывалась из них на соболью опушку телогреи...

II

ВСТРЕЧА

Понуря голову, шел Андрей Михайлович по Москве, выйдя из сада после прощания с Марьей Васильевной.

"Эх, жизнь! И надо же было Даниле Адашеву этот поход выдумать! Оставался бы себе спокойно на Москве, благо, его брат царский любимец. Так нет же, не терпится ему! И чего это людям на месте не сидится? Все бы им биться да драться!.. Что им делить? Места на белом свете мало, что ли? Хватило бы всем! А тут еще из-за их прихоти покидай свою голубку и к татарам гололобым отправляйся... А не идти нельзя! И ведь то подумаешь: ни у меня отца, ни у меня матери, одна завелась зазнобушка, так и ту судьба бросить заставляет! Вот она, доля наша горькая, доля молодецкая!" — так размышлял князь, забывший под влиянием прощания с милой, что еще недавно он считался одним из самых отчаянных сорвиголов в Москве.

— Ба, ба, ба! Да никак это ты, Андрей Михайлыч! — послышался около него громкий голос

Князь поднял глаза на говорившего. Перед ним стоял высокий и плотный мужчина. От его сильно загорелого лица веяло каким-то бесшабашным разгулом и удалью. Длинные и щетинистые усы, спускавшиеся над плохо выбритым острым подбородком, придавали ему воинственный вид. Одет он был в малиновую казацкую свитку, поверх которой был, накинут полушубок, и в широченные шаровары, заправленные в сапоги из нечерненой кожи... Высокая барашковая шапка с красным дном, украшенным золотой кистью, была сдвинута на затылок и открывала бритое темя, от которого к уху спускался густой чуб белокурых волос, у пояса болталась шашка: на оправленной в серебро ее рукоятке сверкал красный, как капля крови, рубин... Словом, перед Андреем Михайловичем стоял запорожский казак.

Князь с удивлением смотрел на незнакомца.

— Что, брат, аль не узнал? Забыл, знать, Петруху, попова сына, а? — произнес незнакомец, смеясь.

— Петр! Да неужто это ты?! Вот уж, кажись, голову прозакладывал бы, что никак не признал бы тебя в этом наряде! — радостно вскричал Андрей Михайлович, сжимая в своих объятиях товарища детских игр, Петра Никольского, успевшего превратиться из длинного, худощавого и слабого на вид юноши-поповича в здорового весельчака-запорожца.

— Еще бы узнать! Я, чай, если бы отец мой покойный, царство ему небесное, встретил меня, так и тот не признал бы!

— Как же это ты в запорожцы попал? Я думал, ты уже попом давно.

— Да, был бы попом, кабы... Да после расскажу, как будет время... А теперь ты лучше скажи, куда бредешь?

— Домой иду; надо выспаться, а завтра, чуть свет, в поход.

— А! И ты, стало быть, с Данилой?

— Да... А ты как в Москве очутился?

— Чай, ты слышал, что ваш дьяк московский, Ржевский, вместе с нашими казаками татар крымских бил?

— Как не слыхать!

— Ну, так вот, и теперь мы не прочь опять крымцев маленько пощекотать, а как мы прослышали, что здесь, на Москве, Данило-то Адашев со стрельцами да с детьми боярскими в поход на тех татар сбирается, то меня казацкий круг послал сюда, с товарищами, чтобы я вел Адашева прямо к нам, казакам, в Запорожье на соединение. Там мы стругов понаделаем да по Днепру в море выедем и до Крыма доберемся... Вот я в Москве и очутился. А уж и опостылела же она мне, братец! Кажись, если бы не служба, так никогда по доброй воле я бы и не заглянул в вашу Москву хваленую!

— Что так? Ведь это же твоя родина.

— Родина-то, родина, только пришлось мне на ней уж очень солоно!.. Не так она сама, как ваши порядки московские мне не нравятся...

6

— Почему?

— Узнаешь опосля почему. Да вот что... Не ходи ты домой, пойдем лучше со мною, я тебя с товарищами своими познакомлю... Все они славные ребята: пьют хорошо, рубятся еще лучше!

— А я думал выспаться... Завтра ведь на заре поход.

— Э, полно, выспимся! А нет, то и так обойдемся!.. Эка штука одну ночь не поспать! Пойдем!

— Да куда идти-то?

— Наш брат казак все скоро отыщет! Ты, небось, и не слыхивал, что у вас за Москвой-рекой стрельчиха-вдова живет. Ведуньей прозывается? Я так и чаял! А мы ее давно уж разыскали. И какой мед у нее, какая бражка, кабы ты знал! Да и горилка наша запорожская водится... Пойдем, а по дороге о старом, о былом покалякаем... Идешь?

— Пойдем... Сам знаешь, нешто я когда в чем от товарищей отстаю? — согласился князь, и друзья пошли по направлению к Москве-реке.

Привыкший более к езде на коне, чем к ходьбе, запорожец шел тяжелой, развалистой походкой и едва поспевал за князем, а Андрей Михайлович, глубоко задумавшийся, все ускорял шаги, сам того не замечая.

— Ну вот, ты спрашивал меня, как я попал в казаки, — говорил запорожец, — теперь, пожалуй, расскажу, коли тебе слушать не лень... Да не спеши так! Поспеем!

— Расскажи, расскажи! Я слушаю! — ответил Андрей Михайлович, отрываясь от своих дум.

— Помнишь, чай, начал Петр, — что в то время, как мы с тобой игрывали, отец мой протопопом служил в Никольской церкви и тогда уже стар был, а потом, как тебя твой приставник [опекун] в свою вотчину увез, он еще больше одряхлел. Ну, попы наши и пожаловались владыке; так и так, мол, пора бы отца Петра сменить да другого на его место поставить, помоложе. Владыке, что ж! Просят, стало быть, надо! Он и приказал отцу моему на покой отправляться. А куда на покой, коли жить нечем!.. Приход, сам знаешь, был маленький, можно ль было что скопить... И пошло у нас тут житье совсем плохое. Я что мог, добывал, да много ль в те поры мог я заработать? Тут вскоре матушка скончалась, больше с голодухи, чем от недуга, а отец с горя совсем ослаб, так что ни рукой, ни ногой двинуть не может. Что тут делать? Я и надумал: пойду, думаю, к новому протопопу ихнему Никольской церкви, авось, может, за долгую службу отца что-нибудь ему от церкви и пожертвует. Как задумал, так и сделал. Прихожу к протопопу. Выходит, это, ко мне старичишка маленький такой, бородка жиденькая... Словом, совсем хилый! Только глаза, как мыши, во все стороны бегают.

— Что тебе? — спрашивает.

Я ему и говорю, так и так, мол, не оставь, батюшка, своею милостью! Отец много лет в этой церкви священствовал, теперь стар, разнедужился, умирает совсем. Не поможет ли ему церковь малость.

— А как звать твоего отца? — спрашивает.

— Петром, — говорю ему.

Чуть услышал он это, как вскинется на меня, словно его что укусило! Да что, говорит, это я выдумал, да какие у Никольской церкви доходы, чтоб всем нищим помогать. Да с каких пор это попы посылают сыновей своих нищенствовать... И пошел, и пошел! Чего только не наговорил! Я стою, молчу, а сердце так и колотится в груди. Но креплюсь и слушаю. Как раз в это время прибегает наша Маланья.

— Иди, — кричит, — Петр, скорее домой: отец твой Богу душу отдал!

Я помертвел совсем, заплакал... Известно, молод был, — пояснил запорожец, словно стыдясь того, что он мог плакать. — Однако опомнился я немного и говорю протопопу:

— Ну, батюшка, не хотел ты помочь отцу, так, поди, хоть панихиду над ним отпой.

А он мне:

— На Москве, говорит, попов много, поди, найми, отслужат, а чего ради я пойду даром служить!

Я ему в ноги: смилуйся, говорю, батюшка! Он же здесь иереем был... У меня, сам знаешь, гроша медного нет попа нанять. А он меня толк ногой в бок: чего ты ко мне привязался, такой-сякой! — говорит. Отстань! Убирайся! У нас с отцом твоим старые счеты есть и он для меня не упокойник.

Тут он про моего отца такое слово молвил, что и повторить язык не поворачивается. Как сказал он мне это, словно меня что в голову ударило! Всегда я горяч был, а тут и совсем света не взвидел! Поднялся я с полу, как хвачу его за бороденку!.. Он мне кричит: "Что ты делаешь, разбойник!", а мне уж не до его крику: еще и кончить он не успел, как я его сгреб под себя, да и давай водить на все лады... Ну и, должно быть, порядком повозил, потому что он на другой день и душу Богу отдал, как я опосля слышал...

Меня схватили, конечно... Душегубство, говорят, верно, замыслил... С тем и пришел! Заковали и в острог. Однако я, не будь глуп, через неделю бежал оттуда, да прямо в Запорожье...

Вот и весь мой сказ!

— Ну, брат, удивил ты меня! Не ожидал я этого! Да, теперь я вижу, что ты недаром бросил родину! — молвил князь.

— Даром ли! Не от сладкого житья бросил я все и ушел в края дальние! И теперь еще, порой, сердце кровью обливается, так соскучился по родине! — грустно ответил запорожец. — Э, да что вспоминать! Все прошло и быльем поросло! — добавил он иным тоном,

— А ты не боишься ходить по Москве? Ведь тебя могут узнать.

— Так что ж? Пусть узнают! Разве я теперь беглый острожник? Я теперь казак запорожского войска, и пусть-ка попробуют меня пальцем тронуть! — произнес Петр, усмехаясь. — Вот мы и пришли, — продолжал он, указывая на видневшийся на противоположном берегу сквозь сумерки небольшой, покосившийся от ветхости, дом.

Нашли какого-то мужичка, который перевез их на тот берег в полугнилом челноке. Скоро приятели были уже у калитки, и казак три раза ударил в нее кулаком.

Со двора донесся громкий лай собаки. Чей-то голос прикрикнул на нее. Послышался звук шагов, и калитка со скрипом отворилась.

III

У ВЕДУНЬИ

Перед приятелями появилась просто одетая еще не старая женщина. Лицо ее носило отпечаток нерусского происхождения. Она была смугла и черноволоса. Несколько мелких морщин виднелось около ее больших, черных глаз с умным и несколько лукавым выражением. Поперек лба тянулась темная полоса, словно делившая его на две части. Полоса эта придавала какой-то странный характер ее лицу и невольно бросалась в глаза.

— Здравствуйте, господа честные! — приветствовала она приятелей. — Милости прошу пожаловать!

— Здравствуй, Авдотья Степановна! Как Господь Бог носит? — произнес запорожец, входя вместе с Андреем Михайловичем во двор.

— Твоими молитвами, касатик, Петра Петрович! Спасибо за привет! Здорова, слава Богу!

— А я к тебе нового гостя привел. Приятели мы с ним сыздетства. Может, слышала про князя Бахметова?

— Еще б не слышать! Так это он самый и есть? Милости просим, соколик! — обратилась она к князю, — Право, соколик! Вся Москва про твою удаль толкует! Да чего же мы здесь-то стоим и калякаем! Пойдемте в избу... Там уж у меня немало собралось добрых молодцев, — прибавила она и повела друзей к дому.

Запорожец и Андрей Михайлович, войдя вслед за Авдотьей Степановной в небольшие сени, вошли в обширную горницу. Там вдоль стен тянулись лавки; посредине стоял длинный и тяжелый дубовый стол, покрытый затейливо и пестро вышитой скатертью; в углу теплилась лампада перед божницей, переполненной образами.

В комнате было шумно и людно. Петр, очевидно, был знаком с большинством находящихся в комнате, преимущественно стрельцов и детей боярских, потому что, едва он показался в дверях, его приветствовали сразу несколько голосов. В числе гостей князь тоже нашел знакомого.

— А! И ты, Андрей Михайлыч, сюда пришел! Что, тоже, верно, с

Данилой идти сбираешься? — обратился к князю невысокий плотный блондин лет тридцати.

— Да, — ответил князь, здороваясь с говорившим, и опускаясь рядом с ним на лавку. — А ты, Пров Семеныч?

— Иду, иду! Да что мне, бобылю, в Москве делать? Ни у меня жены, ни у меня малых детушек... Один, как перст! И убьют, так не беда!

— Полно! Может, Бог милостив, и целы выйдем.

— А цо мне, так все равно! Даже лучше, коли костьми за родину ляжешь!

— Что же ты это так? — удивленно спросил князь, — Али жизнь опостылела?

— Да, брат, скучно! — вздохнул Пров Семенович, — Э! Да что толковать об этом! Давай-ка лучше бражку тянуть из ковша кругового! Авдотья Степановна! Напень-ка нам бражки полный ковшичек! — обратился он к хозяйке.

Пользовавшийся в былое время славою весельчака, Пров Семенович Телешев стал совсем иным человеком с тех пор, как внезапно лишился молодой жены и двух детей, умерших от какого-то злого недуга. Мрачный и задумчивый, он оживлялся только в кругу товарищей за ковшом браги или стаканом зелена-вина.

Авдотья Степановна не замедлила исполнить просьбу Телешева, и ковш заходил вкруговую.

Андрей Михайлович, между тем рассматривал находившихся в комнате.

— Посмотри! Кто это такой? Не знаешь ли? — спросил он Прова Семеновича, указывая на сидевшего в стороне ото всех и все время молчавшего мужчину.

Это был татарин, судя по его маленьким косо прорезанным глазам, жидкой, козлиной бороде и щетине рыжих волос на голове, видимо, только что начинающих отрастать после бритья.

— Этот-то? Да, кажись, какой-то мурза татарский. Из Крыма. Говорит, к нам перешел потому, что у него с ханом нелады вышли... Ну, принял Христов закон, конечно.

— Что же, и он тоже с Адашевым?

— Да, как же! Надо ему показать царю-батюшке, что теперь верный слуга, хотя он и хочет идти своих братьев бить.

— Изменник! — презрительно проговорил Андрей Михайлович. — И отступник от веры отцов... Дрянь, должно быть, человек! Ты не знаешь, как его звать?

— Хорошо не знаю. Кажется, Шигаевым прозывается, — ответил Пров Семенович.

Ковш между тем продолжал ходить по рукам. Пили посменно, то брагу, то мед. Хмельная брага и крепкий московский мед оказывали свое действие. В горнице стало шумнее.

Князь повеселел под влиянием хмеля. Татарин Шигаев, усердно прикладывавшийся к ковшу, видимо, захмелел, с непривычки к спиртным напиткам. Он сидел покачиваясь.

10

— Посмотри-ка, — тихо сказал Андрей Михайлович Телешеву, указывая на Шагаева, — Свиное-то ухо как развезло!

Как ни тихо были сказаны эти слова, однако они долетели до слуха хмельного сына степей. Маленькие глазки его блеснули.

— Что? Свиное ухо?! — закричал он, обращаясь к князю на ломаном русском языке, — Это ты сказал?

Андрей Михайлович, удивленный, что татарин его услышал, не думал, однако, отпираться.

— Да, я сказал! — ответил он, продолжая спокойно сидеть. — Что же?

— Собака! — яростно крикнул Шигаев.

— Отщепенец! — произнес Андрей Михайлович на татарском языке, которым он владел в совершенстве с самого детства.

— Молчи, али убью тебя! — продолжал кричать по-русски, очевидно, не желая употреблять своего родного языка, татарин, отуманенный злобой и хмелем, и, сделав несколько шагов к князю, поднял руку для удара.

Гнев сверкнул в очах Андрея Михайловича. Брови его сдвинулись. Не успел татарин опустить занесенной руки, как, словно шар, отлетел к противоположной стене от могучего удара князя. Вне себя от ярости Шигаев выхватил нож и бросился на Андрея Михайловича. Среди сидевших произошло движение. Несколько рук протянулись, чтобы остановить рассвирепевшего татарина.

— Оставьте его! — презрительно проговорил князь. — Дайте мне нож: я с ним сам разделаюсь!

— Да, да! Дайте князю нож! Побьюсь об заклад, что Андрей Михайлыч задаст доброго гону этой татарской образине! — поддержал его просьбу Петр.

Князю дали нож. Руки, державшие татарина, опустились, и он, как зверь, бросился на спокойно ожидавшего его нападения Андрея Михайловича. Шигаев был силен и ловок, но отуманен яростью, и это давало громадное преимущество князю. Едва татарин успел сделать несколько взмахов ножом, как рука его повисла, сжатая, словно клещами, пальцами князя. Между тем Андрей Михайлович, быстро занеся нож, нацарапал острым концом его на лбу татарина крест и, бросив оружие, обхватил туловище Шигаева руками.

Шигаев, как змея, извивался в сильных руках князя, обезумев от ярости. Глаза его налились кровью. Лицо стало багровым.

— Ну, кажись, довольно с тебя! Умучился! — промолвил Андрей Михайлович, видя, что его противник изнемогает, и, схватив татарина за шиворот, вытолкнул его за дверь.

Туда же был выкинут его полушубок.

— Встретимся с тобой, шайтан, еще! Будешь ты знать Шигаева! — злобно пробурчал татарин, скрываясь в темноте двора.

— Ай да молодец, Андрей Михайлыч! Ай да молодец! Дай расцеловать тебя! Я знал, что ты покажешь себя этой татарской образине! — кричал в восторге Петр, обнимая князя.

— Молодец, что и говорить! — Сказал Пров Семенович. Все

11

присутствующие также расхваливали Андрея Михайловича на всякие лады.

— Молодец-то ты молодец, князинька, — тихо вставила свое слово Авдотья Степановна, — а только сдается мне, что натворит тебе бед этот Шигаев!

— Чего закаркала! — крикнул на нее сердито Петр. — Ишь, ведьма!

— Я не ведьма!.. Я не от злых духов толкую, — оправдывалась Авдотья Степановна, знавшая, как опасно было в те времена прослыть ведьмой. — Мой дар от Бога, — продолжала она, — а не от нечистого... Да вот хочешь, я тебе погадаю, князинька? Тогда все узнаем!

— Отчего же! Погадай! — усмехаясь, сказал князь.

Авдотья Степановна наполнила водой небольшую плоскую чашку. Затем, достав острую и длинную рыбью кость, она подала ее Андрею Михайловичу.

— Возьми, уколи иглой себя и капни три капли крови в чашку, — сказала она ему.

Князь исполнил ее приказание.

Авдотья Степановна долго мешала воду: она дожидалась, пока вода, вполне растворив кровь, сделается вся бледно-алого цвета. Присутствующие притихли: они были суеверны, как все сыны XVI века. Ведунья склонилась над чашей. Все ждали, притаив дыхание.

— Едет в края дальние добрый молодец, со своею зазнобушкой прощается! — начала она говорить нараспев среди всеобщего безмолвия. — Плачет красная девица, разливается, друга милого провожаючи! А у молодца в груди сердце ходуном ходит, и на очи слезы просятся! Утешает он свою любушку: не на век с тобой расстаемся! Ой, не тешь себя, добрый молодец, ты надежею обманчивой! В краях дальних добрый молодец бьется-рубится... А и там, в странах басурманских приглянулся он красотке черноокой... Ох, сильно чары бесовские! Изменит молодец своей белой лебедушке!.. Нет, нет! Не осилили его чары! Крест святой, знать, защитил его! Далеко уж молодец от чаровницы... Эй, беги ты, молодец, скорей назад! Не ходи на Русь крещеную! Не найдешь ты там своей зазнобушки: уж она с другим повенчана! Эх, ты, горе мое горькое! кричит молодец, опостылела мне земля русская! Скачут с посвистом и грохотом злы татарове... Дым, огонь вокруг! А! Опять его зазнобушка, уже с детками-младенцами!.. Плачет горько разливается... Злы татары взяли их в полон... Ба! И он здесь! Только что же он не целует свою милую? Очи злые... Брови сдвинуты... Ой, не быть добру!.. Кипит битва... Падают татарове! Бьют их русские... Тут и он, наш добрый молодец, бьется, с кем-то рубится... Вот над ним сверкает сабля вострая... Ай, диво-дивное, диковинное! Сабля та, сабля русская, святой крест горит на рукояти ее!.. На дыбы стал конь добра молодца... Со коня упал добрый молодец... и еще с ним кто-то незнакомый... Растопчут их кони копытами! Пыль вокруг... Не видать ничего!

Голос Ведуньи замолк, Андрей Михайлович сидел бледный,

12

низко опустив голову. Не менее бледны были и остальные... Все молчали.

— Э! Полно, Андрей Михайлыч! Не грусти! — промолвил казак. — Чего слушать бабьи россказни? Чему быть, того не миновать!

— Верно! — подтвердил Пров Семенович, — кручиниться нечего!

— Конечно! — молвил князь, — без воли Божьей ничего не случится!

— Погадай-ка и мне, Авдотья Степановна, — подошел к Ведунье Телешев.

— Нет, довольно! Устала... Теперь не могу, — ответила она.

— Что, молодцы, загрустили да призадумались? — воскликнул с напускною веселостью казак. — И про брагу хмельную забыли... Спой-ка, Митюха, нам песенку, благо, ты такой искусник!

Митюха, молодой безусый парень, не заставил себя просить. Раздались звуки балалайки, захваченной с собою кем-то из гостей, — Какую ж песню пропеть? — спросил Митюха, настраивая балалайку.

— Знамо дело, которая повеселей! А то, вишь, у нас совсем дело не клеится: носы — все повесили! — произнес Петр.

Митюха подумал немного, пощипал струны балалайки и запел песню о том, как в высоком терему, во стрельчатом, изнывала в злой неволе боярыня молодая за тремя дверьми дубовыми, за тремя замками хитрыми, заморскими... Боярынька молодая, белотелая, у ней муж седой ворчун-старик злющий-презлющий. Не видать с ним жене младой света белого! Ходит муж седой по горенке: кхе, кхе, кхе! покашливает, на жену искоса поглядывает: ой, ты, жена ль моя, женушка молодая! Не приглянулся ль тебе добрый молодец с кудрями с золотистыми? Думает старик свою думу вековечную. А боярыньке тоскуется... Как бы прочь согнать со очей долой мужа старого нелюбимого? Обнимает она мужа хилого: ты, поди, со мной, муженек мой! Выпей браги чарочку! Выпивает тут муж старый с радости, да не чарочку, а целых полведра. Ой, хмельна ты, брага крепкая! Ой, шустра ты, жена, на хитрости! Захмелел от браги старый муж, а жена его, будто добрая, до постельки высокой провожает, знает, под подушкой под пуховою муж ключи хранил от терема. Опускалась рука белая под подушечку пуховую, вынимала она ключи мужчины. А тем временем добрый молодец у ворот тесовых похаживает, да на теремок поглядывает. Растворилася оконница, показалась ручка белая, платком алым помахивает: ой, лови ты, добрый молодец, ключи, у мужа скраденные! Отомкни затворы дверные и утешь меня, боярыньку! Быстрым соколом влетел молодец по ступеням лестницы дубовой, растворил запоры хитрые и обнял младу боярыню, целуючи. Целовалися они, миловалися, а муж-старик храп на весь дом пускал: видел, чай, он сны больно сладкие!

Веселая песня несколько рассеяла грустное настроение присутствующих, навеянное гаданьем. Когда же Митюха, кончив песню, заиграл веселую плясовую, а Петр-запорожец пустился вприсядку, то навстречу ему лебедкою поплыла Авдотья Степановна, помахивая платочком, и гости совсем развеселились. Веселые звуки

13

балалайки, словно насильно заставляли двигаться их ноги. Гостям не сиделось на месте и, соблазненные примером Петра, многие из них также пустились в пляс.

Князь, конечно, тоже не отставал от других, и впечатление гаданья понемногу забылось.

Близок был рассвет, когда гости, щедро одарив гостеприимную хозяйку, напутствуемые ее пожеланиями всяких благ, покинули, наконец, жилище Ведуньи, чтобы хоть, немного, поспать и с крепким телом и духом отправиться на недалекий уже поход, на ратное дело.

IV

В ПОХОДЕ

Светало. Первые лучи солнца скользнули по золоченым верхушкам сорока-сороков московских церквей, глянули в слюдяные окна боярских теремов, где, раскинувшись, далеко отбросив атласное одеяло, сладким сном почивали белотелые боярские дочери, и заиграли по затянутым утренником лужам. На улицах Москвы было тихо и безлюдно. Разве кое-где промелькнет хитрая, востроносая рожа ночного воришки, неслышно пробирающегося подальше от людных улиц, где такое раздолье для него ночью и где днем, наоборот, ему со всех сторон грозят опасности; пройдет, мурлыча песню, запоздалый подвыпивший молодец, досидевший до белого света в каком-нибудь тайном кружале у веселой вдовушки, и снова безлюдно и тихо.

Однако не для того, видно, взошло солнышко, чтобы обливать своими лучами крепко спящий, безлюдный город, будит оно кого следует, и вот, чу! где-то прозвучала труба... Резкие звуки ее проносятся по тихой Москве и будят спящих чутким сном тех, кому надлежит выступать на ратное дело. Молодцу недолго сбираться! Крест перед иконой, прости, родная матушка, прости, батюшка родимый, прости-прощай, отчий кров, — и уже за воротами паренек спешит к месту сбора, на дом не оглядывается, потому, знает, что смотрят вслед ему очи родные и слезами заволакиваются, и боится он — оглянется, пожалуй, и сам всплакнет, потому самому, что и у него на сердце не птицы поют, а слезы лить негоже молодцу, воину храброму: чай, не девица он красная!

А труба все гудит, на разные лады посвистывает... Уж и перестать бы ей пора, — молодцы почти все в сборе, — а она все разливается, словно трубачу песню хочется сыграть родному краю на прощанье. Но вот еще два-три хриплых звука вырвались из медного горла трубы, и вдруг оборвалось ее пение, замерло на самой высокой пронзительной ноте, которую она будто хотела добудить последних, крепко заспавшихся, ратников. А из собравшихся, верно, никто и не расслышал этого последнего трубного вздоха среди лязга оружия, говора толпы и шуток неисправимых весельчаков, готовых шутить даже на краю отверстой могилы.

Однако пора и в поход!.. Чего ж медлить? Помолиться, да и в путь. Идет священник седой, в полном облачении, грустным взглядом обводит он рать.

— Э-эх! — шепчут его старые губы, — сколько здесь добрых молодцев, а много ль воротятся? И на что это люди войны выдумали? Все оттого, что любви в мире мало!

Обнажились буйные головушки. Начался молебен. Смутно у всех на душе, и жарка молитва бойцов.

— Кто знает? Может, в последний раз на земле родимой молитву творю, пройдет месяц, два, и я уже... Боже, милостив, буди мне грешному! — шепчут уста, и еще ниже склоняются головы, еще чаще вздымаются руки.

Тянет молебен седой иерей, а все-таки скоро конец наступает молитве.

Пора в путь! В далекий путь — неслыханное дело! — в сердце татарщины, в ханство Крымское! Зашумела рать, заговорила и двинулась... Идут дети боярские со своими челядинцами. Неважно вооружены холопы, но все же у каждого найдется или лук тугой со стрелами, или топор, годный не для одной татарской башки, или вилы трезубчатые, рогатина, или просто дубина здоровая, еще недавно стоявшая в ближнем лесу деревцем нестарым, полузанесенным снегом, а теперь в руках дюжего холопа боярского она службу сослужит немалую: уложит спать непробудным сном не одного татарина бритоголового. Господа их на конях все и вооружены получше. Все в кольчугах или в панцирях тонкой заморской работы, на головах шеломы. У каждого пищаль припасена и мешок с "зельем" [порох] да пулями у седла висит. Сабли на боку о стремя побрякивают, в ножнах кожаных, хитро изукрашенных у иных камнями самоцветными; не забыт и лук дедовский, и бердыш про всякий случай. Дальше стяг [знамя] стрелецкий развевается. Стройно идут стрельцы, пищали завесные [различались два рода пищалей: "завесные", из которых стреляли прямо с рук, и "затишные" или "тюфяк" — нечто вроде небольших пушек, ими стреляли с сошек] с берендейками [ременная перевязь у ружья] у всех на плечи положены, в другой руке копье, а на боку сабля привешена.

Следом за ратью, рядом с обозами, бежит толпа баб и детей, мальчиков больше. Плач слышен в ней, причитания. А войско шло спешно. Вот и стену городскую миновали. Провожатых все меньше и меньше становится. Еще двое-трое печально плетутся за войском, но и те отстают вскоре: жаль отца или мужа, а что делать! не побежишь же до самого Крыма!

А войско движется безостановочно — все дальше и дальше от дорогих сердцу мест, от горячо любимых отцов, матерей, жен и чад...

Князь Андрей Михайлович, ехавший на белом, горячем и сильном коне, сидел, глубоко задумавшись и выронив из рук поводья.

— Что, брат, призадумался? Аль впервой на битву отправляешься? — спросил, подъехав к нему, запорожец, сидевший на небольшом жилистом степном скакуне.

— Не впервой-то, не впервой, а только никогда мне так грустно не было, как в этот поход... Давит что-то сердце, словно камень на груди лежит! — ответил князь.

— Э, брат, полно! Чего кручиниться? Это все Ведунья своими россказнями наделала!.. Знал бы — не повел тебя к ней! — с досадой произнес запорожец.

— Вестимо, это ее гаданье кручину на князя нагнало, — промолвил ехавший рядом с князем Пров Семенович, сидевший на тяжелой, но сильной лошади.

— Нет, други любезные, не Ведунья в этом виновата... Не возводите на нее напраслину! Нечто я верю ее россказням? Нет, иное нагоняет на меня кручинушку! — сказал Андрей Михайлович.

— Да что такое? — в один голос спросили запорожец и Пров Семенович.

— Эх, поведаю друзьям думу свою горькую, тяжелую! Оставил я в Москве свою зазнобушку! Покинул я лебедь белую!

"Ишь ты!" — мелькнуло в голове у собеседников князя, и в душу их прокралось суеверное чувство: "А ведь, кажись, Авдотья Степановна правду сказала, что покинул молодец свою любезную".

— Ну, что ж! — пытался утешить Андрея казак, — Кончится поход — и вернешься к своей милой.

— В том-то и беда, что чует мое сердце, что не быть добру, — печально молвил тот.

— А по мне, так грустить нечего: чему быть, того не миновать! — сказал Пров Семенович, — Стойте, молодцы! — прибавил он через минуту, — Надо попрощаться с матушкой нашей, Москвой белокаменной... Вишь, она отсюда, словно на ладошке, вся видна!

Друзья остановили коней и обернулись к Москве. С той возвышенности, на которой они находились, можно было окинуть взором всю Москву с ее церквами, монастырями, царскими палатами и множеством деревянных домов, окруженных темною теперь, в зимнее время, лентой садов.

Широко раскинулся город.

— Ты прости-прощай, родимый край! — нараспев протянул Пров Семенович, крестясь на видневшиеся вдали маковки московских церквей.

— Ух, ты, матушка! Да какая же ты большая! — воскликнул запорожец, пораженный громадностью города.

Андрей Михайлович перекрестился. Петр сделал то же.

— Все-таки была когда-то местом родимым, — молвил он задумчиво.

Большинство воинов остановились, подобно нашим друзьям, и смотрели на Москву.

"Кому-то суждено увидеть тебя, матушка земля родимая?" — думал не один из них.

Потом опять дальше, опять вперед и вперед. Скучно в походе! Короткий привал где-нибудь у затянутой льдом речки, ночевка в какой-нибудь деревушке, если встретится такая на пути, а то под темным шатром звездного неба, при трепетном свете костров. И так до самого Запорожья.

А время шло. Наступала весна. Все чаще и чаще становились проталины; больше и больше чернели покрытые льдом реки, а на деревьях уже кое-где начали появляться то белый, пушистый зародыш листа, то молодой, свежий листочек, еще не развернувшийся вполне, боящийся нежданного холода, но уже красящий своею светлою зеленью серый фон обнаженного дерева.

Скоро места пошли иные, чем раньше. Лесов нет, только степи, лишенные травы, покрытые еще местами снегом, белевшим на черной почве, как белый плат на груди великана-арапа.

Дошли до Кременчуга. Запорожцы уж тут. Ждут.

Ласково встретили чубатые казаки своих друзей-приятелей, пришедших из самого сердца матушки святой Руси. Тут уж некогда было тосковать, некогда вспоминать о крае родимом! Строили струги. Работа кипела, прерываемая изредка молодецкими попойками и потехами с веселыми запорожцами. Живо оснастили ладьи, спустили на воду, едва вскрылась река, и поплыли по батюшке-Днепру буйному в синее море, а там и к сердцу татарщины, к Крыму.

И сразу пошла удача! Лишь добрались до Очакова, полонили судно татарское, взяли пленных немало. Ближе к Крыму захватили второе судно, но эта победа не так дешево стоила, как первая: чуть сам Адашев жизни не лишился; тут же легли и первые жертвы.

V

ПЕРВЫЕ ЖЕРТВЫ

Словно стая диковинных морских птиц несутся легкие струги по волнам древнего Понта Эвксинского. Море, верно, хочет быть "гостеприимным" не только по имени [Эвксинский — гостеприимный], а на самом деле — так ласково встретило оно своих гостей. Уже который день оно тихо и лишь слегка, будто люльки, покачивает утлые ладьи воинов.

Небо безоблачно. Было бы жарко, если бы легкий и ровный ветер немного не умерял зноя.

— Иване, а Иване! — раздался голос рулевого с одной из ладей.

— Че-его? — крикнул в ответ спрашиваемый, рулевой же другого струга, плывущего первым в той длинной ленте, какой растянулись лодки.

Это был загорелый, полуседой запорожец, видавший всякие виды на своем веку, не раз уже ходивший с казаками в Крым и побывавший как в татарской, так и турецкой неволе.

— Глянь-кось? Что это там такое? — произнес первый, тоже немолодой, опытный казак, вглядывавшийся в какую-то точку вдали, заметную только для зоркого казацкого глаза.

Разговор между перекликавшимися велся, конечно, на малороссийском наречии.

Иван приподнялся и, приложив руки к глазам, защищая их от солнечного блеска, стал внимательно вглядываться вдаль.

— Чи то облако, чи то не облако! — проворчал он с досадой, напрасно стараясь рассмотреть, что виднеется вдали.

— Ой, Иване, то не облако! Нешто не видишь, как движется? — проговорил первый рулевой.

Иван продолжал вглядываться.

— Гайда, казаки! — крикнул он вдруг. — То корабль татарский!

Этот окрик оживил всех. Утомленные зноем и тихим покачиванием, немного даже дремавшие со скуки казаки, стрельцы и дети боярские все сразу встрепенулись. Едва полоскавшие прежде воду весла пришли в движение.

— С Богом, вперед! — проговорил Данило Адашев, снимая шапку и крестясь. — Возьмем и этот корабль, как первый.

— Знамо дело, возьмем! Вперед! — молвили ему в ответ стрельцы и дети боярские.

— Гайда! — гаркнули казаки.

Десятки рук заработали. В помощь веслам поставили кое-какие паруса, благо ветер был попутный, хотя и слабый.

Струги полетели, как птицы. Скоро уже можно было рассмотреть тяжелое татарское судно. Татары, должно быть, еще не заметили лодок, так как продолжали по-прежнему плыть им навстречу. Быстро уменьшалось расстояние между плывшими друг к другу русскими и татарами и вскоре стало настолько незначительным, что с корабля нельзя было не заметить ладей. Судно, однако, шло по-прежнему направлению, плывя прямо на лодки.

— Эге! татарин сам хочет тоже, видно, драться! Добре! — говорили казаки, еще усерднее налегая на весла.

"Жжж"... — прожужжала стрела мимо уха Ивана-рулевого и, не задев никого, упала в море.

— Ага, брат! Начинаешь! Ну, погоди ужо, лайдак [бездельник, лентяй, негодный человек]! — молвил спокойно Иван.

За первой стрелой полетела вторая, там прожужжала третья,

потом посыпались десятками, наполнив воздух своим своеобразным пением.

Стрелы мало причиняли вреда плывущим, их свист только раздражал воинов и пробуждал жажду боя.

— Готовь крючья! — скомандовал атаман запорожцев.

— Все готово, батька! — ответили они.

Миг — и струги толкнулись о борт корабля. Крючья с привязанными к ним веревками вонзились в палубу и корму. Несколько рук сразу ухватились за веревки. Запорожцы, стрельцы, дети боярские наперерыв старались лезть наверх, оспаривая один у другого честь взобраться первым. Со всех сторон по бортам корабля медленно, слегка покачиваясь, поползли жаждущие боя молодцы, отчетливо выделяясь своими костюмами на пестрой, затейливой окраске судна.

Вот уже над палубой показалась чья-то голова, но лезшему не удалось вскочить на корабль первым: его предупредил кто-то другой, с противоположного борта, ранее вскарабкавшийся на палубу.

Этот первый — был Пров Семенович Телешев. Вторым влез Андрей Михайлович.

Однако Телешеву же и суждено было пасть и первою жертвой боя. Едва успел он появиться на палубе, как десятки сабель сверкнули над его головой... Поднялись, опустились, и боярин упал в предсмертных судорогах к самому краю палубы. Еще несколько судорожных движений, и безжизненное тело его скатилось в море. Раздался легкий всплеск, заглушённый криками воинов, и темная морская бездна раздалась и сомкнулась, пустив легкие круги по водной поверхности, словно извещая о том, что море приняло в свои объятия и навеки погребло останки боярина Телешева и его тоскующее сердце.

Первая жертва ненасытному богу войны была принесена, и бой закипел.

На Андрея Михайловича, как и на Прова Семеновича, напало сразу несколько человек, но он отбивался, и ему подоспели на выручку. То там, то сям поднималась из-за борта корабля усатая и чубатая голова запорожца или бородатое лицо стрельца, или сына боярского, и все новые и новые товарищи спешили на помощь к князю. Завязалась страшная рукопашная схватка. Татары бились с дикой храбростью, русские не уступали им в этом. Дрались холодным оружием, грудь в грудь. С обеих сторон лилась кровь. Однако, несмотря на храбрость татар, толпы их заметно редели. Очевидно, счастье благоприятствовало юному Даниле Адашеву, который в это время бился с каким-то знатным татарином, судя по расшитой золотом тюбетейке последнего и дорогому оружию. Татарин, видимо, был искусный боец, потому что до сих пор удачно парировал все удары. Адашев раздражался и начал уставать, что видно было по его красному от напряжения лицу и крупным каплям пота, покрывшим его лоб. В нетерпении, он решился идти напролом и, оставя все хитрости и увертки, высоко взмахнул саблей, готовясь одним ударом раскроить череп противнику и окончить поединок. Но его сабля встретила острое лезвие твердой, как гранит, стальной дамасской шашки татарина и со звоном отлетела в сторону, перерубленная, как кочерыжка. В руках Данилы осталась одна рукоятка. Он был безоружен. Уже страшная татарская шашка блеснула на солнце. Но в это время чья-то сильная рука нанесла нападавшему могучий роковой удар. Голова татарина отделилась от шеи и с глухим шумом покатилась по палубе, слегка поблескивая золотым шитьем тюбетейки, а туловище, простояв мгновение, тяжело упало, орошая новым потоком крови и без того окровавленную палубу.

Считавший себя уже на краю погибели, обрадованный Адашев благодарно взглянул на своего неожиданного спасителя.

— Как твое имя? — спросил он, подойдя к нему.

— Князь Андрей Михайлыч Бахметов, — ответил тот.

— Будь мне другом: я одолжен тебе жизнью! — пожал Адашев руку Андрея Михайловича.

Потом, подняв выпавшую из мертвых рук его недавнего неприятеля шашку, едва не ставшую роковой для него, он, как ни в чем не бывало, поспешил в самую середину боя.

Однако битва, по-видимому, приходила к концу. Число врагов заметно уменьшалось. Их оставалось не более десятка, но и те быстро падали или сдавались в плен. Стали связывать пленников. В числе их попалось несколько турок. А между тем еще дело не было совсем окончено, еще бились или, вернее, бился, потому, что продолжал бой единственный, дольше других уцелевший татарин, не хотевший, подобно товарищам, сдаться в плен живым. Это был уже старик, мулла, судя по зеленой чалме, покрывавшей его голову. Он защищался отчаянно. Прижавшись спиной к мачте, он с быстротой молнии поражал всякого, приближающегося к нему, и не одна молодецкая стрелецкая или казацкая головушка испытала на горе себе тяжесть его руки.

Однако увидев, что сражение окончательно проиграно, что все его товарищи полонены или перебиты и что даже трупы их выбрасываются за борт овладевшими судном врагами, он, опустив в последний раз свою шашку на голову какого-то несчастного стрельца, подбежал к краю корабля и, не выпуская из рук оружия, бросился вниз головой прямо в тихо плескавшиеся волны.

Море приняло первую жертву боя, оно же взяло и последнего бойца.

Бой был кончен.

Быстро очистив судно от татарских трупов, сотворив краткую молитву над телами павших товарищей и опустив их в одну общую, братскую могилу — море, бойцы перевязали свои раны и, отдохнув и подкрепившись, спустились в свои утлые струги.

Радостные и довольные, окрыленные надеждою, с веселой песней понеслись удальцы к новым победам, битвам и опасностям.

А море, уже одетое в багрянец лучами заходящего солнца, было по-прежнему спокойно, и волны его, нагоняемые легким ветерком, одинаково ласково покачивали и ладьи счастливых победителей, и обезображенные, холодные трупы побежденных.

VI

НА ВРАЖЕСКОЙ ПОЧВЕ

Благополучно достигнув Крыма, струги пристали к его западному берегу. Войско беспрепятственно высадилось и двинулось вперед, предавая все огню и мечу. Улусы татарские запылали... Сотни женщин, детей и беспомощных старцев гибли в огне их: опьяненные победой и жаждавшие отмщения за прежние насилия татар русские не знали пощады. Горе побежденным!

Прошло уже несколько дней, как казацкие ладьи пристали к Тавриде, а русская рать еще нигде не встретила серьезного сопротивления.

Это начинало беспокоить юного вождя Данилу Адашева.

"Не замыслил ли чего Давлет-Гирей, хан крымский, в своей бритой башке?" — думал он, не зная, что бездействие татар происходило совсем от другой причины.

Мурзы татарские отказывались от начальства над войском, а простые воины не хотели идти против "шайтанов-урусов", напуганные известною храбростью запорожцев. И то, что Данило приписывал хитрому умыслу, на самом деле было просто бессилием.

Вечерело. Солнце косыми лучами обливало русский стан, привольно раскинувшийся по берегу какого-то безымянного ручья. В стане царило оживление: войско только что расположилось отдыхать после разгрома соседнего улуса. Каждый был занят каким-нибудь делом: кто пытался развести костер, чтобы сварить себе каши или изжарить курицу, как нельзя кстати найденную в улусе; кто делил с товарищами награбленное добро, кидая жребий о том, кому должна достаться на долю превосходная дамасская шашка, взятая из рук какого-нибудь крымского мурзы, или расшитое шелками и украшенное самоцветными камнями седло; кто же просто предавался отдыху, свободно раскинувшись на мягкой траве и вперив глаза в далекое синее небо, или мирно беседуя с товарищами. Неподалеку от шатра Данилы Адашева сидели Андрей Михайлович и неразлучный с ним Петр. Перед ними был разложен небольшой костер, ради защиты от давшего уже себя чувствовать вечернего холодка и сырости, так как солнце почти уже закатилось, и от ручья медленно стали подниматься испарения, едва заметные глазу, но весьма ощутительные для тела. Рядом с ними сидели еще несколько казаков

21

и стрельцов, внимательно слушавших рассказ полоняника, только что сегодня вырученного из тяжелой татарской неволи, в которой он находился около тридцати лет. На вид полоняник этот казался уже старцем лет семидесяти, хотя, по его рассказу, в то время, когда он попал в плен, ему было не более двадцати пяти и, следовательно, теперь ему не могло быть больше пятидесяти пяти лет, но тоска по родине, тяжелые работы и неволя состарили его преждевременно.

— Давно это было... Ух, как давно! — говорил старик. — Я еще вьюношей был молоденьким и жил под Москвою-матушкою... Второй год только пошел, как я поженился... Был сынок у меня уж... Как теперь помню глазки его голубые, ангельские... И жил себе тихо да помаленьку... Достаточек у меня был от отца оставшись кое-какой, жена ласковая да молодая, сын-младенец, ангельчик, словом, не обидел меня тогда Господь счастьем!.. И, должно, я в этом счастье-то своем о Боге меньше думать стал, о земном больше пекся, что послал Он на меня беду великую!.. Было это, кажись, лета 7029 или 7028, не упомню, ведомо мне только, что тогда государь наш Василий Иванович, в походе на ляхов был, и войска около Москвы никакого не было... Только вернулся я это раз с поля, сел за ужин, а жена мне и говорит:

— Слышал, чай, Федот, что соседи бают?

— Что такое? — спрашиваю.

— Да будто татары на Москву идут?

— Чтой-то, — говорю я ей и усмехнулся даже, не поверил: — пустяки-то мелешь! Какие теперь татары, коли с ними у нас еще батюшкой нашего государя все прикончено!.. Полно! Пойдем-ка спать лучше! Не поверил я ей тогда, вот, как перед Богом, не поверил и спокойно спать завалился... Не думал я тогда, горемычный, что последнюю ночку под кровом родным сплю, что не будет у меня скоро не токмо сыночка милого и жены молодой, а и волюшки... Эх, эх! Как вспомню все, так и теперь сердце в груди ворочается! Утром встал это я, кваску испил, сынка поцеловал да и в поле пошел... Новинку тогда я поднимал под озимые... Только провел одну борозду, слышу на деревне крик и шум страшенный!.. Что это, думаю, не пожар ли? и оглянулся... Гляжу, много-много вдали на конях скачут людей каких-то... А мне опять и в голову не пришло, что то татары, только сердце екнуло так тоскливо-тоскливо, словно горе какое приключилось. Дай, думаю, пойду посмотрю, что на деревне деется... Не изба ль еще моя горит? и побег, бросив пашню, в деревню. Бегу, а слышу — сзади меня топот ног конских все громче раздается... Я оглянулся посмотреть, кто такие, да и обомлел: прямо на меня татары скакали... Я туда, сюда метнулся... Думаю: "Уйду, авось!" Ан нет, наскакали на меня, поганые, схватили, руки мне на спину завязали, на коня посадили, да и поволокли с собой... Скачут прямо в нашу деревню... Прискакали, а уж там давно другие татары хозяйничают... Ну и те татары, что меня захватили, тоже к ним пристали, и пошло тут всякое: и грабеж, и убийство, потом деревню с двух сторон сразу запалили. Моя изба в середине стояла, так до нее огонь еще не скоро добрался, но все ж и она запылала. А я сижу связанным, да и думаю: "Ахти! Что моя Лукерья бедная теперь будет делать да сынишка мой!"

Только я это подумал, гляжу выбегает моя Лукерья, простоволосая, изорванная и с младенцем на руках... А татары, надо вам сказать, народ весь в избы загнали и уж опосля зажгли... И кто из избы, от огня спасаясь, выбежит, они из лука в того стреляли: "не смей, значит, выходить али гори, али убьем тебя!" Как Лукерья моя выбежала, и в нее пущать стрелы зачали. Одна из них ей прямо в глаз угодила, и грохнулась моя женушка наземь, кровью обливаючись, а малютку моего милого выронила. Один из татар и заметь это, да, потехи ради, схватил моего малюточку за ножку да и бросил в избу, в огонь прямо... А сам хохочет, проклятый, либо ему, вишь, что душу ангельскую невинную погубил! Как увидел я это, всю душу у меня поворотило! Начал я рваться на того разбойника, а рученьки-то мои связаны, и сам я к коню привязан... Мечусь и рвусь, словно пес на цепи, а веревки только в тело мне глубже врезаются... Ну и разорвись тогда веревки, загрыз бы того злодея! Ну, да мы еще с ним переведаемся! Он в соседнем улусе живет, видел я его! Уж, погоди, брат, расквитаемся с тобой, даром что я стар, да и ты стал не молоденек! — говорил полоняник, и лицо его приняло злое выражение. — Бешусь я, это, — продолжал он после минутного молчания, — а татары кругом, как дьяволы гогочут!.. Что потом было — не помню... Должно, тут разума я лишился, не понимал ничего... Когда ж очнулся, от деревни нашей только и следа было, что головешки обгорелые... Так я и попал к татарам. Потолклись они тогда еще порядком около Москвы... Бояре, слышал, им грамоту какую-то дали, что будто Русь опять под татар поступает, тогда они Москвы не тронули и назад пошли... По дороге хотели было Рязань разгромить, да воевода рязанский — Хабар, кажись, звать его — помял им бока порядочно да и грамоту тую отнял. Они тогда к себе уже поскорее пошли. С тех пор вот и жил здесь в неволе, пока вы, православные, сегодня меня, по милости Божьей, из полону не выручили. А много лет прошло, много! Теперь уж и хан другой, али третий после того. Тогда был ханом Мамер, а теперь — Давлет-Гирей.

Полоняник сидел понуря голову, окончив повесть своих страданий. Слушатели его, находившиеся под впечатлением его рассказа, молчали.

В это время какой-то человек быстро подошел к шатру Данилы Адашева и вошел туда.

— Видел? — сказал Петр, толкнув локтем сидевшего рядом с ним Андрея Михайловича.

— Кого? — спросил князь.

— Неужто не видел, кто в палатку Данилы пошел?

— Нет, не видел... А кто такой?

— Да твой друг-приятель, которому ты малость у Ведуньи кости помял!.. Как звать его, запамятовал!.. Ши... Шиб... Хоть убей, не помню!..

— А! Шигаев, должно быть!

23

— Во, во, во! Он самый! — воскликнул казак. — И зачем это его к Даниле понесло?

— Да мало ль зачем! Может, спросить что надо.

Как раз в это время из шатра показалась голова Данилы Адашева. Оч смотрел так, как будто кого-то искал глазами. Увидев Андрея Михайловича, он кивнул ему головой и сделал знак подойти к нему.

Князь поспешно встал и приблизился к Даниле Адашеву.

Через минуту они оба скрылись в палатке.

VII

ПОРУЧЕНИЕ

Когда Андрей Михайлович вошел в палатку вместе с Данилой Адашевым, Шигаев стоял прямо против входа. При виде князя маленькие глаза его блеснули, но он быстро опустил их и не показывал вида, что знает Андрея Михайловича.

— Садись-ка сюда, князь, да покалякаем малость, — сказал Адашев, указывая Андрею Михайловичу на груду циновок и садясь сам.

— Видишь ли, братец ты мой, в чем дело, — продолжал он. — Вот этот парень, — кивнул Адашев головой, указывая на Шигаева, — пришел ко мне сейчас и сказал, что он знает повадки татарские. Он сам из здешних, только выкрестился. И хочет мне открыть кое-что. Поведал же он мне такое, о чем надо подумать, и дело важное. До сей поры, как сам знаешь, мы войска Давлет-Гирея и духу не слыхали, только так отрядики кой-где славливали, ну да мурзы татарские в их деревнях со своими холопами супротивность оказывали, а так, чтобы настоящее войско было, такого, говорю, не случалось еще видеть. По сей причине мне в голову думушка и запала, не замыслил ли чего-нибудь Давлет-Гирей такого, чтобы сразу все войско наше побить. Тут же, как раз пришел он, Шигаевым его звать, и говорит, что хан крымский оттого, должно, не идет нам навстречу, что у него засада устроена против нас. А где эта засада может сидеть, место-то ему — Шигаеву — ведомо. Так вот, и надо бы это получше разведать, а для этого человека нужно сыскать надежного. По мне же, самый надежный человек будешь ты, потому что я помню, как ты на кораблях татарских лихо дрался, меня от лихой беды освободил, и жизнь мне спас. По всему, поэтому хочу я поручить все это дело тебе. Возьмешься ли?

— Конечно, возьмусь! Спасибо тебе, что вспомнил обо мне и на такое дело посылаешь! — поспешно воскликнул князь.

— Так и ладно, и отправляйся с Богом! — произнес Данило. — А о коне не заботься, потому что хоть все наши кони в Сечи Запорожской остались, однако казаки себе татарских коней довольно промыслили и тебе дадут неплохого.

— А какое это место, да и где оно? Далече отсюда? — спросил князь.

— Это овраг. Верст триста отсюда, — отвечал татарин на ломаном русском языке.

— Да, порядочно. Коней взять надо, скорей там будем.

— А с собой кого взять прикажешь? — спросил князь Адашева.

— Да вот его, конечно, — показал тот на Шигаева, — а других, сколько хочешь и кого хочешь.

— Когда же выступать?

— Да хоть сегодня же! Ночью идти вольготнее и самому, и коням. А, может, устал, али снарядиться не поспеешь, тогда завтра.

— Какое же устал! Уставать-то не с чего было! Вот только людей выберу, да и в путь: собираться долго тоже незачем.

— Так с Богом!

— А уж я на тебя, княже, как на отца родного надеюсь! — промолвил Адашев, крепко пожимая на прощание руку Андрею Михайловичу и целуя его.

— Будь спокоен! Сделаю что могу, коли не убьют ненароком али в полон не возьмут! — отвечал ему князь.

— Ну, авось, цел, вернешься, и все по-доброму будет! Бог милостив!

— Да!.. Я было запамятовал, — произнес Андрей Михайлович, уже готовясь выйти из палатки, — где я его найду? — спросил он, указывая на Шигаева.

— Я тебя буду ждать у той палатки! — коверкая язык, ответил татарин.

Князь вышел.

Перед входом его ждал Петр.

— Ну, что, друже, поведаешь ли, зачем тебя Данило звал? — спросил он князя.

— Не только поведаю, а еще попрошу тебя кое о чем! — ответил Андрей Михайлович, довольный данным ему поручением, так как однообразие похода, в котором только и приходилось делать, что жечь да разграблять деревни татар, начало ему уже надоедать.

— Что такое? О чем попросишь? — спросил Петр с недоумением.

— Скажи-ка по правде истинной, не надоело тебе только и знать одно, что деревни татарские палить? — произнес вместо ответа Андрей Михайлович.

— Признаться, маленько есть этого, — ответил Петр,

— Ну, коли надоело, так собирайся да и поедем!

— Что ты! Куда? — радостно воскликнул запорожец, охочий до всякого рода рискованных предприятий.

25

— Далеко! За триста верст!

— Зачем?

— Нужно! Потом расскажу по дороге! Теперь некогда. Надо еще набрать людей, да получше выбрать, поотчаянней.

— Этого и делать не трудись — я тебе все это живой рукой сделаю! А много ль надо?

— Да человек с полсотни довольно, больше не нужно. Только чтоб кони были, без коней нельзя! Да и мне раздобудь коня!

— Коня я тебе сейчас найду, у меня их два: возьми одного себе, любого! Они вот тут у меня пасутся, пойдем, покажу!

Князь последовал за запорожцем. Кони, действительно, паслись недалеко.

— Вот, выбирай любого! — сказал Петр — коняги хорошие. Седла здесь у меня лежат, — показал он князю. — Ты пока оседлай их, а я пойду молодцев тебе искать. Небось, живо отыщу, не запропащусь!

— Ладно! — согласился князь, — Иди, а я седлать буду. Недаром Петр хвалил коней — они, действительно, были хороши! Небольшие и сухие, немного, пожалуй, неказистые с виду, они были жилисты и сильны. Тонкие, словно точеные, но сильные ноги, нетолстая и немного длинная, сравнительно с их ростом, шея, легкость всей фигуры, несколько подтянутой с боков, указывали на быстроту их бега.

Андрей Михайлович, как знаток и любитель лошадей, сразу оценил все их достоинства и, выбрав того, который казался ему получше, взял седло и подошел к нему с намерением оседлать его.

Однако это оказалось далеко не таким легким делом, как думал князь: татарский конь так же дик и неукротим, как и его господин! Едва князь взялся за недоуздок лошади, как она встала перед ним на дыбы, намереваясь обрушиться на него всей тяжестью тела и раздробить ему грудь передними ногами. Князь успел вовремя отскочить в сторону, не выпуская из руки недоуздка. Видя, что попытка не удалась, конь, казалось, успокоился, но едва князь наложил на его спину седло, как конь, лягнув задними ногами, сделал такой отчаянный прыжок, что всякий другой, менее опытный в обращении с конями, чем князь, не только потерял бы недоуздок, но и был бы разбит неукротимою лещадью.

Прошло немало времени, пока князю удалось справиться с лошадью и оседлать ее. Надев седло, князь вскочил на лошадь, и она, сделав несколько прыжков, пошла, повинуясь малейшему движению руки князя. Конь почувствовал господина и стал его послушным рабом! Видя, что лошадь окончательно покорена, князь соскочил с седла и, привязав ее к растущему поблизости дереву, принялся за вторую лошадь, которая, подобно первой, также далась не сразу. Пока князь возился с этим конем, пришел Петр. Видя, какие штуки выделывает конь, Петр засмеялся.

— Что, Андрей Михалыч, сердитые кони? — сказал он.

— Да! С ними не скоро сладишь! — ответил князь.

— Упрямы, как татарин! Зато только сядь на них, так все забудешь!

— Ну что, нашел ли товарищей? — спросил Бахметов.

— Уже все готовы! Ждут тебя!

— Сколько их?

— Пятьдесят, как ты сказал!

— Отлично! Молодец! Так на, возьми, доканчивай седловку, да и поедем!

Доканчивать седловку оставалось немного... Петр скоро все окончил. Оба сели на коней и поехали к ожидавшим их казакам.

Выбранные Петром казаки были молодец к молодцу, как на подбор! Большинство их состояло из полуседых, видавших всякие виды, запорожцев, которых не страшила никакая опасность, ради удали они готовы были хоть лезть в самое пекло! Шигаев тоже на коне, вполне готовый ждал у палатки Адашева. Увидев князя и Петра, глаза его опять, как в шатре Данилы, блеснули, однако лицо его оставалось спокойным, и можно было думать, что он, действительно, не узнал наших друзей.

— Ну, с Богом! В путь! — сказал, крестясь, князь, следуя за ехавшим впереди татарином.

— На кой черт эта татарская образина с нами увязалась? — тихо спросил Петр Андрея Михайловича.

— Да разве ты не видишь, что он нас ведет! — засмеялся князь.

— Как?! — удивило запорожец, — он нас ведет?! Куда?

— Да, вишь, он сказал Даниле Адашеву, что есть за триста верст отсюда овраг...

— Ну? — нетерпеливо перебил его казак.

— И если хан крымский замыслил нас надуть и устроил засаду, так войско это должно скрываться в этом самом овраге...

— Понял теперь! Стало быть, Данило велел тебе разведать, есть ли там войско на самом деле? Так ли я говорю?

— Да! А провести нас туда должен этот самый Шигаев, так как эти места ему знакомы. Ведь он сам здешний.

— Вот оно что! Понимаю! — пробурчал казак. — А только меня, признаться, опаска берет, как бы этот бывший крымчин нас не надул! Не верю я ему что-то! Больно рожа скверная!

— Надо будет за ним присматривать, — задумчиво произнес князь.

— Беспременно! — ответил казак. Друзья замолчали.

А кругом их царила чудная южная ночь. Светила луна, заволакиваемая порою легкими, быстро бегущими облаками, и сообщала всему какую-то таинственную прелесть. Каждый листок дерева, каждая причудливо свесившаяся ветка особенно рельефно выделялись, принимая иную, более бледную, чем днем, окраску. И повсюду тишина. Ветра нет... Только глухой топот ног коней отряда нарушал тишину и будил где-то далеко такой же глухой отзвук.

Казаки ехали быстро. Не успели оглянуться, как уже кони были взмылены: значит, проехали более тридцати верст. Видя утомление коней, князь решил сделать привал — и, выбрав удобное место для ночлега, приказал отряду остановиться. Казаки спешились. Коней, конечно, не расседлывали. Утомленные истекшим днем и ночною ездою, казаки легли на траву и, завернувшись, кто во что мог, предались короткому, но крепкому сну.

VIII

ПОБЕГ

Не прошло и получаса после того, как казаки расположились на ночлег, а уже весь отряд спал крепким сном. Бодрствовал только один часовой, которого не забыл поставить Андрей Михайлович, опасаясь внезапного нападения татар: на вражеской почве нельзя было пренебрегать никакою мелочью — беспечность в малом часто порождает великую беду!

Жребий — быть первым часовым пал на долю друга и помощника Андрея Михайловича, Петра, и теперь его высокая фигура выделялась над лежащими на траве казаками. Он стоял, прислонясь плечом к дереву и опираясь на копье. Тишина ли ночи, непривычная для запорожца, которого всегда окружала бившая живою волною жизнь, шум, движение и беспрерывная смена впечатлений, или свет луны действовал на казака и наводил на его душу уныние, Петр сам не мог определить, только сердце его болезненно ныло, и неприветные, тоскливые думы лезли ему в голову. Весельчак запорожец низко опустил голову под напором тоскливых мыслей и глубоко задумался. Вспомнилось ему далекое и грустное прошлое. Как живая, встала перед ним его мать, бледная, исхудалая женщина с печальным, задумчивым лицом, на котором видна была вечная забота, а в глазах всегда, казалось, мелькала боязливая мысль о будущем, о ближайшем будущем, о завтрашнем дне! Какая серая и безотрадная была ее жизнь! Вечное опасение о хлебе насущном, постоянные унижения и мелкие оскорбления со стороны тех, кто был более обласкан судьбою, голод или, в лучшем случае, нужда — вот чем был усеян ее тяжелый житейский путь!

А она, страдалица, с терпением несла свой тяжелый крест, не роптала, только все больше худела да бледнела... И, наконец, не выдержали силы! Она заболела... Медленно, словно свеча на огне, таяла она, но, чувствуя уже свой близкий конец, по-прежнему была кротка и безропотна! Она скончалась тихо... Дрожащей, исхудалой рукой благословила сына, глянула на него своими большими, окруженными черною полосою глазами и потом сомкнула веки, чтобы уже никогда более не открывать их... Первый раз, может быть, за всю жизнь с лица ее сбежала забота, и она лежала холодная и спокойная: кончены расчеты с жизнью. Теперь ей ничто не страшно: ни горе, ни нужда, ни лишения! Она свободна ото всего этого! Ее уже ничто не страшит! А над ней со слезами склонился ее сын, ее муж...

"Что вы плачете? Чего грустите? — словно хотят сказать ее холодные уста. — Утешьтесь! Я счастлива! И вы будете счастливы, только ждите и надейтесь!

Тоскливо сжимается сердце Петра под напором грустных воспоминаний... Желая отогнать свои думы и рассеяться, Петр отошел от дерева и прошелся. Шум его шагов заглушала мягкая трава... Кругом было тихо, лишь изредка нарушал тишину храп какого-нибудь сладко спящего казака... Запорожцу, не робевшему среди самых жарких битв, стало жутко посреди этой мертвой тишины... Он даже пожалел, что оторвался от своих тяжелых дум: те, по крайней мере, заставляли забыть действительность. Побродив немного, Петр опять стал на свой прежний пост, и опять вереницей понеслись его думы.

Внезапно какой-то тихий шорох вывел его из задумчивости. Казак встрепенулся и приподнял пику, не выходя из тени дерева, бросаемой луной... Все снова стало тихо. Однако запорожец внимательно прислушивался и не спускал глаз с того места, откуда донесся к нему шорох... Вдруг он заметил, что среди спящих казаков кто-то тихо приподнялся и пополз по траве... Изумленный Петр стал вглядываться в ползшего и узнал в нем Шигаева. Татарин тихо пробирался между спящими казаками, стараясь не задеть кого-нибудь из них нечаянно. Он полз по траве, извиваясь, как змея, всем телом, плотно прижав к земле туловище. Он не замечал, что пара зорких глаз запорожца наблюдала за всеми его движениями. Выползнув из круга спящих, татарин осторожно повернул голову, желая посмотреть, вероятно, где караульный и не замечает ли его.

Однако Петр стоял неподвижно, ничто не выдавало его присутствия под деревом, и Шигаев, успокоенный кажущейся тишиной, медленно встал на ноги и в два прыжка достиг ближайшего куста, за которым и скрылся.

Петр не знал, на что решиться: последовать ли за изменником — он не сомневался, что татарин скрылся недаром — или разбудить казаков. После некоторого размышления Петр решился на последнее.

— Андрей Михайлович! А, Андрей Михайлович! — стал он будить князя.

— А, что такое? — быстро проснулся тот.

— Татарин убег!

— Какой татарин? Шигаев, что ли?

— Он самый, Андрей Михайлович! Убег али замыслил, какую пакость! Сам видел своими глазами, как он скрылся за куст и ушел из стана.

— Гмм... Что ж, он к своим, должно быть, воротиться задумал!

— Кто его знает!

29

— Надо будить казаков да изловить его! — произнес князь, быстро поднимаясь.

Казаки были все скоро подняты.

— Садись, братцы, на коней, да поедем татарина искать! Видели, вел-то нас татарин, Шигаевым его звать, так вот его! Убег!

— Неужто! — в один голос ахнули казаки.

— Ах, изменник, предатель! Беспременно надо изловить его да на самую высокую осину вздернуть! — кричали взбешенные запорожцы, садясь на коней.

— Куда он пошел? Покажи нам! — сказал князь Петру.

— А вот сюда, в эту сторону... Должно, там деревня татарская близко, али войско, он туда и побег.

— Рассыпемся, молодцы, да пошарим!.. Он тут, должно быть! После соберемся опять на это же место, — сказал Андрей Михайлович.

Казаки не заставили князя повторять приказания и быстро рассыпались по растущему здесь мелкому, молодому лесу, лишь изредка прерываемому отдельно растущими столетними буками.

Однако как ни тщательно обыскивали запорожцы каждый куст, каждое деревцо, нигде не было видно и следа изменника-татарина.

Мрачные и взбешенные возвращались казаки на место сбора.

— Ишь, надул, бес проклятый! — шептали седые бойцы, сердито кусая свои длинные усы.

Попадись им в это время Шигаев, дорого бы пришлось ему расплатиться за свою измену!

На востоке уже показалась золотая полоска зари, когда вернулся с поисков последний казак.

— Ну, что? — встретили его вопросом запорожцы, хотя уже видели по выражению его лица, что добра ждать нечего.

— Его и след простыл! — угрюмо отвечал тот. — Нашел только вот это... На дереве висел, — показал он товарищам свою находку.

Это был крестильный крест Шигаева, который он поспешил снять, прежде всего, как вещь для него более не нужную.

— Ах, двойной отступник богомерзкий! Ну, попадись ты, собака, только нам в лапы, зададим мы тебе! — злобно шептали казаки.

— Что же, братцы, едем назад, к Даниле, да поведаем ему все! — произнес князь.

— Да... Что же тут больше делать? Поедем! — ответили казаки.

Весь отряд медленно двинулся в обратный путь. Тяжело было этим испытанным в боях воинам так возвращаться в стан Данилы Адашева, обманутыми, не совершив никакого подвига! Стыд мучил казацкие сердца, словно они сами были причиной своей неудачи! Грустные думы бродили в их головах.

А заря между тем разгоралась все больше и больше, словно радуясь, что она приносит жизнь, пробуждение и надежду на то, что скоро свет засияет повсюду. Ярка и приветна была заря, но и она не могла разогнать той ночи, которая царила теперь в душах казацких!

IX

ЗАСАДА

Казацкий отряд медленно подвигался вперед. Казаки сидели, молча, выпустив из рук поводья. Лошади, не слыша удил, шли тихим шагом.

Солнце было уже высоко на небе, а казаки отъехали не больше пяти верст от места своей ночной стоянки. Теперь они подъезжали к неглубокой котловине, окруженной по краям невысоким, но частым леском. Едва успели казаки спуститься, как со всех сторон на них посыпались стрелы.

Воздух наполнился их жужжанием, к этому еще присоединился крик многих голосов.

В первую минуту казаки растерялись от неожиданности, но скоро оправились. Они жаждали боя и рады были этому неожиданному нападению. Они искали врага. Но враг был невидим: он скрывался за деревьями и осыпал оттуда отряд стрелами. Двое-трое из казаков были уже ранены.

Андрей Михайлович понял, что при таком положении могут легко перебить всех.

— За мной, молодцы! — крикнул он и, стегнув коня, поскакал к тому месту котловины, откуда, казалось, летело наибольшее количество стрел. Как буря, помчался небольшой отряд на невидимого врага. А навстречу им все громче и громче доносился пронзительный татарский крик, и юркие, ловкие татары поспешно спускались с деревьев, чтобы встретить врага. Отряд влетел на пригорок, и битва закипела.

Казакам приходилось биться не с ханским войском, не с настоящими воинами, а с поселянами окрестных улусов, вооруженными, чем попало.

Их всех привел Шигаев, у которого, надо полагать, все было заранее предусмотрено. Эти неискусные воины были, однако, страшны своею многочисленностью. Они со всех сторон густым кольцом все теснее и теснее окружали запорожцев. Запорожцы дрались с остервенением, но, подавляемые многолюдством, они чувствовали, что вряд ли им придется избежать погибели. Впрочем, бойцы готовы были ко всему и старались только дороже продать свою жизнь. Татарские дубины со свистом резали воздух и с глухим треском дробили ноги казацких лошадей и головы их хозяев. Казацкие сабли, до рукояти орошенные горячею кровью, беспрерывно поблескивали в воздухе... То и дело раздавался предсмертный стон казака или хрип пораженного насмерть татарина. Однако ряды казаков заметно редели, татары же наступали все настойчивее. Попытка казаков пробиться сквозь татар оказалась тщетной: слишком густою стеной они были окружены! Исход битвы можно было предвидеть, и конец ее был не далеко.

Андрей Михайлович, рассекший своей саблей не один татарский череп, видел, как покачнулся в седле Петр, пронзенный татарскими вилами, однако, истекая кровью, удержался на лошади и старался биться из последних сил. Видя гибель своих друзей, князь решил попытаться пробиться еще раз сквозь железное кольцо татар.

— За мной, ребята! Сюда! — крикнул он и, сжав ногами бока своего скакуна, врезался в самую гущу татар.

Оставшиеся в живых казаки бросились за ним. Бой закипел с большей силой. Запорожцы дрались с силой отчаяния, и, не выдержав их бешеного натиска, татары стали понемногу расступаться. В эту минуту в толпе их мелькнуло бледное лицо Шигаева.

— Куда, лайдаки! — крикнул он по-татарски своим, — Боитесь урусов, трусы!

— А! Изменник! Наконец-то я нашел тебя! — закричал Андрей Михайлович, направляя лошадь к Шигаеву.

— Я тоже давно ищу тебя, шайтан! — бешено крикнул в ответ ему Шигаев и кинулся с саблей на князя.

Сабли их встретились. Однако князь успел скорее взмахнуть вторично своим оружием, и клинок его со страшной силой опустился на темя татарина. Шигаев охнул и, уронив саблю, свалился под ноги князя Андрея Михайловича. Князь тронул лошадь, и она наступила передними ногами прямо на грудь изменника, потушив в нем последнюю искру жизни.

В это время сильный удар дубиной ошеломил князя. Он пошатнулся и упал с седла. А над ним бой продолжался.

X

В ПОЛОНУ

Когда князь Андрей Михайлович пришел в себя, первой его мыслью было: где он находится и что с ним? Все тело его ныло... Он сделал попытку шевельнуть руками, и не мог их поднять. Веки также не повиновались стараниям князя открыть глаза и осмотреться кругом — ресницы словно срослись вместе. Андрей Михайлович чувствовал легкое равномерное покачивание, будто его несли на руках. До его слуха долетал неясный шум голосов, но кто были говорившие: русские или татары, он еще не мог понять.

Тихая, равномерная качка нагоняла сон на князя, и он впал в

забытье. Перед ним проносились легкие, неясные образы, быстро сменявшие друг друга. Грезилась ему Москва, боярский сад, а вот и она, его милая, его люба желанная! Как изменилась, похудела! С тоски по нему, верно... На глазах слезы, голова упала на грудь... Ломает она свои белые руки от горя, от кручины лютой!

"Полно, лебедь моя!" — хочется крикнуть Андрею Михайловичу. — "Не плачь, не тоскуй! Я еще жив! Жив!.." Но уста князя не повинуются ему. А в это время и боярский сад, и Марья Васильевна уже куда-то скрылись; перед Андреем Михайловичем новая картина. Кажется ему большая горница, а в ней сидит какой-то мужчина, и чудится князю, что это лютый его враг! Лица мужчины не видно Андрею Михайловичу... Враг его — он знает, он чувствует, что это его враг — сидит перед столом и смотрит на дверь, будто ждет кого-то... Вдруг распахнулась на обе половины широкая дверь, и в комнату вошла Марья Васильевна, плачет бедная, а сидевший за столом вскочил с сиденья и прямо к ней... Обнял ее и целует, а она не обороняется, только еще пуще слезами залилась. Ворог же Андрея Михайловича оборотился теперь лицом прямо к князю и смеется, оскалив ряд белых зубов, и глазом хитро подмигивает. И видит Андрей Михайлович, что это Шигаев... Вон и красный рубец на голове от удара его сабли... Так он не умер, басурман! Так он жив и еще смеет целовать его зазнобушку, его любу милую! "Ну, теперь берегись! Теперь я тебя так уложу, что ты не встанешь больше!" — думает князь, и кровь кипит в его жилах от гнева.

Вдруг неожиданный толчок вывел Андрея Михайловича из забытья... Впрочем, он очнулся не сразу: слишком живы были его грезы и слишком далеко унесли они его от действительности. Шедшие, должно быть, остановились, судя по тому, что не чувствовалось прежнего покачивания. Князь чувствовал, что его опустили на что-то мягкое. Вокруг него слышались сдержанные голоса, потом послышался удаляющийся топот ног нескольких человек, и наступило безмолвие. Князь понял, что его оставили одного. Сделав усилие, князь слегка приоткрыл глаза. То, что он увидел, поразило его. Он лежал в большой светлой комнате. Стены ее были украшены пестрыми коврами в турецком вкусе. Такой же ковер был разостлан на полу. У стены стояло несколько небольших, широких и низких диванчиков, такого же цвета, как и ковры, снабженных по краям круглыми подушками, украшенными золотыми кистями. Около одного из диванов стоял маленький тонкий столик, весь причудливо изукрашенный перламутром. Он был невысок, чуть-чуть повыше сиденья диванов. На нем стоял кальян с обернутой вокруг него длинной мягкой трубкой для куренья. Такая обстановка была знакома князю: ему приходилось посещать богатых татар, и он знал, что так убираются их жилища. Как же он попал сюда? Стало быть, он в плену! При этой мысли волосы на голове князя стали дыбом от ужаса! Он, не боявшийся смерти, всегда готовый рискнуть жизнью, когда это было надо, испугался: он знал, какова татарская неволя! Ужас, охвативший князя, подействовал на него лучше, чем всякое лекарство: он сразу возвратил ему силы.

Андрей Михайлович открыл глаза и приподнялся. Тело болело, голова, словно была налита свинцом, но руки, хотя и с трудом, двигались, ноги тоже. Князь еще раз внимательно осмотрел комнату, ища, нет ли где лазейки, чтобы выбраться на свободу. Несмотря на свою слабость, князь решился бы убежать, если бы была возможность. Но как внимательно, ни осматривал князь комнату, нигде не было другого выхода, кроме единственной двери. Приходилось оставить всякую мысль о побеге и покориться судьбе.

У входа в комнату послышались шаги.

Князь быстро принял то положение, в каком был оставлен, и лежал неподвижно, лишь чуть-чуть приоткрыв глаза, и, прекрасно зная татарский язык, приготовился внимательно слушать, что будут говорить пришедшие.

В комнату вошли четверо татар-простолюдинов, судя по их бедной и грязной одежде, мулла в зеленой чалме, по-видимому, турок, так как черты его лица не походили на татарские, и, наконец, какой-то старик в богатой, расшитой золотом одежде. Это был, должно быть, сам хозяин дома.

Старик приблизился к неподвижно лежащему князю и склонился над ним. Андрей Михайлович не подавал признака жизни.

— Да жив ли он? — произнес старик, внимательно глядя на бледное лицо Андрея Михайловича.

Мулла безмолвно подошел к ложу князя и, приложив ухо к его груди, прислушался.

— Жив! — сказал он, отходя от него через минуту. — Сердце бьется!

— Вы не ошиблись? — обратился старик к четырем простолюдинам: — это тот самый гяур, который начальствовал над казаками?

— Он! Он! Клянусь Аллахом! — ответил один из спрашиваемых.

Остальные подтвердили его слова.

— Гмм... Неужели это сам шайтан, Данило Адашев? — задумчиво проговорил старик.

— А вы будьте спокойны, — продолжал он, обращаясь к четырем татарам, — если это и не Адашев, то все-таки один из важных в его войске, и вас хан наградит, что вы его ко мне доставили. Я сегодня, сейчас даже, поеду к хану, расскажу ему о вашей победе... Да! — сказал он после некоторого раздумья, не окончив своей речи. — Казаки все перебиты?

— Почти все! Только четверо ускакали, и то один из них ранен вилами!

"Ага! — радостно подумал князь. — Это, верно, Петр. Хорошо, что он спасся! Слава Богу!".

— Четверо ушли, — продолжал старик. — Ну, что ж! Это ничего не значит! Я скажу хану, что, когда его воины отказались идти на урусов, страшась их, простые крестьяне сделали их дело! Идите! — кивнул он слегка головой татарам. — Хан не забудет вас!

Едва татары покинули комнату, как старик почтительно обратился к мулле.

— Ты мудр, мой отец! — повел он по восточному обычаю цветистую речь. — Тебе известны все звезды на небе, ты знаешь, почему почка цветка открывает свой зев навстречу солнечному лучу, когда Аллах велит утром появиться дневному светилу! Ты наизусть знаешь Коран, Сунну и Хадисы нашего великого пророка! Аллах просветил тебя своим светом. Он открыл тебе тайны природы, тайны души и тела человека! Теперь я, недостойный владеть и частицей этого божественного света, которым просвещен твой разум, как раб, ползаю у тебя в ногах и молю тебя: помоги мне своей мудростью!

— Чего ты хочешь от меня? — важно спросил мулла.

— Излечи этого уруса! Для меня необходимо, чтобы он был здоров!

Мулла не отвечал, задумчиво смотря на лежащего неподвижно Андрея Михайловича.

— Хорошо! — проговорил он, наконец, торжественно. — Урус будет жив и здоров!

— Спасибо тебе! — радостно вскричал старик, — Теперь я спокоен и поспешу к хану с радостной вестью о победе!

Проговорив это, он три раза ударил в ладоши. На пороге появился раб и встал недвижимо, как статуя.

— Поставь у этих дверей двух сторожей, чтобы они постоянно наблюдали за пленником.

— Слушаю! — ответил раб, бесшумно скрываясь за дверью.

Когда хозяин комнаты выходил из нее немного спустя, то у дверей ее уже стояли два рослых и сильных татарина с обнаженными саблями в руках.

Таким образом, у князя была отнята самая тень надежды на побег. Он сделался татарским узником и пленником. Однако слышанный им разговор несколько его успокоил. Его будут лечить, пройдет немало времени, пока он выздоровеет, а выздоравливать скоро у него не было расчета, и он собирался поводить за нос мудреца-муллу, как можно долее притворяясь слабым и больным. Кто знает? За это время, быть может, и представится случай к побегу или Петр, находящийся в живых и на свободе (а он был почему-то уверен, что Петру удалось спастись, и это несказанно радовало его), оправясь от своей раны, выручит его из полона.

Потом мысли князя приняли другое направление.

"Так вот, — думал он, — почему мне грезилась моя милая горько слезы льющей, как по упокойнику. Ныне я и есть почти упокойник: татарская неволя — тот же гроб!"

Пока эти мысли бродили в голове князя, мулла, сидевший, поджав под себя ноги, на одном из диванов, не спускал глаз с лица Андрея Михайловича.

— Зачем собака-урус притворяется? — внезапно произнес мулла на довольно чистом русском языке.

Эти слова, а главным образом, язык, на котором они были высказаны, едва не заставили князя выйти из его притворного бесчувствия. Но он вовремя опомнился и продолжал лежать по-прежнему неподвижно, не подавая и признаков жизни.

Мулла наблюдал за ним.

— Ты жив, гяур! — произнес он снова, но результат был прежний.

Тогда и мулла усомнился в том, действительно ли жив пленник, и приказал одному из часовых принести чашу с водой. Когда приказание его было исполнено, он, расстегнув ворот одежды Андрея Михайловича и с презрением отвернувшись от увиденного им христианского креста, смочил водою грудь и виски неподвижно лежащего пленника.

Князю показалось, что пора очнуться, и он издал легкий стон. Через минуту он пошевелился, открыл глаза и снова закрыл их. Дав мулле время еще повозиться над ним, он, наконец, снова открыл глаза и обвел взглядом комнату, как будто удивляясь непривычной обстановке.

— Где я? — спросил он муллу слабым голосом и сделал попытку приподняться.

— Полежи еще и не шевелись! — сказал мулла, удерживая его. — Ты слабее, чем я думал! Тебе еще нельзя двигаться!

— Где я? — снова повторил свой вопрос князь.

— Там, где тебя давно ждали! — отвечал, усмехаясь, мулла.

Князь с недоумением посмотрел на него. В это время один из часовых вошел в комнату.

— Молодая ханым [госпожа] хочет посмотреть на пленного уруса, — произнес он.

— Пусть она войдет, но получше закроется чадрой, потому что урус теперь пришел в себя.

Андрей Михайлович не подал и вида, что понимает по-татарски, и стал с любопытством ожидать появления ханым.

XI

МОЛОДАЯ ХАНЫМ

Ожидание Андрея Михайловича длилось не долго: скоро дверь распахнулась, и на пороге появилась фигура женщины. Легкими, быстрыми шагами подошла она к ложу полоняника. Молода она была, хороша или дурна лицом — нельзя было узнать, так как ее с головы до ног скрывала чадра из легкой, непроницаемой для глаза материи. Можно было видеть только, что ханым была невысока ростом. Ниспадавшее красивыми складками покрывало неясно обрисовывало ее стан: очертание его, казалось, было прелестным. Из-под белой чадры выбивались на висках несколько прядей черных волос с синеватым отливом, казавшихся еще чернее от контраста с белоснежным покрывалом. Порою князю казалось, что он различает пару глубоких, темных глаз, слегка сверкавших под дымкой легкой чадры, скрывающей их. Но затем он должен был сознаться, что не видит ничего, кроме укутанной в белое фигуры женщины.

Ханым, приблизясь к князю, остановилась и внимательно его разглядывала. Она молчала. Молчал и мулла, словно застывший в своей обыкновенной позе, расположившись на одном из диванов. В комнате было тихо. Андрею Михайловичу становилось неловко под пристальным взором скрытых от него глаз женщины. Он сделал усилие и, поворотив, насколько мог голову, отвернулся от смотревшей на него девушки.

— Неужели это и есть предводитель всех урусов? — сказала ханым, обращаясь к мулле, прерывая, наконец, свое молчание.

Старик пожал плечами.

— То ведомо только одному Аллаху! — ответил он.

— Урус, кажется, болен?

— Да, он ранен в той битве, в которой наши молодцы перебили всех его товарищей-гяуров. Да будет славно имя Аллаха и его великого пророка Магомета!

— Не придут ли урусы выручить его? Ведь они, кажется, недалеко?

— Не думаю. Урусы хитрят, — сам шайтан водит их, — но вместе с тем и просты, как дети! Высадившись на берег нашего ханства, войско их растянулось на много верст, но идет все в одном направлении вдоль морского берега. Им и в голову не приходит пойти к самому сердцу нашего ханства; они только опустошают ту часть, которая лежит в той стороне, где вечером скрывается солнце. Потому, будь спокойна, ханым, наша деревня в безопасности от них. Им даже неизвестно, что всего только один переход отделяет их от того улуса, в котором живет такой славный муж, как мурза Сайд. А стоило бы им появиться здесь — и от улуса не осталось бы камня на камне, потому что ханские солдаты мудрого Сайда разбежались и защищать улус некому. Но нас, я сказал, спасает то, что урусы хитры, как змеи, и вместе с тем просты, как дети! — закончил свою речь мулла.

— А пленник долго здесь останется или его увезут отсюда? — снова спросила ханым.

— До тех пор, пока не поправится.

— Надеешься ты, что он выздоровеет?

— Аллах не обидел меня разумом и открыл мне многие тайны! Я ручаюсь, что пленник выздоровеет.

"Все это упомнить надо! — думал между тем Андрей Михайлович, внимательно вслушиваясь в разговор муллы и ханым. — Наши, стало быть, недалеко! Неужели они не надумают сюда завернуть? Эх, кабы послать к ним весточку али убежать отсюда, да поскорее, теперь же, после поздно будет!"

И планы, один другого хитрее и замысловатее, роились в голове князя. То он думал скрыться ночью, убив поставленных у дверей часовых, забывая, что он совершенно безоружен, — у него не было даже ножа, — а те вооружены с головы до ног; то он хотел подкупить их, достать татарское платье и бежать в русский стан, не приняв в расчет того, что, во-первых, у него не было при себе денег, во-вторых, вряд ли безответные рабы мурзы Сайда пожелали бы подвергнуть себя лютым пыткам и смерти из-за горсти русского золота, так как они прекрасно должны были понимать, что побег пленника, прежде всего, отразился бы на них.

С грустью убеждался Андрей Михайлович в непригодности своих планов, а мечты все бежали живой волной, сменяя друг друга, и князь отдался своим грезам.

Голос муллы вернул его к действительности, Андрей Михайлович оглянулся: ханым уже не было в комнате. Он, забывшись, не слышал, как она удалилась.

— Урус, а урус! — говорил ему мулла.

— Что? — спросил его князь.

— Попробуй приподняться и подкрепи свои силы, — сказал старик, помогая Андрею Михайловичу сесть.

Тот сел, показывая вид, что это ему чрезвычайно трудно сделать, между тем как на самом деле он чувствовал себя гораздо бодрее, чем прежде.

Мулла ударил в ладоши. На его зов вошел раб.

— Принеси пленнику пищи, — приказал мулла.

Раб удалился и вскоре вернулся, неся серебряный поднос, на котором стояла небольшая миска и серебряный кубок. От миски шел такой соблазнительный запах, что у князя, ничего не евшего с самого утра и утомленного битвой и раной, невольно пробудился сильный позыв к пище.

— Возьми и ешь! — коротко сказал мулла, взяв от слуги поднос и подавая его пленнику.

Андрей Михайлович заглянул в миску. В ней была мелко искрошенная жареная баранина, перемешанная с рисом.

"Хоть пост у нас теперь великий, да и погаными руками приготовлено все, — подумал он, — а что делать! Поневоле поешь и оскоромишься. Бог простит, поем, а то в желудке у меня, ровно мальчики на салазках с гор катаются"...

Андрей Михайлович, перекрестившись, принялся за еду. Скоро все содержимое миски было уничтожено. Тогда князь взглянул на кубок. В нем было какое-то питье. После жирной баранины хотелось пить, и он, не задумываясь, взял кубок. Напиток оказался чрезвычайно вкусным и ароматным. И он выпил его весь.

— Хорошо, урус! Теперь ты скоро поправишься, — произнес мулла, — После этого питья тебя будет клонить ко сну. Ты не противься этому, ляг и спи. Тебе все здесь приготовлено, — указал он Андрею Михайловичу на постланное для него на одном из диванов ложе. — Попробуй потом сам, без моей помощи, перейти на него. Я же тебе не буду мешать и уйду.

Мулла вышел из комнаты, оставляя князя одиноким. Князь не замедлил последовать его совету. Он с некоторым усилием приподнялся и перешел на диван. Диван был несколько короток для него, но мягок, и князь, которому часто во время похода приходилось спать на гораздо более неудобном ложе — на матушке сырой земле, чувствовал себя на нем прекрасно. Скоро Андрей Михайлович ощутил приятную истому во всем теле и, немного спустя, заснул крепким и здоровым сном.

Утомление и болезненное состояние сказалось. Андрей Михайлович спал долго. Когда он открыл глаза, была уже глубокая южная ночь с ее яркою луной на звездном небе. Луч ночной царицы — луны упал, пройдя сквозь листву росшего вблизи дома дерева, в комнату, где находился Бахметов, и, отразив на пестром ковре пола узорчатую тень древесной листвы, захватил своим светом край одного из диванов и заиграл на золотой кисти подушки. Царившая тишина лишь изредка нарушалась легким покашливанием часовых, стоящих у двери, вне комнаты, бряцанием оружия, и снова все затихало. Дом казался вымершим.

Проснувшийся князь в первую минуту не мог понять, где он. Однако скоро, не вполне еще прошедшая боль в голове, напомнила ему обо всем случившемся. Князь, чувствовавший себя значительно бодрее, поднялся со своего ложа и прошелся. Шум его шагов заглушался толстым ковром, и часовые не слышали, что их узник бродит по комнате. Пользуясь выпавшей ему некоторой свободой, князь хотел подробнее ознакомиться с тем уголком дома мурзы Сайда, который, быть может, надолго стал его темницей. При внимательном осмотре всей обстановки комнаты он удивился тому, что две стены были увешаны коврами и уставлены диванами, а третья, прилегавшая к внутренним покоям, была лишена этого украшения.

— Что бы это значило? Нет ли в ней двери? — размышлял Бахметов.

Он знал, что не в характере хитрых и осторожных мусульман было оставить одну из комнат как бы отрезанною ото всего остального дома. Поэтому князь полагал, что из этой комнаты, верно, есть еще выход, кроме того, у которого стояли часовые. Может быть, хорошо скрытая потайная дверь находилась именно на той стене, которая была лишена ковров и диванов. Размышляя так, Андрей Михайлович подошел к стене. Она, насколько он мог разглядеть при слабом отблеске лунных лучей, казалось, вся была равно плотна и везде одинаково построена: поверхность ее была гладка, и нигде не видно было даже малейшей щели. Обескураженный такою неудачею, князь воротился к своему ложу и поник головой: казалось, в этой стене не могло быть двери, а, следовательно, приходилось оставить мысль о побеге, так как бежать через ту дверь, около которой стояли часовые, было безрассудно: побег все равно не удался бы и, может быть, только повлек бы усиленный надзор за полоненным урусом. Приходилось покориться необходимости и ждать, надеясь на милость Божию.

С такими мыслями лег князь на диван, оборотясь лицом к той стене, которая так привлекала все его внимание.

Понемногу мысли Андрея Михайловича стали путаться, и он впал в дремоту. Кругом царствовала глубокая тишина. Князь уже готов был отдаться сну, — этому волшебному целителю всяких страданий, — когда внезапно был пробужден от своей дремоты чуть слышным звуком, происходившим, словно от отпираемого ключом затвора. Звук был очень слаб, но при полной тишине, царившей в доме, Андрей Михайлович ясно расслышал его: он исходил от той стены, которую князь только что рассматривал.

Удивленный Андрей Михайлович продолжал лежать неподвижно и чутко прислушивался. Ему пришлось ждать недолго: звук повторился и при этом гораздо явственнее, чем прежде. Князю стало казаться, что он не ошибся, что в стене была дверь и теперь кто-то ее открывает. Как будто в подтверждение этого часть стены подалась, насколько позволил это видеть слабый отблеск месяца, бесшумно открылась искусно скрытая потайная дверь, и в комнату узника кто-то вошел. Кто? Этого Андрей Михайлович еще не мог различить. Он видел только невысокую, одетую в белое фигуру.

Таинственный посетитель или посетительница, войдя в комнату, остановился, словно отыскивая, где лежит князь. Затем, вероятно, заметив неподвижно лежащего Андрея Михайловича, пошел прямо к нему.

В это время таинственный гость вступил в освещенное луною пространство, и князь чуть не ахнул, узнав ханым.

Она была одета так же, как днем, но чадра была откинута, и можно было рассмотреть ее лицо. Перед князем стояла прелестная женщина. Правильные черты ее лица были бледны и при свете месяца казались бы мраморными, мертвенными, если бы их не оживлял слабый румянец, едва заметный, особенно под лучом луны, дающей всему зеленоватый оттенок. От бледного цвета лица еще глубже, еще темнее казались очи красавицы, обведенные гордыми, тонкими, словно нарисованными, бровями. Из-под откинутой чадры выбивались длинные, черные косы... Алые губы словно ждали поцелуя. Что-то обворожительное, таинственное, привлекательное скрывалось в лице и во всей фигуре ханым.

Не удивительно, что князь, знакомый только с типом русских красавиц, высоких, полных, белых, как молоко, и румяных, как яблоко, был очарован красотою представшей пред ним женщины. Чем-то неземным, но и не небесным веяло от этого прелестного создания.

"Бес это али ангел?" — мелькнуло в голове Андрея Михайловича.

Между тем молодая женщина тихо приблизилась к ложу князя и

села у него в изголовье. Потом она склонилась к лицу лежавшего, посмотрела ему прямо в глаза — и любовью и жгучею страстью повеяло на князя от этого взора. Ханым подняла свою маленькую белую ручку и тихо-тихо стала ею разглаживать темные, мягкие кудри Андрея Михайловича, по-прежнему не отводя своих очей от него.

И чувствовал князь, что жжет ему сердце этот взор, и смутно становится на душе у него, словно он нарушает что-то, будто он не должен смотреть на ханым. А между тем, с другой стороны, он замечает, как все тише и тише становится боль в голове от удара, полученного в битве; все больше и больше замирает она, и кажется князю, что его исцеляет та маленькая ручка, которая перебирает теперь его кудри. Понемногу смолкает его душевная смута и тревога, уходит она вместе с болью и сменяется тихим спокойствием. Кажется Андрею Михайловичу, что перед ним сидит уже не ханым — чуждая ему женщина, "басурманка", как он еще утром называл ее, — а или посланный ему Богом ангел-целитель, или родное, любящее его, существо.

Еще ближе склоняется к нему ханым... Жаркий поцелуй почувствовал князь на своем лбу, и вслед затем молодая женщина встала и быстрыми шагами вышла из комнаты. Чуть слышно щелкнул замок, и все стало тихо.

Князь долго не мог прийти в себя. Сон это был, или, действительно, все это свершилось наяву! И Андрей Михайлович вспоминал все мелкие подробности происшедшего. Невольно он сравнивал прелестный образ ханым с оставленной в Москве своей милой, и..., и сравнение было не в пользу последней! Та ведь тоже была красавицей, но как не хороши, казались князю ее золотистые косы рядом с темными, как смоль волосами татарки; как груба и тяжела была ее фигура рядом с легким обликом молодой ханым]

"А есть ли у этой басурманки такое сердце в груди, как у моей милой? Могут ли черные очи ее быть такими кроткими, как у моей любы? Конечно, нет! Никогда поганой басурманке не сравняться с моей зазнобушкой! Краше ее есть разве кто на свете? Эх! Кабы вырваться мне отсюда, да на Москву поскорей! Вот будет времечко золотое! Повенчаемся мы с моей милой и будем всегда с нею неразлучно... Ни на какие бои, ни на какие битвы тогда не поеду, хоть бы все татары на Москву пошли! Ну, их, гололобых! Надо мне и с любой моей побыть! А там детки пойдут... Маленькие такие будут карапузы золотоволосые бегать... "Тятя!" будут кричать: "тятя, пойдем гулять!" И возьму я их за ручки за маленькие; и пойду гулять куда-нибудь на поле, за Москву... Солнышко светит... Детки прыгают, кричат да игры заводят. А мне любо на них смотреть, и на душе так спокойно, спокойно!

"Эхма! То-то время будет! Только б вырваться мне отсюда!"

Такие мысли бродили в голове у князя, и он отдался им. А свет месяца между тем бледнел все больше и больше. На краю неба явилась узкая золотая полоска...

Наступал день — второй день неволи князя Андрея Михайловича.

XII

ЛЮБОВЬ

Прекрасна была молодая ханым, дочь славного мурзы Сайда. Много знатных татарских витязей знали об ее красоте и добивались ее руки. Но серебристым смехом отвечала ханым на их страстные признания. Сердце ее молчало, и она не хотела расставаться со своею девичьей свободой, а старик отец ее не неволил: богат был мурза Сайд, много конских табунов бродило у него по степям, много рабов трепетало при грозном окрике его голоса! Ему незачем было торопиться отдать свою дочь замуж, и она, довольная и счастливая, пользуясь редкой на Востоке для женщины свободой, пела и щебетала, как птичка.

Теперь грустна молодая ханым, прекрасная Зюлейка. Вот уже который день не слышно ее серебристого смеха, ее веселого пения. Грустно склонила она на грудь свою прелестную головку и думает тяжелую думушку. Диковинное что-то приключилось с нею с тех пор, как увидела она молодого пленного уруса! Как жалеет теперь Зюлейка, что пошла тогда посмотреть на него, словно на зверя заморского! Вот Аллах и наказал ее за любопытство: с той поры она не знает покоя! Болит ее сердце, тоскует... Скучно стало Зюлейке в родительском доме, и не идут ей на ум веселые песни! И ведь всего-то неделя прошла с тех пор, как она первый раз увидела его, а уже он ей словно родной стал, словно она знала его многие годы! Живо помнит она первую встречу с урусом. Когда она вошла в комнату, мулла сидел такой угрюмый на диване, поджав под себя ноги, и таким злобным взглядом смотрел на пленника, что у Зюлейки мороз по телу прошел, а он, урус, лежал бледный, истомленный такой, кудри над головой его сбились и темными прядями обрамляли лицо, в котором не было ни кровинки, только губы алели из-под усов молодецких... Жаль ей тогда стало уруса, и забыла она, что это лежит враг ее народа. Зюлейка недолго оставалась подле пленника: урусу, верно, было неприятно, что татарка так его разглядывает, она заметила это и ушла к себе. Вернулась она в свою светлицу, стала по-прежнему песни петь да нарядами заниматься, благо, рабынь покорных ей около нее было много, но не пелись веселые песни и не занимали ее красивые наряды: все носилось пред нею лицо молодого красавца уруса!

Спустилась на землю темная ночь... Думала Зюлейка, что сон

42

заставит ее забыть все, но сон бежал от ее глаз. Напрасно читала молодая татарка священные стихи корана, которым в детстве выучил Зюлейку отец, напрасно она молилась, призывая великого пророка против тех чар, которыми околдовал ее урус — была бессильна и жаркая молитва, и священный стих корана!

Мечется Зюлейка на своем ложе, чуть забудется сном и снова проснется, тяжело дышит ее грудь, и жаркою волною кипит ее кровь... Греза сменяет грезу, мечта летит за мечтою, а она — нет! Хочется Зюлейке еще раз увидеть уруса! Борется она против своего желания: он — гяур, неверный, враг ее народа, ее отца, шепчет ей разум, такое желание греховно! А между тем в голове ее уже слагается план, как проникнуть в комнату уруса, минуя часовых... Ловит себя Зюлейка на этой мысли, смущается, а мысль продолжает работать, и план окончательно созревает у ней.

Движимая какою-то непонятною силой, Зюлейка поднимается с ложа и накидывает одежду... Рабыня спит в соседней комнате, она не услышит... Знает молодая ханым, что из ее спальни есть ход туда, где находится пленный урус: маленькая, потайная дверь... Она помнит, что ей было еще всего десять лет, когда эту дверь отворял в последний раз ее отец по какому-то случаю. И ключ недалеко... Она знает, куда положил его отец. Вот он — маленький такой, свободно умещающийся в руке. Теперь к двери!.. Найдет ли Зюлейка ее? Дверь искусно сокрыта! Но нет, Зюлейка помнит, где она находится! Вот и едва заметная скважина для ключа... Отворять дверь или нет? Идти или не идти? — мелькают вопросы в голове татарки. "Урус, верно, спит, я только погляжу на него! Что же тут дурного?" — утешает она себя и поворачивает ключ. Чуть слышный звук отворяемого замка кажется ей громким. Не услышала ли рабыня? Но нет, все тихо... Зюлейка поворачивает ключ еще раз, неслышно отворяется дверь, и она в комнате уруса! Сердце ее бьется, замирает, словно она совершает преступление... Да ведь это и есть преступление — прийти татарской женщине в комнату ночью к молодому урусу! Зюлейка делает шаг, другой от двери... Где же пленник? Остановилась она, вся облитая лунным светом. Вот он! И она пошла к нему. Он не спит и глядит прямо ей в очи, но она уже не смущается, не дрожит!.. Тихо гладит белою рукою его темные кудри и смотрит ему прямо в очи... А время летит! Пора к себе: рабыня может проснуться и войти в ее спальню... Пора! Жалко ей покидать уруса! Она склоняется еще ниже над пленником и жарко целует прямо в его высокий белый лоб, потом быстро уходит. "Я завтра приду опять!" — думает она.

Весь день она была грустна, и только успело спрятаться солнце, она уж снова в комнате уруса. И снова глядит ему в очи, снова гладит его шелковистые кудри. Пришло утро — Зюлейка к себе и снова ждет не дождется немого свидания!..

Так прошла неделя, вот уж она седьмой раз отправляется к пленнику.

А Андрей Михайлович успел за это время совершенно оправиться... Скучно ему в неволе! Сегодня еще грустнее, потому что

43

мулла, каждый день навещавший его, объявил ему сегодня, что пора ему окончательно поправляться, так как скоро его увезут отсюда к самому хану. И кажется князю, что никогда ему не вырваться из татарской неволи, так и век свой в ней скончать! Что же делать ему? Руки на себя наложить, что ли? Грех великий, а терпеть нет сил!

Грустно князю, и просятся на глаза его слезы; гонит он их: чего плакать? Разве выплачешь тоску лютую? И душу-то ему не с кем отвести! Мулла придет — с тем разве станешь говорить по душе? Мулла-то, кажись, его самый ярый враг и есть! С ханым молодой, что каждую ночь навещает? Так та по-русски не понимает, а по-татарски нельзя, так как князь не хочет, чтобы татары узнали, что он понимает их язык. А все-таки Андрею Михайловичу было бы много тяжелее, если бы ханым его не проведывала! Хоть и не говорят они друг с другом, а все-таки чует князь, что молодая ханым не враг ему, и легче у него на сердце становится! "Аль заговорить сегодня с нею по-ихнему? Как-никак, все же живой человек, хоть душу отведу! Э! Была, не была! Заговорю с нею сегодня, коли придет! — думает князь. — Да что ж это ее еще нет? Кажись, ведь ночь, вон темень какая, и месяца сегодня нет! Может, не придет?"

Но как раз в это время послышался уже знакомый Андрею Михайловичу шорох, и в комнате его появилась Зюлейка. В руке ее был небольшой фонарь: она принесла его, видя, что ночь безлунна и в комнате полоненного, должно быть, темно. Для того, чтобы до часовых не дошел свет сквозь щель в двери, одна сторона фонаря была плотно закрыта куском какой-то толстой, непроницаемой для света ткани. Поставив фонарь на ковер, покрывавший пол, молодая татарка, по обыкновению, опустилась на изголовье того дивана, на котором лежал князь. Но Андрею Михайловичу сегодня не хотелось лежать. Он встал и прошелся по комнате.

"Заговорить с нею или нет? — думал он. — А вдруг, да она подослана теми басурманами за мной подсматривать?" — и князь пристально посмотрел на татарку, но та глядела на него таким чистым любящим взглядом, что все опасения Андрея Михайловича рассеялись, как дым.

Кроме того, ему так хотелось с кем-нибудь обменяться живым словом, что он не выдержал и заговорил.

— Тебя как зовут? — спросил он ханым по-татарски. Та была вне себя от изумления.

— Как! Ты говоришь по-нашему! — вскричала она радостно.

— Да, говорю...

— И до сих пор молчал! — укоризненно заметила татарка.

— Зачем же мне было выдавать себя? — отвечал князь. — Но, как же тебя зовут?

— Зюлейка... А тебя?

— Андрей.

— Андрей! — повторила она, и в устах татарки как-то странно прозвучало это христианское имя.

— Кто же ты будешь? Жена или дочь хозяина? — продолжал он расспрашивать татарку, невольно любуясь ее красотой.

— Я дочь мурзы Сайда.

— Дочь? И в кого ты такой красоткой уродилась? Татары все такие узкоглазые, скуластые, а ты вон какая писаная красавица! — произнес Андрей Михайлович...

— Моя мать была из Греции... Я на нее похожа, — ответила Зюлейка, польщенная похвалой уруса.

— Что, отец твой возвратился от хана?

— Нет еще. Прислал только весточку с посланцем, что завтра вернется.

— Завтра! Стало быть, и меня завтра увезут отсюда!

— Как увезут, да еще завтра! — с испугом воскликнула Зюлейка.

— Мне ваш мулла говорил, что меня скоро увезут отсюда. Ну, вот отец твой вернется, меня, верно, и отправят к хану. Тогда прости-прощай мать-земля родная! Не видать мне ее больше! — грустно проговорил князь.

Зюлейка была поражена этой вестью.

— Ах, Аллах, Аллах! — прошептала она, заломив в отчаянии руки.

— Чего ты? — удивился князь ее отчаянию, — Тебе-то разве не все равно?

— Что ты смеешься надо мной, урус? Иль ты не видел, как горят мои очи, когда я гляжу на тебя? Иль ты не замечал, как дрожит моя рука, когда я кладу ее к тебе на голову? Да, ведь ты же заполонил мое девичье сердце! А ты спрашиваешь, чего я горюю! — страстно проговорила татарка.

Андрей Михайлович с удивлением слушал эту пылкую речь татарки и не знал, что ей ответить.

— Андрей! — тихо сказала ханым, подходя к князю: — Андрей! Ты видишь, я забыла девичью стыдливость, открыла тебе свое сердце... Открой же и ты свое! Скажи, ты совсем не любишь меня?

— За что мне не любить тебя? Ты мне зла не сделала! — уклончиво ответил Андрей Михайлович.

— Ах, не о такой Любви я говорю! — с досадой перебила его Зюлейка. — Я спрашиваю тебя, ждешь ли ты с нетерпением, как я, свиданья со мной? Думаешь ли ты обо мне постоянно и днем ясным, и ночкою темной? Вот о чем я тебя спрашиваю!

— Нет! — качнул головою Андрей Михайлович. — Не буду тебя обманывать! Нет! Этого, о чем ты спрашиваешь, я не чую в себе!

Грустно поникла головой Зюлейка.

— Что ж так? — молвила она, наконец. — Дурна я, али противна тебе?

— Нет, ты мне не противна, а только...

— А! — вскричала Зюлейка. — Теперь я догадалась! У тебя, верно, на Москве зазнобушка покинута!

— Да! Оставил я мою любу желанную, мою лебедь белую! И не видать мне больше ее вовеки: умру я здесь, в неволе вашей татарской!

Прости-прощай и земля родная, и моя зазнобушка! — грустно проговорил князь и поник головой.

Воцарилось молчание. Каждый был занят своими думами, и у обоих грустны были эти думушки.

Когда князь сказал Зюлейке, что на Москве оставлена у него зазнобушка, змейкой пробежала ревность по сердцу красавицы-татарки: она сразу возненавидела свою неизвестную и более счастливую соперницу.

"А! — думала Зюлейка, — если бы не ты, так он полюбил бы меня! Пусть же он не достанется ни тебе и ни мне!"

Однако скоро мысли ее приняли иное направление.

"Оставить его в неволе, чтобы его сделали рабом?... Да ведь он убьет себя! Он не достанется ей... Ну, а мне какая польза? Не лучше ли, не губить его, и..., и все может быть! Все в руках Аллаха! Быть может, он ко мне вернется! Кто знает, верна ли ему его милая? Дать ему возможность бежать? А отец? Если он узнает, что это сделала я, то, что тогда? Э! Узнает ли? Ему и в голову не придет подозревать меня! Как быть с часовыми! Их можно миновать, я проведу уруса с другого хода! Когда же устроить побег? Надо сегодня! Завтра может быть поздно!"

Придя к такому решению, Зюлейка обратилась к князю со словами, заставившими его поднять грустно опущенную голову:

— Андрей, ты увидишь свою милую!

— Бог знает! Вряд ли! — ответил Андрей Михайлович.

— Нет, наверно: ты сегодня уйдешь из полону!

— Может ли быть? — радостно и вместе с сомнением вскричал князь, думая, что татарка смеется над ним.

— Сейчас увидишь! Иди за мной!

Сказав это, Зюлейка взяла фонарь и пошла к потайной двери. Князь последовал за ней. Они прошли в комнату татарки.

— Возьми вот этот кинжал, — указала Зюлейка на один из висевших на стене кинжалов. — Он невелик, но из хорошей стали, и на нем вырезан священный стих корана... Да сохранит он тебя в минуту опасности! Теперь тихо следуй за мной!

Тихо подойдя к двери, ведущей в соседнюю со спальней комнату, татарка посмотрела, спит ли рабыня. Та спала крепким сном трудящегося человека. Зюлейка прошла мимо нее. Князь шел за ней. Дальше были уже нежилые комнаты, так как прислуга спала в другой части дома, весь дом занимал только Сайд со своей дочерью, гарем его находился в другом здании и был отделен садом. Теперь можно было идти с большей безопасностью. Зюлейка и князь скоро достигли выхода в сад.

— Иди, Андрей! Путь твой свободен! Ты пройдешь сад, перелезешь через изгородь, а потом..., потом да наставит тебя Аллах, как попасть к своим. Иди, Андрей! Там ждет тебя твоя милая! Прощай, дорогой мой! Прощай, может быть, навеки! — говорила Зюлейка, бледная, трепещущая, со слезами на глазах.

— Прощай, Зюлейка! Спасибо тебе! — говорил счастливый и

46

растроганный князь, — Бог наградит тебя за то, что ты сделала! А я на Москве моей милой поведаю, кому она обязана, что видит меня живым! И она будет молиться, чтобы Бог послал тебе счастья! Прощай! — и в первый раз князь поцеловал Зюлейку, в изнеможении опустившуюся на стоящий у входа диван.

Князь готовился выйти.

— Стой, Андрей! Стой! — окликнула его вне себя красавица. — Поцелуй меня еще раз!.. Последний раз! Помни, знай, милый, — продолжала она, обнимая Андрея Михайловича, — коли изменит там, на Руси твоей, твоя любушка, воротись ко мне! О, тогда я сумею разогнать твое горе горькое, усыпить своими ласками твою тоску лютую!

— Нет, Зюлейка! Не надейся напрасно: не изменит мне моя милая!

— Кто знает? Но дай только мне слово сделать это!

— Да что же и слово давать, коли этого не может быть.

— Полно! Все может быть! Разве она тебя так любит, как я? О, если б ты знал, как я люблю тебя! О, если б ты знал! — страстно говорила Зюлейка, привставая с дивана.

По плечам ее рассыпались черные косы, и обвили белоснежную шею... Взор ее горел и тоскою, и нежностью, и беззаветною любовью... Прелестна она была в этот миг! Дрогнул молодой князь... Взор его сверкнул... Как у девицы, щеки вспыхнули... Словно движимый какою-то чуждой силой, сделал он шаг к Зюлейке. А уж навстречу ему протянулись пухлые, белые руки и обняли его широкую грудь, и уста, как кровь, красные, обратились к нему для поцелуя. И не смог бы Андрей Михайлович одолеть себя, если б в этот миг руки Зюлейки не прижали к его груди той ладанки, которую он получил при прощании от Марьи Васильевны. Князь опомнился. Холодно поцеловал он красавицу и вырвался из ее объятий.

— Прощай! Пора! — сказал он. — Скоро светать начнет!

— Иди! Только слово дай мне, о котором просила!

— Да ведь напрасно же! — усмехнулся князь.

— Все равно! Обещай, что если тебя ждет измена в Москве, ты вернешься ко мне! Обещай!

— Ну хорошо! Обещаю!

— Поклянись вашим пророком!

— Изволь! Клянусь Иисусом Христом, — торжественно произнес он, — что, если изменит мне моя милая, — вернусь к тебе!

— Теперь иди, дорогой!

— Прощай!

— Прощай! Я буду ждать тебя!

— Напрасно!

— Э! Сердце девичье воск!

— Увидим! Прощай! — проговорил князь, и его фигура скрылась от Зюлейки в темноте сада.

XIII

ОБРАТНЫЙ ПУТЬ

"Спасибо этой Зюлейке, — думал князь, расставшись с татаркой, — хоть и басурманка, а какая добрая. Не видать бы мне без нее воли, как ушей своих! Да, и между басурманами, как и между нашим братом, есть всякие! Спасибо ей! Дай ей Бог счастья! А только про мою зазнобушку — это она врет! "Сердце", — говорит, — "девичье — воск"... Знаем и сами, да у какой девицы! У Марьи Васильевны моей не воск оно, нет, не воск! Чтобы она мне изменила... Да никак этого быть не может! Нечего зря об этом и думать... А, не дай Бог, вышло бы так, тогда... тогда, кажись, и солнышко для меня померкнет, и жизни я не рад буду! Лучше б тогда мне и из неволи татарской не выходить... Такое будет, что и помыслить страшно! Только этого быть не может, что пустое думать! Как и мысли-то такие в голову идут? Вот лучше надо о том мозгами пошевелить, куда мне идти? Где изгородь будет? Э, пойду напрямик, авось, куда-нибудь выйду!"

Расчет Андрея Михайловича оказался верным.

Идя по прямому направлению, он скоро подошел к изгороди, сложенной из средней толщины кольев, заостренных вверху.

"Ну, — подумал князь, — через такую изгородь не скоро переберешься!"

Действительно, изгородь представляла из себя серьезное препятствие: колья были так плотно прибиты друг к другу, что образовывали плотную крепкую стену. Не было ни малейшей скважины, за которую можно было бы ухватиться рукой или опереться ногою. За таким забором можно было выдержать продолжительную осаду, при плохих полевых орудиях того времени. По всей вероятности, изгородь была предназначена для двойной цели: служить, во-первых, оградой сада, в котором, кроме дома мурзы Сайда, находилось и жилище гарема, всегда тщательно скрываемого от любопытного глаза, а, во-вторых, также и защитой от внезапного вражеского нападения. Князю предстояло решить нелегкую задачу, как перебраться через стену. Андрей Михайлович был силен, но все-таки не мог и пытаться вывернуть из земли хоть один из кольев. Оставалось искать другого средства.

"Только б до верха добраться, а там уж как-нибудь перевалился бы на другую сторону", — сообразил князь.

Надо было отыскать что-нибудь такое, что могло бы заменить лестницу. Ночь была темна: Андрей Михайлович едва различал предметы в двух шагах от себя. Приходилось искать чуть не ощупью. Долго поиски князя были напрасны. Он уже стал опасаться, как бы этот сад не сделался для него ловушкой, когда случайно под руками нащупал толстую жердь и потянул ее к себе. Жердь была длинна и тяжела. Это было как раз то, что искал он. С большим усилием он приподнял ее, перетащил к забору и приставил к нему, лестница была готова. Князь быстро взобрался по ней не верхушку стены, перелез на другую сторону изгороди и, ухватившись за колья, повис на руках.

"Что там внизу? — думал Андрей Михайлович. — Нет ли там рва?"

Он старался разглядеть, что находится внизу, но сквозь тьму ничего нельзя было рассмотреть.

"Раздумывай, не раздумывай, а прыгать надо!" — решил он и прыгнул. Нога его скользнула по мягкой грязи. Он не удержал равновесия, поскользнулся и упал в наполненный водою ров.

К счастью князя, во рву воды было немного, и он скоро выбрался из него, но был весь покрыт грязью, и вся одежда его промокла насквозь. Положение Андрея Михайловича было незавидно. Один, почти безоружный, среди многочисленных врагов, он, к довершению всего, не знал даже и направления, в каком ему нужно искать русский стан. Положим, что он знал из слов муллы, сказанных Зюлейке, что русские находятся в том месте ханства, которое обращено к той стороне неба, где солнце заходит, однако это было очень гадательно. Впрочем, князь решил держаться именно этого направления. Он хорошо знал, где находится запад: во время его бездействия в татарском плену ему приходилось не раз наблюдать и восход, и закат солнца. Немного обсохнув от действия свежего ветра, он пошел по предположенному направлению. Ему пришлось идти по деревне. Ноги князя утопали в невылазной грязи, приходилось продвигаться вперед очень медленно. К этому еще присоединилось опасение, как бы рассвет не застал его слишком близко от жилища мурзы Сайда: тогда его ждала опять татарская неволя.

"Дело дрянь! — подумал Андрей Михайлович, — как и быть, ума не приложу! Эх, кабы коня промыслить!"

Как раз в это время где-то вблизи заржала лошадь.

"Али украсть? Ведь не у русского, а у татарина, у ворога, да, к тому же, неволя заставляет... Попробовать разве?" — размышлял князь, прислушиваясь, откуда к нему доносится ржанье.

Оно более не повторялось, лишь изредка слышалось негромкое фырканье. Андрей Михайлович направился к тому месту, откуда оно доносилось, и пришел к воротам. Они, против ожидания, были не заперты. Неслышно приотворив их, князь пробрался на двор.

"Вот те и на! Теперь я и в конокрада обратился! Чего только не придется испробовать в жизни!" — пришло в голову Андрею Михайловичу.

Фырканье и стук копыт доносились теперь явственнее. Князь, не задумываясь, направился прямо на эти звуки. В это время послышалось глухое рычание, и Андрей Михайлович едва не был сбит с ног налетевшим на него огромным, судя по его силе, дворовым псом, почуявшим чужого человека. Собака прыгнула прямо на грудь князя, очевидно, намереваясь схватить его за горло. Но Андрей Михайлович успел увернуться от опасных зубов разъяренного животного и, схватив его за шиворот, всадил подаренный Зюлейкою кинжал прямо в грудь, несколько ниже блестящих в темноте глаз собаки. Взвизгнув, пес свалился в конвульсиях, а Андрей Михайлович, вытерев окровавленный кинжал о его шерсть, поспешил к намеченной цели. Он ожидал найти конюшню, но встретил только невысокую изгородь, за которой смутно различил два крупа привязанных там лошадей.

"А, их две! Тем лучше: не так грешно будет украсть одну из них!" — подумал князь и, поспешно отвязав ближайшую к нему лошадь, вывел ее за ворота.

На ней, конечно, не было ни седла, ни уздечки, был только короткий недоуздок, но князь об этом не особенно заботился: он рад был тому, что добыл лошадь, и поспешно вскочил на нее. Она была смирна, и это было тоже немалым достоинством ее, если принять во внимание то, что Андрею Михайловичу приходилось ехать на ней без седла и без уздечки. Она легко повиновалась седоку, который направлял ее в ту или другую сторону легкими ударами по правой или левой стороне ее головы. Ход коня был недурен, и скоро князь миновал деревню. Он ехал, как и предполагал, к западу и заботился только о том, как бы возможно больше усилить ход лошади. Конь несся полным карьером, изредка спотыкаясь на встречных неровностях пути, и все дальше и дальше уносил князя от места пленения. Но куда? К друзьям или к врагам?

XIV

В СТАНЕ

Еще чуть только брезжил свет, когда Петр-запорожец выполз из шалаша, устроенного для него казаками. Ему было душно в шалаше, и он выбрался на воздух, чтобы легкий ночной свежий ветерок немного освежил его. Как мало был похож этот хилый, бледный и исхудалый казак на того бравого запорожца, которого мы видели беседовавшим в Москве с Андреем Михайловичем! Петр до сих пор еще не мог оправиться от последствий той битвы, в которой был взят в плен князь. Глубокая рана его затянулась, но прежнее здоровье не возвращалось: он чах и худел с каждым днем все больше и больше. Казаки только руками разводили от удивления, отчего это он не оправляется. Напрасно казацкие старцы, видевшие и лечившие всякие раны, старались помочь ему своими советами: они сделали свое дело — рана начала закрываться, но казак хирел. Какая-то непонятная хворь привязалась к нему, и Петр чувствовал, как с каждым днем все больше и больше силы покидали его: он с трудом мог шевелить руками, а при ходьбе, как говорится, качался от ветра. Думалось казаку, что не справиться ему со своей хворью, что сведет она его в могилу. Впрочем, он не особенно мучился этим: казак привык быть всегда готовым к смерти, и не все ли равно было умереть от руки татарина, ляха или другого врага или от болезни? К тому же, ему некого было покидать в мире: он был одинок, особенно с тех пор, как без вести пропал князь Андрей Михайлович. Тоска о пропавшем друге более тяготила Петра, чем мысль о скором конце его печальной жизни.

"Что с ним? Убит ли князь или взят в полон?" — вот о чем он непрестанно думал.

Петр видел, как князь зарубил насмерть Шигаева и как после этого упал с коня от удара какого-то дюжего татарина, но был ли он убит, или только ошеломлён — этого казак не знал. Быть может, татары подняли на поле битвы полуживого Андрея Михайловича и взяли в свою тяжелую неволю. Сколько раз он собирался с отрядом товарищей отправиться разыскивать князя, но болезнь мешала ему, а товарищи, бывшие вместе с ним в той битве, говорили, что не может быть сомнения в смерти князя. Понемногу сам Петр привык к той мысли, что Андрей Михайлович умер. Погоревал он и — что греха таить! — смахнул не одну слезу, хоть это стыд для казака, и, наконец, покорился судьбе. Однако мысль о князе и об его безвременном конце не покидала Петра, и он часто ему снился во время тяжелого, больного сна. И в эту ночь мерещилось казаку, будто князь, бледный и исхудалый, лежит в какой-то татарской хате, а вокруг него толпятся татары, помахивают ножами над его головой, хохочут и злобно сверкают глазами. Очнувшись от кошмара, Петр выбрался на воздух. Теперь он сидел, распахнув кафтан на груди и подставив ее ветру. Свежий ветер обдувал больного, приятный холодок охватил его, и больной чувствовал себя легче. Кругом раздавался громкий храп спящих казаков, лежавших, где и как попало. Кто из них подложил под голову седло и, повернувшись лицом к нему, спал с таким безмятежным видом, словно лежал не на матушке сырой земле и с твердым седлом под головой, а на мягкой пуховой боярской постели; кто довольствовался тем, что выбрал бугор получше и, прижавшись к нему буйной головушкой, сладко посвистывал да похрапывал; кто поступил еще проще: лег где пришлось и, подложив под щеку ладонь, заснул крепким сном. Бледный свет начинавшегося рассвета освещал их здоровые, загорелые лица.

Петр смотрел на них с некоторой завистью.

"Эх! — думал он, — давно ль и я был таким! Кажись, и сила была, и удаль, а вот теперь на!.. Ох, судьба, судьба! Большая она злодейка! Вон и Андрей Михайлович тоже... Думал ли кто, что его татарин дубиной ошарашит, и он Богу душу отдаст! И ведь какой веселый был, как в путь отправлялся! Прибегает это ко мне: "Хочешь, говорит так весело, со мной ехать?" — "Еще бы, — говорю я ему, — мне ль не хотеть!" И довольны мы оба с ним тогда были страсть! Не думали, что так приключится... Кабы знать! А все это Шигаев проклятый наделал, чтоб ему на том свете в самое пекло что ни на есть жаркое попасть! А надо мне, — приняли мысли Петра" иное направление, — если Бог позволит, до Руси доехать, беспременно попу панихиду по рабу Андрею заказать, потому беспокоится, знать, его душенька, что все он мне мерещится... Умер ведь без исповеди и святого Причастия... Да умер ли? Может, и жив! Ох, это для него, болезного, еще горше было бы, потому: татарская неволя тяжелее смерти! Тут уж сразу конец, а там, поди-ка, мучайся еще лет двадцать аль тридцать! Не дай Бог!.."

Багровая полоска на востоке привлекла внимание Петра.

"Вот уж и свет Божий на дворе, — оторвался от своих мыслей больной казак, — а я опять которую ночь кряду так проваландался, чуть сном забылся! Привязалась ко мне эта хворость! Знать, татарин, верно, угодил вилой, даром, что ни кости никакой не попортил, ни иного чего, а все равно на тот свет отправляться, видно, придется!" — грустно думал Петр, задумчиво глядя на, все больше и больше, светлеющий восток.

Внезапно он различил вдали какую-то быстро движущуюся к стану казаков точку, ясно вырисовавшуюся на бледном фоне горизонта. Петра заинтересовало, кто бы или что бы это могло быть. Он напряг зрение. Точка заметно приближалась и увеличивалась в объеме. Обладая превосходным зрением, которое вовсе не пострадало от болезни, Петр вскоре мог ясно рассмотреть, что это была лошадь и всадник.

"Кому бы это быть?" — недоумевал он, продолжая всматриваться.

Лошадь, по-видимому, была сильно изнурена. Она была вся в мыле, и всадник беспрерывно погонял ее. Что-то знакомое показалось запорожцу в фигуре и посадке этого всадника.

Вдруг громкий крик вырвался из груди Петра.

— С нами, крестная сила! Да неужто это Андрей Михайлыч? Али уж мне наяву мерещится? — проговорил он, пораженный, и даже зажмурился, желая убедиться, что он не спит.

Но вскоре громкий окрик сторожевого казака:

— Кто идет? — на которое знакомый голос радостно отвечал: — свой! — убедили Петра, что он не ошибается, и больной, забыв свою слабость, кинулся, насколько позволили силы, навстречу князю.

— Андрей Михайлыч! Желанный! Тебя ли вижу! — бросился он, с радостными слезами на глазах, в объятия князя.

— Меня, меня! Привел Бог свидеться, а признаться, думал я, что пропасть мне навек! А ты, слава Богу, жив! Оправился, знать, от раны? — говорил дрожащим от радости голосом князь, в свою очередь, обнимая запорожца.

— Жив, жив, да только еле ноги таскаю!.. Да что обо мне толковать! Поведай лучше, где ты был?

— В полону татарском сидел!

— В полону? А я уж думал по тебе панихиды петь, право слово!

— А что с тобой? — перебил его князь, теперь только заметивший худобу и бледность Петра.

— Говорю, еле ноги таскаю... Да поправлюсь, Бог даст!

— Ах ты, бедняга, бедняга! Недуг, знать, злой привязался! — сказал Андрей Михайлович, участливо глядя на своего друга.

— Да, хворь тяжкая... И как это тебе удалось вырваться? — продолжал Петр, очевидно, не желая говорить о своей болезни и более интересуясь князем, чем ею.

— Опосля расскажу, а теперь надо обсушиться малость да пообсохнуть.

— Э, брат! Да ты словно в грязи купался! — воскликнул Петр, теперь только заметивший, в каком виде был князь. — Пойдем ко мне в шалаш: там обогреешься, да я тебе дам сухой кафтан.

— Куда бы мне коня привязать?

— Да пусти так, далеко не уйдет: измучен больно... А и уйдет, то не беда: у нас коней много. Откуда ты себе коня-то добыл? — расспрашивал Петр, направляясь с князем к шалашу.

— Украл у одного бритоголового! Во двор к нему залез!

— Украл у татарина! Ай да молодец! Ай да молодец!

Однако князю так и не удалось переодеться. Разбуженные окриком часового и шумом голосов говоривших, один за другим поднимались казаки.

— Что такое? А? Татары, что ль? — с недоумением спрашивали они, протирая глаза.

Скоро, однако, все узнали, в чем дело. Вокруг него собралась целая толпа казаков и стрельцов. Бахметова со всех сторон осыпали вопросами, что с ним было и, где он пропадал, как ему удалось вырваться из татарского плена. Весть все больше распространялась по стану, и толпа всё увеличивалась. Скоро Адашеву стало ведомо, что Андрей Михайлович возвратился, здрав и невредим, и он позвал его в свою палатку.

— Не чаял, не чаял увидеть тебя, княже! — приветливо промолвил Адашев, обнимая князя. — Тут мне такое насказали, что и в живых, думалось, тебя нету! Садись, устал, чай, с дороги, да поведай, где ты был да как вернулся оттоль!

— Сказ недолог! — ответил Андрей Михайлович, улыбаясь и садясь на указанное Адашевым место. — Был я в полону татарском и думал, что не вырваться никогда оттуда!.. Меня, вишь, чуть к хану самому не увезли! Но, однако, привел меня Бог улепетнуть от бритоголовых и своих найти, слава. Господу!

— Так!.. А у кого же ты был в полону?

— У мурзы Сайда... Важный советник ханский.

— А далеко отсюда он живет?

— Нет, недалеко... Я в одну ночь доехал, да еще плутал.

— Войско есть у него, небось?

— Были даны ему ханом ратные люди, да все разбежались... Теперь у него никого нет, и наших побили тогда смерды татарские, а не воины; чуть не целой деревней на нас навалили в ту пору.

Да, слыхивал я об этом! Рассказывали те, что вернулись... Это все Шигаев наделал, чтоб ему ни дна ни покрышки!

— Да! У него все раньше было уж подстроено... Хитер был!

— Как же тебе удалось бежать?

— Да, признаться, — произнес князь, вспыхивая, — меня дочь того мурзы Сайда выпустила.

— Дочь его? Вот те на! Ай да татарка! Молодец! Что ж ты, верно, приглянулся ей?

— А не знаю!.. Может быть! — уклончиво отвечал князь, смущаясь.

— Дорогу ты к улусу, где был, хорошо запомнил? Нет... Ночь темна была, я больше на авось ехал, — ответил Андрей Михайлович, понимая, к чему клонится дело.

— А надо бы нам тот улус разорить! Сумеешь к нему путь указать?

— Нет, не могу! Не берусь! — решительно сказал князь, не желавший этого, потому что при разгроме улуса могла пострадать и Зюлейка, подарившая ему свободу.

— Э, брат! — хитро подмигнув одним глазом, улыбаясь, сказал Данило. — Знать-то ты знаешь, да не хочешь платить за добро злом той девице красной, что на волю тебя выпустила? Так, что ли? Угадал я?

— Пожалуй, что и так, — ответил ему князь.

— Ну, не хочешь этого, так и не надо. Пусть твоя татарка цела и невредима остается. Хоть хорошо бы разорить это гнездо, да Бог с ним! Поведай лучше, зачем тебя к хану везти хотели?

— Да смешно и сказать! Приняли они меня за тебя!

— Ха-ха-ха! — рассмеялся Данило. — Вот как! Им, должно быть, Шигаев тогда напел, что меня приведет, да обжегся немного!

— Может, что и так! А только меня хотели хану показать, как урусов атамана набольшего!..

— Ну, брат, вижу, счастлив твой Бог! Увезли бы они тебя — не видать бы больше тебе нас! Не вырваться бы от их неволи! Ну, а как тяжко тебе в полону было?

— Скучно больно!.. А так — не жалуюсь: кормили, поили хорошо и лечили даже... Я ведь зашиблен был в битве.

— Слышал! А кто лечил тебя?

— Мулла ихний — старик. Ну, и ничего, спасибо ему, поднял на ноги.

— Да так поднял, что ты вон, жив и здрав к нам вернулся! Молодец ты, сокол мой ясный! Право, молодец! — Э, да как мы заболтались! Вон уж и солнышко встало! Чай, тебе с дороги отдохнуть хочется? Так, поди, я не держу тебя, — и Данило дружески простился с князем.

От Данилы Андрей Михайлович прошел прямо в шалаш Петра. Когда он вошел туда, то увидел, что больной лежит на куче каких-то тряпок. Лицо его было еще бледнее, чем прежде. Он дышал тяжело и прерывисто. Видно, пережитое волнение отразилось на его здоровье.

— Что с тобой, брат? Недужится очень? — осведомился участливо Андрей Михайлович.

— Да, плохо что-то! Совсем разломало, — слабым голосом ответил казак. — Уж я, признаться, и поправки не жду... До родины бы только живым добраться, да там кости свои сложить, а не здесь, на чужбине!

— Э, полно! — пытался утешить его князь. — Бог даст, поправишься!

— Давай Бог! — с сомнением произнес Петр.

Князь между тем, разостлав кафтан, растянулся на нем, насколько позволяли размеры шалаша, и заснул более крепко, чем на мягком диване мурзы Сайда.

А над спящим сидел склонясь головою, Петр, смотрел на него, и довольная улыбка играла на бледном и исхудалом лице больного казака.

XV

СМЕРТЬ

Дальше потекли для князя прежние дни с их буйными, опустошительными набегами на татарские улусы, стычками со случайно встреченными отрядами ханских ратных людей, слушанием рассказов спасенных татарских полоняников о их житье-бытье, при трепетном свете костров, освещавших суровые казацкие лица.

Время летело незаметно.

Скоро весь западный берег Тавриды был опустошен, и Данило Адашев стал подумывать о возврате на Русь: он не войну вел, а делал лишь набег.

Наконец настал день, когда весла казацких стругов снова вспенили морские волны.

С веселыми песнями тронулись воины в обратный путь. А в стругах на этот раз народу сидело куда больше, чем прежде. То были полоняники, выученные из тяжкой неволи мурзы татарские, и паши турецкие пленные. И добра с собой везли ратные люди немало. Чего-чего только здесь не было! И широкие золотые запястья, усыпанные алмазами, украшение какой-нибудь татарки, еще недавно забавлявшейся ими в тиши гарема, под зорким оком бесстрастных евнухов; и седла, снятые с резвых татарских скакунов; и неоценимые, продающиеся чуть ли не на вес золота, клинки чистой дамасской стали, и много-много еще всякого иного добра!

Веселы были пловцы. Повеселел и Петр. "Сподобит еще меня Господь увидать землю родимую!" — думал он, крестясь. И Андрея Михайловича не покидала радостная мысль об уже недалеком свидании с милой,

У первой пристани немного было замешкались, так как Данило

не захотел держать в неволе взятых в плен ни в чем неповинных "тюрских людей! и отправил их к пашам.

— Царь-де на злодея своего, хана крымского, гневом опалился, а с султаном у него дружба крепкая, потому идите с миром восвояси.

И наши за это много благодарны были Даниле и одарили его знатно.

Долог казался путь плывущим, куда больше, чем к Крыму. Так бы, кажись, если б могли, поднялись они на воздух и понеслись легкими птицами на землю родимую. Но как ни медленно, казалось им, они подвигались, а наконец дождались: сверкнул перед ними синею лентою Днепр, и быстрее понеслись по родным волнам легкие казацкие струги, борясь с быстрым течением. Миновали пороги.

А хан Давлет-Гирей опомнился, да поздно. Уразумел он, что силы-то у Данилы Адашева не больно большие, погнался за ним, в ярости великой, берегом. Казаки же, несясь в легких ладьях по волнам днепровским, отстреливались от него да посмеивались над его запоздалою злобою.

— Коль хочет драться татарин — подеремся, — решил Адашев и велел пристать к Монастырскому острову, чтобы там дать утеху Давлет-Гирею, поговорить с ним по-дружески, при свисте пуль и шипении стрел.

Но драться не пришлось: чего нельзя было ждать, хан струсил и поворотил назад. Ратники же, выбравшись на остров, не знали этого и, в ожидании битвы, выкатив бочонки с горилкой, — откуда и взялись они, дивиться надо! — принялись пировать. Весь остаток дня и всю ночь раздавались клики пирующих, прерываемые песнью, звуком балалайки и топотом ног пляшущих.

Андрей Михайлович не принимал участия в казацкой попойке: грустный и задумчивый, сидел он напротив Петра в наскоро устроенном шатре из татарских ковров. Казаку было совсем плохо. Крепился раньше Петр, все ждал, когда вернется на родину, да только и хватило его сил доехать до родимой земли. Теперь он совершенно обессилел и лежал в забытьи, покрытый холодным потом.

— Испить бы! — тихо шептал он по временам. Андрей Михайлович зачерпывал кружкой студеную воду

из ведерка и подавал больному. Губы казака жадно втягивали воду, он пил торопливо, большими глотками, и, напившись, снова откидывался на свое ложе и впадал в забытье.

"Что это он, бедный? Неужели умрет?! — думал князь, и сердце его тоскливо сжималось. Больной открыл глаза.

— Прости, Андрей Михайлыч! Знать, конец мой приходит! — едва слышно прошептал он.

— Бог с тобою! Господь помилует! Оправишься еще! — утешал князь.

— Нет уж! Что говорить! Чуется мне, смерть близка! Да и оплакивать меня некому... Господь знает, что делает.

— А я-то! Неужели мне не жаль тебя? — дрогнувшим голосом промолвил князь.

56

— Знаю, жаль... Друзьями сыздетства были... Да, Бог даст, пройдет печаль.... Приедешь в Москву, встретишь любу желанную и заживешь счастливо... И пошли тебе Господь счастья! — слабою рукою пожал больной руку князя.

— Спасибо, дорогой мой! — отвечал растроганный Андрей Михайлович.

— А обо мне не тоскуй: Господь знает, что делает! Так, знать, лучше для меня. Об одном только прошу тебя, — продолжал Петр, голос которого все больше слабел.

— Что такое? Изволь! Все сделаю.

— Приедешь в Москву, отслужи по мне панихиду... Потому, все же я человека по злобе убил... Кровь христианская на мне есть...

— Хорошо. Будь спокоен! Да, может, еще поправишься...

— Нет уж! Где! Плохо совсем! Душно мне! — лепетал Петр, начиная метаться на своем ложе и открывая грудь. — Душно! Ох! Пошли, Бог, смерть скорее!

Немного спустя, ему стало будто немного легче. Петр лежал неподвижно, раскрыв глаза. Казалось, он опять забылся, а в груди его что-то заклокотало, словно чем налита она была.

— Прости, друже! — прохрипел он, открыв на минуту глаза и снова закрывая их.

Вдруг он вздрогнул всем телом, вытянулся и замер... Все было кончено...

А вокруг шатра бушевала веселая, пьяная толпа казаков, не знавших, что только тонкая полоса ковра отделяет их от умершего товарища...

Слезы сверкали на глазах князя. Он еще не мог освоиться с мыслью, что Петра не стало. Щемила тоска его сердце, и грустные думы шли в голову. Неприветливо встретила его родина.

"Что-то будет?!" — думал он, и словно камень лежал у него на груди.

Его мучило предчувствие чего-то злого.

Ох, недаром тосковало его сердце: ждали князя беды великие!

Перелетим теперь вольной ласточкой в стольный град, в Москву белокаменную, и посмотрим, что там творилось и деялось.

ЧАСТЬ ВТОРАЯ

I

ПОСЛЕ РАЗЛУКИ

Вернемся к тому моменту, как Марья Васильевна рассталась с Андреем Михайловичем.

Тяжко было боярышне! Слезы душили ее, сердце щемила тоска... Она словно навеки рассталась с милым. Словно похоронила его... Напрасно рассудок шептал ей, что пронесутся дни и он опять возвратится к ней, такой же ласковый, любящий, обоймет ее, свою голубку, поцелует крепко-крепко и уже больше никогда не расстанется с нею. Чуялось Марье Васильевне, что не бывать тому: что не целовать ей больше своего дружка милого, не прижимать к груди своей девичьей. Унеслось ее счастье, как в воду кануло, и не вернуть будет времечка золотого!

Плачет Марья Васильевна. Поднимает порою голову, обведет помутившимися от слез очами вокруг себя, словно ищет кого-то, и снова слезы польются.

"И ведь только что, только что он сидел здесь! Вон еще ветер следов его на снегу замести не успел; а словно уж невесть, сколько времени протекло! — думает боярышня. — Давно ль он обнимал меня, желанный! Еще щеки не остыли от его поцелуев, а уж теперь его нет и не воротить мне моего друга милого. И может всякое с ним приключиться, а я здесь, одинокая, ведать ничего не буду... Полоснет его татарин злой саблей острою, и закроются очи соколиные, и сырой землей засыпятся уста его алые. И останусь я, горемычная, ждать его и лить слезы горькие... Ох, зашло, закатилось мое солнышко, нету мне теперь дня красного. Все болеть будет сердце мое девичье и нашептывать, вещун, думушку тяжкую, что никогда, никогда не увидеть мне дружка моего милого".

— Боярышня, а боярышня! — раздался в это время в саду голос старухи няньки. — Где ты?

— Я здесь, Авдотьюшка! Что тебе? — прерывающимся голосом откликнулась на ее зов Марья Васильевна, поспешно вытирая слезы.

— Подь сюда, родная! Матушка тебя кликнуть велела: ужинать пора!

— Что так рано? — удивилась боярышня.

— Какой же рано, дитятко! — произнесла старуха, подходя к ней. — Вишь вон и солнышко скоро спрячется! — продолжала она, щуря, прикрыв рукою, свои подслеповатые глаза на красный шар заходящего солнца...

— Сейчас приду!.. А только скажи матушке, что я ужинать не буду...

— Что ж так? Аль недужится? — спросила старуха, пристально глядя на лицо молодой девушки.

— Да... Голова что-то тяжелая, — промолвила боярышня, опуская глаза.

— Головка болит? — участливо проговорила нянька. — С чего бы это? То-то, я вижу, и глазки у тебя заплаканы, а мне-то, старой, и невдомек! А ты вот что, дитятко, сделай: поди да ляг, а я тебя липовым цветом напою, аль малинкой... Да закройся одеяльцем потеплее... К утру хворь как рукой снимет! Пойдем, родная!

— Пойдем, Авдотьюшка... Спать-то я лягу, а липового цвета не надо мне: так пройдет, — сказала боярышня, направляясь вместе со старухой к дому.

— Ну, как хочешь, дитятко, как хочешь! Так, думаешь, пройдет, так и ладно!

— Что, батюшка дома?

— Да, недавно пришел... Только гневный такой, ровно туча грозовая! Теперь и на глаза ему не попадайся! Беда! — говорила старуха, входя с боярышней в дом.

Марья Васильевна прошла прямо в свою спальную светлицу. Обстановка комнаты была проста. У стены стояла широкая кровать дубового дерева, под кисейным пологом. Небольшой шкаф, стол, покрытый скатертью, и пяльцы у окошка, выходящего в сад. В углу, перед иконой Божьей Матери, теплилась лампада. Из сада, почти задевая окно, протягивались ветви старой, развесистой липы и тихо шуршали, ударяясь в стену дома, когда ветер покачивал вершину дерева. Все это давно было знакомо Марье Васильевне, и каким миром, каким спокойствием веяло на нее, когда она, бывало, летом в жаркий полдень или после заката солнца уйдет в свою светелку, сядет, если день, вышивать или, если уже темно, то без работы смотрит в окно на большой сад и прислушивается к шелесту листьев тихо покачиваемой липы и шуршанью ее ветвей. И кажется боярышне, что то ведет речь старое дерево на своем языке, рассказывает были и сказания стародавние, и слушает девушка, и летят мечты ее далеко-далеко, туда, в страны заморские, где живут, говорят, басурмане ученые такие, но поганые, потому что веры русской, православной, не признают. И мерещатся боярышне диковинные вещи, и любит она свою светелку и шелест листьев душистой липы, и кажется ей, что это дерево — друг ее и тоже любит свою подругу молодую, которую оно видело еще в колыбели или на руках няни. Тихо тогда, спокойно становится на душе боярышни, и не хочется ей думать, что, рано или поздно, должен прийти этому конец, и придется ей покинуть и свою светелку, и свое деревцо, и думы девичьи, распроститься с батюшкой и с матушкой родимыми, идти в чужой дом женою боярина какого-нибудь бородатого.

Такие грезы лепет листвы навевал на боярышню летом, а зимою дерево, качаемое северным ветром, тоскливо, жалобным скрипом, казалось, жаловалось девице на постигшую невзгодушку, или в тихий и ясный зимний вечер, чуть слышно ударяя сухими безлистыми ветвями о тесовый терем, словно тихо, дрожащим, с перерывами голосом, говорило о том; что невзгода минула и скоро опять, как в былое время, зашумит дерево зеленой листвой под лучами животворного весеннего солнца. Но сегодня не то! Сегодня смутно на душе боярышни, и не хочется ей мечтать у окошка, забыла она и про липу свою старую, развесистую.

Опустилась на колени перед образом Марья Васильевна, войдя в спальню, и сотворила жаркую молитву о своем дружке милом. Долго молилась она, а потом, поспешно скинув одежду, легла на постель и одеялом укрылась, думая сном забыться, но не спалось ей. Душно ей, жарко, и подушка, не так лежит, как всегда, и одеяло ее узорчатое, работа искусных сенных девушек, сползает, а пуще всего не дают ей спать думушки. Хочет она отогнать их, а они, как назло, так живой волной и набегают. И все-то думает она о своем дружке желанном! Вспоминается ей теперь, как она впервые его увидела. И ведь не ахти уж как давно это было, а словно она век уж с ним знакома! Прошло же времени год с половиной, или два года, не более, а сколько изменилось с тех пор! — думает боярышня. Было это, помнит она, когда рать русская шла из-под Астрахани. Настасья, девушка сенная, любимица ее, прибегает: — "Боярышня, — кличет, — А боярышня! Вои наши из Астраханского царства возвращаются! Пойдем, господыня желанная, на них смотреть!" — А Марья Васильевна в этот день только что полотенце для батюшки кончила вышивать и с пялец снимала. Новой работы начинать сегодня не приходилось, и захотелось ей на витязей русских поглядеть, которые, слышала она, Дербыша, князя ногайского, посаженного государем на стол Астраханский, за измену наказали и в покорность привели царю православному весь край Астраханский. Пошла она, спросилась у матушки:

— Дозволь, родимая, на воев наших поглядеть съездить!

— Эх, девица, погляжу я на тебя! Уже невестишься давно, не сегодня, завтра замуж пойдешь, да детушек своих качать будешь, а все ветер в голове! — сказала ей мать, улыбаясь. — Ну, да иди, Бог с тобой! И то сказать, пока в девках сидишь, только и воли, а там, замуж вышла, и сиди день-деньской в тереме! Поезжай, поглазей на воев наших хоробрых!

Только этого и ждала боярышня. Побежала она, сказала Настасье, что матушка позволила, и та стремглав полетела к Степану, к кучеру, коня приказать закладывать, да погорячее который, чтоб вовремя поспеть. Живо оделась боярышня, Настасья тоже собралась, и вышли они на крыльцо: "возок, — думают, — уж ждет". Ан, нет! Возка еще не было, и Степан только ходит да в затылке дочесывает.

— Чего ж ты это, Степан? — спросила боярышня. — Али Настасья приказать тебе запамятовала?

— Нет, она мне приказывала закладывать, — ответил Степан, сняв шапку, — а только загадку она мне задала здоровую?

— Что такое?

— Да, вишь, боярышня, сказала она мне, чтобы я погорячее коня заложил, я и не знаю, как быть. Лошади у нас сытые и смирные, ну и бегут, признаться, тихо, а есть один конь, недавно его батюшка твой у боярина одного купил, что ветер, несется, но зато боязен и горяч больно. Теперь я и не знаю, его ль запрягать, али другого коня.

— Конечно, его! Ведь ты сам говоришь, он бежит скоро.

— Бежит-то скоро, а вдруг разнесет, что тогда батюшка твой скажет? Тогда и головы мне не сносить!

— Не разнесет, Бот даст! А в случае чего, не дай Бог, так я на себя вину перед батюшкой приму. Не бойся, закладывай его!

Степан, который и сам любил поправить, как говорится, чертом-конем, больше не спорил, не чесал затылок, а быстро запряг коня и, заломив шапку набекрень, уселся на козлах.

Поехали. Конь вед себя смирно и летел как ветер; только прохожие сторонились от него.

— Ишь, коняга! — говорили они, любуясь на могучего красавца коня.

Пронеслись несколько грязных и узких московских улиц и выехали на окраину. Народу тьма-тьмущая, и всякого сорта: и бояре, и купцы, и смерды. Еще бы! Каждому любо посмотреть на славных витязей. Много было и возков разных: и крытых, и не крытых. Остановились. У боярышни нашлись девицы тут знакомые. Пошли промеж них разговоры и смехи, и сказы да пересказы всякие! А тем временем и войско подошло.

— Идут! — пронеслось по толпе, и все затихли, ждут.

Вдруг раздались клики... Это народ радостно встречал показавшихся витязей. Рать шла не стройно, ряды смешались. Где уж тут было порядок наблюдать, коли у каждого в голове мысль гвоздит, что конец походу, что скоро можно свидеться и с женой молодой, и с детишками малыми! Каких только тут молодцов не было! Кто в грязной изорванной одежде, видно, истрепалась в пути, а смениться нечем, идет пеший и таким соколом поглядывает; кто на коне, — то боярин, знать, какой-нибудь, одет чисто и красиво. У многих бояр латы тонкой немецкой работы, на головах шлемы золоченые с перьями длинными. Едут, сверкает их панцирь на солнце, бренчит оружие, а народ радостно кричит, приветствует их. Шум страшный.

Вон опять едет толпа всадников, все больше в латах, только один в простой кольчуге, надетой поверх алого кафтана, и в шлеме без перьев, простом белом, стальном.

Глянула Марья Васильевна на этого витязя, да и очей скоро отвести не могла, — загляделась! И, верно, не ей одной он приглянулся, потому что все подруги ее, боярышни, тоже очей с него не сводили, даром, что он пятном черным выделялся среди золоченых доспехов товарищей. На что Настя, и та шепнула Марье Васильевне:

— Боярышня! Глянь-ка на этого витязя, что в кольчуге одет, вот-то красавец писаный.

61

— А как звать его? Не знаешь? — спросила боярышня.

— Не знаю. Кажись, бают тут, что Бахметовым князем, а чтоб подлинно, не знаю...

— Должно, он и есть Бахметов! Я слышала о нем... Храбрый витязь, его сам царь отличил, как Казань брали.

Всадники между тем миновали их и, звеня оружием, скрылись из виду.

Теперь шло пешее войско. Всадники попадались только изредка. Очевидно, шествие заканчивалось. Прошли последние воины. Позади их провожала беспорядочная толпа баб, мужиков и мальчишек, громко крича и размахивая руками. Степан, подобно боярышне и Насте, разглядывал проходившее войско и, весь отдавшись этому, сидел на козлах боком и опустил вожжи. Ни он, ни сидевшие на возке не замечали, что уже давно конь стал как-то беспокойно поводить ушами, фыркать, рыть копытами землю и порою дорожал всем телом. Однако до сих пор он стоял тихо. Но, когда показалась гогочущая, кричащая и размахивающая руками толпа, следовавшая за войском, вид этих людей испугал коня. Он вздрогнул, лягнул задними и передними ногами и рванулся вперед. Это было так неожиданно, что Степан, не предвидевший толчка, и сидевший боком на облучке, потерял равновесие и упал не землю, выпустив вожжи. Ничем не удерживаемый, испуганный конь закусил удила и, заложив уши назад, понесся по Москве, задевая колесами возка за идущих навстречу и сшибая с ног пешеходов. Гам и переполох, поднявшийся при этом, еще больше напугал его, и он несся быстрее и быстрее. Напрасно Марья Васильевна и Настасья призывали на помощь, никто не был в силах остановить взбесившуюся лошадь. Казалось, их ждала смерть. Марья Васильевна сидела бледная и читала молитвы. Настя закрыла лицо руками и плакала. А конь все несся с прежней неудержимой быстротой. Та толпа всадников, где находился витязь в кольчуге, уже давно скрылась из вида, когда еще Марья Васильевна продолжала смотреть проходившее войско. Теперь несшийся с быстротой ветра конь догнал ее. Слыша позади себя крики, витязи оглянулись. Едва только кольчужник увидел несущуюся лошадь, он повернул коня и, прежде чем успел кто-нибудь из его товарищей, бросился наперерез ей. Потом, быстро соскочив с седла, поймал узду бешеного коня и повис всем телом на его удилах. Ошеломленный неожиданностью конь сразу остановился как вкопанный.

Женщины были спасены. Дав время коню успокоиться, он, за отсутствием Степана, сам сел на козлы, привязав свою лошадь позади возка, и отвез Марью Васильевну и Настасью к их дому.

В первую минуту, избавившись от опасности, женщины до того растерялись, что даже забыли поблагодарить своего спасителя. Когда же он подъехал к дому, боярышня протянула руку ему и сказала:

— Спасибо тебе, боярин! Без тебя нам не видать бы больше света белого! Скажи, как зовут тебя?

— Князь Андрей Бахметов, — ответил он. — А благодарить,

боярышня, нечего: на моем месте это сделал бы каждый. Будь здорова! — прибавил он, вскакивая в седло.

Через минуту он уже исчез за углом улицы. Отец Марьи Васильевны скоро узнал о том, какой опасности подверглась она, и кто ее спас.

Зная раньше Бахметова, он поблагодарил его за спасение дочери и позвал к себе. С этих пор Бахметов и Марья Васильевна стали часто видеться. Молодого князя привлекала в дом не беседа с Темкиным, несколько свысока обращающегося с ним, так как считал тот Андрея Михайловича, как потомка мурзы, ниже себя родом, а лазоревые очи его дочери.

Видеться им приходилось, впрочем, редко. По обычаю того времени, женщины мало показывались к гостям-мужчинам, но тем дороже были им их мимолетные встречи. Быстрее билось сердце у Марьи Васильевны, и щеки загорались ярким румянцем, когда она видела князя. Ярче блестели глаза князя, веселее звучал его смех, когда он встречался с боярышней. И как-то сами собой, не говоря ни4 слова о любви, молодые люди поняли, что они любят друг друга: сердце сердцу, знать, весть подает!

Вспоминается Марье Васильевне и первое свидание с ним с глазу на глаз.

Вот как это было.

— Боярышня, — тихо шепнул раз ей Андрей Михайлович, — приди, желанная, в сад, где скамья, как солнце зайдет... Буду ждать!.. Побеседуем. Я, чаю, тебе спать не захочется? Придешь?

А сам смотрит очами своими соколиными так любовно, ласково и просительно, что не может Марья Васильевна отказать ему прямо, медлит. Тем временем отец в комнату вошел, прогнал ее в девичью, так и простилась она с князем, не дав ответа.

Ушла она в свою светлицу. Сидит, ждет. Вот и солнышко скрылось. Позвали ужинать. Князя уже не было. Поела, для вида, боярышня, а самой и. кусок в горло не идет, простилась с родителями, и спать, будто бы пошла. Батюшка с матушкой улеглись. Люди тоже. Тихо в доме, только липа чуть-чуть скребет по дому своими сучьями, словно зовет к себе боярышню. А Марья Васильевна не спит. "А он ждет там меня в саду, желанный, — думает она. — Пойти к нему? Обмануть матушку, батюшку — грех, да и стыдно!.. Обмануть! Да ведь для него, сокола, не для кого другого!". Бродят эти мысли в ее голове, а уж рука сама за платьем тянется... Оделась она и тихо-тихо пошла к крыльцу. Вот и крыльцо. Потянула она за кольцо в двери, а сердце так и стучит, так и колотится в груди... Дверь чуть-чуть скрипнула, но никто не слышит — спят. И вот уж боярышня в саду. Издали видит она, сквозь сумерки, что он ждет ее... "Не придет она!", верно, думает.

— Нет, вот, я! Пришла! — шепчет боярышня, приближаясь к скамейке. Увидел он ее, подошел, обнял своими могучими руками, почти поднимая на воздух, и поцеловал. Обжег этот первый поцелуй Марью Васильевну пуще огня, и ответила она ему тем же. После сели на скамью. Он взял ее руку, глянул ей в очи, и пошла у них беседа. И чего, чего только они не переговорили! И ведь, кажись, все о пустяках толковали, а между тем у них на сердце так весело было, словно там птицы божьи песни свои распевали! А кругом деревья чуть-чуть шелестели листьями под набегом легкого ветра. Зашелестят и: замрут, словно не хотят мешать беседе боярина молодого с боярышней. После свидания повторялись, и больше днем. Просто, бывало, зайдет в сад Андрей Михайлович и сядет на скамью. А Марья Васильевна подойдет к нему потом. И увидит кто, что ж! Зашел князь и встретился с боярышней, вот и весь сказ! И ведь как недавно это было! — отрывается боярышня от своих воспоминаний. — А теперь? Теперь он далеко, и удастся ль свидеться!.. Только и осталось от милого друга — память о нем... Опять прежняя тоска налегла на сердце боярышни, и слезы подступают к горлу...

Тихо скрипнула в это время дверь ее светлицы. Кто-то вошел. Марья Васильевна подняла голову от подушки: перед собой она увидела свою мать.

II

МАТЬ И ДОЧЬ

Анастасия Федоровна, мать Марьи Васильевны, была уже пожилая женщина. Между ней и дочерью было заметно большое сходство. Те же золотистые, волосы, хотя уже немного поредевшие и на висках подернутые сединой; те же голубые глаза, только с иным, чем у дочери, выражением.

— Что разнедужилась, Марьюшка? — ласково спросила Анастасия Федоровна дочь, склоняясь к ней и проводя по ее шелковистым волосам.

— Да... Голова разболелась, — краснея, отвечала Марья Васильевна.

— Да что у тебя глаза красные такие?... Ровно бы ты плакала? Болит, знать, головушка тяжко?

— Нет... Так... — замялась, не зная, что ответить, девушка.

— Как же "так"? С чего же плакала? Марья Васильевна молчала.

— Кручинушка, какая есть? Да что ж ты, родная, слова не промолвишь? — продолжала она, видя, что дочь молчит.

— Тяжко, матушка, мне очень! Тяжко, родимая! — в неудержимом порыве хоть немного облегчить свое горе, почти вскрикнула девушка и закрыла лицо свое руками.

Сквозь сжатые пальцы ее рук пробились слезы и, скатываясь, крупными каплями западали на подушку.

Анастасия Федоровна с удивлением смотрела на ее слезы.

— Что с тобой, Марьюшка? Что за кручина? Поведай, родная!.. Чего убиваться? — почти с испугом спросила она.

— Ах, матушка, матушка? Как и поведать тебе, не знаю? — прерывающимся голосом ответила Марья Васильевна.

— Мне ль, родимой своей, не можешь горя своего поведать? — с укоризной произнесла Анастасия Федоровна.

— Милая! Родная моя! — воскликнула Марья Васильевна, обнимая мать. — Тебе ль не поведаю!? Да я всю душу свою открою.

— О чем же плачешь, скажи? Небось, красной девице добрый молодец приглянулся, потому и тоска на сердце ее девичье пала? А? Так? — улыбаясь, спросила мать.

— Так, родимая, — ответила девушка, пряча на плече матери свое зардевшееся лицо.

— И чего раньше не говорила? Грех, что ль, девице на. молодца заглядываться? Живой рукой бы все дело обделали! Сватов бы заслали, а там и за свадебку! И то сказать — ты девица в поре... Чего ж тут плакать? Аль не возьмет тебя замуж? Аль дурнушка, с лица неказиста, что ли? Скажу тебе, другой такой невесты поискать, так не сыщешь, пожалуй! — говорила мать с гордостью. — Да и не бесприданница, чай!

— Не о том кручинюсь я, матушка... Какой откажется! И он меня пуще всего на свете любит!

— Так о чем же ты слезы-то горькие проливаешь? Чего же лучше? Ты, стало быть, с ним и столковаться успела?... Когда только, ума не приложу! Кажись, день-деньской у меня на глазах была... Ну, девки! Й хитрый же вы народ! Смотри да смотри за вами! — шутливо говорила мать, а в глазах ее между тем мелькнула забота. — Да полно тебе теперь-то вздыхать! Сказано — кручиниться нечего, призналась, благо, мне; все дело устрою.

— Кручинюсь о том, родимая, что теперь из Москвы он уезжает в страну далекую.

— Куда ж это он от своей зазнобушки уходит? Да и как звать его? Кто он таков? — поспешно спросила мать, спохватившись, что она до сих пор не спросила у дочери о самом главном: кто был ее любимцем.

— С Данилой Адашевым, слышь, татар бить идет в Крым...

— Да как звать-то, звать-то его как? — спрашивала Анастасия Федоровна, перебирая в уме, кто бы мог быть.

— Ты его знаешь, родимая... Андрей — князь Михайлович.

Лицо Анастасии Федоровны стало серьезным.

— Ну, Марья, — сказала она, помолчав, — огорошила ты меня. По правде по истинной, скажу: не ждала я этого, и, признаться, кабы и ждала, так не желала бы тебе его в женихи.

— Что ж так? — дивилась Марья Васильевна. — Чем же худ он?

— А тем, что батюшка твой тебя замуж за него выдать не захочет. Вот что, — проговорила печально Анастасия Федоровна, присаживаясь на постель дочери.

— Почему? — спросила девушка, и сердце ее сжалось от предчувствия какого-то нового, неведомого горя.

— Почему? А вот мы с тобой потолкуем, так узнаешь... Скажи-ка наперед, ведомо ль тебе, какого рода Андрей Михайлыч, хорошего али низкого?

— Должно, не низкого... Он боярин и князь...

— Вот то-то и есть, что не знаешь ты всего! Хоть он и боярин, и князь, да отдать тебя за него отец твой желанья не будет иметь, потому что боярскому роду его и ста годов еще нет, а княжество его не от русских князей идет...

— Как так?

— Да так! Послухай — и узнаешь! Идет его княжество от татар тех самых, каких он теперь бить поехал, от Крымских. Прозвище-то его знаешь?

— Бахметов, — едва слышно промолвила Марья Васильевна.

— Вот и смекай, откуда прозвище такое взяться могло, как не от мурзы татарского; прадеда Андрея Михалыча, Бах-мета... Прадед его к нам перешел, выкрестился, да и княжество с собою привез...

— Что ж от этого, матушка? Ведь Андрей Михайлыч не татарин, ведь и отец его уже чисто русским был и царю верою и правдою служил.

— Как что из этого? — горячо воскликнула мать. — Да ведь коли он из татарского, а не коренного русского рода, так ему и ходу нигде не будет, и ежели при дворе государя нашего батюшки служить захочет, так ему окольничим [В Москве существовала известная градация придворных чинов. Звание окольничего, хотя было довольно высоким чином, не пользовалось почетом, и в него назначались только лица незнатного происхождения, лица же знатного рода обходили его] посидеть придется!.. Вот и подумай, может ли батюшка твой, который во введенных [высокий придворный чин] боярах при царе Иване Васильевиче состоит, за худородного дочь свою замуж выдать?

На глазах Марьи Васильевны опять блеснули слезы.

— Да ты полно, не кручинься, — произнесла Анастасия Федоровна, заметив это. — Молодец он, что говорить, хороший, и храбр, говорят, и лицом, что картина, и достаток у него есть... Всем бы ладный жених был, кабы...

Неужели батюшка не согласиться только из-за того, что родом Андрей Михайлович не знатен?... Ведь он к тому же и жизнь мне спас, как лошадь меня с Настей чуть не убила... Чай, батюшка того не запамятовал.

— Должно, не запамятовал, а только честь он свою боярскую очень любит, и дороже она ему всего... А ведь супротив него не пойдешь... Сама знаешь, какова наша женская доля; пока при отце живешь — отцу не поперечь, замуж вышла — муж из тебя хоть веревки вей... Так-то! Что поделаешь; знать, так Господом Богом положено, чтобы мы под чьей-нибудь волей ходили. Помню, как я в той же поре была, как ты теперь, разве годка на полтора помоложе, —

перенеслись мысли Анастасии Федоровны к прошлому. — Жила я у батюшки родимого, ни о чем не тужила, не заботилась. Только, знай, песни день-деньской распевала да за пяльцами у окошка сидела. Хорошо мне было тогда, и не думала я о замужестве. Так, казалось, весь свой век с батюшкой да с матушкой родимыми проживу. Сижу, бывало, вышиваю, да в окно поглядываю. А оно на улицу выходило, и улица людная была. Кто пешью идет, кто на коне едет... Возки разные ездят, али обозы тянутся. А то, нередко, и царь с царицей-матушкой в собор молиться поедет... Оно и занятно, не видишь, как день и пройдет. И любила я, признаться, в окно поглядеть. Вот раз так-то подняла я голову от пялец, смотрю на улицу, и вижу, идет на супротивной стороне какой-то молодец и прямо на меня глазами уставился. Я вспыхнула вся, ровно маков цвет, и голову к пяльцам опустила, а сама смотрю искоса, где тот добрый молодец. Вижу, стоит он насупротив, да все на мое окно смотрит. Потом прохаживаться стал, словно гуляет, а сам с окна глаз не спускает. Неловко мне тогда стало, да еще, думаю, увидит его матушка моя, так скажет мне, что вот, дескать, Настасья, в окно-то часто высматриваешь, уж и парни глядеть на тебя начинают. Оставила я работу и отошла от окна. Так больше весь день и не подходила к нему. А только приглянулся мне тогда, должно быть, этот молодец: во сне ночью снился. Подошла утром на другой день к пяльцам, глянула в окно, а уж молодец-то мой тут как тут и опять на меня поглядывает. На третий день то же самое, на четвертый опять тут, и дошло у нас дело до того, что, как первый раз увидела я его, был понедельник, а в пятницу он уж и шапку снял да мне, словно знакомый, кланяется. Ну и я не утерпела, кивнула в ответ ему головой. А он, как увидел это, весело-весело так улыбается. Так мы с ним знакомыми стали, хоть и двух слов друг с дружкой не промолвили. Пошла я в воскресенье с матушкой моей в собор к обедне. Стою, молюсь, только в сторону как-то глянула, смотрю, а мой молодец совсем близко, рядом со мной стоит и на меня смотрит. Я так и обомлела. А он наклонил голову да тихо так шепчет:

— Здравствуй, боярышня! Признала, чай?

Я стою, молчу, ни жива, ни мертва, услышит, думаю, матушка, что тогда. Так ему тогда ни слова и не ответила. Опосля этого стал он за мной, словно тень, ходить. Я в собор к обедне али к всенощной — он там; пойду гулять с матушкой — гляжу, и он где-нибудь недалеко бродит, да нет-нет на меня и посмотрит.

Долго это так было... Привыкла я, наконец, к нему. Как, бывало, не видать его день-другой, так словно и тоскливо на сердце становится. А только мне и на мысль никогда не приходило, чем все это кончится, а он, видно, думал, потому раз, как была я с матушкой в церкви и послала она меня свечку купить, он идет сзади меня, да и шепчет:

— Что ж, боярышня, можно ль сватов засылать?

В краску меня всю ударило. Однако ответила я ему тихо:

— Что ж, засылай, боярин.

— Люб, стало быть, я тебе, — говорит, а голос у самого дрожит.

— А почему ж не люб? — отвечаю.

Не знаю уж, как я тогда свечку купила, как обедню достояла, помню только, что всю ночь потом не спала, все о нем думала... Да и ладен был молодец, грех сказать... Красавец! — говорила Анастасия Федоровна, и словно грустью затуманились ее голубые глаза.

— Так, верно, этот молодец и был мой батюшка, коли сватов засылать собирался? — спросила Марья Васильевна, с интересом слушавшая рассказ матери.

— Нет, родная, случилось все тай, как и думать нельзя было! На другой день после того, как молодец про сватов мне толковал, батюшка уехал куда-то и оттуда вернулся домой веселый-превеселый. Кликнул матушку и меня тоже. Прихожу. Отец сидит, на меня так ласково поглядывает.

— Садись, Анна Павловна, — говорит матушке, — да и ты, Настасья, сядь: буду с вами кое о чем речь вести.

Села матушка, села и я, а сама думаю: "Что же бы это такое значило?" Молчу, жду. Матушка тоже сидит да на отца поглядывает.

— Ну, Настасья, — говорит батюшка, а сам ухмыляется, — девка ты теперь, что называется, в соку, и пора тебе своим домком обзаводится. Не след девице под кровом родительским стариться. Думала ль ты об этом?

— Признаться, — говорю, — батюшка, не думала, — а у самой у меня сердце так и застучало: догадалась я, зачем меня он позвал.

— Не думала, так думай. А ты, жена моя богоданная, как полагаешь, — сказал он матушке, — пора ль Настасье замуж идти?

— Полагаю, что пора бы... Девица на возрасте... А, впрочем, как ты, Федор Павлович, знаешь, так и делай: потому я, баба, мужу своему не указ и не советчица.

— Это ты, верно, баешь, что баба не указ мужу и не советчица, а только все же без твоего родительского благословения дочке замуж идти не можно, так ты благослови ее, да и приданое шить начинайте. Свадьба скоро.

— Как! — вскрикнула матушка, — нешто сваты приезжали?

— Нет!

— Так как же? Да и смотрин не было, ни сговору, а ты говоришь, что свадьба скоро.

— Какой же еще сговор да смотрины, когда у меня уже все с боярином Темкиным улажено да уговорено? У него сын на возрасте, у меня дочь, мы и порешили поженить их, сговорились обо всем и свадьбы день назначили... Так-то! Шейте приданое, и дело с концом!

На том разговор и кончился.

Проплакала я всю ночь напролет, а на другой день приданое стали шить.

Присылал ли молодец тот сватов, так и не знаю, но, должно, присылал, да отказ получил, так как я уж просватана была. Думаю, что было так, потому что перед окном он моим уж не стаивал, как прежде. Увидела же я его последний раз, когда меня с батюшкой твоим венчали. Он в народе стоял. Бледный, в лице ни кровинки, и на меня смотрел так тоскливо-тоскливо.

Потужила я, погоревала о моем молодце, а опосля забыла, и вот уж с батюшкой твоим который год живу, славу Богу...

И диковинно то, что, как мы с отцом твоим под венцом стояли, мы совсем друг с дружкой знакомы не были: он меня видел в первый раз, и я его тоже... А вот теперь свыклись! Так-то вот она, доля наша женская, — вздрогнув, проговорила Анастасия Федоровна.

Марья Васильевна молчала, все еще находясь под впечатлением рассказа матери.

— Вот и ты так же, родная, — не иди наперекор отцу. Захочет тебя выдать за кого, иди, слова не молви: стерпится — слюбится, — сказала мать.

— Нет! — встрепенулась девушка, — по мне, лучше в гроб, чем за немилого.

— Коли так, я тебе вот какой совет дам. Ежели вернется Андрей Михайлович да зашлет сватов, отец, знаю я его, со стыдом их выгонит. А ты сделай вот как: выжди время, когда отец будет весел да ласков с тобою, кинься ему в ноги и поведай, что замуж хочешь идти за князя. Авось его сердце смягчится, — говорила мать, встав с постели, на которой сидела, и собираясь уходить.

— Попробую, родимая! — ответила тихо Марья Васильевна.

— Ну, спи с Богом, и мне лечь пора! — сказала Анастасия Фёдоровна и вышла из комнаты.

III

Разбитые мечты

Всю ночь напролет не забылась сном Марья Васильевна. Наутро поднялась бледная, куда и румянец былой делся, глаза заплаканы.

Села за пяльца — шелка путает, не идет работа на ум, дело из рук валится. Так и бросила. Смутно на душе у нее. Ходит она с угла на угол по светлице своей да думушки думает невеселые. А подумать есть о чем! Теперь уж не только тоска снедает о друге далеком, а есть еще и другая работа. Если, Бог даст, вернется Андрей Михайлович, зашлет сватов, а батюшка их прогонит, что тогда? Беда! Лучше бы и на свет не родиться. "Но, может, батюшка смилуется, не ворог, же он дочке своей родимой", — думает Марья Васильевна, стараясь утешить себя хоть кое-какой надеждой. "Нет!" — тотчас же разбивает она сама свою надежду, — "нет!" не таковский нрав у батюшки! Кремень человек! Хоть умирай, а он честью своей не поступится! Если, как матушка говорит, ниже себя он считает Андрея Михайловича, то не примет его сватовства... Как же быть? Ведь так нельзя? Ведь этак с тоски высохнешь, ума лишишься, об одном все думаючи? Надо так будет сделать, как матушка сказывала, броситься к его ногам, да молить слезно. Авось смилуется... Одно осталось!

Так и порешила Марья Васильевна, что будет она молить отца, чтоб сжалился над нею и замуж за Андрея Михайловича позволил идти. С этих пор стала она случая ждать, когда отец будет повеселее да к ней поласковее, тогда и сказать.

Прошло не более месяца со дня прощания боярышни с Андреем Михайловичем, как случай поговорить с отцом в добрую минуту настал совершенно неожиданно для Марьи Васильевны.

Вот как это произошло.

Однажды весел и доволен, возвратился от царя Ивана Васильевича отец Марьи Васильевны, "введенный" боярин Василий Иванович Темкин. Царь особенно в этот день ласков был с ним, и радуется боярин царской ласке, и хочется ему, чтобы и все кругом его были, как он, довольны и веселы. Сидит он, пообедав, прихлебывает квас душистый из кубка дедовского, на домашних зорким оком поглядывает да с женой, Анастасией Федоровной, шуткой веселой изредка перекидывается. А Анастасия Федоровна довольна и весела не меньше мужа своего: рада она, что он в духе, потому — крут был боярин, как осерчает... Избави Бог! Тогда и слова не молви... Сидит, бывало, насупив серые, косматые брови, бороду свою, проседью, будто снегом, подернутую, рукою поглаживает, да на всех исподлобья, словно волк, глазами сверкает. Крестятся тогда все его чада и домочадцы:

— Помяни, Господи, царя Давида и всю кротость его! Пронеси бурю злую! — в страхе молятся они.

И недаром страх их разбирает: знают они, что не дай Бог подвернуться кому-нибудь в это время под гнев: милости не будет! И все равно, кто б ни подвернулся: коли жена — соскочит он с сиденья да "поучит" ее порядком, никого не стесняясь, ни людей своих домашних, ни гостей, если они в это время тут есть; коли дочь — схватит за косы да тычками до самой девичьей проводит; про холопов и говорить нечего — запорет до полусмерти на конюшне. Такой нрав был! Осерчает — убить рад, а наградить захочет, так, кажись, озолотить готов. Сегодня не то, сегодня все довольны. Весел он, и у всех легко на душе. Только Марье Васильевне, видно, не по себе. То внезапно ярким румянцем запылают ее щеки, то вдруг румянец сбежит, и в лице ни кровинки. И глаза как-то беспокойно бегают; взглянет она на отца мельком, да и опять отведет от него взгляд поскорее, словно боится, как бы ни прочел он в ее взгляде чего. А сердце ее так и стучит, так и колотится, и. кровь в виски ударяет. В голове же ее так мысль за мыслью и летит, друг друга нагоняет; тянутся думы Марьи Васильевны цепью длинною да перемешиваются одна с другой, словно гуси дикие при перелете; летят себе стройно один за другим, вожатого слушаются, да вдруг ни с того ни с сего замечутся, замечутся и в клубок все собьются, ничего не разберешь, так и думы Марьи Васильевны. Не может она совладать с ними. То шепчет ей мысль: гляди, отец весел, пользуйся! Пади к ногам его, моли да проси, может, и смилуется он, и добудешь ты счастье на всю жизнь... Поторапливайся! Неровен час, понахмурится батюшка, тогда все прости-прощай! Откладывай опять, и снова в девичьей своей по ночам подушку свою окропляй да сердце свое нажимай рукой белою, чтобы не билось так оно в груди от тоски лютой! Соберись с духом, да и действуй, пока время есть!

А уж в это время другая мысль перебивать начинает и совсем иное девице нашептывает:

"Эй, эй! Опаску возьми! Как бы хуже еще, чем теперь, чего не вышло! Вдруг отец не только что осерчает, а еще, чтоб тебя воле своей подчинить и от жениха, который не по сердцу ему приходится, отбить, замуж выдать поскорей захочет за какого-нибудь тебе немилого боярина бородатого. Что тогда? А? Хоть жизни решайся! А, ведь, кто знает, всякое случиться может... То-то! Не спеши! Дай время: может, все перемелется, мука будет! Жди пока, лучше!"

Не знает боярышня, как быть, каких мыслей слушать. То ей хочется пасть пред батюшкой на колени и все поведать, то вдруг боязно становится. Кругом ходит от всего этого голова у Марьи Васильевны, и не слышит боярышня, что ее отец третий раз окликает.

— Марья, а Марья! Да что ты оглохла, никак! Который раз тебя окликаю! — сказал отец.

— Что? — очнулась девушка и слегка вздрогнула. — Что, батюшка, изволишь?

— Говорю, который раз тебя окликаю, а ты не слышишь. Что ты сегодня словно не в себе? — продолжал старик, глядя на дочь.

Девушка вспыхнула.

— Нет... Я ничего, — смущенно пробормотала она, опуская глаза под пристальным отцовским взглядом.

— Ничего! Оно и видно! Нет, уж, дочушка, я старый воробей, и меня на мякине не проведешь! Вижу, что думы о чем-то раздумываешь, — говорил Василий Иванович, усмехаясь.

Боярышня молчала.

— И знаю я тоже, что, как станет девка задумываться, стало быть — держи ухо востро: черноусый, знать, молодец недалеко похаживает да на окна терема поглядывает! Так ли я говорю, Маша? А? Угадал, небось? — шутил отец, не зная того, что, действительно, почти угадал истину.

Пока отец говорил, в Марье Васильевне совершился переворот: решимость взяла перевес, и боярышня решила теперь же переговорить с отцом.

"Коли сам начал — так чего тянуть. Стало быть, судьба!" — думала она.

— Да, батюшка, правду ты молвил, — сказала она, вставая и приближаясь к отцу, а сама вся зарделась. — Да, приглянулся мне добрый молодец, и уж так-то приглянулся, что, кажись, жизнь свою

71

отдать мне за него не жаль! Батюшка! — продолжала она, опускаясь на колени перед удивленным отцом. — Батюшка, дозволь мне за него замуж пойти!

— Встань, Марья! Нешто я Бог, что предо мною на коленях стоишь? — произнес отец, на лице которого уже не было прежней улыбки, однако не видно было и гнева. — Встань, садись и потолкуем, уж ежели на то пошло.

Марья Васильевна повиновалась.

— Вот что скажу я тебе, Марья, — серьезно начал старик. — У нас, на Москве, порядка такого нет, чтобы, раз, девка с молодцом до свадьбы всякие сговоры да свидания учиняли и, два, чтобы девица у родителей просилась замуж ее выдать... Жених должен сватов сам наперед заслать. Какой же это твой молодец, что порядков наших исконных, дедовских не знает, али он роду, что ль, не боярского, тогда и толковать нечего.

— Он боярин и князь, только в Москве его теперь нет, потому и сватов не засылал, — тихо ответила девушка.

— Гмм... В Москве его нет, — произнес отец, и лицо его стало суровее. — В Москве нет, — повторил старик. — Где же он?

— Он в походе с Данилой Адашевым.

— Гмм... В походе... Хорошо, нечего сказать! Молодец на краю земли с татарами бьется, а тут девка просит замуж за него выдать... Славно устроено, нечего сказать! И, надо полагать, коли так все обдумано, шашни-то ваши давно уж тянутся. Честь для девицы красной изрядная! — уже совсем сурово говорил старик, и в глазах его сверкнули огоньки, а седые брови насупились.

Марья Васильевна сидела потупя голову и молчала.

Присутствовавшая здесь же Анастасия Федоровна стала бледна как полотно, и в страхе поглядывала на мужа, чуя приближавшуюся бурю.

Однако пока старик еще, казалось, не изменил своему хладнокровию. Видя молчание дочери, он продолжал:

— Вот что, назову я тебе, коли хочешь, по имени и по отчеству того добра молодца, что люб тебе так. Его зовут-прозывают: Андреем князем Михайловичем, — медленно проговорил он, — а только тебе за ним не бывать! — твердо прибавил он.

— Почему ж, батюшка? — преодолев робость, в смертельной тоске спросила девушка.

— Почему? Многого ты, девка, хочешь, чтоб отец тебе отчет отдавал! Но и то, будь, по-твоему, скажу! Потому, что введенному боярину не пристало дочь свою выдавать за отпрыска татарского! Поняла?

— Что ж, что он не из чисто русских, ведь теперь он верой и правдой царю служит, да и отец его, и дед служили так же, — говорила девушка, забывшая страх пред отцом: горе ее было сильнее страха.

— Все же он татарского рода, и тебе за ним не бывать!

— Батюшка! Он же мне жизнь спас, — продолжала Марья Васильевна.

— Это когда коня-то остановил? Ну, пожалуй, спас. Так что же? Не он, так другой сделал бы это самое... А нашлись бы сразу двое похрабрее да остановили бы в ту пору коня, так за них обоих сразу тебя надо было бы выдать!.. Так выходит! Вот и видно, что волос долог, да ум короток... Ну, да довольно! И то уж дозволил тебе пустого болтать больше, чем следовало. Отправляйся в девичью да за пяльцы садись, это лучше будет!

— Батюшка! — опустилась к ногам отца девушка, вся трепещущая в порыве беспредельного горя. — Батюшка! Родной! Смилуйся! Не губи меня! Без него мне жизнь не красна будет! Он солнышко мое ясное! Смилуйся, родимый! — и она, в слезах, обнимала колени отца.

— Довольно! — загремел отец, вскочив с места, в припадке гнева. — Довольно! Прочь с глаз моих, бесстыдница! Будет, дозволил, поломалась девка, теперь нишкни, а не то выбью дурь у тебя из головы!

— Полно, Василий Иванович, успокойся! — вставила свое слово Анастасия Федоровна.

— А! и ты туда же! Успокойся! Успокоите вы! Смотрела за дочкой хорошо, нечего сказать! Матерью еще прозываешься!.. Дочь на глазах у ней шашни заводит, а она, словно безглазая! У, у! Погоди ж! Мы еще с тобой покалякаем! Выучу я тебя, как за дочкой смотреть! А ты вон с глаз моих! — снова обратился он к Марье Васильевне. — Во-он! Чтоб духу твоего здесь не было, негодница! Ишь, дурь напустила. "Солнышко, говорит, он мое ясное!" Я те задам солнышко выбью дурь-то! И раз навсегда запомни, чтоб я больше об этом татарском выродке и слова не слыхивал! А теперь прочь! Да прочь же, тебе говорят, бесстыдница, про-очь! — и он, схватив за плечи полубесчувственную девушку, с силою вытолкнул ее за дверь комнаты.

Долго еще раздавался по всему дому грозный голос боярина Темкина.

Мало-помалу он затих, и слышались только мерные, тяжелые шаги его.

В доме царила мертвая тишина; все словно вымерло от одного отзвука голоса Василия Ивановича.

А в спальне лежала на постели Марья Васильевна и смотрела перед собой неподвижным, словно мертвым, взглядом. Слез не было, не было и тоски; душу Марьи Васильевны словно одела непроглядная ночь; потух тот светоч, который светил ей. Он был тусклым и слабым, но всё-таки боролся с мраком. Теперь его не стало, и непроглядная тьма окружила душу боярышни. Светоч этот — была надежда. Теперь она исчезла, и уже не тоска о далеком друге, не сомнения и колебания кручинили боярышню, а страшною свинцового тяжестью сдавило ей сердце безысходное горе. И девушка не боролась с ним, а, подавленная его гнетом, лежала без мысли, без движенья, без слез, лишь чутко прислушиваясь к тому, как билось и ныло ее исстрадавшееся сердце.

IV

ВАЖНЫЙ РАЗГОВОР

Все домашние боярина Темкина ожидали, что теперь долго будет гневен он, не скоро забудет то, что произошло между ним и дочерью. И, действительно, долго ходил боярин, словно туча грозовая. Уж весна наступила вполне, солнце так ярко-ярко сияло и птицы, прилетевшие из краев заморских, песни веселые распевали; кажись бы, должна была пройти злоба боярская при такой благодати, а Василий Иванович был по-прежнему угрюм. Знать, лучи солнечные, что льды и снега заставили в реки сбежать ручьями журчащими, недостаточно теплы были, чтобы так же смягчить и твердую душу боярскую! Но вдруг с него злобу, как рукой, сняло. Боярин, грозно поглядывавший на всех, из-под насупленных бровей, однажды вернулся из дворца таким веселым, каким его уже давно не видали!

— Настасья, а Настасья! Подь-ка ко мне! Надо кой, о чем покалякать! — крикнул он жену, едва успев выйти после обеда из столовой избы в свою одрину [спальня].

Удивленная этим приглашением Анастасия Федоровна поспешила к нему.

— Садись, — указал он ей на скамью, — да потолкуем.

— Чай, ты не забыла, — начал боярин, когда Анастасия Федоровна приготовилась слушать, — как дщерь-то наша вздурила?

— Конечно, нет! Мне ль запамятовать это! — воскликнула боярыня.

— Ну, так вот, порешил я дурость ейную выгнать у нее из головы, а чтоб сразу конец положить, задумал замуж ее выдать. Признаться, я уже кое с кем из своих проговорил... Ан, тут ей, девице-то вздурившей, выпало такое счастье, что я и во сне представить не мог! — продолжал, радостно улыбаясь, боярин.

Анастасия Федоровна молчала, внимательно слушая его речь и тщетно стараясь догадаться, кого он нашел себе в зятья, что так доволен.

С утра сегодня, с самого раннего, занят был царь делами разными государственными, и с царицей повидаться не успел. Вот и говорит он мне:

— Сходи-ка ты, Василий, к царице, поклон ей мой низкий передай да спроси, в добром ли она здравии.

Пошел я... Прихожу, вижу, матушка-царица на богомолье собирается...

Ну, уж и красота же наша царица Анастасия Романовна! — отклонился боярин в сторону. — Много раз видал я ее, а сегодня она мне еще пригожее показалась, наряд, должно, ей к лицу был, не знаю... А была она в опашне кармазинного цвета, червчатом, одета, а на петлях нанизан жемчуг с каменьями разными — с яхонтами и изумрудами... На голове кика атлас червчат и запона на нем золотая с алмазами, изумрудами и другими каменьями...

Пришел я к царице, кланяюсь ей.

— Здравствуй, матушка государыня!

— Здравствуй, Василий Иванович! — ласково так отвечает она мне. — Что скажешь?

— Государь мой и царь великий, а твой супруг, Господом данный, повелел мне, рабу своему, низкий поклон тебе, царице, передать и, в добром ли здравии, справиться приказал, — говорю.

— Скажи, отвечает, государю моему, Ивану Васильевичу, что спасибо за низкий поклон, и ему сама такой же посылаю, а сама я в добром здоровье и за него, господина моего, Богу молиться собираюсь.

Я поклон ей отвесил, и выйти собрался, а тут она меня окликнула:

— Стой, стой, боярин-ста! [Частица "ста" прибавлялась только к первым при дворе лицам; вторым чинам полагалась частица "су", а остальным не прибавлялось ничего]

— Чего, государыня Анастасия Романовна, прикажешь?

— Нужен ты теперь царю али нет? Может, дело есть какое спешное?

— Не ведомо, говорю, может, нужен, а может, и нет...

— Так ты скажи ему, что коли ему тебя не нужно, то пусть отпустит со мной на богомолье ехать... А может, ты этого не хочешь?

— Что ты, государыня! — отвечаю. — С радостью великою!

И побег к царю. Доложил ему все, как следовало, и отпросился с царицей поехать. Царь позволил, и я попал в обережатые [почётная свита] царицы.

Когда в собор приехали, стала царица молиться истово так. А я стою позади ее да думаю:

"Матушка! чиста ты, яко голубица, никакого горя у тебя на сердце нет, а молишься ты истово так за ближних, должно, своих; вот у меня горе какое, дочка родная перечить отцу начала да сама себе жениха сватает. Хоть бы ты помолилась за меня, чтоб душа моя от гнева остыла, да за нее, девку глупую, чтоб Господь Бог Милостивый жениха ей послал". Думаю так, крещусь, а на душе тяжко так, тяжко, и вздохнул я тяжело. Царица мой вздох тяжкий услышала, посмотрела на меня зорко-зорко, одначе ничего в храме Божьем мне не сказала, только молиться стала еще усерднее. А как от обедни к дворцу вернулись, вышла она из рыдвана [карета], да и говорит мне:

— Подь ко мне в мои палаты, Василий Иванович, надо мне с тобою покалякать.

— Что, думаю я, за притча! Уж не сказал ли я чего неладного! Даже испужался маленько, по правде молвлю. И дурень я! Мне и на мысль не пришло, что царица вздох мой тяжкий услышала и подумала, что, должно, горе у меня на сердце большое, так и звала, утешить чтобы чем-нибудь... Ведь она милостивица и благодетельница святая! Недаром уж, на что нищая братия, и та ее матерью родной зовет...

Пришла в палаты, села да и говорит мне:

— А ну-ка, боярин, поведай, чего вздыхал тяжко так за обедней?

Я стоял, ровно ошалелый: больно уж неожиданно было. Гляжу на царицу и молчу.

— Что ж не отвечаешь? Али горе свое поведать тебе нежелательно? Коли так, не неволю. Бог с тобой! — вдругорядь молвила она, а сама смотрит так ласково да кротко, что у меня будто сердце растаяло, и, чую, что-то застилать, словно туманом стало: знать, слеза прошибла.

Не стал я таиться перед государыней, поведал все, как у нас с Марьей было.

— Вот оно, какое у тебя горе? — молвила царица и задумалась маленько. — А только отчего ты не хочешь выдать дочку за Бахметова? Хороший он молодец и лицом красавец... Роду-то незнатного, так нешто это беда?

— Беда! — отвечаю я ей. — Беда матушка царица, и не малая! Потому и его самого всегда затирать будут те, кто познатней, и детям, что от него да Марьи на свете явятся, ходу не будет. А каково мне смотреть, что внуков моих за татарских отпрысков считают? Нет, матушка царица, по гроб жизни своей я на это согласия своего не дам!

— Ну, ежели так, — сказала она, — то надо тебе дочку свою замуж поскорее выдать, чтобы забыла о милом своем скореючи, а то изведется с тоски девица красная.

— Да за кого ж, государыня? Нешто ладного жениха скоро сыщешь? Вон у свах много этого товару, да толку мало: все либо мелочь, либо парни нехорошие, озорники... Где тут отыщешь!

Государыня задумалась.

— Слухай-ка, боярин, что я тебе скажу, — молвила она погодя. — Хочешь меня сватьей иметь? — а сама так весело улыбается.

— Еще бы, говорю, нет!

— Коли так, то есть у меня для твоей дочки жених на примете... И красив, и роду не худого, и не стар еще человек.

— Как его звать? — спрашиваю.

— Ишь, не терпится тебе! Ну, так и быть, скажу: князь Ногтев, Данило Андреевич. Ладен ли?

— Конечно, государыня! Это ль не жених! За сватовство благодарствую!.. Век Бога за тебя молить не устану!

— Погоди благодарности-то сыпать, прежде уговоримся. Положим так: с князем я сама потолкую... Он, знаю, браку сему немало радоваться будет; мне кумушки московские уж давно в уши жужжат, что князь Данило Андреевич с тоски по дочери боярина Темкина сохнет: приглянулась она ему очень; а свататься боится, потому, скажу тебе, прости меня, прямо, что нравом ты больно строптив. Опосля устроим уж мы поскорей сговор да смотрины, а ты прикажи жене своей да дочке-невесте приданое шить спешно. Так и порешим. Ну, доволен ли ты?

— Еще б не доволен, государыня!

— Так иди теперь домой с Богом да делай, как уговорено.

Шел из дворца я домой — ног под собой от радости не чувствовал.

— А ты, жена, довольна ли?

— Могу ли честью такой быть недовольна? — ответила Анастасия Федоровна, думая про себя: "Эх, хорошо-то, хорошо! Только девку бедную жаль, больно убиваться будет!"

— То-то! Так с завтрашнего дня и за работу... Да поспеши, смотри, чтоб скорее. А с Марьей потолкуй хорошенько, не осрамила бы чтоб еще на свадьбе нас. Иди теперь, а я сосну маленько, — закончил боярин.

Таков был между Анастасией Федоровной и ее мужем разговор, имевший столь важное и решающее значение для убитой горем Марьи Васильевны.

Выйдя из опочивальни Василия Ивановича, Анастасия Федоровна долго собиралась с мыслями, как бы ей возможно легче передать дочери то, что говорил сейчас Василий Иванович и хоть немного ослабить этот, столь тяжкий для Марьи Васильевны, удар.

V

ВСЕ КОНЧЕНО

Велик и хорош был сад боярина Темкина. Пожалуй, лучший в Москве в то время. Вековые липы, под тенью которых, может быть, отдыхал в жаркую пору еще дед нынешнего хозяина, перемешивались с широколепестным кленом или не менее их старым дубом.

А вокруг этих престарелых, но еще полных жизни великанов, прячась под их тенью, рассыпались молодые деревья, покачиваясь от верхушки до корня при таком ветре, который едва заметно колебал вершины двух- и трехобхватных лип и дубов. Внизу, у корней деревьев, густою, колючею чащею пророс крыжовник, темная листва которого резко отличалась от более светлого убора росших рядом с ним кустов красной, белой и черной смородины. Дальше, отделившись от этой группы, словно знатный боярин от смерды, высились яблони всяких пород, вишни, покрывавшиеся весною такою массою белых цветов с розоватым подбором, что за ними не видно было листвы. Тут же и груша виднелась, и слива кой-где. Ближе к забору потянулся малинник, предмет зависти и вожделений для проходящих в осеннее время мимо забора мальчишек, видящих сквозь частокол крупные, сочные ягоды, висевшие на стеблях куста, будто прячась под его сморщенный, словно слоеный, лист.

Наступал вечер. Последние лучи заходящего солнца освещали вершины высоких деревьев. Листва, позлащенная закатом, чуть-чуть шелестела, словно убаюкивая тех пичужек, которые забрались уж в свои гнезда и изредка еще перекликались со своими подругами, также собравшимися на покой. Близилась ночь, и успокоение разливалось в природе. Но не успокаивалась, как все окружающее, тоска, которая грызла сердце Марьи Васильевны, тихо шедшей в это время по одной из дорожек. Бледна и грустна боярышня. Голова упала на грудь, на лбу глубокая морщина появилась, глаза впали. Тихо бредет она, не зная, куда и зачем. Ветка смородины, переросшая своих сестер, задела ее лицо. Боярышня протянула руку, сорвала лист, подержала в руках и бросила... И опять так же тихо пошла дальше. Не видит она солнечного заката, которым так любила в былое время любоваться, не слышит ни тихого трепетания листьев, ни переклички полусонных птиц.

Все забыто, все ей опостылело. И голова ее уже не полна прежними думами; теперь только одна мысль беспрерывно гвоздит ее мозг: "Что делать? Что делать?!"

И не дает ей покоя эта мысль ни днем, ни ночью. Вот и теперь боярышню она же заняла, да так сильно, что та даже не слышит, как скрипит песок под ногами Анастасии Федоровны, которая ее нагоняет.

Только тогда очнулась, вздрогнув слегка, и оторвалась от своей неотвязной думы Марья Васильевна, когда мать, подойдя к ней, положила свою полную руку на ее плечо.

— Что, все грустишь да тоскуешь, Марьюшка, дочка моя болезная? — спросила Анастасия Федоровна, смотря на осунувшееся лицо девушки.

В ответ ей Марья Васильевна только тяжело вздохнула.

— Полно, дочушка, не кручинься! Все пройдет, позабудется и быльем зарастет!

— Нет, матушка, не утешай! По гроб я помнить буду его, моего сокола ясного, по гроб буду слезы лить по нему! — воскликнула боярышня.

— Что ж делать! Помни! Думушка не кусок, за окошко не выкинешь, а все ж и жить надо, как люди живут...

— Я постригусь... В монастырь уйду: коли не его, так Христовой невестой буду!

— И думать не моги! Отец не даст разрешения.

— Сбегу!

— Как же так! — воскликнула немного озадаченная этим решением Анастасия Федоровна. — Нешто можно отца позорить!

— Какой же тут позор? Я не к милому сбежала на пир брачный, а в келью монастырскую... Коли б к милому, тогда позор, а тут что же!..

Анастасия Федоровна немного помолчала, собираясь с мыслями.

— Дочка, дочка! — продолжала она, наконец, с укоризной. — Аль забыла ты пятую заповедь, что противу отца хочешь идти?

— Помню, помню! Да нешто я нарушаю ее? Сказала — не к милому иду, а ко Христу... Про это жив писании сказано... Помнишь, чай, что нам поп из церкви Микольской читал?... Запамятовала? А я помню! Писано там, что, ежели кто любит отца али мать больше Христа, Господа нашего, тот не достоин Его!..

— А все ж не дело ты замыслила, не дело! — качая головой, говорила Анастасия Федоровна, сбитая с толку горячей защитой дочери.

Некоторое время мать и дочь шли, молча, занятые каждая своими мыслями.

— Ну, а если б батюшка тебе не токмо не позволил в монастырь укрыться от света, а приказал замуж идти, что бы ты сделала? — осторожно начала сводить разговор Анастасия Федоровна к тому, о чем она хотела поговорить с ней.

— Коль за немилого — не пошла бы! — отрезала Марья Васильевна, слегка нахмурив брови.

— Супротив отца, стало быть, восстала бы.

— Да, восстала бы.

— Так ведь он силком может тебя выдать...

— Силком, да! Связанную разве под венец поведут на сором всей Москвы... А вольной волею не пойду!

— Ладно! Коль так, не будем об этом и говорить... А теперь скажи ты мне, кто на земле превыше всех?

— На земле — царь, над ним токмо Бог единый, — ответила немного удивленная Марья Васильевна.

— Верно! Должны мы царю повиноваться!

— Еще бы! Ведь он же помазанник Божий.

— А царице?

— И царице, конечно!

— Во всем повиноваться должны? — медленно подходила к намеченной цели Анастасия Федоровна.

— Во всем! Хотя бы живот свой положить приказано было за царя или царицу, и то должны, — говорила боярышня, не думая, что она произносит то самое, что нужно было ее матери.

— Так, хорошо... Ну, а если бы тебе царь или царица приказали не идти в монастырь, а с отцом да с матерью жить, пошла б ты все-таки в монахини?

— Нешто могу ослушаться воли их? Не пошла, бы! — ответила Марья Васильевна, напрасно стараясь догадаться, зачем ведет мать этот странный разговор.

А Анастасия Федоровна все продолжала свой допрос.

— В монастырь не пошла б? Ладно! А если б царица замуж тебе за немилого идти приказала, что бы тогда?

— Что ж делать! Ослушаться — грех пуще, чем милому измена... Вышла бы волей-неволей, — говорила боярышня, дивясь тому, какие вопросы задает ей мать.

— Ну, так идем приданое шить спешно! — радостно воскликнула Анастасия Федоровна.

— Как? — остановилась пораженная Марья Васильевна, с тревогой смотря на мать. — Почто так шутить, родимая? — с упреком продолжала она. — Меня словно ножом кто в сердце ударил... Почто шутишь да смеешься над тоскою моей?

— Да не смеюсь я над тобой, дочка моя родная! Правду истинную я молвила, вот, как перед Богом! Царица тебя просватала!

— Что ты! Может ли быть! — воскликнула, бледнея, боярышня.

— Да, да! Сегодня днем просватала тебя за князя Ногтева, Данилу Андреевича!

Словно громом поразила эта весть Марью Васильевну. "Все кончено!" — мелькнуло у нее в голове. И она стояла перед матерью бледная как полотно, опустив руки... На лице ее застыло выражение ужаса. Словно столбняк на нее нашел; она ничего не видела, не слышала, не чувствовала, вся уйдя в себя, занятая той мукой, которая ей давила сердце, леденила кровь, лишь в мозгу ее продолжала шевелиться мысль: "Все кончено! Все кончено!"

А Анастасия Федоровна, увлеченная своею победой над непокорной девушкой, продолжала передавать подробности сегодняшнего разговора царицы с отцом. Наконец она заметила бледность девушки.

— Что с тобой, Марья, будто неладно чтой-то? Небось, все с красавцем своим расстаться жаль? Горе большое, понимаю тоску твою девичью, да ведь и радость немалая... Помысли только: сама царица сватьей у тебя! То ли не честь!

Полно, не задумывайся, родная! Что было — то прошло! Пойдем-ка лучше приданое шить... Спешить приказано!

И Анастасия Федоровна, взяв дочь за руку, повела ее к дому.

Марья Васильевна почти бессознательно, словно подчиняясь ее силе, пошла с нею. Она не рыдала, только одна крупная слеза пролилась из ее глаза, скатилась на сарафан и упала на песок сада... Это была, казалось, последняя дань былому. Все кончено, все умерло! Для Марьи Васильевны начиналась новая жизнь.

VI

ПЕРЕД ВЕНЦОМ

— Авдотьюшка! Подь-ка ко мне! С ног сбилась я совсем, сил моих нетути, — говорила Анастасия Федоровна старухе няньке, — А как без хозяйского глаза! Нешто выйдет ладно все!

— Ох, уж не говори, матушка боярыня! И я уморилася совсем, шамкала в ответ ей старуха, — Да и то сказать, не грех и умориться маленько, коли привел Бог радостного дня такого дождаться, что боярышню, дитятко-то мое малое, под венец поведут... Слава Тебе, Господи! Думала ль я, старая, что доживу до этого, когда ее малым ребеночком на руках нашивала! Ан дождалась!

— Что говорить! Радость великая! Особливо, что сама матушка царица просватала. А только уж и хлопот, не приведи Бог! Первонаперво сговор, потом смотрины, там девишник, а сегодня — пуще всего — столованье... Одно за другим... Только поспевай да еще приданое шить приходилось — не отдашь же дочь на сором без прикруты [приданое]. Вот тут и вертись! Уж за те дни измучилась совсем, а сегодня так и вовсе силушки моей нетути! — в изнеможении опустилась на лавку Анастасия Федоровна. — Уж ты замести пока меня, поглядовай везде, Авдотьюшка.

— Сделай милость, отдохни, боярыня, а я присмотрю, будь покойна, — отвечала старуха.

— Спасибо... Смотри не прогляди чего... Перво-наперво на кухню поглядывай, чтоб Антип павлина [жареный павлин был непременным блюдом за столом царей и бояр] вовремя приготовил, да не пережарил... Опосля не забыл бы чего, напоминай ему... Да и сама упомни: перепеча крупчатая, хлебушки ситного... Этим делом пусть Антиповы помощники занимаются, а он поважнее возьмет — вот эти кушанья: папорок лебедин под взварцем шафранным, опосля ряб по лимоны окрашенный, потрох гусиный, гусь жареный, порось жареный, да куря в лапше, да куря в щах; курник, подсыпан яйцами; пирог с бараниной; пироги кислые с сырком; жаворонки, в масле поджаренные; пирожки с яйцами... Чтой-то позапамятовала сама... Что еще? Да! Сырников приготовит пусть, да карасей, да пирожков подовых... Опосля еще каравайчик, да куличков рассыпчатых... Кажись, все...

— Ахти, упомню ли! — проговорила Авдотья.

— Авось Бог памяти прибавит на сей раз... Ступай с Богом, а я здесь еще маленько помогу золотом довышивать-докончить убрус, что царице Марья поднесть должна в подарок.

Старуха хотела выйти.

— Погодь, погодь еще маленько! — окликнула ее Анастасия Федоровна. — Еще кой о чем сказать запамятовала. Иди к Ивану да скажи, чтоб он из медуши [погреб, где хранится мед] выкатил бочки с медом да олуем [пиво]... Да выбрал бы те, что пополнее, не начаты еще, а начатых пусть не трогает. Опосля пусть и бочонки с винами заморскими: романеей, бастром и мальвазией повыкатит. Тоже что пополнее. Наливочек тоже пусть не забудет... Ну, иди с Богом... Коли еще что надумаю, кликну...

Авдотья вышла, а Анастасия Федоровна прошла в комнату, где множество девушек были заняты работой: кто спешил докончить что-нибудь из приданого боярышни, хоть и не по обычаю было то, что приданое еще не отвезено, да что делать, вся свадьба спешно так вышла, что и оглянуться не успели; кто трудился над убрусом, предназначенным в подарок царице. В числе их сидела и невеста, Марья Васильевна. Медленно и равномерно двигала она иглою, дошивая какую-то вышивку, и узор тонкою цветною нитью постепенно вырастал под ее искусными руками. Руки деятельно работали, но голова не участвовала в этой работе: с того самого дня, как мать сказала ей о сватовстве Ногтева, Марья Васильевна была словно в чаду... Как сквозь сон, помнит она лицо своего нового жениха, так же, как и девишник, на котором веселилась не она, а ее подруги. Теперь она была странно спокойна и равнодушна ко всему. Горе, радость — одинаково не волновали ее.

Когда мать вошла в комнату, Марья Васильевна, казалось, была поглощена своей работой. Только бледность лица дочери да черные круги, окаймлявшие глаза, поразили Анастасию Федоровну.

"Ахти, — подумала она, — извелась совсем девица! Узнать нельзя... Кажись, ей эта свадьба хуже ножа острого. Как бы еще чего на столованье [свадебный пир] с ней не приключилось, скажут: "порченая", тогда мне и отцу и веселье [свадьба] не в веселье".

— Ну, что, дочушка, — ласково обратилась она к Марье Васильевне, желая ее развлечь, — немного уж тебе в девицах быть осталось: не оглянешься — и под венец с князь-Данилой.

Боярышня словно очнулась от сна. Видно, далеко и от девичьей, и от приготовлений к свадьбе витали ее мысли.

"Сегодня свадьба... Ох, Господи, Господи, какой тяжкий крест посылаешь ты мне"! — подумала Марья Васильевна, и рука ее, державшая иглу с красной шелковинкой, слегка дрогнула.

Мать заметила своим зорким оком, как задрожала рука дочери, и приписала это усталости.

— Ты бы, Маша, пошла в свою светелку да поотдохнула бы... Какая тебе теперь работа, только измаешься больше. Подь, родная, да отдохни, а то теперь, чай, скоро и царица пожалует... Небось, запамятовала, что государыня матушка, Анастасия Романовна, к нам, как сваха твоя, приехать собиралась, до церкви тебя проводить. Поднимись в свою светелку, посиди в ней свои последние часы девичьи али приляг. Теперь уж недолго тебе в светлице своей быть — скоро покинешь ты дом отчий и матушку свою родимую, дочурка моя ненаглядная! — говорила Анастасия Федоровна, проводя рукою по золотистым волосам дочери, и голос ее слегка задрожал.

Не выдержало сердце Марьи Васильевны ласковых слов матери. Замерло, закалилось оно в горле и стало уже недоступно для него, но все-таки растаяло от ласки материнской. Поднялась с сиденья боярышня, кинулась на шею матери и зарыдала. Долго сдерживаемые слезы пролились.

— Полно, родная! Что с тобой! — с испугом воскликнула Анастасия Федоровна, пораженная этими неожиданными слезами. — С чего ты это? Али со мною расстаться жаль? Что делать! Такова уж судьба девичья! Полно ж, не плачь, касатка. Пойдем со мной, я провожу тебя в твою спальню... Утри же слезы: негоже плакать перед венцом!

Обняв дочь за плечи, она повела ее наверх к ее светелке.

— Ляг лучше: полежишь, авось успокоишься, — сказала она, войдя с дочерью в спальню. — Не тоскуй, а положись на волю Божию: он лучше нас знает, что для нас хорошо, что скверно... Ляг же, — и, подведя дочь к постели, удалилась, оставив Марью Васильевну одинокой в ее светлице.

Однако Марья Васильевна не последовала совету матери, не легла спать, а, подойдя к окну, села на свое излюбленное место.

День был ясный. Лучи солнца проскальзывали в комнату сквозь густую листву росшей перед окном липы и ложились желтыми пятнами там и сям на полу и полог постели. Небольшой, но упорный ветер слегка покачивал верхушку векового дерева и заставлял тихо шелестеть его листья.

Чем-то знакомым повеяло на боярышню от этого тихого шелеста. Как ласка матери заставила встрепенуться ее застывшее в безысходном отчаянии сердце, так шепот листвы ее подруги детства и юности — липы — пробудил отлетевшие грезы, замершие, подобно сердцу, под бременем горя.

Шептала липа под все новой и новой волной набегавшего ветра, лились мечты боярышни, и порой она сама не знала — мелькают ли то думушки в ее голове или это шепчет своим старческим голосом вековое дерево.

"Полно, девица, полно! — слышит боярышня. — Не горюй! Свет всегда с тенью мешается. Так же и у людей. Не лей же, девица, слез, не печалься, красная! Бог Великий все знает, все ведает и посылает нам горе затем, чтоб еще больше ценили мы радость и счастье жизни. Жди и терпи, надейся и веруй, и счастлива будешь. Вытри же слезы, девица, терпи, болезная, без слез и роптаний: они все равно не помогут, надейся, верь, живи для счастья других, и ты сама скоро утешишься, и бесследно пройдет, исчезнет твоя тоска-змея лютая!"

Тихо, но неумолчно шелестела листва, волною неслись думы Марьи Васильевны, и все больше и больше замирала тоска, все спокойнее становилось на сердце.

VII

ОБВЕНЧАНЫ

Весело и шумно пировали бояре, вернувшись от венца к столованью. Радостен и весел как никогда Василий Иванович, не меньше, чем сидящая с ним рядом Анастасия Федоровна. Гости хмельны и сыты... Еще б! На такой ли свадьбе, как эта, не быть пьяным и сытым! Этакой свадьбы уж давно на Москве не запомнят! Одних кушаний всяких смен чуть не за сотню перевалило, а вина да наливок — хоть в баню иди да мойся — так их много, не говоря про меды крепкие, да сладкие и олуй, перебродивший знатно и выстоявшийся! Как ни любят покушать бояре, а все-таки, то тому, то другому приходится отказываться от угощений, хоть и страшно обидеть хозяина. Зато взамен этого, для утехи Василия Ивановича, приналегли они на пития..., это еще могут, еще желудок выдерживает! И стучат неумолчно братины да кубки тяжелые, узорчатые, с какой-нибудь хитрою на них надписью, вроде: "человече, что на меня зришь? не проглотить ли меня хочешь?" или: "воззри, человече, на дно братины сей и, открывши тайну свою".

Читают бояре такие надписи, кто грамоте разумеет, и с еще большим удовольствием тянут пенную влагу на радость хозяину. Славят гости доброту и щедрость Василия Ивановича да на молодых поглядывают.

— Горько! — кричат, — подсластить надо бы! — и любуются они, как счастливый муж жарко целует свою жену молодую.

А Марья Васильевна тоже вина пригубила маленько. Раскраснелась она. Кровь прилила к вискам и щекам. Сидит она румяная, куда и бледность утренняя делась, и бояре дивятся на боярыню молодую, на красоту ее засматриваясь. Не замечают веселые гости и счастливый супруг, как под кикой высокой, на лоб низко надвинутой, изукрашенной зернами бурмицкими да каменьями самоцветными, очи молодой, словно дымкой какой-то затуманиваются.

Да кабы и заметили, не догадаться бы им, какая думушка бродит в голове Марьи Васильевны, почему она словно с тревогой поглядывает, что конец скоро будет сменам яств и окончится столованье. А боится и ждет с трепетом сердечным того, что уж скоро ей придется вдвоем с мужем остаться, с нелюбимым, чужим человеком, и должна она будет подчиняться ему во всем, исполнять все его прихоти: жена — раба! Недаром же он ее, перед тем как с ней к брачному ложу идти, плетью легонько при всех ударит в то время, когда она будет с него обувь снимать [От древнейших времен и до XVII ст. в Москве было в обычае, чтобы перед отходом к ложу, молодая снимала обувь с мужа, а муж в это время слегка ударял ее плетью. Обычай этот известен еще со времен язычества. Когда Владимир Великий женился на Рогнеде, она отказалась исполнить этот унизительный обряд, сказав: "Не хочу разути рабынича!", т. е. сына рабыни, т. к. Владимир был сыном Малуши, ключницы Великой княгини Ольги] — и то и другое знаки господства с его стороны, рабства — с ее.

Тяжко Марье Васильевне. Для нее это не свадебный пир, а тризна по милому, по ее девичьим грезам и по разбитому навеки, казалось, счастью.

Но помнит молодая боярыня слова: жди, терпи, надейся и веруй! и ничем не выдает своей грусти. На устах ее играет улыбка, очи блестят, она кажется вполне довольной и счастливой. Не хочет она своим грустным видом смущать веселье гостей и печалить отца и мать. Она видит, как украдкой крестится ее матушка, что-то тихо шепча.

Знает Марья Васильевна, что, верно, мать шепчет:

— Благодарю тебя, создателя! Ишь, Марья-то весела как и довольна... Забыла, знать, о своем дружке, отогнала свою кручинушку, слава Тебе, Господи!

И еще веселее становится молодая боярыня, еще звонче звучит ее смех...

"Радуйся, матушка! Будь довольна, милая! — думает она. — Ты видишь, я весела, веселись же и ты — тебе так редко выпадает это на долю. А что у меня на душе, то пусть одна я знаю!"

Шумнее и шумнее делается в горнице, веселей и веселей становятся гости, а пир между тем, видимо, уже идет к концу. Уже начали ставить сласти. Вон только что подали сахарную коричневую коврижку, а там уж несут лебедя сахарного, пуда в два весом, там утю, тоже не легкую, а вот тащат диво дивное, целый город сахарный. Диву даются гости, как это мастерски все состроено: и башни тут, и церкви над стеной зубчатой возносятся, а на площадях люди на конях или пешие понаставлены — вот-вот, кажись, сейчас двинутся, заговорят да с боярами веселыми чаркой золоченой чокнутся, молодых поздравляючи. Дальше пошли сласти попроще: марципан сахарный, сахары узорчатые, ягоды разные, яблоки, шептала, имбирь в патоке и еще других всяких сластей многое множество.

Заедают гости сладостями обильные яства: кто с башни сахарной сорвет человека сладкого, в рот отправит да вином душистым запивает; кто у сахарной ути нос отколет да посасывает его, обмакнув в стоящую перед ним объемистую чарку с крепким медом; кто попроще, возьмет шепталы или имбирю в сладкой тягучей патоке да наливку густую попивает.

Однако как ни любят пить гости, а, наконец, и им невмоготу стало. То один, то другой, смотришь, от угощенья хозяйского отказывается да чарку кверху дном оборачивает:

"Довольно, дескать, пора и честь знать!"

Видит Василий Иванович, что зело упитаны гости и что дальше тянуть нечего — все равно веселей не будет — поднялся он.

— Ну-ка, гости дорогие, — говорит, — еще по чарке по последней опрокинем, да и проводить пойдем молодую в дом зятюшки моего дорогого!

— Вот это ладно Василий-ста промолвил! — сказал отец молодого. — Давно бы в наш дом пора... Я, чай, молодая наша уж соскучилась, с нами, со стариками, сидючи!

Еще раз звякнули дружно кубки и братины. Опростали гости до дна полно налитые чары, еще раз крикнули "горько!" и заставили пригубить чарку и Марью Васильевну. Пригубила она ее с веселой улыбкой, а у самой дрожь по телу пробежала.

Шумно поднялись бояре, помолились на иконы да хозяина за хлеб за соль благодарить стали. А уж отец молодого сзывает их на завтра на новый пир, на княжой [княжим — назывался пир на другой день свадьбы в доме молодого], к себе в дом. Знают гости, что и завтра их ждет угощенье, и не меньше благодарят его за зов. Между тем дружка уже расчистил молодым проход на крыльцо. Их давно уж у крыльца пара коней буйных и быстрых дожидалась. Сесть едва молодые успели, как кони понесли, словно перышко, тяжелую колымагу, только пыль летит. Дружка на горячем аргамаке чуть угнаться может. Однако старый князь Ногтев, отец молодого, вместе с женой своей сумел как-то ухитриться поспеть домой раньше новобрачных, и только они, подъехав к дому, успели в палаты войти, как уж отец дрожащими руками осенил иконой их склоненные головы, а потом, передав образ жене, благословил хлебом-солью.

Вступление Марьи Васильевны в дом мужа состоялось.

Между тем понемногу собирались поезжане. Оставалось совершить последний обряд: "выдаванье молодой" и уложить их на покой в сеннике.

Медленно выступил из толпы поезжан боярин, приятель Темкина, старший их всех и по роду, и по летам. Перекрестился он на образа, провел рукой по своей серебристой бороде и повел речь к молодым.

— Дети мои, — начал он дрожащим старческим голосом, — теперь вы уступили на житейский путь... Вы молоды, не знаете, каков он есть. Слушайте же, что скажу вам. Мне уж недолго осталось быть на этом свете, я прожил жизнь, прошел путь, положенный Господом, я знаю, труден он али легок... Ох, говорю вам, тяжек путь житейский! Но не бойтесь его: Бог повелел жить и дал нам заповедь великую: любите друг друга! Вот в этом ваша опора и спасение... Помни, Данило, помни и ты, Мария, заповедь сию великую, и живите так, как поучает она. Ты, Данило, берешь под свою власть и защиту голубку чистую и помни: с тебя на страшном суде спросится, оставил ли ты в чистоте ее душу, не поселил ли в ней мыслей злых, черных, такой же ли кроткой сердцем она прожила и окончила свою жизнь или в предсмертный час могла сказать что-нибудь противу тебя. Тяжко вам, что я говорю о смерти тогда, как здесь кипит веселье и жизнь начинается, а не оканчивается. Что делать! Я должен сделать это, чтоб наставить вас на путь истины. Еще скажу, Данило, ты господин жены твоей, ты знаешь это, но помни всегда, что жена — не раба... Властвуй над ней, но не силой своею, а любовью. Что же тебе сказать, Марья? Если от мужа, господина твоего, я мог требовать, чтоб он сохранил в тебе душу чистою, то могу ль того же просить от тебя, чтоб ты его душу сохранила? Ведь ты не госпожа его, а только подруга жизни, могу ль от тебя этого требовать? Да, могу! Доброе слово, вовремя сказанное, спасало великих грешников. И ты так же делай. Видишь, что тоскует твой муж, что кручина им овладела, спроси, о чем он кручинится. Раздели тоску его, утешь, если можешь, а нет — горюй вместе с ним, он увидит, что ты поняла его скорбь, делишь с ним ее, и на душе у него полегчает. А увидишь, угрюм он ходит, думы черные запали, знать, в его голову, разведай про эти думы, скажи ему, что неладны они, и спасешь ты его, быть может, от греха великого. Что еще прибавить? Бояться Бога, чтить родителей вы с младенческих лет обучены, чай, не забыли и не забудете. А я кончу так же, как и начал: любите друг друга — в этом и ваше счастье, и спасенье!

Старик закончил речь среди глубокого безмолвия присутствующих. Марья Васильевна стояла, склонив голову, только изредка поглядывая на мужа, и речь ли так подействовала на нее или же просто сердце ее искало успокоения, только Данило Андреевич, еще недавно чужой для нее, уже не казался ей теперь таким. Она понимала, что связана с ним крепкими узами, и ей хотелось найти в нем друга, с которым бы она могла легко и без боязни совершить тот трудный житейский путь, о котором говорил старик.

Окончив речь, старик "выдал" молодую мужу.

— Поди сюда, Данило, — сказал он князю, взяв за руку молодую, — вот жена твоя, возьми ее, — и он передал Марью Васильевну в объятия мужа.

Молодых повели в сенник.

А уж в сеннике приготовлена на ржаных снопах брачная постель.

Двадцать семь снопов положено, поверх их перины настланы и накрыты простынями атласными. В головах постели поставлена кадь большак с пшеницей, в ней свеча восковая воткнута и зажжена, в ногах кадь такая же с ячменем, по бокам кади с рожью.

У входа в сенник молодых осыпали хмелем, и дверь за ними плотно заперли.

Поезжане начали по домам собираться, а дружка, вскочив на коня, стал разъезжать вокруг сенника с обнаженной саблей в руке, чтобы кто-нибудь не потревожил молодых или колдовства, какого не учинил.

VIII

В СЕННИКЕ

Наступил тот час, которого так страшилась Марья Васильевна: молодая осталась наедине с мужем.

В первую минуту неловко чувствовали себя молодые.

Князь сел на постель и, покручивая шелковистый ус, молчал и

украдкой поглядывал на свою красавицу жену. Марья Васильевна остановилась у порога, словно боясь сделать шаг дальше, и, вся трепеща, боялась поднять глаза на своего мужа, со страхом ожидая, что вот-вот раздастся его голос, властно зовущий ее к себе. Однако молчание длилось. Тишина нарушалась лишь изредка легким потрескиванием свеч, воткнутых в кадях с зерном. Неподвижное пламя свечей обливало комнату ярким светом.

— Мария Васильевна... то бишь, Мария, ты и взглянуть на меня не хочешь... Неушто уж так я не люб тебе? — раздался тихий голос Данилы Андреевича вместо ожидаемого молодой боярыней сурового призыва.

Марья Васильевна не отвечала, только, подняв очи, глянула на мужа. Ее глаза встретились с глазами молодого князя, и она прочла в них словно упрек себе. В них не было видно гнева, очи князя с кротостью и любовью смотрели на нее. Марья Васильевна, словно стыд почувствовала за свою холодность к мужу.

"Нешто он виноват, что меня разлучили с милым?" — подумала она и, подойдя, села рядом с ним на постель. Радостно блеснули очи молодого князя... А эти очи были не хуже глаз Андрея Михайловича! И они, как те, могли грозно сверкать, когда гнев загорался в груди, и они могли теплою ласкою нежить свою любушку, кротко глядя на нее из-под тонких полукруглых бровей. Да и красою Ногтев не уступал Бахметову, хоть был ростом пониже, зато постройней, а его золотые кудри, волной воздымавшиеся над высоким лбом, чуть ли не получше были темных кудрей Андрея Михайловича.

— Что ж ты не промолвишь словечка в ответ мне, голубка моя? — продолжал Ногтев, видя, что Марья Васильевна не отвечает. — Больно не люб я тебе? Молви! — и словно тоска послышалась в голосе князя.

— Люб ли — того не могу я сказать... Сам ведь знаешь, до свадьбы тебя я раз-другой лишь видела только... А не люб, почему ж? Ты мне не ворог и зла не сделал... За что ж не люб, — ответила Марья Васильевна, потупив глаза.

— Стало быть, ни то, ни другое, — вздохнул князь. — А ты мне люба... Ох, как люба! Ты говоришь, меня всего раз или два видела, а я тебя много раз видел, только ты меня не примечала, али не хотела приметить. Помню, не раз я во время обедни али всенощной вместо икон святых смотрел на тебя, и казалось мне, что, то ангел с небес на землю спустился да обратился в девицу красную. И сердце билось сильнее у меня в груди, когда я глядел на тебя, бывало... А кончится служба, уйдешь ты домой с матушкой, и такая тоска нападет на меня — света Божьего не взвижу! Не понимал я тогда, что со мной творится. Был, кажись, раньше молодец как молодец, ан вдруг, словно девица, затосковал, закручинился... Думал, скажу прямо, не порчу ль какую на меня навели... К ворожеям обращался, чтоб избавиться... Поили они меня разными зельями, гадали и так и сяк, а тоска моя все сильней и сильней становилась... А знахарки баяли — порча! Только одна мне глаза открыла, погадала и молвила, что тоска

88

моя от очей девицы лазуревых идет... Тут и я догадался, от кого идет моя кручина. Понял все, а сватов созывать боязно: вдруг не примут, тогда еще горше... Кабы не царица, не знаю, как бы все и кончилось... Теперь же, слава Богу, все слажено!.. Я прежде и помыслить боялся о таком счастье и радости! — говорил князь, с восхищением глядя на красавицу жену. — Только, — добавил он мрачно, — мне и радость не в радость будет, коли ты меня не полюбишь! Скажи, родная, голубка моя, скажи, полюбишь ли ты меня?

— Коли ты муж мой, нешто могу я тебя не любить?

— Ах, не то, не то! Полюбишь ли, спрашиваю, не как мужа своего, а как своего милого, вот о чем я спрашиваю?

Марья Васильевна не знала, что ответить ему: сказать правду — значило огорчить его, а солгать совесть мешала. Она раздумывала и медлила с ответом.

— Ты не отвечаешь, — произнес Ногтев, видя ее молчание. — Молчишь, стало быть, не знаешь, как мне ответить... Я понимаю — тебе тяжко сказать, что не полюбишь меня. Что же делать! Насильно мил не будешь! Такова, знать, воля Божия! Знать, счастье мне на роду не написано! — печально добавил князь и поник головою.

Воцарилось тягостное для обоих молчание.

— Знаешь ли, что та ворожея, — продолжал Данило Андреевич, помолчав, — которая узнала, откуда моя тоска идет, еще кое-что предсказала и правду, вижу, молвила истинную! Знать, та знахарка не обманчивая, и наука ее подлинно от Бога идет... Ворожея та Ведуньей прозывается, стрельчиха, вдова... Слышала о ней, чай?

— Да, слыхала, — коротко ответила Марья Васильевна, погруженная в свои думы.

— Так вот эта самая Ведунья всю судьбу мне открыла...

Сказала, что женюсь я на той девице, по которой сердце мое тоскует, а только у той зазнобы моей есть уж милый, и долго она того милого не забудет, а меня полюбит ли когда, то еще бабушка надвое сказала! Вот оно теперь и сбывается! Э-эх, доля моя горькая! — тряхнул князь золотистыми кудрями, и тяжко, тяжко, видно, было у него на душе. Жаль стало его Марье Васильевне.

"Ишь, тоскует, болезный! Кабы могла бы полюбить, полюбила бы его... Кроткий он, видно, добрый... Скажу ему все, без утайки, как есть, может и полегчает у него на сердце... К тому же и таить от мужа своего что-нибудь — грех".

— Слушай, муж мой, Данило Андреевич! — тихо начала она, — не хочу таить от тебя. Зачем скрывать али обманывать — правда все же лучше кривды... Не потаю... верно сказала тебе Ведунья; есть у меня милый, и любила я его больше жизни своей, и теперь люблю... Виновата ль я? Сам знаешь — сердцу не прикажешь...

— Как звать твоего милого? — быстро спросил Ногтев.

— Зачем тебе знать? Не все ли равно?... Впрочем, будь, по-твоему, я и это скажу тебе: его зовут Андреем Михайловичем Бахметовым.

— А, вот кто это! Видал его не раз... Красавец!.. Ну, да теперь недолго ему на белом свете красоваться... Приедет с похода — он теперь ушел с Данилой Адашевым — убью его!.. Али сам, может, лягу костьми: вместе нам не жить на белом свете! — воскликнул князь, и брови его сдвинулись, а в кротких глазах сверкнул недобрый огонек.

— Убьешь? — сказала Марья Васильевна, — а за что? За то, что он любит меня? Так нешто можно совладать со своим сердцем?... Ежели б можно было, то почему же ты с тоски по мне чахнул? Не мог, стало быть, совладать со своею любовью... А его, Бахметова, винишь в том, в чем и сам повинен. Можно ли так? Послушай лучше, что скажу я тебе... Люблю его, прямо говорю, люблю больше жизни своей, а только обета в верности, данного пред алтарем святым, не забуду и не нарушу... Как перед Богом скажу, была бы моя воля — ни за тебя, ни за другого не пошла бы, кроме милого моего... Но теперь не воротишь — мы повенчаны, и я обета не преступлю...

— Да не о том тоска меня берет... Знаю я, что чистая в тебе душа и ты греха не сотворишь... Иное меня кручинит!

— Что же?

— Не люб я и не буду любым тебе никогда, вот о чем я горюю! — печально проговорил князь, низко опустив на грудь свою красивую голову.

— Жаль мне тебя, болезный! — тихо проговорила Марья Васильевна, растроганная его печалью, — Знаю, как болит твое сердце, как скорбишь ты... По себе знаю! Чем утешить тебя? Вижу я, кроткий ты, добрый... Слушай!.. Пройдет время, утихнет моя тоска о милом, и..., и тогда люб станешь ты мне, потому что сердце у тебя золотое!.. Поняла я это.

— Так ты, говоришь, полюбишь меня? — сказал князь, и лицо его просветлело.

— Да!.. Полюблю, только жди, дай улечься тоске моей... А до тех пор..., до тех пор я буду тебе верной женою и подругою жизни... Судьба устроила так, чтобы мы вместе шли по пути житейскому, будем же дружно свершать эту путь-дороженьку! Будем делиться всякою думушкой, всякою радостью, всякой невзгодою... Хочешь ты этого?

— Еще бы не хотел, голубка моя, жена моя дорогая! — радостно воскликнул Данило Андреевич.

— Что же? Утешился ли маленько? Полегчало ли у тебя на сердце? Да? Тем лучше — рада я за тебя! Ты и теперь уж мил мне становишься, потому, душа у тебя чистая, добрая! Не тоскуй же! Утешься совсем! Я тут подле тебя, жена твоя молодая... Целуй же меня, муж мой! — и уста Марьи Васильевны обратились к пылающему лицу князя.

Тот заключил ее в свои жаркие объятья.

А в далекой татарщине Андрей Михайлович в это время спешно прощался с красавицей татаркой и непоколебимо верил в верность своей милой.

Жестокий удар ждал его!

IX

НЕЖДАННЫЙ УДАР

Был знойный июльский день. Полуденное солнце горячими лучами обливало Москву. В городе было жарко и душно. Немощеные московские улицы, словно серой бронею, покрылись засохшею грязью, и проезжавшие по ним боярские рыдваны и возки всяких сортов поднимали целые столбы пыли, еще более увеличивая духоту. Но, ни зной, ни духота не могли удержать в домах московских граждан, и на улицах и площадях было заметно большое движение. То и дело мелькали осанистые фигуры бояр, ехавших верхом на коне или в тележке, запряженной парой сытых и быстрых лошадей. Целые толпы пешего люда брели куда-то, о чем-то шумно толкуя. День был будний, а между тем колокола московских церквей гудели неумолчно.

— Чтой-то такое? — задавал себе вопрос, слыша трезвон, московский житель, сидевший дома, и, кладя работу, спешил на улицу.

Толпы народа все увеличивались.

— Микитка, стой, парень, подожди! — кричал какой-то простолюдин, одетый в синюю из грубой ткани рубаху, прорванную на локтях, и такого же качества и цвета необходимую принадлежность одежды, догоняя высокого и тощего парня, спешно протискивающегося сквозь толпу.

— Эфто ты, дядя Хведот! Беги за мной скореича! — отвечал парень, оборачиваясь и слегка замедляя шаги.

— Куда бежишь-то? Али что сотворилось? И в колокола больно дюже трезвонят... Уж не пожар ли, грехом! — сказал Федот, настигнув наконец Микитку.

— Какой пожар! Весть добрая на Москву пришла... Нешто не слышал?

— Не! А что такое? — спросил Федот.

— Из Крыма от войска к царю, гонец приехал: совсем наши татар там побили! Теперь, почитай, конец пришел крымскому царству!

— Слава Тебе, Господи! — сняв шапку, перекрестился спрашивавший. — Теперь, может, не будут, ровно злые волки, на Русь нашу матушку набегать да в полон красных девушек утаскивать! Слава Господу!

— Да, пришел, знать, и им, как казанцам, конец! — продолжал парень.

— Даже и не верится, паря! Право, не верится, чтобы хана смирить можно было... И, как я смекаю, эфто все так, на время лишь, а опосля крымцы опять за свое возьмутся, — со вздохом произнес старший.

— Нет! Теперь царь-батюшка, полагать надо, добьет их, и очухаться не даст!

— Давай Бог! Поживем — увидим!

— А куда ж это народ-то бежит, да и ты с ним?

— Молебен митрополит служит, сказывают, по эфтому самому случаю... Царь сам, бают, на ем будет... Ну и бегут, каждому и Бога поблагодарить хочется, и на царя посмотреть любо!..

— Вот оно что! А мне и невдогад!

— Так бежим скорее, а то наберется народу, и в собор не попасть будет! — сказал первый из говоривших.

— Бежим, бежим! Только как бы через толпу пробраться, — ответил Никита, и оба еще усерднее стали пролагать себе путь в толпе бегущего люда.

А толпа все росла.

Когда Никита и Федот приблизились, наконец, к собору, то увидели, что пробраться во внутренность церкви далеко не так легко, как они предполагали: на паперти собора была страшная давка. Пока они стояли, раздумывая, лезть ли уж им в эту давку, из толпы на паперти послышался хриплый старушечий голос:

— Ой, ой! Отпустите, православные, душу на покаяние! Да-а-вят!

Очевидно, в толпе кого-то давили. Крик этот раздался неподалеку от Федота и Никиты, стоящих близь паперти. Они поспешили на помощь, проложив дюжими кулаками себе проход, вытащили из давки того, кто кричал. Это оказалась старуха. Она полузадохлась и теперь, стоя на просторе, вне толпы, жадно вдыхала воздух.

— И чего эфто ты, бабушка, в давку такую полезла... Знамо дело, стар человек, слаб, как раз раздавят, — с укоризной сказал Федот, глядя на бледное лицо старухи.

— Ох, уж и не говори, милой! Чуть душу Богу не отдала... так сдавили... И ума просто не приложу, чего я полезла-то туда! Шла мимо, вижу, в собор народ валит. Что такое? спрашиваю, потому знаю, обедня уж кончилась. Говорят мне: — митрополит молебен служить будет по сему случаю, что крымчан наши вой побили, и царь приедет... Услышала я, ну и мне захотелось помолиться со всеми, и полезла в давку... Оглупела совсем, видно, я от старости. Вот те и помолилась! Кабы не вы, добры молодцы, спасибо вам, так совсем бы мне тут конец, право слово! Умерла б, спаси Бог, без покаяния!

— Авдотья! Ты что здесь делаешь, старая? — окликнул ее в это время высокий загорелый незнакомец.

Старуха — это была нянька Марьи Васильевны — с недоумением посмотрела на незнакомца, звавшего ее по имени.

— Чтой-то, боярин, — сказала она, глядя на стоящего перед нею мужчину, заслонив рукою от солнца свои подслеповатые глаза, — как будто мне не признать, кто ты таков.

— Перемена во мне, стало быть, большая, коли ты меня признать не можешь, — произнес, усмехаясь, незнакомец.

— Батюшки-светы! Да никак это ты, боярин, Андрей Михалыч! — всплеснула руками старуха.

— Он самый, он самый, бабушка!

— Да неужто вернулся уж совсем с похода?... Ведь, кажись, войско еще не возвратилось...

— Совсем вернулся!.. Хочу в Москве-матушке белокаменной пожить: надоело с татарами гололобыми возиться... Тоска взяла, вот и приехал домой, благо, попутчик нашелся — посланец от Данилы Адашева — князь Хворостин, Федор!.. Так-то! Вчера поздно только в Москву приехал, еще нигде побывать не успел. Ну, как поживаешь, старая?

— Да уж, какое мое житье? Знамо дело, старость — все кости болят, особливо к дождю, так просто моченьки нетути!.. Одначе Бог еще моим грехам терпит, скриплю помаленьку; сейчас только чуть было душу мою грешную Ему в руцы не отдала. Кабы не эти молодцы, то не быть бы...

— Как боярыня? Здорова ли? — нетерпеливо перебил Андрей Михайлович словоохотливую старуху.

— Здорова, слава Богу! К ней-то я и пробиралась, да по пути в собор завернуть вздумала.

— Как к ней? — удивился князь, — Стало быть, домой?

— Нет, к ней самой... Да ты что же, нешто не слыхивал?

— Чего? — спросил князь, и сердце его сжалось недобрым предчувствием.

— Неужто не слышал про радость-то нашу? — снова спросила старуха.

— Да нет же, не слышал, да и слышать некогда было: сказывал, вчера вечером только приехал... Что же? Какая радость!

— Да ведь повенчали мы нашу боярышню! — брякнула старуха, не подозревая, какой удар она наносит этими словами князю.

— Как?! Давно ль? — вскричал, побледнев как смерть, князь.

— Да вот уж второй месяц идет...

— За кого она вышла? — едва слышно спросил Андрей Михайлович.

— За Ногтева князя, царица сама, бают, ее просватала... Только, по правде сказать, не больно, видно, охота была боярышне замуж идти... Убивалась страсть как, сердешная! Высохла вся с тоски, перед венцом такая была, что в гроб краше кладут, глядеть жалостно становилось. И с отцом у нее была допрежь этого ссора большая: она, вишь, бают, за кого-то другого замуж просилась, а отец не пущал. Известно, не захотел — что с ним поделаешь!.. А только гневался он тогда сильно, на весь дом страху нагнал. Теперь ничего живет с мужем Марья Васильевна, ладно, кажись... Известно, стерпится — слюбится!

— Прощай, Авдотья! — внезапно сказал князь, отходя от старухи.

— Что ж ты это так вдруг, боярин? — удивилась старуха. — И не сказал, что передать Марье Васильевне, али сам зайдешь к ней?

— Скажи ей, чтоб лихом меня не поминала, а сам к ней не пойду.

— Почему ж?

— А уж так! Прощай! — проговорив это, Андрей Михайлович скрылся в толпе.

А старуха долго еще стояла неподвижно, дивясь такому концу разговора с князем. И пришло ей на ум, что уж не Андрей ли Михайлович был тем молодцом, который Марье Васильевне приглянулся, и по которому слезы горькие боярышня проливала, да и ему, знать, девица по сердцу пришлась.

"Так, должно, и есть!" — думала старуха, устремив глаза куда-то вдаль и пожевывая тонкими ввалившимися старческими губами. — "Ишь, дело, какое! Да... То-то она, сердешная, так слезами горючими обливалась. Грех, какой! И чего Василий Иваныч не позволил замуж за этого боярина идти, ума не приложу?... Спесь, должно, боярская помешала, — родом, верно, ниже его Андрей Михайлыч, ну и вздурил старый! Эх, греховодник! Ну, да уж теперь что — дело сделано, назад не оборотишь. Поплетусь, ин, да расскажу Марье Васильевне, кого видала... Тоже, пожалуй, грустить будет, болезная!

Авдотья заковыляла, медленно пробираясь сквозь толпу снующего перед храмом люда.

X

РАЗБИТОЕ СЧАСТЬЕ

Андрей Михайлович, отойдя от Авдотьи, поспешно пошел, сам не зная куда. Он словно хотел уйти от того, что сейчас внезапно закралось к нему в душу: от чего-то ужасного, более страшного, чем смерть, тоскливого и щемящего неумолчно. Он шел, опустив голову, ничего не видя, не слыша. Натыкался на прохожих, чуть не попадал под копыта коней и все шел вперед, не останавливаясь, не оглядываясь назад. В его голове не было дум, лишь одна мысль жгла ему мозг. "Изменила! Изменила!" — проносилось в его голове, и это же слово шептали уста.

Прохожие останавливались и сторонились, глядя на этого быстро шедшего прямо на них человека, неестественно размахивавшего руками и что-то бормотавшего себе под нос

— Ишь, молодец, как зелена вина нахлебался! — говорили они и провожали молодого боярина насмешливыми или укоризненными взглядами.

А Андрей Михайлович все продолжал свой путь, все прямо, прямо, никуда не сворачивая, не останавливаясь.

Невдалеке узкою серебристою лентою сверкнула Москва-река. Андрей Михайлович, не сознавая, что он делает, подчиняясь лишь стремлению идти все дальше и дальше, шел прямо к реке, миновал

94

набережную, тогда не имевшую никаких перил, спустился с откоса берега. До воды оставалось шага два. Молодой боярин поднял голову. Ему бросилась в глаза сверкающая под лучами солнца поверхность речки. Он понял, что перед ним вода.

"Что-то мне теперь? В омут! Да... Туда... — мелькнуло у него в голове. — Прости-прощай, жизнь!" — и, перекрестившись Андрей Михайлович готов был броситься.

Чья-то рука удержала его.

— Побойся Бога, боярин! Не губи душу! — раздался за его спиною чей-то голос.

Бахметов с досадой оглянулся. Позади себя он увидел небольшого роста мужчину, лет шестидесяти. Человек этот был чрезвычайно слаб по виду, длинная запущенная борода и всклокоченные волосы, обрамлявшие его исхудалое лицо, придавали ему странный и дикий вид. Одет этот незнакомец был в длинную, темную одежду, напоминавшую подрясник, кое-где прорванную. Поясом ему служила железная цепь.

Как ни был расстроен Андрей Михайлович, однако он с первого взгляда узнал в этом незнакомце известного всей Москве юродивого.

Во взгляде юродивого было что-то такое, что заставило Андрея Михайловича несколько прийти в себя.

— Оставь меня, блаженненький! Чего тебе? — с неудовольствием промолвил Бахметов.

— Негоже так делать, боярин! Негоже! — ответил юродивый, качая головою.

— Почем ты знаешь, старче, что негоже? Знать, жизнь опостылела... Не от сладости ведь... Пусти меня! Не могу я жить... Кабы ты знал, то... — мрачно произнес Андрей Михайлович.

— Жизнь опостылела! Экие слова промолвил, — перебил его юродивый. — И не боязно тебе?

— Чего бояться? Жизнь хуже смерти!

— А грех? Аль для тебя и Бога уже нет? — строго промолвил старик.

— Бог... Бог... — смутился Бахметов. — Бог простит. Он все видит, знает, с какого горя я на это решаюсь.

— А! Бог-то терпелив и многомилостив, а грех мы — в орех! Вот оно что! Так, так!.. Ныне и все православные так делают, потому им от этого и жить легче, и помирать не боязно... Хе-хе! Христиане боголюбивые... И жить легко, и помирать хорошо... н-да... Один — грех в орех, чтоб мошну потолще за пазуху спрятать, другой — чтоб мошну ту стащить, а третий — чтоб горе в реке утопить... Так-то... И ладно бы все — да грехи-то, пожалуй, в орехи не запрячете — орехов не хватит, а грехов еще короб целый останется... Куда деть? Отдадим блаженненькому, он до Бога дотащит... А у блаженненького силушка слабенька... Где ему стащить коробище? Тащите, говорит, сами, православные, коли натаскать сумели... Тащите. Хе-хе. А блаженненькому не под силу. Хе-хе. Вышла вся силушка его, в людях

95

истратилась, — говорил юродивый, по привычке прибегая к темной и странной речи.

Он все еще не выпускал рукава Андрея Михайловича, и, должно быть, было что-нибудь особенное в этом старом и дряхлом существе, что богатырь, каким был Бахметов, не пытался освободиться от державшей его слабой руки юродивого.

— Пусти меня, блаженненький! — произнес Андрей Михайлович.

— Для ча не пустить! — ответил тот, выпустив рукав боярина. — Иди! Вон речка... Бульк, бульк... И на самое дно низко тело твое упадет, на песочек, к рыбкам. Вода все горе покроет, хватит ее тут. И ладно. И делу крышка. Тебя нет и горя нет... Одно беда, душенька-то высоко, высоконько полетит, да не долетит куда надо! Ох, ох, грешная! Тяжко ей, бедной, будет. "Вот, бает душа-то, горе все думала оставить, ан оно за мной увязалось и к земле тянет... Не можно лететь! Тяжко больно насело на меня, ровно гиря тяжеленная"... И упадет на землю... А уж тут ждут... Пожалуй. В гости, милости просим. Давно тебя ждали. У нас тепло. Недаром пеклом прозывается терем-то наш. Зовут душеньку рогатые, да хохочут, да языками, что жалами змеиными, прищелкивают... Так-тось. Что ж стоишь, молодец, нейдешь? Вишь, водица плещется... Солнышко по волнам лучами играет... Весело! Манит!.. А душа-то тоскует, горе сердце давит... Разом все бросить, в волнах утопить... И ведь близехонько и скорехонько... Шаг, два, и готово. И тело рыбам, и душенька бесам. А горя нетути боле, нетути. Хе-хе. От горя мы избавились. Хе-хе...

— Довольно, блаженненький. Не мани жить: останусь жив — хуже будет, зла натворю много... Чую это! — мрачно проговорил Андрей Михайлович.

— Полно, чадо, не говори этого! — изменил свой тон юродивый. — Подь лучше со мной на тот бугорчик, сядем да потолкуем.

— Увидят тебя — народ, пожалуй, сберется! — нерешительно промолвил Андрей Михайлович.

— Ишь, ты! Должно, и взаправду ты, молодец, голову потерял: и пути своего не упомнил. Ведь ты, почитай, за Москву вышел... Какой тут народ... Глянь-ка! — усмехаясь, сказал юродивый.

Андрей Михайлович оглянулся.

Действительно, во время своей бессознательной ходьбы молодой боярин успел пройти громадное расстояние и теперь уже далеко находился от центра города. В этом месте Москвы было мало строений, лишь кое-где лепились по берегу реки убогие лачуги бедняков. Прохожих совсем не было видно.

Андрей Михайлович медленно подошел к юродивому, уже успевшему сесть на бугорчик, и опустился рядом с блаженненьким на мягкую прибрежную траву.

Происшедший перед этим разговор со стариком привел Бахметова в себя, зато тоска его заговорила сильнее прежнего. Он сидел, молча, устремив глаза на реку.

Юродивый зорко смотрел на сидевшего рядом с ним боярина. Лицо его было серьезно.

— Что же, молодец, молчишь, не поведаешь мне своего горя? Поведай! Посудим да покалякаем, может и выйдет из сердца твоего змея — тоска лютая, — сказал он боярину.

— Ох, нет, блаженненький! Не таково мое горе горькое, чтоб скоро ему из души моей уйти... По гроб будет оно со мной! — воскликнул Андрей Михайлович.

— По гроб? Почем знать! Нешто известно тебе, как Бог положил? Неведомо? Так как же ты говоришь такое?

— Чувствую — оторвалось словно что-то, а душу не наставишь, не пришьешь к ней чего, коли пустота... Чем заполнишь? — грустно говорил Андрей Михайлович.

— Поведай, не таись, что с тобой приключилось?

Боярин не отвечал. Слишком тяжело ему было повторять то, что он слышал от Авдотьи, словно рану больную бередить.

— Что ж молчишь? Тяжко вымолвить али не хочешь? — спросил юродивый. — Может, родитель нанес тебе обиду великую, не стерпело твое сердце, и вот ты горе топить побег? Так?

— Нет! Моего родителя уж давно на свете нетути... Не то совсем, — ответил Бахметов.

— Может, богатства лишился... Потерял али воры утащили, вот и бедно жить стало?

— Нет,... Я богат...

— Так, знать, приглянулась молодцу красна девица, да что-нибудь промеж них неладно вышло? — допытывался юродивый.

— Да, — тихо промолвил Андрей Михайлович. — Ты угадал, старче! Приглянулась мне девица, и любил я ее больше жизни своей, больше света белого!.. И она тоже тем же мне платила. И думали мы счастье наше устроить... Ан вышло не то! Уехал я в поход, а ее здесь выдали силком, почитай, за немилого! И нет теперь для меня радости на белом свете, опостылела мне жизнь!..

— Полно, родный! Полно грешить! — мягко заговорил юродивый. — Жизнь — дар Божий, и нешто наше дело толковать, хорош этот дар али нет?... Надо жить, положась на волю Божию: он знает, Благий, что делает, куда ведет нас.

— Ах, блаженненький! Коли б можно было жить с таким горем на сердце! — с тоской сказал Андрей Михайлович.

— И можно, и надо жить! — горячо воскликнул старик. — Али думаешь, у тебя лишь горе, другие не тоскуют и бед не терпят?... О, боярин! Еще горше беды бывают, да не бегут топиться, потому, нешто можно отнимать чужое добро? А жизнь — не наша, она Божья — можно ль ее отнять?

— Да, ты верно говоришь. Но что же делать, если силушки вынести горе не хватит? — в раздумье проговорил Андрей Михайлович.

— Попатужься — и хватит! Отчего же у других хватает? А беды терпят больше твоих! — сказал юродивый.

— Да вот что, — продолжал он, немного помолчав, — скажу про самого себя... Не для бахвальства, сохрани Бог, а чтоб показать, как

Господь премудро все соделывает, и через беды и испытания великие ведет людей к спасению. Поведаю тебе то, что никому допреж сего не говаривал... Потому скажу, что вижу слабый дух твой, надо укрепить его... Слушай же... Был я молод и деньгу имел. В купцах тогда в Ростове состоял. Жена у меня была в ту пору молодая, детки малые — сыночек да девочка... Благословил меня Господь счастьем. Жил я, припеваючи, ни о чем не тужил, не заботился, и в делах удача шла. Расторговался. Почитай, на весь Ростов известен стал. И не думал я тогда, что пошлет мне Господь испытание! Поехал раз я по делам в Нижний. Это было весной. Растопель. По дорогам ни проходу, ни проезду, и реки вздулись, почернели — не сегодня-завтра лед тронется... Замешкался я в пути, как ни торопился, однако, к сроку поспел и дело выгодно справил. А назад, думаю, спешить нечего, погожу, пока дороги малость пообсохнут, и сижу себе в Нижнем, с приятелями забавляюсь; и не чует моя душенька, что у меня дома творится... Однако время шло, долго ль, коротко, я тронулся в обратный путь. Скоро до Ростова добрался, и радостный, довольный такой еду. "Вот, думаю, сейчас жену ласковую увижу, деток расцелую. То-то радостей, смеху да говору будет, как узнают, каких гостинцев я им понавез! Весел я, доволен, только одно дивило меня, что это купцы, — встречные со мной, кланяются да так пристально на меня поглядывают. Диву я тогда давался, чего они на меня так смотрят; однако мне и в голову не приходило, что, может, беда какая приключилась. Привык я к счастью и не думал, что от счастья к несчастью переход меньше шага курьего! Подъехал к дому. Вижу, народ около похаживает, а прямо на меня из ворот поп с дьяконом выезжают, со мной поклоном обменялись. Думаю, что за притча? Да и где же моя Александра? Чего же меня не встречает? Не ждет, верно! Однако все еще про беду и не думаю. Слез с возка, подхожу к крыльцу. Навстречу сиделец мне мой из лавки попадается.

— Здравствуй, говорит, хозяин! — а сам печально так смотрит.

— Здравствуй, — отвечаю. — Чего ты не в лавке?

— Да беда тут у нас, хозяин.

— Что такое? — спрашиваю, а у самого сердце так и упало: не привычен к бедам-то был.

— Да супруга твоя...

— Что, что? Говори скорей! Больна?

— Была больна, а теперь...

— Да договаривай, Бога ради! Что же с ней!

— Приказала долго тебе жить!

Как вымолвил он это, оторопел я совсем. Бросился в горницу.

Гляжу, лежит моя Александра в гробу, худая-худая такая. Света не взвидел я тогда!

Только и спросил, когда скончалась.

— Три дня назад, — отвечают, — давно хоронить собирались, да тебя поджидали. И она все ждала тебя, болезная, как чуяла, что не поправиться ей... А заболела, почитай, с самого твоего отъезда.

Похоронили ее вскоре.

Все это время у меня ровно в тумане прошло. Плохо помню. Знаю, что тосковал очень. Однако все же были у меня детки, их поднимать надо было. Одни они мне утехой были. И, должно, сильно Бога я прогневал, что послал Он мне еще горшее испытание, али, может, до конца претерпеть меня заставить восхотел..., пути Божьи неисповедимы!

Жил с детьми я в избе деревянной... Внизу сидельцы мои помещались, а наверху я с деточками.

Был праздник большой, Троицын день. Сидельцы, известно, парни молодые, подгуляли маленько да, должно, как стали вечером себе ужин разогревать, искру где-нибудь заронили... Потому ли али с другого чего, только сгорел ночью мой дом, ровно свеча. Меня полусонного вытащили, а от деточек моих милых только косточки одни обгорелые видеть пришлось. Тяжко было это испытание... Обезумел я тогда совсем, и Бога, и людей клял, топиться, как ты, на реку бежать хотел... Однако не допустил меня Господь до погибели! Делами я в те поры вовсе заниматься перестал — всем брат мой двоюродный заведовал, а я сам ходил по городу, ровно зверь дикий. От людей прятался и все о своем горе раздумывал. Только однажды вздумалось мне в церковь зайти... Давно я в храме не был и молиться, кажись, разучился. Вошел я... Служили обедню... Пение это... Дым благовонный... Народу молящегося многое множество... Отвык я от всего этого, и так оно на меня подействовало, умилило словно, и на сердце, замечаю, легче стало. Прошел сквозь народ к алтарю поближе... Стал на колени и молитву шепчу. Чую, как в голове все светлей и светлей становится, а тоска совсем улеглась. В первый раз вздохнул полегче. С того дня стал я кажинный день на все службы церковные ходить. И просветил меня Господь своим светом! Понял я, что скорбь моя от того происходила, что привязан я очень к земному был. И захотел я отречься от мира. Передал дела торговые брату двоюродному, отделил себе только третью часть из всего добра, роздал все нищей братии и сам в нищего обратился. И легко мне стало! И мне путь Бог к спасению открыл... Стал я с той поры между людьми юродивым прикидываться, потому что блаженненького скорей послушают, а хотелось мне их на путь истины наставлять... Вот, молодец, вишь, как Бог через испытания великие нас к спасению ведет... Только духом не падай, отчаянию в сердце забраться не дай... Так-то!

Андрей Михайлович сидел неподвижно и молчал.

— Счастлив ты, старче, что мог утешиться, — проговорил он, наконец.

— И ты можешь! Только крепись да духом не падай: Бог поможет! — ответил юродивый.

— Нет! Мне не будет утешенья!

— Почему нет? Надейся, терпи и, главное, веруй! Пройдет время — и забудется все, полегчает скорбь!

Между тем в душе Андрея Михайловича тоска, замершая на время, пока он слушал рассказ юродивого, разгорелась с новою силою. К щемящему чувству, которое он раньше испытывал, присоединилось еще что-то новое, похожее на злобу на Марью Васильевну, на людей, окружавших ее, и на самого себя. Андрей Михайлович уже не слушал старца, он весь погрузился в созерцание того, что творилось в его душе. Он не отвечал старцу и сидел в мрачной задумчивости. А юродивый, видя боярина погруженным в размышления, продолжал говорить, думая, что слова его произвели действие и теперь в душе сидящего рядом с ним молодца совершается борьба стремления к добру со стремлением к злому.

— Да, молодец, — продолжал старик. — Помни слова: вера, надежда, любовь и терпение, и тебе будет легче. Ты страдаешь от любви — лечись тем же — клин клином вышибай — лечись любовью. Ты любил одну — она тебе изменила, так люби всех людей, весь мир — все не изменят! Иди терпеливо по пути спасения, надейся, что Бог подкрепит тебя, веруй в Него — и ты снова найдешь счастье и благословишь Господа, тебя создавшего!

— Полно, старче! Не утешай меня! — поднялся с земли Андрей Михайлович. — Я не баба. Ты достиг своего: теперь я буду жить, но терпеть... Эко слово промолвил! Терпеть! Нет, не для того я живу! Веруй — тоска пройдет... Я верил в счастье, разбито счастье... Я любил — мне изменили! Я надеялся — надежда разбита! Нет, старче! Я страдал, пусть другие страдают так же! Терпеть! Нет! Не потерплю! Не для терпения и покорности жить я остался! — говорил, весь пылая и трепеща, Андрей Михайлович.

Густые черные брови его сдвинулись, а черные глаза злобно сверкали.

— Довольно, старче! — продолжал он, — Ты спас меня, не дал руки на себя наложить, спасибо тебе за это! А теперь дай мне жить, как я хочу... Каждому свое — тебе молитвы и любовь ко всем, мне — совсем иное... Прощай! — и, круто повернувшись, Андрей Михайлович поспешно отошел от юродивого.

— Погибшее чадо! — произнес, смотря ему вслед, старик, и словно слеза блеснула в его выцветших глазах.

Дурная слава скоро пошла по Москве про князя Андрея Михайловича. Сошелся он с недобрыми ребятами, и не было такого озорства, на которое он не решился бы. Часто Анастасия Фёдоровна говорила своей дочери, слыша про проказы Бахметова, как хорошо это вышло, что отец не выдал ее за Андрея Михайловича.

— Вишь он, какой дурной оказался! — добавляла она. Только Марья Васильевна догадывалась, почему так себя ведет Бахметов, она понимала, что своею гульбою, своим озорством хочет молодец заглушить свою тоску лютую.

Так и было на самом деле. Тоска снедала Андрея Михайловича, и он искал забвения в чем попало.

Однако напрасно Бахметов думал найти успокоение среди непристойных потех: тоска продолжала грызть его сердце. Родина опостылела ему. Все связи с людьми, близкими для него когда-то, были порваны. Он был одинок... Он остыл к вере отцов своих, и, когда

100

благовест призывал православных на молитву, он, громко хохоча, замышлял с товарищами какую-нибудь новую озорную забаву. Среди же ночной тишины все чаще и чаще приходила ему на память клятва, данная им татарке, воротиться к ней, если изменит милая.

А тоска не умолкала, и все более и более постылели Андрею Михайловичу родные места.

Вскоре князь Бахметов без вести пропал из Москвы. Куда? Того не знали даже и его товарищи.

XI

В ДАЛЕКОЙ ТАТАРЩИНЕ

Грустна была молодая ханым после ухода уруса. Казалось ей, что больше не будет для нее дня белого, померкло ее солнышко, и ночь непроглядная легла на ее душу.

Наутро в доме поднялась суматоха.

— Урус пропал! — повторяли все с ужасом и метались по всему дому, обшаривая каждый уголок.

Скоро нашли огромную жердь, приставленную к забору. Они догадались, что по ней урус выбрался из сада. Но как он сумел убежать из-под надежной охраны? Должно быть, ему помогал сам шайтан, решили татары. Однако старик мулла был, по-видимому, иного мнения и очень подозрительно посматривал на молодую ханым. Все со страхом ожидали приезда мурзы Сайда. К вечеру он возвратился от хана.

— Что урус? Поправился ли? — было его первыми словами.

Ему не знали, что отвечать и только в страхе потупили глаза.

— Чего же вы молчите? — приставал он к слугам, подозрительно смотря на всех.

В его голове мелькнула мысль, что пленник умер.

— Аллах все делает по воле своей! — начал мулла. — Скажи скорей! Жив, здоров пленник? — нетерпеливо перебил его мурза Сайд, забывая должное почтение к этой духовной особе.

— Ты нетерпелив, как годовалый жеребенок! — с досадой проговорил мулла.

Однако это замечание не оказало должного действия на мурзу Сайда.

— Ответь! Жив и здоров он? — продолжал допытываться он.

— Да... Должно быть, здоров, — сухо ответил ему старик.

— Как "должно быть"? Что это значит? — удивлялся Сайд.

— Видишь, сколько бесполезных вопросов, какая трата времени, и все оттого, что перебил меня! — промолвил мурза.

— Говори, отец мой, я слушаю, — сказал мурза.

— Аллах все делает по своей воле, и человеку не проникнуть в тайны Его предначертаний! — начал мулла. — Он захочет — и разрушатся все наши надежды, которые должны были, казалось, уже осуществиться. Недавно Аллах дал нам доказательство этого. Мы, помня твой приказ, зорко стерегли уруса. Я уже его лечил, и он поправился. Все, казалось, шло, как следует. Но по воле Аллаха, вдруг, был положен конец нашим надеждам и ожиданиям: сегодня ночью, — медленно проговорил последние слова мулла, — урус убежал.

— Что ты говоришь? Может ли быть? Разве его не охраняли? Или часовые заснули у дверей? — говорил пораженный Сайд, грозно сдвинув седые брови.

— Часовые находились на своих местах и бодрствовали, в комнате не было ни одной щели, куда бы мог спрятаться урус, а он исчез... Как? Про то знает один Аллах.

— Пойдем, посмотрим ту комнату, — сказал Сайд, слезая с коня, забыв про свою усталость после долгого пути по жаре.

Мулла и мурза прошли в комнату, где был заключен Андрей Михайлович.

Они долго с сосредоточенным видом осматривали ее. Передвигали диваны, снимали со стен ковры, думая открыть ту лазейку, через которую выбрался пленник. Однако вскоре они должны были бросить свою работу, видя, что стены комнаты плотны, как и прежде, и не представляют ни малейшей скважины. Мурза Сайд не знал, что и делать. Оставалось только предположить, что пленника выпустили часовые, подкупленные им. Сайд уже готов был отдать приказанье о казни тех, кто стерег в ночь побега выход из комнаты, когда голос муллы остановил его.

— Аллаху, верно, угодно было укоротить нашу память, если мы забыли, что из этой комнаты есть еще выход! — воскликнул хитрый мулла, уже давно догадавшийся, кто выпустил пленника, так как знал о существовании потайной двери.

— Что ты говоришь, отец мой! Где же вторая дверь? — спросил Сайд.

— Она вот здесь! — указал мулла, — и ведет в комнату твоей дочери.

— Да!.. Теперь и я вспомнил, что здесь есть дверь. Я сам ее последний раз запер, и ключ хранится у меня в шкатулке. Все равно, пленник не мог же знать об этом выходе... Кроме того, он бы попал в комнату дочери... Допустим, что Зюлейка могла не услышать, все-таки непонятно, как урус отворил дверь без ключа? Тайна остается тайной! — закончил свою речь Сайд.

— Кто знает? Может быть, мы и разгадаем эту загадку, — усмехаясь, ответил мулла, — Во всяком случае, надо допросить твою дочь.

— Да, расспросим ее... Кстати, я с ней еще не виделся сегодня с тех пор, как приехал, — и Сайд отдал приказание попросить к нему молодую ханым.

Когда Зюлейке передали приказание отца, она слегка побледнела.

"Настал час расплаты!" — мелькнуло у нее в голове.

Однако, когда молодая татарка вошла в комнату, где ждали ее старики, она так радостно поздоровалась с отцом, поздравляя его с приездом, так была весела, что даже мулла усомнился в справедливости своих подозрений.

— Где же урус? Разве его перевели в другое помещение? — начала Зюлейка после разговора с отцом, как будто теперь лишь заметила отсутствие пленника.

Таким вопросом она хотела сразу отклонить все подозрения.

— Скажи, ты ничего подозрительного не слышала сегодня ночью? Не было ли в этой комнате какого-нибудь шума? — начал допрос отец.

— Шума? — удивилась Зюлейка, — Нет, никакого! Впрочем, я так сладко спала и такой сон видела, что, право, если б и был шум, то не услышала бы... А снилось мне, — продолжала она, не останавливаясь, — будто тебя, батюшка, шайтаны-урусы берут в плен и руки тебе назад связывают... Мне так жаль тебя было, и страшно вместе с тем... Я как проснулась, то плакала — все думала, не случилось ли с тобою чего-нибудь в пути. Ну, теперь, слава Аллаху, я вижу тебя живым и здоровым, и у меня легко на сердце, — щебетала, как птичка, Зюлейка.

— Ишь, как ты меня любишь! — произнес отец, целуя ее.

Зюлейке невольно стыдно стало за то, что она обманывает отца, горячо ее любившего, и причиняет ему такую неприятность. Она слегка покраснела, но, заметив устремленный на нее взгляд муллы, быстро оправилась.

— Если б ты знала, какая беда меня постигла, верно, не радовалась бы так, — продолжал отец.

— А что такое, батюшка? У тебя горе, и ты мне ни слова не говоришь об этом! — с укором воскликнула Зюлейка.

— Да, горе большое! Пленник убежал... Теперь я могу попасть в немилость хана, — с тяжким вздохом добавил он.

— Может ли быть! — удивленно воскликнула молодая ханым.

— Да, я сам не верил, а вот!..

— Но как же? Ведь комнату охраняли? — продолжала спрашивать Зюлейка.

— Да, охраняли...

— Как же он мог уйти?

— Это знает только Аллах, да один урус!

— Неужели нельзя узнать, как он выбрался отсюда? Ведь не улетел же он, как пар от кипящей воды? Должна быть лазейка!

— Ханым ничего не слышала? Совсем ничего? — тихо спросил мулла.

103

— Нет, ничего! Впрочем, — задумалась Зюлейка, словно вспоминая. — Впрочем... я как будто слышала легкий треск у этой стены, — указала она на ту стену, в которой была дверь.

— Ага! — в один голос воскликнули мурза и мулла и переглянулись между собой. — "Верно, пленник ушел через эту дверь! — подумали они. — Но как?"

Мурза поспешно сходил за ключом и потребовал отворить дверь. Она оказалась запертой на двойной запор, как и всегда. Можно было предположить, что пленник каким-нибудь образом открыл дверь и вышел через нее, но как он опять запер ее и для чего это сделал — перед этим старики стали в тупик.

Зюлейка, немного бледная, но спокойная, стояла тут же и дивилась, и охала вместе с ними. Так и не было открыто, каким образом убежал урус; подозревать же дочь в том, что она помогла уйти пленнику, и на мысль не падало мурзе Сайду. Что касается муллы, то неизвестно, изменил ли он своим подозрениям — по крайней мере, он ничем не обнаружил их.

И долго еще после бегства Андрея Михайловича ходили рассказы о том, как шайтан помог пленнику-урусу уйти из запертой со всех сторон комнаты.

Одна молодая ханым помнила и знала все, и подушка ее постели много бы могла порассказать о том, как вздыхала и плакала молодая ханым, дочь славного мурзы Сайда, об убежавшем урусе, и как она ждала его возвращения.

"Сердце девичье — воск! Милая изменит ему, и он вернется ко мне, вспомнив клятву!" — утешала себя ханым слабой надеждой.

XII

ОТКРЫТИЕ

Хмурилось осеннее небо. Нависли свинцовые тучи, закрыли солнце и грозили дождем. Порывы бурного ветра до корня гнули молодые деревья и даже могучих столетних великанов заставляли сгибать вершины и шумно покачивать ветвями. Сыпались листья, то желтые, светлые, точно бабочки-капустницы, мелькали они в воздухе и ложились на землю; то красные, словно расписанные искусным художником, не пожалевшим краски, кровавым дождем падали они к своим, уже оторванным от родной ветки братьям. Было свежо; и если бы не прямые, гордые и мрачные кипарисы, резко выделявшиеся своей темной зеленью на пестром фоне отцветающих листьев дерев, можно было бы ждать, что вот-вот из-за недалеких кустов покажется, напевая заунывную песню, или труженик-смерд, только что выпахавший новину и, сидя на острой спине заморенной клячонки, торопливо едущий на отдых в свою дымную убогую избушку, или красная крестьянская девица, собравшая последние ягоды в ближайшем лесу и теперь спешащая к дому, чтобы по дороге не захватил ее дождь и не вымочил линючего платка, взятого ею от соседки, какой-нибудь тетушки Авдотьи, вздорной и ворчливой бабы... Словом, осень так все изменила, что Крым стал похож на далекую, холодную Русь.

Зюлейка, привыкшая к теплу, выросши под знойными лучами южного солнца, теперь, прохаживаясь по саду, кутается в мягкую и теплую турецкую шаль.

Ветер, играя концами шали, вздымает и крутит в воздухе упавшие листья... Смотрит Зюлейка на них, как они беспорядочно носятся и кружатся в воздухе, и несутся в таком же беспорядке ее мысли, путаясь и сменяя одна другую.

Грустна и бледна молодая ханым. Уже давно румянец сбежал с ее лица, и его покрыла ровная матовая бледность. Глаза впали, и темные полосы протянулись под ними.

Тяжко красавице... Нельзя вечно надеяться — наконец рухнет и надежда. Зюлейка, напрасно целый год с лишним ожидавшая возвращения уруса, тоже устала надеяться, и холодное отчаяние закралось в ее сердце. Теперь уже она не ждет его: он, верно, нашел свою милую и счастливо живет с нею...

"Что ему до того, что в далеком Крыму тоскует по нему басурманка? Он наслаждается радостной жизнью и, пожалуй, уже забыл о Зюлейке!" — думает она.

Хочет ханым забыть уруса, хочет стать опять прежней веселой девицей, а между тем, как нарочно, вспоминаются ей, то слова, сказанные им перед разлукой, то его задумчивые очи.

Задумалась красавица, и не видит она, что уже давно с плоской крыши дома — не того, в котором жила она с отцом, а где помещался гарем — смотрит на нее пара темных женских глаз.

Там стояла высокая, худощавая женщина. Ветер сорвал с нее белую длинную чадру и открыл ее лицо. Она была уже не молода: мелкие морщины собрались около глаз, глубокая складка окружала рот, придавая всему лицу несколько грустное и вместе с тем суровое выражение. В темных волосах местами блистала седина. Только глаза были юны, в них еще не угас огонь молодости, и если б не они, то эту женщину можно было бы принять за старуху. Судя же по глазам, думалось, что ее состарили не годы, а скорее жизнь, полная тяжких горестей. Эта женщина стала старшей женой мурзы Сайда после того, как года три назад скончалась мать Зюлейки. Звали ее Амарь. Она, не имея своих детей, всею душою привязалась к Зюлейке и по целым часам, бывало, просиживала с молодою девушкой, любуясь ее красотой, и рассказывая ей какие-нибудь были стародавние. А стоило заболеть Зюлейке — Амарь не отходила от ее ложа, грустными очами следила за раскрасневшейся от жара больной и старалась понимать каждое ее движение, чтобы немедленно исполнить то, чего хотела больная.

И какая была для нее радость, когда Зюлейка, наконец, выздоравливала! Словно за малым ребенком, следила за нею Амарь, никому из служанок не позволяла дотронуться до выздоровевшей и сама поддерживала под руку молодую девушку, еще не окрепшую после болезни.

Лишенная материнской ласки, девушка отвечала Амари не меньшей привязанностью и делилась с нею всякою своею думушкой, не желая чего-нибудь скрывать от своей старой подруги.

Только в последнее время изменила Зюлейка былой откровенности: не сказала Амари ничего про свою любовь к урусу. Тяжко ей было скрывать это, но признаться — не хватало духу, и она постепенно стала все больше и больше отдаляться от Амари, стыдясь своей скрытности и словно боясь, что умные очи ее старшей подруги проникнут в тайники ее души.

От Амари не укрылась перемена к ней девушки, и это мучило ее. Она старалась открыть причину охлаждения к ней Зюлейки, но, конечно, была далека от мысли подозревать в чем-нибудь девушку и старалась припомнить, не обидела ли как-нибудь она ее. Но причина не находилась. Вскоре Амарь заметила, что и наружно, как внутренне, Зюлейка удивительно изменилась: похудела, побледнела. Не укрылась от Амари и грусть ее любимицы. Все это вместе наводило ее на грустные думы.

Стоя теперь на кровле дома, она видела, что Зюлейка ходит по саду в глубокой задумчивости и не замечает ее. Слыша, что из гарема доносится веселый смех и пение, у Амари явилось желание постараться развеять молодую девушку.

— Зюлейка, а Зюлейка! — окликнула она ее. — Полно тебе здесь на ветру-то гулять! Иди лучше к нам в гарем!

— Нет, — ответила Зюлейка, услыша ее окрик, — Мне здесь хорошо! От ветра защищает шаль, не холодно... А в гареме душно, да и что там делать?

— Ах, если б ты знала, какие песни распевает недавно привезенная к нам молодая черкешенка, ты не сказала бы этого! Поди, послушай, сделай для меня! — добавила Амарь просительным тоном, видя, что девушка не имеет ни малейшего желания исполнить ее просьбу.

Зюлейка нехотя последовала ее приглашению.

В гареме было шумно. Молодые жены мурзы Сайда старались чем-нибудь разнообразить скучную гаремную жизнь. Велись нескончаемые разговоры, пелись веселые песни под бдительным оком бесстрастных евнухов. Однако отсутствие новых лиц и постоянная замкнутость делали свое дело: скука свила себе прочно гнездо в этом роскошном уголке дома старого мурзы Сайда.

Появление Амари и Зюлейки было встречено радостными возгласами.

А! Молодая ханым! Добро пожаловать! Что так долго к нам не

заглядывала? — говорила высокая блондинка с роскошными косами, перевитыми нитью крупного жемчуга.

— Да, Зюлейка, ты совсем нас забыла, — вставила свое слово другая жена Сайда, небольшого роста брюнетка, с маленькими черными глазами, как миндалины.

— Ты даже не видела новой нашей подруги — черкешенки, — лениво процедила сквозь зубы третья, турчанка, протянувшаяся на широком узорном диване.

— Погодите! Вы не даете мне слова сказать! — промолвила Зюлейка, слегка улыбаясь. — Ну, покажите мне свою новую подругу!

— Вот, вот она! Что, не правда ли, как хороша? Пожалуй, Сайд, господин наш, забудет всех нас для нее! — наперебой говорили жительницы гарема. — А как поет! Ах, если бы ты слышала, как она поет! — продолжали они, но Зюлейка здоровалась с черкешенкой, которая, действительно, была обворожительно хороша.

— Спой что-нибудь! — обратились жены Сайда к черкешенке. — Покажи молодой ханым свое уменье!

— Да, — вставила наконец и свое слово Амарь. — пропой песенку... Развесели ханым — она что-то очень печальна.

С видом снисхождения черкешенка взяла странной формы какой-то восточный струнный музыкальный инструмент, пощипала струны и, настроив его, запела. Черкешенка пела на своем родном языке, однако присутствующие легко понимали слова, так как это наречье было сходно с татарским. Высокий голос красавицы то почти замирал, вот-вот, казалось, оборвется, то вдруг рассыпался в быстрых руладах. Черкешенка умела мастерски петь. И от песни ее, то жгучею страстью загоралась кровь слушательниц, то вдруг веяло на них восточной негой, ленью, сладкой истомой или безысходным горем. Внимательно слушали песню эти затворницы, собранные со всех концов света, что-то родное слышалось им в ней. Вся безотрадная гаремная жизнь, пересыпанная то бурными чувственными наслаждениями, то гнетущей тоской по свободе, проходила перед ними.

Рабыни сладострастного владыки, не люди, а предмет наслаждений, были лишены того счастья или горя, о котором пелось в песне: любить и страдать или быть взаимно любимой. Из груди слушательниц вырывались вздохи. У многих на глазах блестели слезы. А песнь была проста. В ней говорилось о том, как молодая черкешенка полюбила молодца джигита. А джигит собирается в славный набег и не знает, как тужит о нем красотка. Да если б и знал, безучастным остался бы к ее любви: есть у него иная зазнобушка в ауле соседнем, и весь мир для джигита сокрыт в очах его милой. Для нее он будет собирать в молодецком набеге парчу золотую и шелка алые, для нее стремится он добыть славу витязя удалого, чтобы, когда в аулах будут прославлять в песнях его имя, вместе с ним воспевали бы и очи души-девицы, ради которых он совершал все свои геройские подвиги. Уехал джигит. Ждет джигита люба его, Тамира, не дождется. Ожидает его возвращения и бедная тоскующая черкешенка. Между

107

тем приехал в горы старый-престарый купец турецкий, богач неслыханный. Приглянулась ему Тамира, сулит он отцу ее с матерью калым большой, коли отдадут ее ему. Не устояло сердце родителей, хоть и помнят они слово, прежде джигиту данное, растаяло оно перед мешками с золотом, большими, полновесными. Продали Тамиру они купцу, и увез он ее в Стамбул далекий, посадил в гарем душный, под присмотр сердитых евнухов. Вернулся джигит с грабежа молодецкого. Добыл славу витязя удалого, понавез он добра возы целые, да уж не нашел своей милой зазнобушки. Ходит молодец, словно туча черная. Папаха на лоб надвинута, и в руке кинжал острый сверкает... значит к бою он готовится — хочет убить врага своего лютого, купца того турецкого. Только далеко враг спрятался, да слуг у него много верных, крепких и зорких... Не осилишь их, молодой джигит, только сложишь свою головушку буйную! Видит та черкешенка молодая, что ни днем, ни ночью от тоски по нему покоя не знала, как убит горем злым ее молодец желанный. Скорбит сердце ее. Хочет она утешить молодца. "Ой, ты, молодец, молодец удалый! Ты ль джигит, наездник не последний! Послушай слова красной девицы! Знаю, на сердце у тебя скорбь, тоска великая: льешь ты слезы по Тамире, по зазнобушке, позабыть красотку ты не можешь и очей ее, темнее ночи черной. Посмотри, глянь вокруг себя: не найдешь ли ты иных очей, столь же темных и приветливых. Может, есть иная девица, что не знает дня веселого, что не знает тихой ноченьки: все тужит по тебе, по молодцу: заполонил ты, джигит, сердце девичье!" И глянул на девицу джигит молодой. Смотрит прямо в очи ей. И, должно, прочел он в них не малое: должно, тепел взор их был приветливый, что растаяла от взгляда этого тоска его, змея холодная. Обнял, прижал он к груди девицу, подарил ей всю добычу ратную и назвал женой своей любезною.

Прозвучал громко последний аккорд и сразу замер, словно струны порвалися.

— Ах, как хорошо! Как хорошо ты поешь! — хором сказали все обитательницы гарема и оглянулись на Зулейку, не слыша ее голоса в числе хваливших. Они увидели, что молодая ханым плачет.

— Что ты? с чего? Ужели песня так тебя растрогала? — посыпались вопросы. Зюлейка не отвечала, только старалась удержать слезы.

— Оставьте ее! Дайте ей успокоиться! — произнесла Амарь, с удивлением и тоской глядя на ее слезы.

— Пойдем, Зюлейка, со мной в сад... Ветер освежит тебя. Я уж и не рада, что позвала тебя, — продолжала Амарь. — Думала утешить, а вдруг, на!.. Вместо утехи слезы нагнала.

— Нет, Амарь, нет, милая! Не беспокойся... Это так... Вот уж и прошло... Видишь? Где же слезы? В сад не стоит идти... Холодно, ветер... Ты лучше вот что... Вспомни прежнее. Расскажи что-нибудь, — торопливо говорила Зюлейка, стараясь принять веселый вид, между тем как на самом деле песня до глубины души потрясла ее.

Это пели словно не про черкешенку, а про нее, Зюлейку, думала молодая ханым. Только конец тут радостный, а ей не дождаться такого счастья.

Амарь пристально поглядела на Зюлейку.

"Может, и правда, так ей взгрустнулось... Бывает это... Особенно же она теперь не девочка маленькая, а девица, замуж скоро... Ну, мечты, конечно, молодые", — думала престарелая подруга Зюлейки.

Жены мурзы Сайда, жаждая хоть какого-нибудь развлечения, дружно поддержали просьбу молодой девушки, и Амарь сдалась.

— Про что же рассказать вам? — спросила она.

— Да что-нибудь... Все равно! Хоть быль, хоть сказку, — ответили ей.

— Да, вот расскажи, как шайтан из запертой комнаты уруса унес, — сказала блондинка.

При упоминании об урусе лицо Амари стало серьезным.

— Слушайте же. Я вам расскажу не сказку, а быль, — начала Амарь. — Про то, что шайтан унес уруса — я не верю: этого быть не может. Урус сам ушел... Как? Это неизвестно... Верно, теперь жив, здоров, гуляет на свободе да над нашей простотой посмеивается. Только, запомните мое слово, урус этот вернется к нам! — торжественно и медленно проговорила Амарь.

Это было произнесено с такою уверенностью и было так неожиданно, что невольно поразило, всех, а Зюлейка вздрогнула, и сердце ее радостно забилось.

— Как ты можешь нас в этом уверять? Почему ты знаешь? Может ли это быть? — посыпались на нее вопросы.

— Не только может, но должно так быть! — опять с твердостью проговорила Амарь. — Такова воля Аллаха, и никто ее не преступит!

— Но почему ты-то знаешь?

— Слушайте, и сейчас узнаете все. Но еще раз повторяю, что, если еще глаза мои хорошо видят и память мне не изменила, то это и есть тот самый урус, которому свыше Аллахом предначертано вернуться к нам и принять закон Магометов. Я видела этого пленного уруса, когда его несли после битвы в дом нашего господина, Сайда. Он был бледен как смерть, глаза закрыты, но все это не помешало мне узнать в нем потомка моего деда, мурзы Бахмета. И этот урус, стало быть, мой сородич: я сама из того же рода. Как я узнала его? Вы поймете, когда выслушаете все.

XIII

РАССКАЗ АМАРИ

— Давно это было, — начала Амарь свой рассказ. — Лет сто назад. Тогда еще кипчакское ханство крепким было. Род наш не здешний, скажу вам, мы с Волги. После уж, как поделились ханства, предки мои на службу перешли. Жил в то время славный советник ханский, по имени Или-Мурза-Бахмет. Множество табунов бродило у него по степям, тысячи рабов слушались его слова или знака. Много жен и наложниц юных и прекрасных, как райские гурии, цвели в его гаремах. Богат он, мудр, храбр и счастлив был. Хан любил его. Ничье слово в ханском совете не ценилось так, как слова Или-Мурзы-Бахмета. Никто не пользовался таким доверием хана, как он. И недаром его ласкал хан. Много услуг оказал Бахмет кипчакскому ханству. Надо ли было наказать гяуров, забывших прислать в свое время должную дань — Или-Мурза первый бросается с толпою наездников на земли неверных, рубит и жжет, карает ханских ослушников. Другим после него нечего было идти: все равно делать нечего: они уже не увидят цветущих полей, нив с поспевающей, ровно волнуемой ветром рожью: они уже не встретят богатых сел или небольших деревень — они найдут выжженную, голую пустыню да тлеющие под жарким солнцем трупы неверных! Бахмет сумел исполнить ханский приказ, наказал мятежные земли, не оставив камня на камне, не пощадив ни грудных младенцев, ни старцев столетних. Надо ли хану мудро составить ласковое письмо к какому-нибудь любимцу из неверных князей, Бахмет, умевший быть жестоким на войне, здесь находил такие ласковые слова, какие еще и в голове не мелькали у других советников. Рад хан, что письмо написано, как он желал, рад и князь, получивший послание — радостно бьется его сердце, когда он читает милостивые слова хана. Знает неверный князь, кто подсказал его повелителю, хану, эти мудрые, ласковые слова, и славит имя страшного в поле, мудрого в мире Мурзы-1?ахмета, а хан осыпает милостями своего мудрого советника и храброго воина. Словом, Бахмет был в то время первым и на войне, и в мире. Но, видно, все мало счастья человеку, все ему большего хочется, за, то и карает Аллах! Так было и с Бахметом. Долго он был счастлив и думал умереть таким же счастливым, как жил, ан вышло иное.

Настало время, когда урусы все больше и больше стали восставать против хана. И мудрый хан жестоко карал их за это. Его воины разоряли московские земли и собирали богатую добычу в сожженных городах и деревнях. Или-Мурза-Бахмет, конечно, тоже грабил урусов с толпой своих испытанных воинов. Добывал он большую добычу, ценную не количеством, а качеством, и эта же добыча погубила его!

Воротясь однажды с буйного набега на какой-то городок, он вывез то, что часто бывает дороже золота и камней самоцветных и опасней шашки булатной и пламени яркого — душу-девицу красную. И, видно, ценил он добычу пуще всего награбленного, потому что нигде не ставил такой сильной стражи и не подбирал таких верных, храбрых и сильных воинов, как для охраны шатра, в котором день-деньской, протянувшись на ложе атласном, лила слезы горькие по утраченной волюшке русская красная девица.

Приехал хан в стан Бахмета. Кажет тот ему всю добычу свою, все золото и серебро награбленное, все приносит хану в подарок, а мимо шатра безмолвно проходит, не показывает, что у него там находится.

Говорит хан ему спасибо ласковое за дары драгоценные, а сам все на шатер поглядывает. Диву он дается, что Бахмет шатра ему не показывает, и почему охрана у него поставлена такая сильная.

Молчит хан, все ждет, что Бахмет ничего от него не утаит и сейчас в шатер ковровый поведет. Однако Бахмет показал ему всю добычу, пересмотрели они и кубки тяжелые, серебряные с позолотою, и сабли с рукоятью, камнями осыпанной, и седла, шелками изукрашенные, вывел, наконец, пред лицо хана пленников крепких и сильных, рабов в грядущем хороших, и пленниц прекрасных, как цветы полевые, Аллахом изукрашенные, бьет челом хану, чтоб не погнушался принять от него, раба своего верного, эту добычу, а про шатер ни слова. Молчит и хан, да вдруг, приблизясь к шатру, отдернул полог сильной рукой, увидел он красавицу белую, полную, по плечам косы золотые, полураспустившись, рассыпались и обвили шею белую, лебединую. А прямо в глаза хану глянули очи лазурные. Смотрят с тоской и мольбою. На длинных ресницах слеза, словно алмаз, повисла и дрожит слегка. Дрогнуло сердце ханское от красы такой. Не может он отвести глаз от девицы.

Говорит хан Бахмету:

— Ой, ты, верный слуга мой, испытанный! Благодарствую за подарки пышные, за кубки золотые, за камни самоцветные, только оставь их у себя, а мне уступи эту душу-девицу красную!

Нахмурил свои поседелые брови Или-Мурза-Бахмет. Не по сердцу ему пришлась ханская речь.

— Верный я тебе слуга, хан! — сказал он. — Прикажи мне жизнь свою положить за тебя — я не задумаюсь. Хочешь — возьми все мои богатства, мечом добытые или разумом нажитые, моих коней, моих рабов, красавиц, что цветут у меня в гареме — слова я тебе не скажу, отдам с радостью, но не проси этой женщины: я скорей готов под гнев твой попасть, чем отдать ее тебе! Пощади раба твоего Бахмета: не лишай его того, что дороже ему всех богатств земли!

Гневно взглянул хан на Бахмета, а сам все полога не спускает, все на красавицу любуется.

— Слушай, раб мой! — гордо сказал он Бахмету. — Она должна быть моей: я хочу этого!

Закипело сердце Бахмета: не привык он слышать таких речей. Вырвал он из рук ханских узорный полог шатра.

111

— Пусти, хан! — вымолвил он сурово. — Не зарь девицу: еще сглазишь, пожалуй!

Вспыхнул хан, протянулась рука его к кинжалу, да опомнился он.

— Добро! — говорит, — прощу я тебе обиду на этот раз, да смотри, чтоб недели не прошло, а девушка была бы уж в моем гареме!

Больше ничего не прибавил, вскочил на коня и уехал из стана, оставив Бахмета мрачнее тучи грозовой.

Неделя, словно день, для Бахмета пролетела. Не успел он оглянуться, как наехали посланцы ханские.

— Хан, — говорят они, — за девушкой прислал нас русскою!

Побелел Бахмет, как снег, скрипнул в ярости зубами, однако видит, ничего не поделать.

— Скажите, — сказал он, — повелителю моему, что раб его Бахмет готов исполнить его повеление, только пусть он сам сюда пожалует: передам я девицу ему из рук в руки! — говорит это, а сам зло так улыбается, и глаза его огоньками посверкивают.

Видно, очень уж хану приглянулась русская девушка, что решил он исполнить просьбу Бахмета. Поехал он к дому своего покорного раба. Подъезжает. Видит, у ворот конь Бахмета к кольцу железному привязан стоит.

"Ну, — думает хан, — верно, с горя Бахмет опять в набег собирается... Что ж, добро!"

У сеней сам Бахмет его встречает: совсем для боя снаряжен. Низким поклоном встретил он хана, ведет в гарем, где находилась девица. Взял он ее за белы руки.

— Получи, хан, свою зазнобушку, — сказал он, отдавая ему девицу. — Навеки твоя будет! Только люби ее горячо, а то, неровен час, охладеет скоро. — Да вдруг в это время выхватил нож булатный и вонзил прямо в сердце души-девицы. Та и крикнуть не успела — свалилась, словно деревцо, под самый корень подрубленное. А он захохотал, толкнул хана к ее окровавленному трупу, да пока тот еще не опомнился, выбежал к воротам, вскочил на коня, да и был таков. Напрасно пышущий злобою хан бросился за ним в погоню на быстрейших конях с лучшими воинами — его не догнали. Остались после него жены и дети маленькие, но хан зла им не сделал, не вымещал на них обиды, от отца полученной.

Бахмет же убежал прямо к урусам, принял веру их, женился на боярыне и с той поры лютым врагом татар сделался. Набежит с урусами — никому пощады нет, ни старцу, ни младенцу... Мечети жег, а мулл, своих наставников, на деревьях вешал.

Велел хан своим духовным лицам предать страшному проклятию отступника от веры отцов.

Собрались все в мечети. Прогремело проклятие, но по домам правоверные не расходятся: видят — "кульшериф" [первосвященник] стоит, склонясь над кораном. Ждут, что он скажет.

А кульшерифом был в то время старец столетний. Четыре раза в Мекке был. За его благочестие просветил его разум Аллах великою мудростью. Для него грядущее было так же ясно, как настоящее.

Знали все это и ждали его с благоговением. И раздалось вещее слово кульшерифа. Тихо говорил старец, не отводя глаз от святого корана: — "Карает Аллах, за преступленья отцов, чад от них происшедших и самые грехи обращает к славе своей. Воля Аллаха нерушима и неизменна. Может ли семя, упав на добрую почву, не дать побега или может ли камень пустить корни? Так положил Аллах с сотворения мира, и все остается неизменным до наших дней! Может ли зерно сорной травы произвести пшеницу? Могут ли от отступника родиться крепкие верой? Нет! говорит Аллах, да не совершится этого, и слово его вечно! Мы прокляли Бахмета, изменившего вере ради лазурных глаз русской девицы, и вот что открыл мне Аллах! Пройдут многие годы, вырастут потомки отступника, но несчастны они будут, каждый из них потерпит в своей жизни много напастей и горя. Всего же более отразится грех отщепенца на третьем его потомке, на его правнуке... Но на нем же Аллах явит и все величие своей славы и могущества! Крепкий телом и духом вырастет этот правнук Бахмета. Даст ему Аллах и силу, и ум. Будет он славен в боях и, выросший в вере урусов, готов будет за нее излить всю свою кровь по капле. Но тут-то проявится мудрость Единого! Он изменит своим, подобно своему прадеду, и явится под знамя нашего пророка! Бахмет отступил от правоверия из-за лазурных глаз и кос, золотистых пленной девы, такая же златоволосая девица поселит тоску в сердце его третьего потомка и вернет его, отчаявшегося, под стяг Магомета! С этих пор станет он смертельным врагом урусов, и меч его не раз обагрится их кровью, но умереть ему суждено от руки христианской!"

"Вот что открыл мне Аллах, такова его воля, и да свершится она!" — проговорил кульшериф и, поцеловав коран, медленно вышел из мечети. А окружающие дивились его вещему разуму.

— Все это слышала я от моих родителей, те — от своих. Из поколения в поколение передается в нашем роду предсказание мудрого кульшерифа. Теперь настало время исполниться ему! — торжественно закончила Амарь.

Слушательницы, глубоко заинтересованные, молчали, еще находясь под впечатлением рассказа.

— Амарь, — дрожащим от радостного волнения голосом прервала молчание Зюлейка, — почему ты думаешь, что этот пленный урус и есть именно правнук Бахмета?

— Да! Я и забыла пояснить вам это. Сейчас вы узнаете. Когда Бахмет был еще молодым, то воины захватили в каких-то местах караван купцов иноземных, ни слова не знавших ни на языке урусов, ни на нашем, в числе пленных был один удивительный муж: он мог красками изображать все то, что видел. Посмотрит на дуб вековой, развесистый, достанет красок, проведет по какой-нибудь ткани кистью раз-другой, и вырастет на ней новый дуб, как две капли, похожий на тот, который находится перед ним, только меньше, конечно. Вот он и изобразил лицо Бахмета на куске холста. У меня до сих пор этот кусок сохранился... Ну и в этом молодом урусе я узнала Бахмета: они схожи, как две капли воды!

— Где у тебя этот кусок ткани? — быстро проговорила Зюлейка. — Покажи его! Пожалуйста, покажи!

— Да, да! — подхватили другие. — Принеси его сюда! Амарь охотно исполнила их просьбу. Она вышла и скоро вернулась с куском запыленного холста в руках. Амарь развернула сверток, и Зюлейка, не могшая сдержать волнения, громко ахнула: на нее словно живой смотрел с холста Андрей.

— Да, это он! Это... наш пленный урус! — воскликнула Зюлейка, чуть не произнеся имени пленника, и глаза ее радостно заблестели.

Амарь взглянула на девушку. Она заметила ее волнение и, кажется, начинала догадываться, почему так грустна и задумчива была раньше молодая ханым.

— Дитя мое! Ты будешь счастлива! — загадочно произнесла Амарь, проводя рукою по темным волосам девушки.

Зюлейка с удивлением взглянула на нее и, покраснев, опустила глаза.

— Пойдемте в сад! Посмотрите, погода совсем разгулялась! — сказала она, желая скрыть свое смущение.

Действительно, погода переменилась. Шедший перед этим дождь перестал, и солнечные лучи, вырвавшиеся из-за расходившихся туч, играли на каплях, повисших на окрашенных осенью листьях.

Однако гулянье по саду не прельстило жен мурзы Сайда. Только одна Амарь согласилась на предложение Зюлейки, и они вышли из гарема.

XIV

ОТСТУПНИК

Спустившись в сад, Амарь и Зюлейка отправились на их излюбленное место прогулок — на лужайку к фонтану, где в знойную пору лета так приятно было отдыхать в тени развесистых деревьев и прислушиваться к мелодичному лепету струй, высоко стремящихся прямо к далекому небу и, вдруг рассыпавшись на бесчисленное множество капель, играющих под лучами солнца всеми цветами радуги, стремительно падавшей вниз.

Сидит, бывало, Зюлейка тут вместе с Амарью, слушает ее рассказы, а сама смотрит на живую струю. И невольно вслед за взлетающей струей поднимаются очи ее к небу. Глядит она в его лазурную глубину и силится разгадать, что сокрыто под этой синей завесой от глаз людских: трон ли Аллаха, блистающий мириадами

114

звезд в ночное время, сияющий ослепительным блеском солнца днем — или там нет ничего, кроме холодной пустоты, и люди напрасно обращают туда с молитвой и глубокою верой свой взор: их тщетны мольбы — трон Аллаха не там, а, может быть, гораздо ближе от них: невидимый, несознаваемый ими, он заключен в их собственных сердцах. И кажется девушке, что никогда людям не узнать этого, и мысль, взлетающая так часто ввысь от земли, должна подобно струе фонтана разбиться, измельчать, превратиться сперва в капли, потом в пыль и с легким ропотом вернуться на землю.

Было свежо. Женщины кутались в шали и полной грудью вдыхали воздух, напитанный ароматом отцветающей зелени. Они тихо прохаживались, и, задев порою какое-нибудь молодое деревце, Зюлейка с веселым смехом спешила укрыться от падавших с его листьев крупных капель, оставшихся после недавнего дождя.

Девушка была весела. Рассказ Амари опять поселил в ее сердце надежду. Она верила, что предсказанье кульшерифа должно исполниться и освобожденный ею пленник вернется к ней.

Амарь с довольной улыбкой смотрела на повеселевшее личико Зюлейки.

Радость еще больше, чем горе, заставляет делиться собою с другими людьми. Это на себе испытала Зюлейка. Хранившая свою тайну, одна боровшаяся со своим горем, она теперь почувствовала неудержимую потребность поделиться с Амарью своею радостью.

"Чего скрывать? Все равно урус возвратится, и тогда все узнают... Отчего же не открыться Амари? Она до поры до времени будет молчать, никому не скажет... Ведь я ее знаю!" — думала Зюлейка.

— Ты не поверишь, Амарь, как я довольна тем, что ты сегодня рассказывала нам в гареме! — начала Зюлейка.

— Рассказ, верно, так понравился? — спросила Амарь, пристально смотря на свою любимицу.

— Да, он понравился всем, а мне особенно... Ты видишь, как я повеселела после него?

— Почему же это?

— Он был для меня очень важен!

— Вот как! Почему? Не могу догадаться! — проговорила Амарь, и легкая улыбка скользнула по ее губам.

— Хочешь, я тебе кое в чем признаюсь?

— Конечно, хочу! Разве ты забыла, что прежде ничего от меня не скрывала? — с некоторой укоризной произнесла Амарь.

— Я не говорила тебе об этом, потому что оно слишком важно... Но теперь скажу... Ты ведь никому не передашь?

— Разве ты первый день знаешь меня, Зюлейка? Как можешь ты спрашивать об этом?

— Верю, верю тебе! Прости! Я так, спроста сказала! Я вполне доверяю моей милой Амари! Слушай же! Начну с самого важного: уруса выпустила я!

— Что ты! Может ли быть? — воскликнула Амарь, пораженная этим признанием.

— Да!.. Я сказала истинную правду! — подтвердила Зюлейка.

— Но..., но зачем ты это сделала? — спросила Амарь, почти угадывая побудительную причину поступка Зюлейки.

— Я полюбила уруса! — просто ответила девушка.

— Полюбила неверного! Да ведь это великий грех!

— Почему знать? Без воли Аллаха ничего не свершится! Может быть, я только средство, через которое Он вернет потомка отступника Бахмета в число правоверных мусульман. Кто узнает волю Аллаха?

— Да! — с глубоким убеждением проговорила Амарь. — Да! Верно, так предначертал Аллах, иначе разве Он допустил бы до погибели такое чистое дитя, как ты? Верю, что так угодно Аллаху, и да будет воля Его! — прибавила она.

— Понимаешь ли, теперь, почему меня так обрадовал твой рассказ? Он пробудил в моем сердце надежду... Тем более, что урус клялся...

— Клялся? В чем?

— Он поклялся своим Великим Пророком, что если ему в Московии изменит та девушка, которую он любил, то он вернется сюда.

— Так жди и надейся! — с глубоким убеждением сказала Амарь. — Он будет здесь! Это Аллах все так премудро устроил! Ему изменит девушка с золотистыми косами, и он вернется к моей дорогой черноволосой красотке!.. Так положил Тот, кто на небесах! Жди и надейся, дитя! Предсказание кульшерифа совершится на нем!

— Я жду! — ответила Зюлейка. Женщины замолкли.

В это время послышался шелест в кустах. Зюлейка не слышала легкого шума, одна Амарь расслышала его. Она прислушалась. Шелест повторился, к нему присоединился шум от шагов по высокой траве, шелестевшей под чьими-то ногами. Амарь пристально стала вглядываться.

— Смотри! — вдруг сказала она Зюлейке. — Воля Аллаха свершилась: он здесь!

Зюлейка обернулась. Перед нею стоял Андрей! Девушка не верила своим глазам. Андрей был худ, бледен; одежда его была изорвана и забрызгана грязью, но это стоял он, несомненно!

— Андрей! Как я ждала тебя! — воскликнула дрожащим голосом девушка, вся обратившаяся в один порыв, забыв и стоящую рядом с нею Амарь, и сад, и окна гарема, из которых могли их видеть.

— Я исполнил клятву, Зюлейка! Пришел, вернулся к тебе навсегда! — глухим голосом промолвил Андрей Михайлович.

— А милая твоя? Ты, возвратясь в Москву, не нашел ее?

— Злые люди заставили ее изменить мне! Ах, Зюлейка, Зюлейка! Если б ты знала, что творится у меня на сердце! — с тоскою воскликнул Андрей.

— Знаю, милый! Но пройдет твоя скорбь! Я сумею утешить тебя! Сумею заставить позабыть и Московию, и прежнюю милую, мой дорогой, мой желанный! — страстно воскликнула Зюлейка, обнимая князя.

Не выдержало ласки сердце князя. Вся тоска, все пережитые страдания нахлынули на него волной. Ему что-то сдавило горло, и он, склонив голову на грудь молодой ханым, тихо заплакал. А Амарь смотрела на них просветленным, радостным взором.

— Будьте счастливы, дети мои! — проговорила она и тихо удалилась от них.

* * *

Торжественно звучали стихи корана, произносимые целым собором мулл в ханской мечети. Сам хан прибыл в мечеть слушать, как произнесет клятву над священною книгой обращаемый в мусульманство.

Бледен был князь Андрей, однако твердым и громким голосом повторил слова страшной клятвы: не щадить никого и ничего для славы пророка.

Кончилось присоединение, и тут же хан поздравил нового правоверного с женитьбой на прекрасной дочери мудрого мурзы Сайда, первого советника ханского.

Много табунов дал князю Андрею хан, тысячи рабов подчинил его воле.

Отныне князь Андрей Михайлович Бахметов навеки исчез и превратился в ханского мурзу Алея-Бахмета.

И доброго слугу приобрел в нем себе хан!

Никто лучше нового мурзы не умел нежданно-негаданно явиться в пределах Литвы или Московии. Никто лучше него не умел разбивать литовские и русские войска, высылаемые против татарских наездников. Как буря, налетал он на них, мял, теснил, обращал в постыдное бегство. Где проносился он со своими соратниками, там все погибало: цветущие города обращались в груды развалин, усыпанных смердящими христианскими трупами; деревни стирались с лица земли, а поля обращались в сожженные черные пустыни.

Он словно хотел потоками крови залить свою совесть, и меч его не раз от клинка до эфеса дымился христианской кровью. Мурза Алей-Бахмет был истинным правоверным: мечтал о рае, наполненном гуриями, и лил, как воду, кровь христиан.

Но все до поры, до времени! Нельзя навеки усыпить свою совесть! Настанет час, заговорит она, и страшной свинцовой тяжестью налягут прошлые злодеяния на сердце отступника.

Пока же совесть Алея-Бахмета, казалось, молчала, и он продолжал неистовствовать. Однако, бывали приступы раскаяния. Часто ему, пламенному мусульманину, снился темною ночью христианский храм, наполненный молящимся людом. Несется из отверстых дверей храма заунывное пение, доносится запах кадильного дыма. Слышится голос старца-священника, а вслед за тем сотни голосов сливаются в один общий крик: "Анафема!"

А он, новый ханский мурза, робко стоит у притвора, хочет

поднять руку для крестного знамения, но рука его падает бессильно: он слышит грозное проклятие, он знает, что это проклинают его — отступника от веры отцов.

Рыдания потрясают его грудь, он хочет в жаркой молитве принести покаяние, но его оглушает яростный рев толпы.

Он просыпается с влажными от слез глазами.

Кругом тихая ночь... Луч луны, проникший в палатку через откинутый полог, бросает свой свет на узор дорогого ковра, играет на осыпанной драгоценными камнями рукоятке татарской шашки.

Вспоминает бывший князь действительность, и он — грозный воин — плачет, как младенец, сокрыв свое лицо в мягкой атласной подушке.

А наступит день, прогонит свет солнца ночной кошмар, и снова суровый и спокойный несет мурза Алей-Бахмет смерть и разорение сотням христиан. И чем страшнее был кошмар, чем больше заставлял он изнывать ночью душу князя, тем жесточе Алей, тем более гибнет от руки его христиан, ненавистных ему, и нет пощады ни старцу седому, ни младенцу невинному.

Позднее все реже и реже стали появляться приступы раскаяния. Голос совести говорил все тише и тише и, наконец, замолк.

Мурза Алей-Бахмет, казалось, стал вполне счастливым: он был богат, знатен и любим. Он знал, что, когда, покрытый потом и грязью, усталый, вернется он домой с похода, его приветливо встретят два милых темных глаза, две белые руки обовьют шею, жаркий поцелуй почувствует он на своей щеке, и тихий голос промолвит: "Наконец-то вернулся ты, милый! Как ждала я тебя и тосковала в ожидании!"

И он забывал при этой ласке свою усталость, кровавые битвы и вражду. Весь мир для него был сокрыт в этих прекрасных очах, спокойствием веяло на него от них. Он спешил сбросить ненавистные ему в этот миг ратные, покрытые кровью доспехи и, опустившись на мягкий диван, отдыхал от трудов, покрывая поцелуями руки и лицо дорогой для него женщины.

Прошли годы, и еще больше счастья прибавилось мурзе Алею: два черноглазых мальчугана бегали и резвились в его обширном доме, оглашая его тишину веселым серебристым смехом.

По целым часам, бывало, любовался на них счастливый отец и смеялся, забавлялся вместе с ними, находя интерес в их детских играх.

— Отец! — кричал один. — Посмотри, не правда ли, я похож на грозного воина?

И ребенок, надев на себя тяжелый шлем отца и сгибаясь под его тяжестью, старался сердито нахмурить брови, чтобы придать свирепый вид своему нежному лицу.

— Батюшка! — хвастал другой. — Ты знаешь, я сегодня два раза объехал кругом весь наш сад на "Четырге", и так крепко держался на нем, что старый Сафа назвал меня славным наездником.

Отец знает, что "Четырг" — его старый конь — едва ноги волочит и никогда не сбросит ребенка. И грозный ханский мурза весело смеется, гладит черноволосую головку одного сына и хвалит другого за отвагу.

Привольно и радостно жилось бывшему князю Андрею Михайловичу в его новом отечестве. Забыл он Москву, и лишь порой, как сквозь сон, вспоминались ему лица бывших товарищей.

Он был доволен, счастлив; совесть его спала. Нужен был сильный толчок, чтобы пробудить ее.

Такой толчок не скоро, но нашелся и погубил грозного и жестокого ханского воина, мурзу Алея-Бахмета.

XV

ОПЯТЬ НА МОСКВЕ

Был седьмой час жаркого июльского дня. Хотя дул довольно сильный ветер, но он не умерял зноя: он был тепл и сух. Жар стоял уже не первый день — лето 1560 года выдалось сухое.

Косые лучи начинавшего садиться солнца проникли сквозь переборчатое слюдяное окно в царские палаты. Они упали на фигуру человека, сидевшего у широкой кровати, под тяжелым атласным пологом, с вытканными на белом фоне большими золотыми двуглавыми орлами. Сидевший был еще молод. Он, по-видимому, был высок ростом и крепко сложен. Широкие плечи и выпуклая грудь свидетельствовали об его здоровье и силе. Тонкий, большой нос, несколько загнутый книзу, с легкой горбиной, глаза под тонкими темными бровями, небольшие, но умные и проницательные, слегка блестевшие, когда сидевший оживлялся, белый, высокий лоб, над которым вздымалась целая шапка густых каштановых волос, — все это делало лицо его красивым и приятным. Длинные усы, концы которых не опускались вниз, но слегка вились и далеко выступали из-за щек, придавали лицу сидевшего мужественное выражение. Волнистая широкая борода падала на грудь.

Одет был этот мужчина в узкий атласный кафтан, таусинного [темно-фиолетовый] цвета, плотно облегавший его стройный стан. Козырь [стоячий воротник] кафтана был расшит золотом и унизан по краям крупным жемчугом, а там, где узоры шитья прекращались, сверкали самоцветные камни. Сидевший был ни кто иной, как первый венчанный царь русский, Иван Васильевич, получивший впоследствии прозвище Грозного.

Однако в то время, о котором идет рассказ, еще нельзя было предполагать, что он получит такое прозвище, напротив, его можно было назвать скорее "кротким", потому что вот уже тринадцатый год, как он мудро и кротко правил своим царством, заставляя подданных благословлять свое имя. Это было счастливейшим периодом его царствования как для него самого, так и для народа. Подданные его любили, иностранцы боялись и уважали. Боялись потому, что видели, как не по дням, а по часам растет ею могущество. Казань и Астрахань покорены и вошли в состав русских владений; Крым был ослаблен, и не сегодня-завтра мог ожидать участи двух соплеменных ему царств; Ливония, казалось, погибала под напором победоносной русской рати — уважали потому, что царь был стоек и мудр в политике и ни на йоту не отступал от своих справедливых требований и притязаний. И мог ли кто думать, что пройдут немногие годы, и все это рухнет в каком-то непостижимом крушении; что изменится добрый и мудрый правитель под влиянием странного стечения обстоятельств его жизни.

Царь сидел, подперев рукою склоненную голову, и задумчиво и печально смотрел на постель, где металась в горячечном жару его любимая жена, Анастасия Романовна. Лицо больной было красно, глаза полузакрыты... Запекшиеся губы тихо шевелились, словно шептали что-то тихо-тихо, слышное только для нее одной.

Больной душно и тяжело. Тяжелое атласное одеяло было далеко откинуто, и обнаженная полная грудь часто и неровно поднималась.

Царь был один в комнате. Он удалил прислужниц и приближенных царицы, желая сам прислужить больной, найдя редкую свободною от занятий государственными делами минуту. Видя, что одеяло откинуто, и боясь, чтобы больная, разгоряченная жаром, не простудилась, он встал и накинул одеяло на нее.

Это потревожило Анастасию Романовну. Она слегка вздрогнула и открыла глаза.

— Что тебе, Настя, лучше ли? — участливо спросил царь.

— Как будто полегчало, а то внутри так жгло, — слабым голосом ответила больная.

— Ах, Анастасья, Анастасья! Я не знаю уж, как и молить Господа, чтобы поднял Он тебя! — грустно произнес Иоанн.

— На все Его святая воля, батюшка Иван Васильевич! — тихо ответила Анастасия Романовна, окончательно пришедшая в себя.

— Кабы ты знала, родная, как сердце мое тоскует! — воскликнул царь. — Мне самому без болезни болезнь.

— Полно, милый! Бог даст, поправлюсь. Не тоскуй да не убивайся!.. Мне сегодня супротив вчерашнего полегче... Может и оттого, что немчин твой, лекарь, снадобьем меня каким-то поил. Горькое, ровно полынь...

— Меня сегодня он утешил поутру, сказал, что надежда на поправку есть... Дай-то Бог оправиться тебе скорее! — перекрестился Иоанн.

— Кликни кого-нибудь, Иван Васильевич... Испить бы мне дали: в горле пересохло.

— Я тебе сам дам, благо, ходить недалече... Вон на столе всяких квасов понаставлено. Какого ты хочешь?

— Малинового бы... Люблю его. Только покислее, — сказала Анастасия Романовна.

— Сейчас, — ответил Иоанн и протянул руку к одному из жбанов.

В это время дверь в палату шумно отворилась.

На пороге появился один из приближенных к царю бояр. Царь гневным взором окинул вошедшего. Но, верно, слишком важную новость принес боярин, потому что его не смутил блеск очей Иоанна.

— Царь! — воскликнул он. — Москва горит!

Анастасия Романовна, всегда боявшаяся пожаров, теперь, истомленная болезнью, испугалась особенно сильно и, слабо вскрикнув, лишилась чувств.

Царь, укоризненно взглянув на неосторожного боярина, успел только спросить:

— Где горит? — и обратился к бесчувственной царице.

— На Арбате, у Риз Положения... Князь Пожарского Федоровский двор, — ответил смущенно боярин, только теперь понявший, как необдуманно он поступил, громко сообщив страшную новость перед больной царицей.

— Коли не умел с умом дело обделать, так хоть теперь послужи умнее, — сердито проговорил Иоанн, обращаясь к оторопевшему боярину. — Беги к лекарю-немчину: царь, скажи, спешно приказал к царице идти — худо ей очень стало, — продолжал Иоанн, тщетно стараясь привести в чувство больную. — Да по пути прислужащим вели, чтобы сюда шли снаряжать царицу.

Боярин, желая загладить чем-нибудь свою вину, поспешно побежал исполнять приказание царя.

Скоро комната царицы наполнилась боярынями, ходившими за больной. Пошли охи и ахи. Царь, между тем, передав царицу на их попечение, стал расспрашивать о пожаре. Оказалось, что недаром боярин так спешно вбежал в палаты больной — пожар был нешуточный: горело уже несколько домов, и огонь шел все дальше, а головни сильным ветром относились к Кремлю.

Пришел лекарь. Он быстро привел больную в чувство, дав ей понюхать какого-то снадобья. Анастасия Романовна открыла глаза и обвела присутствующих мутным взглядом.

— Близко горит? — слабо спросила она.

— Нет, нет! не близко! — ответил царь, желая успокоить больную.

— Ты неправду говоришь, Иван Васильевич! — с укоризной проговорила она. — Ох, как страшно! Боюсь! Боюсь! — прошептала она, вздрагивая.

Между тем Иоанну доложили, — что дворцу грозит опасность загореться от многочисленных головней.

"Что ж делать? — думал царь. — Не дворца жалко — жаль больную... перевезти ее подальше из дворца... Можно ль? Вишь, она какая слабая, повредит ей... Как быть?"

— Скажи-ка, немчин, — молвил он, — можно ль царицу теперь перевезти куда-нибудь из дворца?

— Гм... — поморщился лекарь. — Нежелательно было бы. Повредит, пожалуй, — говорил немец ломаным языком.

— Но дворец может сгореть! Нельзя же тут сидеть и ждать, что вот-вот загорится... Еще горше для больной будет, — задумчиво произнес Иоанн.

— Если твое царское величество находит, что это необходимо, тогда нечего и говорить: нужно перевезти больную... Только устроить надо получше, чтобы не так тревожить, — ответил лекарь.

— Распорядись, чтобы поудобнее ей постель устроили: сейчас перевезем. Нечего время терять! А я с ней малость покалякаю, к переезду подготовлю, — сказал царь и отошел от лекаря.

Тот отправился исполнять приказание царя. Иоанн снова приблизился к больной. Та пристально посмотрела на него, широко открыв свои глаза.

— Что, Настенька, если б тебя подальше отвезти от пожара, лучше б тебе было, не так бы беспокоилась?

— А что? Верно, дворец горит? — испуганно спросила царица.

— Нет, не пужайся понапрасну... Бог миловал. Может, и все так обойдется: а я только к тому, чтоб тебя успокоить.

— Ты сам-то, родной, не тревожься за меня... Вишь, лицо у тебя белым совсем, ровно мел, стало.

Действительно, Иоанн был бледен, не от страха, конечно, а от волнения.

— А я теперь успокоилась, особливо, как ты сказал, что дворец не горит...

— Да, дворец не горит, может, Господь и не допустит, а все ж, я чай, тебе поспокойнее в селе Коломенском, чем здесь, будет, — сказал Иоанн.

— Ты в село Коломенское хочешь меня везти? Стало быть, уж к дворцу огонь подбирается? — снова испугалась царица, спокойствие которой как рукой сняло, едва у нее мелькнула мысль о близости пожара.

— Да нет же, родная, нет же, говорю тебе! Я так только, чтоб для тебя поспокойнее все устроить. Потому, хоть пожар и не очень уж близко, а все же зарево сильное, как смеркнется, покажется, опять же шум, крики и беготня. Вот я к чему.

— Ну, вези, — тихо проговорила царица, на которую, видно, волнение начинало оказывать свое действие: она, казалось, ослабела.

Иоанн, видя, что больная закрыла глаза, неслышно отошел от ее постели и сделал знак присутствующим, чтобы они говорили потише.

Царица лежала в забытьи. Недавно красное лицо ее стало бледным, и темные полосы легли под глазами.

Между тем вернулся лекарь.

— Все исполнил, как твое царское величество приказал, — произнес он, приближаясь к царю.

— Покойно ли ей будет? Удобно ли устроено ложе? — спросил государь.

— Я позаботился, чтобы все устроить как можно лучше. Меня тревожат не неудобства пути, а...

— А что? Говори скорее! — нетерпеливо прервал его Иоанн.

— Взгляни сам, царь, на больную. Посмотри, как она ослабла.

— Да, я вижу, — задумчиво проговорил царь.

— У нее упадок сил, — продолжал лекарь, взяв руку больной. — Я боюсь, царь, что испуг, испытанный ею, последствия которого ты видишь, опять повторится, когда она взглянет на пылающий город. А этот испуг — смерть для нее!

— Что же делать? Что же делать? — почти с отчаянием прошептал Иоанн.

— Если можно — не тревожь ее, — повторил лекарь сказанное им незадолго перед этим.

В это время в палату вбежал один из бояр, он был бледен.

— Царь! — тихо сказал он Иоанну. — Головни летят прямо ко дворцу... Может загореться... Спасай царицу!

— Ты слышал? — обратился Иоанн к лекарю. — Могу ли я оставить царицу здесь? Опасность близка.

— Действуй, как задумал, государь! Видно, такова судьба. Против нее не пойдешь! Будем только молить Бога о спасении царицы! — произнес немец.

— Да! Только и надежды, что на милость Божью! — ответил государь и подошел к постели больной.

— Настасья, родная, ты спишь? — окликнул Иоанн Анастасию Романовну.

Царица лежала неподвижно. Слышно было только тяжелое и прерывистое ее дыхание.

— Настя, очнись! — тихо продолжал царь, взяв больную за руку.

Анастасия Романовна полуоткрыла глаза.

— Что, милый? — едва слышно спросила она Иоанна.

— Сейчас поедем, Настя... Ведь ты не будешь пугаться, болезная? Не будешь, обещай!

— Не буду, родный... Чего? Все равно умру скоро! — промолвила царица, тяжело вздыхая.

— Не говори этого, Настя, — дрогнувшим голосом произнес царь. — Бог милостив! Поправит Он тебя, Милосердный. А ты не пугайся... Вынесут тебя — огонь увидишь... Так это ничего, это не так близко — тебе вреда не будет. И я, к тому же, буду подле тебя. До беды не допущу!

— Батюшка Иван Васильевич! Да нешто я за себя боюсь? Что мне! Людишек мне жаль, что погорят, вот что. Вот почему я пожаров боюсь — они бедствие великое для бедняков горемычных. Сколько по миру пойдут после этого — последние остатки сгорят... Выскочат, как мать родила. А может, детки малые есть, тоже пить-есть просят.

Царица на минуту смолкла, потому ей пришли в голову самые тревожные мысли.

— А то еще горше — не успеют спасти, забудет впопыхах мать или отец о дитяти родном, и сгорит оно, дитя малое, неразумное. Вот почему я так пужаюсь... А мне самой что! — говорила Анастасия Романовна, слегка приподнявшись, и голос ее окреп, а на щеках появилась легкая краска.

Иоанн с радостным удивлением смотрел на происшедшую в жене перемену.

Однако радость его длилась недолго.

Быстро сбежал румянец с лица больной, она тяжело опустилась на подушки и опять стала бледна и слаба по-прежнему.

Иоанн сделал распоряжение, чтобы царицу снаряжали в дорогу.

Боярыни обступили постель.

С большими спорами и перекорами приступили они к снаряжению царицы в путь.

— Нет, боярыни, не можно так больную везти в платье обыденном: простудится. Как мне думается, попросту одеялами ее, государыню нашу болящую, обернуть надоть, да так и везти, положа на постель мягкую, которую лекарь на возке устроил, — быстро говорила громким голосом высокая и дородная, уже пожилая боярыня.

— А я смекаю, что хуже так, — тонким голосом выкрикивала в ответ ей боярыня, не уступавшая первой в дородстве, но очень низкорослая. — И делать так негоже... Потому, окромя того, что непристойно, и простыть государыня может, как одеяла распахнутся... Не гоже это, на мой смек, негоже!

Ей возражали, а среди споров дело стояло. Кроме того, болтовня их удручающим образом действовала, видимо, на больную. Она внимательно вслушивалась в разговор, и, кажется, сборы в дорогу пугали ее больше, чем самый путь.

Иоанн, беседовавший в это время с лекарем, заметил это.

— Ишь, бабье расходилось! — сказал он, слегка, усмехаясь. — Вот уж подлинно, где две бабы сошлись — целый базар, а тут вас десяток целый. Нечего пустое-то калякать, — продолжал он уже совершенно иным тоном, — живо снаряжайте царицу, а не то!.. — и в голосе царя послышалась угроза.

Этот окрик подействовал как не надо лучше. Споры прекратились, и больную быстро снарядили в путь.

Обе стороны сошлись: боярыни одели царицу в легкое платье и, кроме того, обернули одеялом.

Пока шли все эти сборы, уже начало смеркаться, и зрелище пожара должно было выглядеть еще ужаснее, чем днем.

Несколько рук подхватили царицу и понесли к крыльцу, где ожидал ее возок, приспособленный для перевозки больной. Сам царь был в числе несущих: он поддерживал голову Анастасии Романовны.

— Так, помни, болезная, не пугайся, как увидишь пожар, — говорил он ей.

— Нет, родимый, нет! Не буду пугаться, — слабым голосом отвечала царица, которую сильно истомили все эти сборы и испытанные ею волнения.

Однако, несмотря на данное Анастасией Романовной обещание

царю не пугаться, едва ее вынесли из дворца, и она увидела тучи дыма и целые снопы искр и головней, далеко относимых ветром от места пожара, царица пришла в ужас.

— Батюшки-светы! Почто Господь так православных карает! — вскрикнула она и закрыла ладонями лицо, чтобы не видеть поразившего ее зрелища.

От испуга с ней сделалась лихорадка такая сильная, что зубы стучали один о другой.

Лекарь, не отходивший от больной, с серьезным лицом наблюдал эту перемену.

Иоанн, заметивший серьезность немчина, был задумчив и грустен.

Царицу поспешно уложили и немедленно тронулись в путь, желая поскорее подальше отвезти больную от волнующего ее зрелища.

Царь сопутствовал ей. Всю дорогу царица не промолвила ни слова.

Испуг, видимо, оказал пагубное влияние на ход болезни. Лекарь стал отчаиваться в ее благополучном исходе.

Проводив больную и успокоив ее, как мог, Иоанн вернулся в Москву к пожару.

"Царь не должен щадить своей жизни, когда опасность грозит подданным", — думал Иоанн и спешил на пожар, как на битву.

А пожар был ужасен! Пламя, раздуваемое сильным ветром, перекидывалось с дома на дом. Деревянные дома, сразу охваченные огнем, горели как свечи. Горели не несколько, а сотни домов и церквей сразу. Арбат был весь объят пламенем, и пожар двигался к Новинскому монастырю. Огонь двигался от Успенского оврага, где находилась церковь св. Леонтия. Потом шел берегом до Черторья; дальше пламя неслось к Семчинскому сельцу. Таким образом, пожар охватил пространство в несколько верст.

Иоанн деятельно боролся с огнем. Работал, как простой крестьянин. Став лицом к огню на Успенском овраге, он, вместе с боярами и великим князем Владимиром Андреевичем, старался отстоять посад. Он не щадил своей жизни; осыпаемый искрами и вынося неимоверный жар, он хладнокровно отдавал приказания и сам, когда видел необходимость, не думая об опасности, лез на крыши загоравшихся зданий. Бояре не отставали от него и боролись с пожаром настолько, насколько это было во власти человека.

XVI

ПОДВИГ КНЯЗЯ НОГТЕВА

Муж Марии Васильевны, князь Данило Андреевич, работал на этом пожаре не меньше других. Оставив дома плачущую от испуга Марью Васильевну, он поспешил на пожар. За жену князь не тревожился, так как их дом был слишком отдален от горевшей части города и находился в полнейшей безопасности. Когда Даниил Андреевич поспел к пожарищу, пожар уже свирепствовал со страшной яростью. Князь, не теряя времени, принялся работать. Теперь он стоял на кровле одного из домов и старался отстоять сухое строение от пожара. Он с двумя другими боярами беспрерывно смачивал водой деревянную кровлю. Напротив этого строения большой дом был совершенно охвачен пламенем. Крыши уже не существовало: более тонкая, чем другие части дома, она сгорела раньше всего. Вместо нее остались только несколько медленно догоравших балок. Второй и первый этажи еще ярко горели. Наружные части стены были объяты пламенем, а изнутри лишь все чаще и чаще показывались языки пламени.

С этого дома на тот, который отстаивал Ногтев с товарищами, падали головни и снопы крупных искр. Бояре деятельно работали...

— Ой, лишечко, лишечко! Детки мои, детки! — раздался в это время отчаянный женский крик.

И, верно, ужасен был вопль несчастной матери, если он заглушил треск горевшего дерева, шумные возгласы работавших и плач погоревших: Бояре и Данило Андреевич, как они ни были поглощены работой, обратили внимание на этот крик и посмотрели туда, откуда он доносился. Несмотря на то, что уже давно наступил вечер, на пожарище было светло как днем, и они различили женщину, бившуюся в сильных руках каких-то мужчин, вероятно удерживавших ее от попытки броситься в огонь. Желая вырваться из державших ее рук, женщина каталась по земле и билась о нее головой, беспрерывно повторяя отчаянным голосом:

— Дети мои! Деточки милые горят! О-ох! Лишечко! Ужасный крик этот до глубины души потряс молодого князя. Не сказав ни слова товарищам, он поспешно спустился с кровли.

— Где твои дети? — спросил он у вопившей женщины, подойдя к ней.

— Там, там! — горько рыдая, произнесла она, указывая рукою на охваченный пламенем дом.

— Вверху? — коротко спросил Данило Андреевич. Женщина утвердительно кивнула головой.

— Сколько их и кто они — мальчик или девочка? — продолжал поспешно спрашивать князь.

— Две девочки... Одной пятый... другой четвертый годок, —

прерывающимся голосом пояснила женщина и опять завопила: — Ой! лишечко! Деточки мои, деточки!

— Молись, чтоб помог Бог: я спасу твоих детей, — проговорил Данило Андреевич и направился к горящему дому.

— Князь, князь! — окликнул его один из бояр. — В уме ли ты? Нешто можно в огонь прямо лезть? Где их спасти — Божья, знать, воля! Себя только погубишь!

Ну, умру, помолитесь обо мне, — хладнокровно ответил князь, подставляя лестницу к одному из горящих окон.

— Бог тебе в помощь, княже, будет! Иди на подвиг! — молвил слышавший все Иоанн. — Господь не оставит тебя! — продолжал он.

— Одна просьба, братцы, — проговорил князь, — как влезу в окно, отымите лестницу от стены, что не сгорела, а только покажусь, коли Бог даст, снова, немедля приставьте опять... Сделаете? Не забудете?

— Ладно! Исполним, как сказываешь! — хором ответили ему.

Окатив себя водой, Данило Андреевич поднялся по лестнице и, перекрестясь, не задумываясь, шагнул через оконницу в наполненную дымом и огнем внутренность дома. Фигура его скрылась от глаз смотревших.

Минуты ожидания казались часами. Глаза всех не отрывались от окна, в котором скрылась, быть может, навеки фигура молодого князя. Но, ни для кого не были так долги и так тягостны эти минуты, как для несчастной матери. Она стояла, словно окаменев. Вся жизнь ее, казалось, сосредоточилась в одном взоре, обращенном на роковое окно. "Спасет или нет? Вот, вот, кажется, что-то мелькнуло! Нет, то дым застлал на время пламя" — проносится в голове женщины, находящейся между горем и надеждою. "А вдруг он покажется один? О-о! Что будет тогда, что будет! Ума, кажись, лишусь!"

Страшны бывают эти минуты ожидания, когда вот-вот должен разрешиться вопрос, от того или иного решения которого зависит счастье или несчастье всей жизни. И как долго тянутся такие минуты! Сколько переживаешь в это время. То надежда шепчет, что — да, должно свершиться желаемое, то иной голос разбивает надежду и, напротив, сулит полную неудачу. А сердце колотится неровно и часто. И хочется сказать ему: не бейся так, зачем понапрасну тревожиться — сейчас все решится! Но видно, не сердце виновно в переживаемом волнении, а наш мозг, в котором гвоздем засела неотвязная мысль: "Что будет, что будет?"

Однако минуты длились, а князь не показывался. Толпа замерла. Неслышно было обычного говора, забыта была борьба с пожаром, все, от царя до последнего смерда, замерли в ожидании.

Несчастная мать не спускала глаз с окна, стояла неподвижно, только рука ее часто-часто творила крестное знамение, да губы тихо шевелились, шепча молитву. Уж у многих стало закрадываться сомнение в благополучном исходе, другие раньше решили, что князь пошел на верную гибель, и, уверенные в этом, потеряли даже ту тень надежды, которая невольно, одно время, закралась в их души.

Вдруг единодушный радостный крик вырвался у всех: в окне показался Данило Андреевич! Но один или с детьми?

Сомнение быстро разрешилось: князь что-то бережно держал в руках, завернув в снятый с себя кафтан.

Подставить лестницу было делом одной минуты. Князь быстро спустился и вовремя — второй этаж обвалился, и весь дом обратился в один пылающий костер. Как безумная, кинулась мать к возвращенным ее детям. Она плакала, смеялась от радости и в неистовом восторге целовала руки спасителя ее детей. Дети были без чувств от дыма, но скоро пришли в себя и дико озирались помутившимися глазами вокруг, еще не сознавая окружающего.

— Бог сторицей воздаст тебе, благодетель, за доброе дело! — в последний раз поблагодарила князя мать спасенных и всецело отдалась детям.

Она их рассматривала, как будто впервые увидела после многолетней разлуки, и радостными слезами орошала их русые головки.

Дети вышли вполне невредимыми, если не считать маленького угара, но нельзя было сказать того же самого про их спасителя. Молодого красавца князя едва можно было узнать в стоящем теперь человеке. От золотистых кудрей не осталось и помину: они сгорели, едва Данило Андреевич успел вступить в горящий дом. Концы бороды тоже обгорели. Кожа на лице почернела от дыма и треснула. Местами видны были пузыри от ожогов. Наружная поверхность рук была вся сплошь обожжена и превратилась в сплошной пузырь. Платье изорвалось и местами истлело. Словом, Данило Андреевич довольно сильно пострадал.

Но зато, каким счастьем светились его темно-голубые глаза, когда он смотрел на спасенных им малюток! Он их любил в этот миг, как мать любит новорожденное дитя: он страдал за них и вернул им жизнь. Глядя на них, он забывал о своих ожогах и пережитой опасности.

Кругом бояре расхваливали его. Сам царь подошел к нему.

— Ну, княже! Жаль, что это не на войне, а то пожаловал бы я тебе гривну золотую [золотая гривна (медаль) была знаком отличия на войне]! — сказал Иоанн, и в его светлых глазах, устремленных на князя, блеснула слеза. — Будь же и вперед ты таким же добрым молодцем, и я тебя не забуду! — продолжал царь. — А теперь, поди, домой к хозяйке: перевяжи свои обжоги... Нечего тебе здесь больше делать: ты уж поработал вдосталь!

— Спасибо, царь-батюшка, за милостивое слово! — низко поклонился Данило Андреевич.

Скоро все опять принялись за работу, а князь, только теперь начинавший чувствовать, как невыносимо болят обожженные руки, поспешил домой. Марья Васильевна сперва не признала мужа в этом лысом, черном и обожженном человеке, потом, ахнув от изумления и испуга, спросила, что с ним случилось. Данило Андреевич, нисколько не хвастаясь и не придавая особенного значения своему подвигу, рассказал, как было дело. Марья Васильевна, взглянув на него восхищенным взором, крепко поцеловала мужа в его потемнелый от дыма лоб и, обняв, тихо промолвила:

— Даниил! С этих пор я не могу не любить тебя!

Эти слова довершили счастье молодого князя.

Думал ли он, что спустя много лет другой человек, его враг, совершит такой же подвиг, как он сейчас, спасая его собственных детей и жену, и что слова женщины, сказавшей: "Бог сторицей воздаст тебе за доброе дело!", осуществятся тогда, когда великое бедствие посетит родную землю, когда будет гореть не одна частица, а вся Москва, зажженная руками воинов великого русского недруга!

XVII

КОНЧИНА ПЕРВОЙ РУССКОЙ ЦАРИЦЫ

Седьмого августа 1560 года погода была пасмурная. Со всех сторон над Москвою нависли тучи и грозили дождем, но дождь не шел, а небо хмурилось все больше и больше. "Ох, быть дождю!" — говорили московские граждане, глядя на хмурое небо, и все-таки, несмотря на это, редкий из них остался дома. И стар, и мал, все стремились к царским палатам. Тихо стояла толпа, собравшаяся перед дворцом. На лицах всех видна тревога и грусть. Казалось, свинцовое небо давило их своею тяжестью и заставляло тоскливо биться их сердца.

Нет, не погода, грозившая дождем, смущала народ: пойдет дождь и мочить-то ему будет нечего, кроме сермяг да рубах порванных, нет, иное, должно быть, что-нибудь поважнее, а к бурям и ненастьям, что к морозам, русскому человеку не привыкать стать. Что-то больно часто глаза столпившихся поглядывают на окна царского терема — там надо искать причину овладевшей народом кручинушки.

В первых рядах толпы стоят уже знакомые нам неразлучные "Микитка" и "дядя Хведот".

— Что, паря, — тихо говорит своему товарищу Федот, одетый все в ту же неизменную синюю рубашку, только еще больше прорванную на локтях, — должно, неладно творится в палатах: чтой-то больно тихо.

— Н-да! — пробурчал Никита, — то есть ничегошеньки не слыхать! Ровно там вымерли все... Спаси Бог! и впрямь неладно, кажись!

— Неужели Господь попустит такому делу совершиться?

129

— Не скажи этого! На все Его воля, не нам-ста толковать об эфтом.

— Знамо дело, не нам!.. Эфто ты правильно молвил, а токмо все ж как не дивиться: была царица-матушка молода, здорова, взглянешь на нее, так глаз отвести не хочется: кровь с молоком, и вдруг на! Кончается, бают! Что твоя сказка, право!

— Какая сказка, коли мне сам истопник дворцовый намедни говорил, что царица больно плоха. Лекарей одних, немецких, бает, что согнано, так страсти, — говорил Никита.

— Ох, уморят ее, болезную, басурмане поганые! Начнут зельями всякими пичкать, — произнес Федот, по-видимому, большой противник врачебного искусства и немецких лекарей, в особенности.

— Нет, лекаря что! Они хотя и немчины, а все, значит, от Бога сподоблены врачевать недуги, и следствия их и снадобья всякие, окромя пользы, ничего не принесут. Тут иное бают... Слышал, чай? Вот, эфто так, взаправду, царицу уморить может...

— А что такое? Ничего не слышал, — ответил Федот.

— Да, бают, что... — тут Никита наклонился к уху своего товарища и что-то тихо сказал.

— С нами крестная сила! Может ли быть? — воскликнул пораженный Федот.

— Стало быть, может, коли толкуют.

— Гмм! Да кому же эфто надо, чтоб такого ангела Божия, как царица-матушка...

— Шшш! — прервал его Никита, закрывая рукою рот "дяди Хведота" и оглядываясь по сторонам, — нишкни! Аль хочешь, чтоб тебя на дыбу потащили, что среди народа такое орешь!

— Да что же... Да я ничего. К тому только, что негоже, а оно, конечно..., того, — и Федот, смущаясь, не знал, что говорить и как оправдаться в своей неосторожности перед товарищем.

Но, видно, Никите самому хотелось поделиться с "дядей Хведотом" тем, что знал, так как он, наклонясь ближе к уху его, тихо продолжал:

— Известно кому! Тем, кто около царя сидит да всеми делами заправляет: попу да Адашеву!

— Вот те и на! Да может ли быть, чтоб такие мудрые государевы советники и вдруг эфтакое дело замыслили... Не верится!

— Да и мне самому тоже, признаться... Так, думать надо, пустое болтают.

— Знамо дело! — уверенным тоном ответил Федот. Таким образом, завистниками священника Сильвестра и

Алексея Адашева уже распространялись исподволь слухи в народе о том, что эти мужи "извели" царицу. Но народ видел в этих двух царских любимцах только благодетельных для себя советников Иоанна и не верил слухам. К сожалению, нельзя того же сказать о царе: он не остался глухим к шепоту зависти, и, на радость завистникам, скоро злоба на бывших любимцев змейкой стала шевелиться в душе Иоанна.

130

В то время, как толпы народа теснились перед окном и с тревогой смотрели на окна царских палат, внутри дворца все, начиная с царя и кончая последним поваренком на кухне, были исполнены скорби и печали: царица Анастасия Романовна была безнадежна — это только что сообщили лекари царю. Иоанн, стоя на коленях у изголовья постели, не спускал глаз с бледного и исхудалого лица умиравшей жены и тихо шептал молитвы: люди отказались противиться болезни — она была сильнее их — оставалось только молить Бога, чтобы Он совершил чудо, исцелил безнадежно больную.

Анастасия Романовна лежала на спине, закрыв глаза. Нос ее заострился, вокруг глубоко впавших глаз протянулись черные полосы. Бледная, с закрытыми глазами — она уже и теперь казалась мертвой, только руки, протянувшиеся вдоль тела, изредка судорожно сжимались да грудь медленно и неровно поднималась.

Вокруг постели безмолвно, с бледными лицами, толпились приближенные царя и царицы. Лекари переговаривались друг с другом по-немецки, пытаясь найти еще какое-нибудь не испытанное ими средство. Но напрасно ломали они головы: лекарства против смерти не было в их распоряжении.

Болезнь с самого начала была тяжкой, испуг во время московского пожара еще больше усилил ее, и теперь спасения не было.

Больная сделала движение. Все встрепенулись: она чего-то хотела.

— Что тебе, родная? — прерывающимся от волнения голосом спросил Иоанн.

— Святых Тайн... причаститься желаю, — слабым голосом, с долгими передышками, произнесла царица.

Царь немедля исполнил волю царицы. Анастасия Романовна исповедалась и приобщилась.

Глубокая ли вера, с которой больная приняла Святые Дары, или мысли о том, что ею исполнен последний долг, проносимый на земле христианами, подкрепили царицу, только она лежала, открыв глаза, со спокойным и просветленным лицом.

При виде перемены, Иоанн начал думать, что Бог внял его молитве и вернет ее к жизни.

— Что, милый, тоскуешь? — медленно проговорила царица, смотря на Иоанна.

— Еще бы не тосковать! Что я буду делать без тебя, сирый, горемычный! — горько воскликнул Иоанн.

— Божья... воля!

— Бог возвратит тебя к жизни на радость мне!

— Нет... родной! Зачем... себя напрасно тешить? Не поправиться мне... Чудо! Сегодня уйду на суд... Божий!

— Анастасия! Не молви такого! Ты словно сердце мне на части рвешь!

— Зачем печалиться? "Там" свидимся. Все "там" будут... Я сегодня... другие позже. Помни только, — продолжала царица, и голос ее слегка окреп, — помни только, что... на тебе лежат тяготы великие! И за себя... и за народ твой... за... все... ответ дашь Господу. Знаю, не бабье... дело учить мужа... уму-разуму..., но я теперь уж... почти стою перед лицом... Всевышнего... и могу сказать на прощание... Иван! — возвысила она, насколько могла, голос — Запомни, что скажу... Велик ты можешь быть..., и славен, только..., только не дай овладеть... тобой духу тьмы... Он, говорю тебе, сторожит тебя! Не забывай Бога, слушайся только... Его да совести, а не советников льстивых... и благо ты будешь! А ослабнешь... Ох, помыслить страшно..., как далеко ты уйдешь... от лица Божия... Помни, Иван, и послушайся! Тяжко... опять... стало...

И, обессиленная долгою речью, царица закрыла глаза.

— Исполню, как ты повелела, — тихо ответил ей Иоанн. Больная открыла глаза, благодарно взглянула на царя, — очевидно, уже язык не повиновался ей, и снова смежила веки. Больше она уже их не открывала.

И прежде бледное лицо больной стало еще бледнее... Грудь поднималась все реже и реже.

— Она кончается, — произнес лекарь, тихо взяв ее руку.

— Читайте отходную! — приказал Иоанн. Раздалось протяжное чтение священного писания.

В комнате было так тихо, что слышно было слабое клокотание в груди больной.

Глубокий вздох еще раз поднял грудь больной..., и все было кончено! Первая царица русская Анастасия Романовна преставилась.

Крики и плач наполнили палату.

Иоанн, припав к еще не остывшему трупу, целовал руки умершей и, в страшном отчаянье, рвал на себе волосы. А за стенами дворца, в толпе собравшихся, слышались не меньшие вопли; то народ, уже узнавший обо всем, оплакивал своего "ангела" — матушку-царицу.

* * *

Откладывать подольше похороны было не в обычае того времени. На другой день царицу хоронили. Целые толпы народа преграждали путь печальной процессии. Плакальщиц нанимать не надо было: плакали все!

Князья Юрий и Владимир Андреевичи, братья царевы, вели под руки обессилившего от горя царя.

Царь постарел за это время лет на десять. Сильное потрясение пришлось испытать ему.

Тринадцать лет, душа в душу, прожил он с царицей. Одна она умела смирить его порою бурные порывы: достаточно было ее кроткого слова или взгляда прекрасных глаз — и стихал гнев Иоаннов. Царь привык к мирной и спокойной, полной тихого счастья, семейной жизни. Давно уже забыл он буйные забавы первой молодости, страсти его смирились под давлением не властной, но любящей руки царицы. Теперь все пало! Расстроен его мирный семейный круг, нет более друга, с которым царь мог бы поделиться своим горем и радостью. Есть еще прежние советники... Но кто? Сильвестр, Адашев? Царь уже переставал верить им! Они мудры, да, но к какой цели стремятся? — давно мелькал в уме его вопрос. Могут ли они заменить любившую его до самозабвения царицу? Нет! Могут ли они теперь скорбеть, как он, над телом Анастасии Романовны? Опять нет и нет! Они всегда были не расположены к царице — это не было тайной ни для него, ни для покойной. "Может быть, даже..., даже они причиной служат смерти царицы", — мелькает у Иоанна мысль, и злоба охватывает его сердце, но пока еще слишком сильная тоска, она осиливает злобу, не дает развиться неясному подозрению, и Иоанн, в отчаянье, пытается вырваться из державших его рук, чтобы броситься на гроб любимой жены и рыдать над ее трупом.

Плачет царь, плачет народ и вельможи, плачет даже митрополит, провожающий со всем духовенством Москвы тело царицы в Вознесенский монастырь.

Однако, хоть медленно, но все ближе и ближе подвигается процессия к месту вечного успокоения царицы. Из монастыря, навстречу телу, выходят рядами монахини. Слышится заунывное монастырское пение, голоса поющих монахинь мешаются с голосами митрополичьих и царских певчих и все вместе сливаются в один могучий стон.

А кажется, что это плачет сам город, сама Москва белокаменная испускает вопль из своих твердынь и отражает его в тысячах отголосков, чтобы каждый на Руси знал, что ныне день скорби великой, день погребения той, которая своей слабой, женской рукою часто спасала все огромное многомиллионное царство от бурного подчас проявления воли сердца Иоаннова. Да, плачь, плачь, Москва! Плачь, все русское царство! Не одну Анастасию, кроткую матерь всех обделенных судьбиной, погребаете вы здесь: вместе с ней зарываете вы надолго и свое счастье, и счастье отечества! Недаром уже второй день хмурится небо и прячется за тучами ясное солнце — это знамение вам, что закатилось на многие годы и ваше солнце. Но только завтра поднимется ветер, разгонит тучи, вновь на небе заблещет дневное светило и обольет горячими лучами землю, а ваше солнце еще не скоро взойдет! Еще теперь только хмурится ваше небо, только набегают тучки на небосклоне, а скоро они сольются в одну свинцовую тучу, и наступит для вас долгая, тяжкая ночь, полная страшных снов и кошмаров. Долго продлится эта тьма. Долго, до тех пор, пока не появится на престоле тот, в ком будет течь та же кровь, которая текла в жилах умершей царицы.

Последствия смерти Анастасии Романовны скоро начали сказываться. Не успели опустить в землю гроб царицы, не успели еще высохнуть слезы на глазах убитого горем царя, как уже подняла свою голову долго молчавшая гидра зависти, раздора и злобы.

Вот подошел к Иоанну рослый, красивый, сановитый боярин. Это Алексей Басманов.

— Утешься, царь! — тихо говорит он государю, — Анастасия

133

Романовна сподобилась преставиться, но у тебя еще есть верные мужи и советники. Они разыщут тех ворогов лютых, что извели царицу своими чарами.

Иоанну, привыкшему видеть всегда царицу веселой и здоровой, кажется невероятным, чтобы цветущая, полная сил Анастасия Романовна могла так безвременно скончаться.

"Есть причина, есть! — скользит у него мысль. — Она умерла не по Божьей воле, а по людской злобе!"

Эта мысль как раз совпала со словами наушника.

— Кто эти царицыны вороги и супостаты? Говори! — приказывает царь Алексею Басманову.

— Ты сам их знаешь, государь, лучше, чем я, — уклончиво отвечает боярин.

Царь догадывается, что Басманов метит на недавних царских любимцев, к которым царь уже с весны этого года почувствовал охлаждение и отдалил от себя, или, вернее, они сами отдалились: это священник Сильвестр, теперь уже монах, и Алексей Адашев, ныне воеводствующий в Ливонии, но ему хочется услышать из уст Басманова подтверждение того подозрения, которое стало слагаться в его уме.

— Говори, кто они такие! — строго приказывает он Алексею Басманову.

— Коли такова твоя воля — повинуюсь, — смиренно отвечает боярин. — Это Алексей Федорович Адашев да поп Сильвестр.

— Злые люди! — шепчет Иоанн. — Я ли им милостей не оказывал? Я ли не сделал их первыми после себя? За что они погубили голубку мою? — и грусть, и злоба мешаются в сердце царя, поднимается желание отомстить им, и глаза его сверкнули огнем.

Басманов с тайною радостью наблюдал действие своих слов.

"А, Алешка и поп, — думает он про Адашева и Сильвестра, — довольно вы царствовали да куражились над нами! Только б удалил вас царь — тогда он наш! Будет и на нашей улице праздник!"

Расчет Басманова оказался верным, но лишь с одной стороны: дурное семя, брошенное в душу Иоанна, дало быстрый и неожиданный плод. Не прошло и года, как царь стал неузнаваем. Он не только удалил бывших любимцев, но казнил всех сочувствующих им.

Слишком быстро и безостановочно зрел плод! Царь сделался подозрителен, никому не доверял и всюду видел врагов; он мучился от постоянной тревоги, что враги близко, подле него... Он страдал и, думая прекратить страдания, уничтожив всех своих недругов, искал их, и кровь лилась рекой, а враги все умножались, вместе с тем, как все больше разрасталась тревога царя.

Умерший в темнице, на чужбине, Адашев и его родственники были первыми жертвами, в этом расчет Басманова оправдался. Оправдался он также и в том, что настал на их улице праздник: Алексей Басманов, его сын Федор и еще несколько лиц: Афанасий Вяземский, Васька Грязной, Скуратов и другие — совершенно овладели царем и ворочали судьбами отечества. Но долго ли? Иоанн был не ребенок, не нуждался в опекунах и помнил, что он царь-самодержавец, владыка над своими подданными.

Скоро надоедали ему новые любимцы, подобно Сильвестру и Адашеву, и их постигала подобная же первым участь: они погибали или в темнице, или на плахе. Но горше всего пришлось тому, кто первый бросил злое семя в душу царя и раздул тот маленький огонек, который тлел в душе Иоанна, во всепожирающее пламя — Алексею Басманову: по приказу царя, он был задушен в темнице руками своего собственного сына, красавца Федора, царского кравчего, в свою очередь погибшего под топором палача. Недаром плакал народ над телом усопшей царицы: это были вещие слезы! Тяжелые времена наступили! Славные царские воеводы падали на плахе или бежали в чужие страны. Другие продолжали служить отечеству, ежедневно ожидая, что и им придется сложить под топором свои головушки или испустить дух в страшных истязаниях. Третьи, наконец, снедаемые честолюбием, стали служить не отечеству, а царским прихотям, потешая Иоанна на пирах и глумясь и ругаясь над безвинными страдальцами.

В числе первых был муж Марьи Васильевны, князь Данило Андреевич Ногтев, в числе вторых боярин Василий Иванович Темкин.

Данило Андреевич удалился из Москвы в свою вотчину и только тогда приезжал в столицу, когда нужно было идти в поход или ехать по какому-нибудь поручению царя.

Темкин остался в Москве и стал преданнейшим клевретом царя Иоанна.

ЧАСТЬ ТРЕТЬЯ

I

ВЕСТЬ

Прошло двенадцать лет с той поры, как обвенчали Марью Васильевну с князем Данилой Андреевичем. Двенадцать лет — не двенадцать дней! Многое успело измениться за эти годы, настали на Руси времена такие тяжкие, черные, что если бы раньше какой-нибудь ведун старый предсказал, что наступит такое лихое времечко, ему бы никто веры не дал и в глаза ему рассмеялся.

Крут стал нравом царь Иоанн, всюду измену отыскивал да казнил не любых себе, а тем временем враги не дремали, и шли полки за полками на Русь. Поляки, шведы, ливонцы — все, словно сговорясь, напали на Русь, не забыл прежних поражений хан крымский, Давлет-Гирей, и готовился, говорили, к набегу на Москву.

А что Марья Васильевна? Утешилась ли она? Помогли ли ей протекшие годы забыть друга, или она все так же, как прежде, грустит и слезы льет, своего дружка милого вспоминаючи?

Время все лечит, все изменяет! Привыкла Марья Васильевна к своему кроткому, души в ней не чаявшему мужу и полюбила его, если не так, как раньше любила Андрея Михайловича, то иной, спокойною любовью.

И счастлива она была! Если когда и вспоминался ей Андрей Михайлович, если когда и туманились ее очи легкою грустью, так она сейчас же спешила к своему мужу, обнимала, целовала и в его ласках забывала то, что так некстати, не вовремя зашевелилось в ее душе.

Кроме того, не слыша в продолжение многих лет о Бахметове, после его внезапного исчезновения из Москвы, она думала, подобно многим другим, что он умер, и вспоминала о нем с уважением и легкою печалью, как о навеки потерянном для нее друге. Было ей послано богом еще одно утешение, которое больше всего помогло ей забыть былые страдания: это были ее дети — мальчик и девочка. Сыну ее Васе шел уже десятый годок, дочь же, Настя, была года на два моложе его. Марья Васильевна души не слышала в своих детях, прекрасных, как ангелы.

Вся отдавшись воспитанию детей и уходу за ними, она уже который год жила в вотчине мужа, на Оке, верстах в десяти от Серпухова, лишь изредка наезжая в Москву, чтобы навестить отца и мать, уже сильно постаревших. Однако за последние годы она стала гораздо реже посещать их, так как муж, не перечивший ей никогда ни в чем, с неудовольствием относился к этим поездкам. Причина была та, что он почти совсем разошелся со своим тестем Василием Ивановичем Темкиным.

Произошло это потому, что старик, забыв о своем высоком роде и обязанностях боярина: служить царю верой и правдой, но не забывать о своей чести и совести, вступил в число клевретов Иоанна, подобно князю Вяземскому, года за два до этого погибшему на плахе, и другим родовитым честолюбцам. Он ездил в Соловки, вместе с епископом Пафнутием и архимандритом Феодосием, для отыскания, по желанию царя, улик против великого пастыря, митрополита Филиппа, бывшего прежде настоятелем Соловецкой обители.

Такая деятельность, противная не только правилам боярской чести, но и честной совести, оттолкнула Данила Андреевича от старика. Если же иногда князь дозволял жене съездить в Москву к родителям, так он это делал, чтобы доставить маленькое утешение Анастасии Федоровне, которую очень печалили поступки мужа.

Впрочем, для Марии Васильевны, помимо нежелания мужа, являлось еще большим препятствием и то, что путь к Москве был далеко не безопасен, так как опричники разъезжали по дорогам, и упаси Бог, было, попасться им в руки! Были и еще причины: как оставить детей одних? Муж почти всегда в "поле" [в войсках], а того и гляди наедут, спаси Бог, татары, их уж давно ожидают, что тогда будет? Может и иное случиться: царь часто с челядью своей бывал в Серпухове, ворвутся опричники буйные в вотчину, так не лучше татар, а то и похуже, пожалуй!

"Уж коли надо случиться чему, — думала Марья Васильевна, — так хоть разделю с деточками моими беду, а то как уехать самой да сиротинками покинуть ангельчиков таких?"

Поэтому Марья Васильевна уже давно жила в вотчине безвыездно.

* * *

Прошел слух дня три назад, что хан уже двинулся на Русь, и валит татар, как говорили, видимо-невидимо! Данило Андреевич спешно поехал в "поле" к князю Михаилу Ивановичу Воротынскому. Слух этот встревожил всех в поместье князя: близ Серпухова было лучшее место переправы через Оку, а татары, верно, прямо сюда повалят и не минуют князевой вотчины.

Марья Васильевна, успевшая за истекшие годы превратиться из стройной красавицы боярышни в дородную величавую боярыню, примеряла своему сыну новый кафтанчик, который она спешила окончить к празднику Вознесения, приходившемуся в 1571 году на 24-е мая.

Худенький и высокий мальчик, как две капли воды похожий на мать, послушно стоял, пока Марья Васильевна обсуждала с помогавшей ей работать Анфисой, нянькой детей, нужно ли сделать на рукаве, а пройме, поглубже выемочку или не надо, и так будет ладно. Боярыня, казалось, внимательно слушала Анфису, доказывавшую, что выемочка необходима, иначе под мышкой резать будет. Марья Васильевна возражала ей, а между тем словно какая-то дымка заволакивала ее взор, когда она взглядывала на мальчика, с живейшим интересом вслушивавшегося в разговор, происходивший перед ним, так как окончания кафтанчика он ждал с большим нетерпением.

Марью же Васильевну беспокоили невеселые думы. Мысль о близости татар не покидала ее. Напрасно она пыталась успокоить себя тем, что ведь татары уже не впервой набегают на Русь, а все Бог миловал: они еще ни разу не заходили в вотчину князя Ногтева.

К тому же, если б татары уже были близко, то верно Данило Андреевич прислал бы весточку. Однако вот уже, который день, а никаких вестей от него нет.

Может, даже и говорили пустое, что хан крымский идет. Не всякому слуху верь!

Так успокаивает себя Марья Васильевна, а все, как взглянет на сына, так словно что в сердце ударит. "А ну, как вдруг", — мелькает у нее в голове. И снова она старается себя успокоить и еще горячее начинает обсуждать с Анфисой вопрос о кафтанчике. В комнату вбежала, запыхавшись, хорошенькая девочка.

Ее золотистые волосы в беспорядке рассыпались по плечам, платье было смято и запачкано.

— Матушка! — кричала она, торопливо подбегая к матери, — вот сейчас я страху натерпелась!

— Что такое? — с беспокойством спросила Марья Васильевна.

— А вот послушай, что я тебе расскажу, — ответила девочка, блистая глазенками от желания заинтересовать мать. — Скучно мне стало одной бегать по саду... Братишки нет... Что делать? Дай, думаю, пойду к речке... И пошла. А там, знаешь, народу никого. На нашей стороне лес шумит, а на другом берегу только трава одна густая-прегустая да высокая. Тихо так крутом. И вспомнилось мне, что ты приказывала нам не ходить к реке. И жутко мне стало так, что даже дрожь пробежала.

— Видишь, Настенька, что значит, матушки не слушаться, — с улыбкой проговорила мать.

— За то, мамусь, меня Боженька и наказал... Жутко, говорю, мне стало, — продолжала свой рассказ девочка, — и хотела уйти я домой поскорее, да глянула в это время на другой берег и затряслась вся! Прямо ко мне на коне, вижу, кто-то скачет! Бежать хочу — ноги от страха не двигаются! А он все ближе да ближе... Скрылся за кустами, да, слышу, в воду с конем прямо — шасть! Тут только опомнилась я. "Батюшки-светы! думаю, то татарин, должно, за мной скачет!" И, что было сил, бежать пустилась, а сзади слышу, как о землю конь копытами стукает, меня нагоняет...

— Да кто же это был? Неужто и впрямь татарин? — с тревогой в голосе спросила Марья Васильевна.

— Нет, нет! — смеясь, воскликнула девочка, — Как поближе к воротам я подбежала, глянула назад и вижу, что-то был совсем не татарин, а Прошка! — сказала Настя и залилась серебристым смехом.

Однако ее рассказ произвел совсем не то впечатление, что она ожидала. Вместо того, чтобы смеяться вместе с нею, мать и Анфиса воскликнули в один голос:

— Прошка! Стало быть, вести с поля от князя! Что ж ты его не звала сюда?

Девочка с минуту глядела на них с недоумением.

"Как! Прошку звать сюда, в горницу? Да ведь он такой грязный!" — думала она, таращя глазенки.

Затем, сообразив, что должно быть, так надо, коли и матушка, и Анфиса, обе крикнули это, опрометью бросилась вон из комнаты за Прошкой.

Немного погодя в комнату ввалился Прошка, дюжий мужик, и, перекрестясь истово на иконы, низко поклонился боярыне и стал в ожидании, когда его спросят.

— Что князь? Здрав ли? — спросила Марья Васильевна.

— Здрав, Бога благодаря, и тебе, боярыня, кланяться низко наказывал... А еще наказывал передать, что татарове валом валят, — заговорил Прошка, только и ждавший вопроса боярыни, а стало быть и разрешения говорить. — А еще наказывал, чтобы ты, боярыня, не очень тревожилась, потому что сам царь хочет татар бить идти, и они скоро хвост то свой подожмут да побегут восвояси. А еще он, боярин, мне наказывал тебе пересказать, что хоть пужаться и нечего, а все же опаска нужна и потому соберись скореючи, да со всеми чады и домочадцы в Москву отъезжай. Последний же наказ боярский таков был, чтобы послание собственноручное его тебе передать. В нем, сказывал, все, что следует, подробно пересказано.

Прошка замолчал, видимо довольный тем, что, наконец, боярское поручение исполнено и что он ничего не забыл из этих "наказывал", "наказал", "наказал". Порывшись за пазухой, он достал послание Данилы Андреевича, бережно завернутое в тряпицу, и подал боярыне.

— Ахти, беда! — заголосила Анфиса. — Ах, татары проклятые! Ах, басурмане поганые! Житья от них, косолапых, нам, православным, нетути!

— Сейчас, стало быть, собираться надо да уезжать. Сколько сбору-то да хлопот! — произнесла Марья Васильевна, побледневшая от волнения.

— Вот тебе и кафтанчик мой новый! — грустно воскликнул Вася.

— До кафтанчика ли тут! — воскликнула Марья Васильевна. — Надо думать, как животы-то свои спасти! Анфиса! Не знаешь ли, кто в доме у нас грамоте обучен? Пусть письмо прочтет.

— Да, кажись, никого нет грамотного, — ответила нянька, — Семен знает грамоте — его пономарь из соседнего села обучил — да он вместе с князем Данилой Андреевичем в поход ушел, а больше никого. Может, ты сама, боярыня, разберешь кое-как, что там прописано?

— Нет, меня не обучили грамоте... Как же быть?... Настя! — обратилась она к дочке. — Кликни Аксютке, чтоб за отцом Иваном в село сбегала. Боярыня, мол, просит пожаловать. Грамотку от мужа с "поля" получила, так прочесть надобно.

Настя не заставила мать повторять приказание, и вскоре слышно было, как она звонким голосом передавала Аксютке, шустрой дворовой девочке, приказ матери.

Аксютка, выслушав приказание, стремглав помчалась в село, быстро семеня своими голыми ногами.

Между тем, весть о том, что татары близко, успела уже распространиться по дому, и поднялась суматоха. Бабы голосили, мужики, которые случайно остались в доме, не попав с князем в поход, пытались унимать их, а сами галдели еще громче, чем бабы.

Марья Васильевна приказала всем спешно собираться в путь.

Хотя было приказано брать с собой только самое необходимое, однако узлы и узелки быстро умножались, и скоро во всем доме царил такой развал, как будто татары уже успели побывать здесь, похозяйничать.

Среди этого шума, гама и переполоха пришел, сопровождаемый Аксюткой отец Иван, пожилой священник, с большой лысиной на темени и жидкими прядями длинных полуседых волос на затылке. Он, видно, очень спешил дорогой: крупные капли пота виднелись на его лбу и покрасневшее лицо его лоснилось.

Истово перекрестясь на образа и благословив боярыню, он спросил ее:

— Что, матушка-боярынька, весточку изволила получить от князя Данилы Андреевича?

— Да, отец Иван, пришел он него Прошка, холоп наш, да невеселые вести принес: татары, слышь, идут! — ответила Марья Васильевна.

— Слышал, слышал! Мне дорогой Аксютка все поведала. Только я думал, что это так еще, догадка одна. Да, видно, прогневался Господь на нас, грешных! Теперь только как бы нам животы свои унести от них, окаянных... Ох, ох! — тяжело вздохнул отец Иван.

— Да вот, батюшка, хочу тебя попросить, прочти ты нам посланьице мужнино, — сказала Марья Васильевна, подавая отцу Ивану письмо.

Тот осторожно развернул его и, перекрестившись и откашлявшись, приступил к чтению. Все в комнате сидели притаив дыхание, боясь пропустить какое-нибудь слово. Из дверей выглядывали головы тех, кому не хватило места в комнате.

— "Посылаю тебе, супруге нашей, Богом данной, низкий поклон, а деточек моих целую жарко, — медленно читал отец Иван послание князя среди затихшей горницы. — А у нас вести есть не больно хорошие: татар уж на Руси видали. Идут они во множестве великом, и сам царь ихний с ними, да путь держат, говорят видевшие, прямо к Серпухову: там, должно, хан рать свою переправить чает. А в войсках у нас нельзя сказать, чтобы ладно было: недавно царь, чая, что о татарах лишь вранье одно идет, распустил добрую половину войска, и теперь людишек у нас не много, хотя все ж есть чем хана встретить...

И побьем мы басурмана поганого, коли меж вождями рознь прекратится, а то они, вишь, родом своим считаются. Сам царь, бают, хочет супротив басурман нас вести... Коль будет так, то татарам и костей своих не утащить до Крыма. Пока же нужно заботиться, как от басурманов тебя, жену мою, да детушек уберечь, потому самому, что басурмане, коли к Серпухову пойдут, вотчины нашей не минуют и, чаю, спаси Бог! тебя с Васей и Настей и со всеми домочадцами в полон уведут. А мне тогда лучше жизни лишиться, чем терпеть такое! Посему и прошу тебя и даже впрямь приказываю скореючи пожитки кое-какие собрать да к Москве отъехать. Придешь в Москву, Анастасии Федоровне поклон мой низкий передай. Да в дорогу много с собой не набирай: возьми, что понужнее. Иконы с собой захвати, чтоб басурмане, коли заберутся, над ними издевок не учиняли. Остальное же, что в дорогу брать не сподручно, оставь так: добро — дело наживное — будем живы — снова все приобретем. Людишек наших с собой в город забери, потому что и их негоже татарам бритым на потеху да на добычу оставлять: все же души христианские и не чета им, басурманам. А Миколку-выкреста не бери с собой, потому он трус — тебе в пути пользы не принесет, напортит еще, пожалуй, а пришли ты его ко мне с Прошкой, гонцом моим: аз его, выкреста, вышколю издеся и от трусости отучу".

Громкие крики выкреста-Миколки прервали чтение письма...

Миколка был парень лет за двадцать, высокий, здоровый, как бык. Его еще десятилетним мальчиком захватили в плен русские во время похода в Крым с Данилой Адашевым. Он забыл свою родину и обрусел совершенно. Всем своим обликом Миколка выдавал свое татарское происхождение: был скуласт и узкоглаз, но не унаследовал такого качества от своих предков, которое почти врожденно всем татарам — храбрости их, и был отчаяннейшим трусом.

Данило Андреевич, собираясь в поход, хотел взять его с собою, но Миколка, узнав об его намерении, заблаговременно запрятался в какой-то сарай, где и просидел да самого отъезда князя. Выкрест уже думал, что он счастливо избежал нежелательной и страшной для него поездки в поход, как вдруг это письмо совершенно разрушило его мечты. Теперь этот трусливый и глуповатый парень ревел, как бык.

— Ой, боярыня-матушка! Возьми меня с собою! Отправишь к князю — убьют меня там. Пожа-а-лей сироти-и-нку! — ревел он.

Несмотря на тревожную весть и грустное настроение, все невольно рассмеялись, глядя на этого здорового и сильного парня, плачущего, как баба.

— Ишь, дурень! — говорили вокруг него, смеясь, — рекой, ровно баба долговолосая, разливается! Людей-то, трусливая башка, постыдись хоть! Дурень, право, дурень!

— Да! Вам хорошо толковать! Вы с боярыней в Москву покатите, а мне каково! — окрысился на них Миколка. — Были бы в моей шкуре — небось, не сладко бы пришлось!

— Ишь ты! Не хаживали мы, что ль? Не знаем? Шкуру-то ты свою больно ценишь дорого, вот и ревешь ревма. Эх, ты! Кабы все такие татары, как ты, были, не нужно б нам было теперь места родимые покидать.

— Оставьте его! Пусть поревет на прощанье, коли уж на парня не похож! Ну его! — улыбаясь, проговорила Марья Васильевна. — Читай, отец Иван, дальше, — продолжала она.

Миколка, видя, что на него перестали обращать внимание, понемногу смолк, и чтение продолжалось.

— "Поезжай же ты, — писал князь, — беспременно сегодня, как успеешь, немедля: пока до Москвы доберешься — здорово времени пройдет, потому — грязь невылазная, знамо дело, весеннее бездорожье. Скучать же да бояться тебе нечего, пронесет Бог грозу злую, и все пойдет по-прежнему. И ко мне, голубка моя, не грусти... Бог даст, цел буду и к тебе вернусь. Любя ж меня, деток наших береги пуще глаза: без них и жизнь нам не в жизнь будет! Посылаю им, детям моим дорогим, Васютке да Насте, мое родительское благословение, а тебя, супругу мою, крепко, крепко целую. Муж твой, боярин, князь Даниил Андреев сын Ногтев. Писано месяца мая в 20-й день. Лета от мира сотворения 7079-го".

Окончив чтение, отец Иван медленно сложил письмо, подал его боярыне и, молча, погладил рукой падавшие на плечи пряди волос.

— Что ж, надо немедленно ехать; как муж приказывает! — произнесла задумчиво Марья Васильевна.

— Ох, ох! — раздались вопли баб, — Приходится покидать места родимые. Разорит все татарин злой! Ох, ох, Господи! За что, за какие грехи караешь Ты нас!

— Полно вопить-то! — крикнула на них Марья Васильевна, — Знамо дело, нелегко, да, чай, воем да слезами не поможешь. Собирайтесь-ка лучше поскорей, чтобы выехать засветло. А ты куда, отец Иван? — обратилась она к священнику, видя, что тот берется за шляпу, — Погоди малость! Я чай, как-никак, хоть и большой переполох, а все-таки кой-какую закусочку приготовим, да и травничка рюмочка найдется недалече... Закуси, нешто можно так, не перекусив ничего, домой отправляться? Анфиса! Принеси батюшке...

— Нет уж, матушка-боярыня, уволь! — прервал ее отец Иван, — Хоть и негоже от хлеба-соли отказываться, а уж прости, за обиду не сочти: не могу, как перед Богом! не могу!

— Да куда ж ты?

Домой побегу. Попадью снаряжать в дорогу надоть: вместе с тобой и до Москвы потащимся. Да и людишек в селе предупредить надоть, чтоб к приходу гостей незваных готовились, да подальше и сами утекали, пожитки прятали. Прощенья просим! До вечера свидимся, я, скарб свой, забрав, сюда же приволокусь. Вместе и двинемся.

— А что мне, боярыня, прикажешь передать Даниле Андреевичу? — спросил у Марьи Васильевны Прошка по уходе отца Ивана.

— А ты бы отдохнул наперед да потом ехал, — сказала Марья Васильевна.

— Нет, боярыня, не можно! Данило Андреевич приказал, чтоб

скорей ему ответ привезти. Да я уж малость поотдохнуть успел. К тому ж на коне я, а не пешью.

— Ну, что ж, если так, то поезжай с Богом. Боярину скажи, что я все сделаю, как в письме прописано, и сегодня же в Москву уеду с людишками моими, с кое-какими пожитками. Иконы, скажи ему, все сниму и с собой увезу. Ну, кланяйся от меня и детей и его за поклон поблагодари.

— А как с Миколой быть, боярыня?

— Ах, да! Про него-то я и запамятовала! Да где же он? — спросила она, ища глазами Миколку.

— Убег, надо полагать! — усмехнулся Прошка. — По-намеднешнему устроить хочет, верно. Ну, да я его разыщу.

— Да, да! Ступай, поищи его, да приволоки сюда, — сказала Марья Васильевна.

Прошка вышел.

Миколка, действительно, задумал поступить так же, как при отъезде князя. Пользуясь тем, что все заняты письмом, он незаметно шмыгнул в дверь. Побродив по двору, отыскивая укромного местечка, куда б спрятаться, он, не найдя ничего лучшего, вошел в один из дворовых сараев и притаился там в темном углу, за грудой какого-то хлама.

Прошка, выйдя из комнаты, принялся за поиски, не торопясь и систематически. Решив, что если Миколка не убежал в село, то должен был спрятаться где-нибудь поблизости на дворе, он, прежде всего, тщательно осмотрел весь двор.

Убедясь, что Миколки здесь нет, Прошка пошел шарить по сараям, осматривая каждый уголок. Скоро он вошел и в тот, где неподвижно и даже притаив дыхание ни жив, ни мертв, сидел Миколка. На горе выкреста, Прошка скоро накрыл его.

— А, так ты прятаться! — проговорил исполнительный гонец Данила Андреевича, пребольно взяв беглеца за ухо, — Пойдем к боярыне, собачий сын!

Миколка упирался и не шел. Это разозлило Прошку.

— Да иди ж, тебе говорят! Есть мне время тут с тобой прохлаждаться! — вскричал он, угощая трусливого татарина изрядными тумаками.

— Да иду, иду! Чего ты? Ты не того... Я и сам могу... Ты не больно-то, — огрызался уже струсивший Миколка, медленно поднимаясь из своего убежища.

— Ладно, ладно! Не ерепенься! Иди, знай! — проговорил Прошка, дав последний тумак Миколке при выходе из сарая, — Как ты хочешь, а я боярскую волю исполню! Хоть ты на дно реки спрячься — и там сыщу тебя и отвезу к Даниле Андреевичу, — продолжал он.

Миколка поплелся рядом с Прошкой, понуря голову, в душе ругая, на чем свет стоит, и исполнительного посланца, и своих соотечественников, вздумавших так некстати для него, Миколки, сделать набег на Русь.

— Привел бегуна, боярыня, — сказал Прошка, вводя в комнату Миколку, — В сарае, запрятавшись, сидел.

— И не стыдно тебе? А? — усмехаясь, спросила Миколку Марья Васильевна, — Будь же ты парнем, а не девкой красной, поезжай к князю.

Миколка стоял безмолвно, хорошо зная, что никакие просьбы не помогут.

— Так теперь можно ехать, боярыня? — спросил Прошка.

— Да, поезжай с Богом! И ты, Миколка, с ним. Да исправься, не будь трусливым таким. Ведь так ты всем хорош: и работаешь ладно, и не пьющ. Одно, что трус большой! Так исправься! Слышишь? Ну, поезжай с Богом!

Бледный, как полотно, Миколка подошел к ручке боярыни. Прошка тоже. Затем оба вышли.

Отпустив их, Марья Васильевна занялась уборкой. Работа закипела пуще прежнего. Количество узлов и узелков все возрастало. Как ни спешили со сборами, — даже Вася и Настя помогали по мере сил, — однако солнце уже начинало закатываться, когда все наконец было собрано и уложено на телеги.

Марья Васильевна невольно прослезилась, выходя вместе с детьми из опустелого дома и запирая дверь на замок.

"Удастся ли еще жить в нем, — думала она, — или скоро вместо дома останутся одни черные головни".

Тем временем приехал отец Иван с попадьей в сопровождении целой гурьбы крестьян и крестьянок с детьми, жителей села, которые тоже, опасаясь татар, потянулись к Москве.

Все были грустны и встревожены. Одни только дети радовались неожиданному развлечению — поездке — и, хлопая в ладоши и припрыгивая, весело смеялись. Закатывавшееся солнце кровавыми лучами обливало всю эту картину. Помолясь Богу, тронулись в путь, стремясь к Москве, как к самому безопасному убежищу от хищных татар.

Если бы знали путники, что ждет их в этой желанной Москве, то, верно, решились бы лучше с трепетом ожидать нападения татар, оставаясь в своих родимых насиженных местах.

II

МИКОЛКИНЫ БЕДЫ

Николай, Гасанов сын, или, как его все привыкли звать, Миколка-выкрест, был добрый и веселый парень, но труслив до невероятности. Над этой его слабостью все смеялись, пробовали отучать его от трусости на всякие лады, подчас довольно грубыми шутками, но все напрасно. Мало-помалу его оставили в покое, только стали относиться к нему с обидною насмешливостью. Миколка это замечал; несмотря на трусость, он был наделен изрядной долей самолюбия и страдал от насмешек, но ничего не мог поделать сам с собой. Порой парень утешал себя мыслью, что от трусости нетрудно отучиться.

"Есть чего бояться! — рассуждал сам с собой Миколка, сидя где-нибудь в лесной чаще, среди полной тишины, в жаркий летний полдень, — Нешто у меня силы мало али кулаков нет? Эвось! Небось, на двоих бы хватило! Чего же трусить? Меня бить зачнут — сам отвечу. Уж покажу им я себя! увидят все, что Миколку не тронь! что он парень опасный и кулаки у него здоровенные: в зубы съездит, сразу половины не досчитаешься. Отучу я их! — размышлял парень, и в его уме уже рисовалась пленительная картина, как он, забитый, униженный Миколка, над которым теперь чуть не каждая курица смеется, стоит перед своими неприятелями, засучив рукава, принахмуря брови, и чуть не все село на бой с собою вызывает.

И радостно замирает сердце в груди Миколки от картины, рисуемой воображением. Но стоило в эту минуту чему-нибудь зашуршать в кустах или громко треснуть сухому валежнику под ногой прохожего в лесу, и Миколку прошибал жар или бросало в холод. И все его попытки исправить себя кончались неудачею. Он, наконец, отчаявшись, сам сознал свою неисправимость и, откинув самолюбие, перестал обращать на насмешки, привык к ним.

Никогда, кажется, на долю трусливого потомка Батыя не выпадало более неприятного дня, чем тот, в который прибыл гонец к Марье Васильевне от князя. Хотя Миколку и тревожила мысль о близости татар, однако он питал сладкую надежду, что улепетнет от них, так как Марья Васильевна, верно, взяла бы его с собой в Москву, и, вдруг все его розовые надежды пали. Хуже того, они еще заменились горькой необходимостью предстать пред очи разгневанного его трусостью Данилы Андреевича и после вместе с ним с этим головорезом Прошкой идти на бой с крымцами. При одной мысли об этом мурашки начинали бегать по спине огорченного до глубины души выкреста.

Понуря голову ехал Миколка рядом с Прошкой, тихо мурлыкавшим про себя какую-то нескончаемую песню.

Миколка был довольно плохим наездником, а лошадь, на которой он сидел, была горячая. Волей-неволей, но татарин кое-как держался, ежеминутно опасаясь, что конь его сбросит. А Прошка, словно не замечая, как вертится в седле его спутник, продолжал оставаться невозмутимо спокойным, лишь изредка понукая свою смирную лошадь и поглядывал на дорогу.

Между тем время шло, и спутники незаметно для себя уже успели отмахать добрую половину пути, о чем Прошка не преминул сообщить своему невольному товарищу, словно ему в утешенье.

Сердце Миколки екнуло.

"Скоро, стало быть! Эх, кабы удрать! — мелькнуло у него в голове, — А что, если и в самом деле? — продолжал он размышлять на понравившуюся ему тему, — Вот ловко было бы! Прямо бы отселе домой, али еще лучше, взять немного поправей, да и подождать, как Марья Васильевна из дому тронется и к этому месту подъедет. Опосля замешаться в толпу и так до самой Москвы добраться. А там уж для меня ни татары, ни князья не страшны: пока отыщут — и поход кончится. Вот ладно б было! Только, как уйдешь от этого черта Прошки? Догонит, как пить дать! А может, и нет? Вишь, его кобыла как замучилась. Попытаться бы".

Мысль Миколки продолжала работать в этом направлении. Надежда на избавление от грозящей ему необходимости предстать пред очи князя и участвовать в бою мешалась в его думе с боязнью отважиться на бегство. Однако мало-помалу все препятствия к исполнению задуманного бегства стали казаться ничтожными в сравнении с тем, что ждало его в стане, и он решился.

Бледнея от волнения, дрожащими руками стал он понемногу затягивать поводья. Конь начал умерять свой ход и отставать от лошади Прошки, шедшей все прежним ровным шагом. Постепенно расстояние между Миколкой и Прошкой стало увеличиваться. Татарин, глядевший с замиранием сердца, на спину своего безмятежно едущего товарища, думал уже незаметно повернуть коня и, свернув в ближайший лесок, скрыться от своего сурового приставника, когда Прошка, заметивший удаление спутника, попридержал лошадь и оглянулся.

Миколка быстро принял самый невозмутимый вид.

— Ты чего это? — спросил Прошка.

— Что чего? Так... Ничего, — спокойно ответил Миколка, умевший, когда нужно притворяться.

— Да отстаешь-то чего, спрашиваю?

— Конь маленько, знать, пристал, ну и пошел тише... А я не понукаю: почто зря гнать-то?

— Ты не лататы ли, паря, задумал задать? Смотри! — пригрозил ему Прошка.

— Вот те!.. Лататы! Эко слово молвил! С чего мне? — ответил Миколка, приближаясь волей-неволей к своему зоркому спутнику.

— Ладно! Болтай! Знаем тебя не первый день, — ответил ему Прошка, видимо не особенно веря его словам. — Вот так-то лучше будет! — добавил он, надевая поводья коня Миколкина на свою руку, когда тот приблизился к нему.

"Вот те и на! Вот и убег! — думал Миколка, — Эх, ты! А ведь как ладно задумал. Да, вишь, черт, какой навязался, прости Господи! Уйдешь от него!"

А Прошка уж опять по-прежнему замурлыкал песенку, и, казалось, думать забыл о своем спутнике. По крайней мере, он даже не глядел на него.

Между тем до русского стана оставалось немного — верст пять или четыре, не более.

Прошка пустил свою притомившуюся кобылу легким труском.

"Хоть бы теперь, леший, выпустил повод! Сейчас убег бы!" — подумал Миколка, решившийся на все, только бы избавиться от приезда в стан.

— Эх, испить бы! В горле совсем пересохло, — произнес Прошка, ища глазами, не найдется ли где-нибудь ручейка, и останавливая лошадь.

Сердце Миколки встрепенулось.

"Выпустил! — подумал он, — Найти бы хоть лужу, какую. Пусть бы его пил, а я тем временем зевать не буду".

Путники стояли на перекрестке дороги с длинной просекой, тянувшейся, казалось, через весь не очень большой, но густой лес.

— Мне и самому пить знатно хочется, — промолвил Ми-колка, озираясь. — А! — радостно вскричал он, — да вот вода!

Действительно, близ дороги, журча, текла струйка мутноватой воды, однако, по-видимому, годной для питья. Прошку мучила сильная жажда. Он быстро соскочил с коня.

— Смотри! Не убеги: все равно догоню, — сказал он Ми-колке, жадно припадая к воде.

Только этого и надо было Миколке. Стегнув коня, он понесся по просеке.

— Стой! Куда, черт! — послышался за ним окрик Прошки.

Но Миколка не слушал, да ему и некогда было слушать: конь его, и без того горячий, ошарашенный неожиданным ударом, закусил удила и несся как бешеный. Миколка струсил и, не пытаясь сдерживать его бега, охватил обеими руками шею лошади. Это еще больше испугало коня, и он припустил бегу.

Постепенно седло стало съезжать набок. Всаднику пришлось сидеть прямо на холке. Впрочем, так, пожалуй, было, ему даже удобнее: крепче можно было держаться; трусливый всадник обнял шею коня и руками и ногами.

Просека была усеяна пнями, конь спотыкался о них, но не умерял бега.

Ветки деревьев, низко спускавшиеся, хлестали беглеца по лицу.

Во время бешеной скачки вспотевший от ужаса Миколка забыл и стан, и гнавшегося за ним Прошку, и молился всем святым, чтобы не сломить себе шеи в такой езде.

Прошка, бросивший свое питье, услышав, что порученный его надзору Миколка задает "лататы", вскочил в седло и, проклиная на всякие лады труса, пустился за ним в погоню. Вдруг его словно осенила какая-то мысль.

— Эва! — вскричал он, ударяя себя по лбу, — Пусть его скачет: это мне еще на руку будет! — буркнул он, громко рассмеявшись, и спокойно пустил свою притомившуюся кобылку легкою рысью, — Скачи, скачи, дурень! Больше пару поддавай! — продолжал он, хохоча.

147

За шумом езды Миколка не слышал этого смеха, а то был он этим, конечно, немало озадачен. Конь его несся с прежнею быстротою, у всадника же затекли руки, и голова кружилась от быстроты и качки. Просека, кажется, оканчивалась. Скоро глазам Миколки представилась обширная поляна, а то, что он увидел на ней, заставило его оледенеть от ужаса! Прямо перед ним раскинулся военный стан. Чей — русский или татарский — этого Миколка еще не мог определить, но скоро увидел, что его заметили из стана, так как целая толпа каких-то людей смотрела на несущегося коня — и поводья выпали из задрожавших рук беглеца, а из груди вырвался сдавленный крик: в толпе поджидавших Миколка ясно различил фигуру князя Данилы Андреевича.

Конь несся прямо на толпу. Видя, что всадник не правит, так как поводья болтались по обе стороны шеи лошади, несколько человек вместе схватили коня под уздцы. От неожиданного толчка Миколка потерял равновесие и упал с коня прямо в лужу, где было больше грязи, чем воды.

— Да это никак ты, Миколка-выкрест? — вскричал князь, удивленно разглядывая, среди общего смеха, стоявшего перед ним человека, с ног до головы покрытого липкою грязью. — Как же ты один? Где Прошка? Чего ты так несся? — осыпал его вопросами князь.

— Я... прежде... Прошка... того... Там отстал... Скорей... чтобы... — лопотал, не зная, что сказать Даниле Андреевичу, перепугавшийся выкрест.

— Что он там лопочет? — раздался в это время голос Прошки, только что подъехавшего. — Э! да на него он похож! Хуже черта, право, хуже! Где это ему так помогло вываляться?

— Почему он раньше тебя поспел? Да и несся так, словно за ним погоня была, — спросил князь у Прошки.

— Да ведь погоня, Данило Андреевич, и взаправду была! — ответил Прошка.

— Ну! — в один голос воскликнули все. — Кто же гнался? Татары?

— Какой татары! Я за ним гнался! Ведь убег он от меня, собачий сын, не при тебе, боярин, будь сказано! — с сердцем произнес Прошка:

— Убег от тебя, говоришь ты? — удивился князь.

— Как же! Хотел, видно, домой удрать, да попал вон куда. И скажу я тебе, Данило Андреевич, не в гневе: давай ты мне какие хошь службы, все справлю, только чтоб трусов таких на поводу не вести.

— Так вот что, брат, про тебя я слышу! Следовало бы тебя выпороть сейчас, да Бог с тобой — на сей раз прощу: ты сам себя наказал довольно. А другой раз берегись! Не пощажу! Прикажу выпороть жарко! И так будет до тех пор, пока я из тебя трусость твою проклятую не выбью. Понял ты меня, али от страха и ума совсем лишился? — спросил Миколку Данило Андреевич, полусердясь-полусмеясь. — Теперь, поди, пообчистись да поешь. Тебе все укажут холопы мои, чай, их не забыл? Ступай! А ты, Прошка, иди ко мне в шатер да перескажи, что дома у меня деется. Просто душа вся изныла.

Прошка последовал за боярином, а Миколку повели в шалаш знакомые ему князевы холопы, все еще не переставшие смеяться над трусостью выкреста.

III

ТАТАРЫ БЛИЗКО

Уже с весны прошлого года до царя доходили слухи, что крымцы готовятся к набегу. Ему не раз доносили воеводы, что их люди видали в степи пыль великую, либо обильную сакму [следы конницы]. Бывали не однажды и легкие стычки с татарскими наездниками, в большинстве случаев удачные для русских. Царь тревожился, держал войско наготове и часто, вместе с царевичем Иваном, выезжал из стольного города в Серпухов, чтобы на случай быть ближе к месту действий. Но слухи понемногу смолкали, легкие татарские отряды, сразившись с русскими, исчезали в степях, и дело кончалось пустяками. Так прошел весь 1570 год и часть следующего в тщетных ожиданиях вторжения крымских полчищ. Давлет-Гирей хотя стал присылать к царю все более и более дерзкие письма, хотя грозил в них и требовал себе двух татарских царств — Казани и Астрахани — однако, по-видимому, не отваживался напасть на Русь. Иоанну надоело ждать, и он распустил, если не все, то добрую половину войска. Тут-то и грянул удар, неожиданный как для царя, так и для его воевод и советников. Давлет-Гирей со стотысячной ратью вторгся в Русь и с большой поспешностью шел к Оке.

Весть эта застала Грозного в Серпухове.

Царские воеводы с имевшимся войском пошли к Оке, чтобы помешать хану совершить переправу, но Давлет-Гирей, избегнув встречи с ними, переправился и шел к Серпухову.

* * *

— Государь! Царь, крымский за реку перевалил и сюда идет, — вбежав в палату, где сидел Иоанн, произнес Василий Иванович Темкин.

— А что же воеводы? — спросил царь, слегка бледнея.

— Опоздали, государь! Крымцы обошли их!

— Ну, да! Всегда так, всегда! Все у них неладно! — проговорил царь гневно. — Это верноподданные! Это слуги царя! Наемники они!

Василий Иванович безмолвно слушал гневную речь царя.

— Хорошо же! — продолжал Иоанн, помолчав, — если они не сумели остановить ворога, так я сам поведу войско... Тогда увидим, устоит ли басурман! "Мы, говорят, бояре, надежда царская!" Ан, смотришь, как пришла нужда, как настало время такое, что нельзя на словах одних выезжать, а показать себя надо на самом деле, так все они и головы потеряли... Вот те и надежда! Вот те и опора царская! Видно, хана-то задержать потяжелее будет, чем к царю с советами лезть да не в свое дело соваться! Ну, да ладно! Сам все без них устрою. Вели-ка, Василий, всей опричне снаряжаться: с нею я, с дружиной моей верною, пойду супротив татар, а бояре пусть другими полками начальствуют. Приспело, стало быть, время либо лечь костьми за царство свое либо спасти его от поганых. И я себя не пощажу, живот свой положу за землю родную! Бог дал мне царство, и Ему Единому ответ дам за все... Паду за родину, искуплю свои прегрешения, — говорил Иоанн.

Лицо его приняло иное выражение, не грозное, как за минуту перед этим, а умиленное; на глазах виднелись слезы. Видимо, все, что он, проговорил, было искренно.

Выслушав приказ царя, Темкин, однако, не спешил его исполнить и по-прежнему стоял перед царем, слегка покашливая, прикрыв рот рукою, и искоса посматривал на Иоанна.

— Что же ты стоишь? — удивленно спросил его Иоанн. — Аль думаешь, как и те, что еще время терпит!

— Нет, государь, не потому... Есть еще вести, — ответил Василий Иванович.

— Какие? О татарах все?

— Нет, о наших, да и крымцах вместе.

— Вот как! Ну, что же, говори, послушаем, да и в поход.

— Плохие вести, государь, — медлил с окончательным ответом Темкин.

— Плохие? — насторожился царь. — Что же, побили татары наших, что ли?

— Нет, хуже.

— Да говори, не тяни! — крикнул царь гневно.

— Изменники отыскались. Передались хану...

— Измена! Опять измена! — прошептал Иоанн, и взор его померк. — Всюду и везде! Кто же такие, говори! — тихо спросил он боярина.

— Царь крымский не сам идет, ему путь к Москве кажут перебежцы наши. На Злынском поле, бают, они к нему прибегли... А изменники эти дети боярские: Кудеяр Ратишенков, да Окул Семенов из Белева, да с Калуги братья Юдинковы, Ждан да Ивашка, с Каширы Федька Лихарев, да отселе, из Серпухова, перебег к нему Русик... И холопей ихних, человек с десяток с ними, туда же бежали. Вот эти самые изменники, как люди бают, и брод ему через Оку указали, и теперь к Москве напрямик поведут, знать...

Царь уже не слушал речи боярина. Он сидел бледный, тихо шевеля губами.

"Как! — думал он, — в такое время и нашлись изменники? Поганому басурману передались! И зачем? Почестей добыть себе от него хотят али денег? Нет! Не то! Меня им погубить сладко, вот что! Хотят они, чтоб я, властитель самодержавный, под опекой их жил, из рук их смотрел... А сему, пока жив, не бывать! Предадут меня бояре царю крымскому: не люб я им! — принимают мысли Иоанна иное направление. — Они изменники... Все ведь изменники!.. и хана-то позвали на Русь, и все ловко так устроили, что нагрянул он, как снег на голову. Да, да! Они выдать меня хотят ему!" — шепчет Иоанн, и ужас овладевает его душой.

"Что же делать? Что же делать? Вести войска на хана? Но они, изменники, предадут меня, и войско! Меня ждет верная гибель, а коли меня, так и все царство... Нет! Надо уйти отсюда скорее, бежать! Пусть на их главу падет и кровь пролитая, и разорение родной земли! Бежать, бежать немедля отсюда!"

— Василий! — говорит, под влиянием этих мыслей, Иоанн Темкину, — вели в путь снаряжаться... Я отъезжаю отселе в Слободу, либо в Коломну, либо в иное место... Меня хотят погубить изменники... Я хотел спасти Русь, они мне не дали этого сделать. Не моя вина! Ты с опричиной пристань к воеводам да присматривай за ними, я же удалюсь: бояре заварили кашу — пусть и расхлебывают. Иди же, прикажи готовиться к пути!

Темкин поспешно бросился исполнять царский приказ, а Иоанн, снедаемый ужасом и тоской, метался по комнате. Приказ царя был быстро исполнен, и Иоанн, покинув Серпухов, отправился сперва в Коломну; потом, минуя Москву, в Слободу, там дальше, к Ярославлю... Ему казалось, что враги гонятся за ним по пятам. Он уже не думал о спасении государства и желал одного, как можно дальше удалиться от Москвы, где все, казалось ему, было полно изменой.

Как не похож был этот трепещущий от страха беглец на этого человека, который печально склонялся над постелью больной жены, на того героя, который с опасностью жизни боролся со страшным московским пожаром в 1560 году, чтобы спасти жизнь нескольких десятков своих подданных. Теперь он бежал, оставя в жертву врагу город без войска, без главы, на грабеж и на сожжение. Жертвуя тогда своею жизнью ради спасения немногих людей, он теперь без колебания обрекал на смерть от рук врагов или пожара сотни тысяч их, боясь рискнуть своею безопасностью. За истекшие годы царь изменился и физически не менее, чем духовно. Кто бы узнал в почти лысом, исхудалом и согбенном человеке того красавца, прямого, как тополь, широкоплечего и здорового. Царя состарили не годы, он еще и теперь не был стар летами, его иссушили не заботы о благе государства и подданных, а тот внутренний огонь, который жег его со дня смерти первой супруги. Уже много лет Иоанн ни днем, ни ночью не знает, ни минуты покоя — вечно тревога в душе, либо боязнь, либо гнев, либо раскаяние.

Когда царь уехал из Серпухова, Москва осталась совершенно беззащитной: войска стояли на берегах Оки, хан между тем приближался. Со всех сторон стекались в столицу, ища спасения, жители окрестных деревень: им казалось, что Москва недоступна для вторгшихся татар. Можно думать, какой ужас объял несчастных москвичей, когда они узнали, что царь удалился, что войска вблизи нет, а татары приближаются.

Но еще не настала для них минута отчаяния! Пока еще могла в их сердце зародиться надежда, потому что войска спешили на ее защиту. 23-го мая, накануне Вознесения, москвичи увидели и приветствовали радостными кликами подходящие русские войска.

"Спасены", — думали москвичи, крепко веря в стойкость и храбрость ратников. Русские войска заняли московские предместья.

С трепетом стали ждать следующего дня: татары были близко!

IV

СТРАШНЫЙ ДЕНЬ

Настало 24-е мая 1571 года, день Вознесения.

Было ясное весеннее утро. Несмотря на то, что солнце еще только взошло, в переполненном народом городе и в предместьях царило оживление. Слышались крики, плач женщин и детей. Войска готовились к бою и расположились таким образом: большой полк, под командой Вельского и Мороза, занял Варламовскую улицу, Мстиславский и Шереметев со своим отрядом стали на Якимовской, Воротынский, в войске которого находился и Данило Андреевич Ногтев, вместе с Миколкой-выкрестом, Прошкой и другими своими холопями, поместился на Таганском лугу, Темкин с опричниками — за Неглинной. Почему воеводы предпочли биться с врагами не в открытом поле, а среди тесных улиц, хотели ли они тем разделить силы татарские, зная, что татары любят действовать массой и тогда с ними трудно справляться, или думали, что за домами будет легче защищаться — неизвестно. Чем бы ни руководствовались вожди, им, конечно, и в голову не приходило, что они этим погубят город, как это показало будущее.

Татары подходили к Москве. Они уже были видны из города.

Данило Андреевич не ошибся, написав жене, что "идут татары во множестве великом". Действительно, кажись, со времен Тохтамыша не было на Руси такой огромной татарской рати, какую вел теперь Давлет-Гирей.

Лихо скачут молодые татары, сидя на сухих жилистых конях. Любо молодым витязям, что они впервые в поход отправились, а теперь на их долю выпало счастье подступить к Москве, самому сердцу Московии, некогда столь страшной, из недр которой, как стая соколов, налетали удальцы на их улусы. Теперь они сами идут на бой с этими шайтанами-урусами! О, ныне настало иное время! Пришла пора отомстить ненавистным врагам за все вынесенное от них, сторицей воздать за погибших от рук урусов татарских жен и матерей, за увезенных в далекую чужбину пленников. И они отомстят!

Медленно едут на крепких конях бывалые бойцы, осанисто держась в седле. Хочется им показать молодежи, что поход для них не диковинка, бывали они во всяких, хаживали и на Русь, и на Польшу, не привыкать стать.

Однако на самом деле и они далеко не так спокойны, как показывают: ведь перед ними не какой-нибудь незначительный пограничный городишко, а сама Москва, та самая, о которой урусы песни поют и славят ее на всякие лады. Добираться до Москвы, да еще с такой силою, как теперь у хана, не каждый день случается. Ведь если они ее возьмут, то какой праздник им тогда будет! Кроме добычи, сколько получат они наград да поместий в покоренных землях урусов. Пленительные картины рисует им воображение, и замирает сердце их от восторга.

Спокойнее всех кажется сам виновник похода, хан Давлет-Гирей. Величаво сидит он на коне золотистой масти, чуть играя поводьями.

Давлет-Гирей спокоен на вид, но лицо его бледнее обыкновенного, и в глазах порой, словно видна тревога. Да и есть ему чего тревожиться! Удастся взять город — Московия почти его или, по крайней мере, Казань и Астрахань должен будет ему уступить Иоанн. Тогда снова под властью одного повелителя сольются воедино разрозненные татарские царства, и возродится падающее могущество татар. Ну, а если постигнет неудача, тогда погибнет весь цвет ханского воинства, Крым останется беззащитным и долго не оправится от такого удара.

Как ни искусно скрывает Давлет-Гирей свое волнение, но видно, что не все обмануты его спокойным видом. Вон какой-то мурза уже давно наблюдает за ним и, кажется, понимает ханскую тревогу.

Красив этот мурза и мало похож на татарина — облик не тот. Даром, что голова его гладко выбрита, что на нем надето дорогое, расшитое золотом, татарское платье — всякий готов был бы голову позакладывать, что в жилах этого мурзы течет не татарская кровь. Слишком бело его лицо и не скуласто, слишком густа и окладиста борода для татарина. Глаза разве одни похожи, так и то не совсем. По всему видно, что это не татарин, а либо пленник русский какой-нибудь, еще мальчиком малым в полон взятый и обращенный в магометанскую веру, либо отступник, по доброй воле веру сменивший.

Этот мурза, действительно, был русский по происхождению и ни кто иной, как бывший князь Андрей Михайлович Бахметов, вместе с ханом, идущий теперь походом на землю родную.

Если этот татарский мурза еще наружностью много похож на бывшего русского князя, но зато ни в чем ином не осталось и тени сходства между нынешним Алеем Бахметом и прежним Андреем Бахметовым.

Предавшись татарам, долго работал над собой князь Андрей Михайлович, чтобы выработать из себя истого мусульманина, и после многих усилий достиг своей цели: сердце его уже было глухо к воплям избиваемых христиан, все, что прежде он любил, стало ему ненавистным. Когда хан объявил поход на Русь, он радостно приветствовал это сообщение. Сердце его не сжалось болью при мысли, что ведь идут избивать его несчастных братьев: у правоверного мурзы Алея не было ничего общего с гяурами-урусами. И теперь, когда конь его ступал по родной Бахметову земле, когда уже виднелась Москва, облитая солнцем, сверкающая золотыми маковками церквей, сердце его не проснулось, он оставался по-прежнему холодным и равнодушным ко всему этому. Напротив того, в голове его созревал ужасный замысел, исполнение которого принесло бы сотни тысяч смертей его бывшим соотечественникам.

Алей Бахмет уже давно видел тревогу хана и понимал, отчего она происходит. Ему захотелось предложить Давлет-Гирею свой замысел, и он подъехал к нему.

— Повелитель, — начал он, приложив по восточному обычаю руку к голове и сердцу, — я вижу заботу на твоем лице.

Давлет-Гирей не отвечал и слегка нахмурил свои брови: ему показалось, что мурза Алей слишком смело себя держал с ним.

— И знаю причину твоей тревоги, — добавил Алей-Бахмет, нимало не смущаясь строгим видом хана.

Давлет-Гирей окинул грозным взглядом дерзкого мурзу.

— Давно ли ханские советники позволяют себе беспокоить хана своими разговорами? — гневно произнес хан.

— С тех пор, повелитель, — спокойно ответил бывший русский князь, — как они узнают, что могут обратить ханскую печаль в радость.

— Ты хочешь это сделать? Говори! — сказал хан, усмехнувшись.

— Хан, тебя смущает боязнь, что неверные урусы победят нас... Хочешь, я дам тебе такой совет, что ты возьмешь город и истребишь как всех жителей, так и войско, не потеряв ни одного из своих воинов? — произнес мурза.

— Говори! Я слушаю моего мудрого Алея, — уже совершено ласково проговорил Давлет-Гирей.

— Ты знаешь, хан, — начал излагать свой план мурза, — что некогда я имел несчастье быть таким же неверным урусом, как те, против которых мы теперь идем, пока премудрый Аллах не обратил меня от мрака к свету. Я долго жил в этих местах и отлично знаю Москву. Посмотри, она отсюда видна. Ты видишь множество домов —

они все сплошь деревянные. Войско урусов стоит на улицах между домами; оно там ждет нас — урусам будет легче биться из-за прикрытия... Но стоит зажечь несколько домов, и ты увидишь, что произойдет; ветер есть и потянет к городу, часа не пройдет, как вся Москва будет объята пламенем... Урусам будет не до боя: они поспешат спасать от пожара своих жен и детей... Город достанется нам без всякой битвы!

— Да, твой совет мудр! Спасибо тебе за него! Я тебя не забуду! Теперь же поспешим совершить то, что ты говорил, — проговорил хан и поскакал отдать приказания.

Скоро от главного войска отделился немногочисленный отряд всадников. У каждого из них был пучок соломы или сена и факел или горящая лучина.

Этот отряд быстро понесся к Москве. Навстречу им от города тоже двинулся отряд, но татары ударились врассыпную, обскакали встречный отряд, и, прежде чем русские могли опомниться, несколько домов уже запылали.

От них пламя передалось соседним, из десятка горевших зданий образовались сотни, там тысячи, и скоро вся Москва, переполненная народом, обратилась в один пылающий костер. Воины забыли о битве: они бросились на помощь к горевшим родителям, женам и детям.

Шум пламени, треск горевшего дерева, стоны, возгласы ужаса или отчаяния — все это слилось в один общий ужасный хор. Сами татары, начавшие было грабить, должны были удалиться, гонимые невыносимым жаром.

Воины и женщины, старцы и дети — все погибали в пламени: бежать было некуда — огонь был всюду.

Искали спасения в реке и, не умея плавать, тонули. Хотели скрыться в Кремле, высокие стены которого могли защитить от пожара, но только немногим, более ловким и сильным счастливцам удалось сделать это: остальные были раздавлены толпой в воротах или убиты падавшими со всех сторон обгорелыми балками. Спаслись только те, которым удалось проникнуть в Кремль.

Митрополит Кирилл, сидевший с казною и священными предметами в руках в Успенском храме, едва не задохся от жара.

Прятались в глубокие погреба, и все-таки там погибали от жары и духоты: так погиб главный воевода, князь Вельский. Прошло не больше трех часов, и Москва была уже вся обращена в пепел и развалины.

В числе других домов сгорел и Арбатский или, так называемый, "Опричный дворец царя". Он находился вне Кремля, за Неглинной, на Воздвиженке, против нынешних Троицких ворот, тогда называемых Ризположенскими.

Погибших едва можно было счесть: более ста тысяч ратников, почти все жители Москвы и сбежавшиеся в нее перед приходом татар сельские жители.

Всего около восьмисот тысяч человек.

155

Прав был злой ханский советник, навлекший это зло на головы своих несчастных бывших соотечественников: не погибло ни одного татарского воина, а Москва в развалинах лежала у ног победителя.

V

НА КРАЮ ПОГИБЕЛИ

Марья Васильевна благополучно добралась до Москвы со всеми своими сопутниками.

Радостно встретила их Анастасия Федоровна.

— Детушки, внучата мои дорогие! Да как они выросли!.. Ишь, Васюта-то мне уже повыше плеча будет... Ах, милые! Слава Тебе, Господи! Пришлось свидеться еще, а я уж, было, умирать собралась! — говорила сильно постаревшая Анастасия Федоровна, обнимая детей и здороваясь с дочерью.

— Что это ты, матушка, Господь с тобой! С чего так говоришь? — испуганно спросила Марья Васильевна.

— Ох, родная, так подчас тяжело, что и сказать не могу... И недужится, да и тоскливо!.. Зажилась я на белом свете, пора в яму... Давно пора, вишь, теперь и порядки такие пошли, что волос дыбом становится... Знать, иное время пришло, новое, страшное для нас, старых людей, — грустно говорила Анастасия Федоровна, забыв, что, встречая усталых путников, не время вести такие беседы. Но, видно, очень уж ей горько было и хотелось отвести поскорее душу с дорогим ее сердцу человеком. Марья Васильевна с тревогой смотрела на мать. Она нашла в ней большую перемену со дня последнего свидания: Анастасия Федоровна за это время исхудала и постарела.

— Эх, я, старая! — спохватилась Анастасия Федоровна. — Заговорилась про беды и скорби свои и про путников забыла!.. Скидайте одежду-то да садитесь... Устали, чай? Сейчас перекусим, чем Бог послал. Устинья! Подь скорей сюда! — крикнула она одной из служанок, находившихся в горнице. — Пошли Марфушку послужить боярыне да внукам да стол изготовь скореича.

— Матушка! Уж попрошу тебя кое о чем.

— Что такое? — удивленно спросила Анастасия Федоровна.

— Видела, чай, с какой я оравой приехала? Сделай милость, дай приют им. А то где горемычным приютиться, коли здесь, в Москве, все дома людом переполнены.

— Господь с ними, пущай здесь остановятся. В доме, чай, места всем хватит, и не объедят — есть запасов вдоволь... Почто не пособить бедным людям. Авдотьюшка! — сказала она старой няньке Марии

Васильевны, все еще бодрой старухе, хотя ей уже шел девятый десяток. — Подь, родная, распорядись! Устрой так, чтоб всем без обиды, а отца Ивана и матушку попадью сюда к нам зови.

Скоро все путники были размещены в обширном доме Темкина, напоены и накормлены, а отец Иван, вместе с попадьей, сидел за обильной закуской в боярских покоях и чинно беседовал с Анастасией Федоровной о наступивших тяжелых временах.

Незаметно пронеслось время. Наступило роковое 24-е мая.

Марья Васильевна еще спала крепким предутренним сном, когда поднявшаяся в доме суматоха разбудила ее.

"Ахти, уж не пожар ли случился, что в доме смятенье такое поднялось", — подумала она и стала поспешно одеваться. Дети тоже проснулись. Однако, еще не вполне очнувшись от дремоты, сладко потягивались и не помышляли о вставанье.

В комнату вбежала Марфушка, приставленная для услуг боярыне и ее детям, вся бледная, трепещущая.

— Боярыня-матушка! Вставайте скореича! Татары окаянные к городу подходят! О-ох, горюшко наше горькое! — кричала она, плача.

— Идут татары? — с испугом повторила Марья Васильевна. — О Господи, Господи! — перекрестилась она. — Не предай нас, православных, в руки басурманов!

— Ох, боярыня! — продолжала Марфушка. — Конец, кажись, нам всем, грешным, подходит. Силища, говорят, татар валит страшенная! А наших много ль? Да и царь далече! О-х! Пропали наши головушки!

— Да полно, Марфа! Чего раньше времени убиваться? Никто, как Бог! Вечор муж мне говорил, что рать наша к бою приготовлена и устоит против татар.

Действительно, князь Данило Андреевич, только вчера пришедший к Москве с войском, поспешил в тот же день навестить жену, зная, что уж она должна быть у Анастасии Федоровны. Он, чтобы несколько успокоить жену, говорил, что татары наверно будут отбиты от города. На самом деле в душе Данило Андреевича далеко не был уверен в победе, так как решение воевод дать битву среди тесных улиц предместий казалось ему не совсем благоразумным.

— Вставайте, дети! — торопила Марья Васильевна Васю и Настю. — Татары идут.

Однако эта весть не особенно встревожила их: трусиха Настя спросонья не расслышала хорошо слов матери и сладко позевывала, а Вася, продолжая безмятежно лежать в постели, пустился в рассуждение.

— Что же, матушка, что татары идут? Нешто мы в вотчине, чтобы их бояться? Нешто пустят их сюда? Эвось, пробраться им через стены, как же! А пришли б — у меня сабля есть батюшкина. Старая она, а ничего, вострая! Я б их встретил! Небось! Жарко б им пришлось! Ты, матушка, не бойся! — говорил, блистая глазами, Вася.

— Ладно, ладно, не толкуй! — не могла не усмехнуться мать. — Знаю, что ты воин знатный у меня. Вставай-ка лучше!

— Сейчас встану, матушка, — ответил Вася и все еще не двигался.

— А ты это правду сказала, что я воин! Вот подожди, сяду на коня, возьму саблю... Ого! Тогда держись, вороги! Жаль только кафтанчик новый не готов, а то все было бы ладно. Э-эх! кабы не эти татары, надевал бы я теперь новый кафтанчик! — говорил мальчик, вздохнув. — Они помешали его до... — Но мальчику не удалось довести свою речь до конца: его слова были заглушены такими страшными воплями и криками, поднявшимися в доме, что он вскочил в ужасе с постели.

Перепуганная Настя тоже сразу очнулась от своего полусна и, плача от страха, прижалась к матери.

Марья Васильевна была сама испугана не меньше детей и, не зная, что делать, крепко-крепко прижала к своей груди Настю.

— Спасайся, барыня! Татары запалили город! Вся Москва горит, и наш дом уже занялся! — крикнула, вбежав в комнату, Марфа и, не прибавив более ни слова, движимая одним чувством самосохранения, тотчас же бросилась вон из спальни Марьи Васильевны.

В первую минуту Марья Васильевна растерялась до того, что даже не изменила своего положения: она, словно окаменев, сидела неподвижно. Настя зарыдала. Вася, которого пожар испугал больше, чем татары, тоже заплакал. Слезы детей вывели Марью Васильевну из оцепенения.

"Бежать! Бежать скорее отсюда! — мелькало у нее в голове. — Но дети совсем не одеты — надо что-нибудь накинуть на них. Что бы такое?"

И Марья Васильевна озиралась во все стороны, отыскивая, чем бы прикрыть детей, и не могла найти, а тут же, около нее, лежали одеяла и шали. С перепугу Марья Васильевна не замечала их. Время между тем шло. Запах дыма становился не только слышным, но даже удушливым.

Когда же Марья Васильевна отыскала какую-то простыню и прикрыла ею детей, дом уже был объят пламенем. Но еще спастись было можно — выход был свободен: лестницы и сени только что начинали гореть.

Растерявшаяся Марья Васильевна сознавала только одно, что надо бежать, но куда, как — это не приходило ей в голову.

Мысли несчастной женщины путались. Она металась, держа за руки детей, по объятому пламенем дому, забыв расположение комнат, каждый угол которых был ей знаком с детства.

Уже давно все успели покинуть горящее здание. Анастасию Федоровну, лежавшую без памяти, вынесли и второпях забыли о Марье Васильевне и ее детях, которые находились с нею наверху. Она оставалась одна в доме.

На помощь ей никто не мог явиться, потому что все обитатели дома теперь стремились как можно скорее отойти на простор, к реке, к Кремлю от объятых сплошным пламенем улиц и затерялись в бесчисленной толпе бегущего люда, обезумевшего, подобно им, от страха.

Уже валивший густыми клубами в комнату дым кружил голову

Марье Васильевне. Настя едва могла стоять на ногах — она почти задыхалась, Вася тоже. Вскоре огненные языки лизнули стены, и пламя со страшною быстротою объяло всю комнату. Свободною от огня осталась только небольшая площадка пола перед окном. На ней-то и поместилась Марья Васильевна с детьми. Все меньше и меньше становился этот, пощаженный ненадолго пламенем, уголок. Скоро огонь должен был поглотить свои жертвы.

Настя была уже без чувств, задыхаясь от дыма. Мать поддерживала ее. Вася еле стоял.

Кожа на лице и руках несчастных от жара темнела и трескалась. Платье Марьи Васильевны начинало тлеть.

Как утопающий за соломинку, ухватилась Марья Васильевна за мелькнувшую в ее голове мысль. Со всею силою, какую несчастная женщина могла собрать, удвоенною отчаяньем, она вышибла оконную раму. В окно ворвался большой язык пламени от горевшей внешней стороны стены. Не обращая внимания на ожоги, Марья Васильевна наклонилась и крикнула:

— Спасите! Спасите! Не меня, так детей!

Ужасен был этот отчаянный вопль несчастной женщины, но кто мог расслышать его среди шума пожара, стонов горящих и воплей толпы? Кто мог прийти ей на помощь, когда каждый был озабочен лишь тем, как бы самому избавиться от ужасной погибели?

Однако крик несчастной женщины достиг до слуха кого-то, потому что спаситель нашелся. Кто он был? Боярин или купец? Смерд или ремесленник? Нет, это был даже не русский!

VI

ПРОБУДИВШИЕСЯ ВОСПОМИНАНИЯ

Давлет-Гирей с высоты Воробьевых гор смотрел на пылающий город.

Над Москвою нависло огромное облако дыма; порою, оно колыхалось от порыва ветра, расступалось, и взорам победителя открывалась, во всем ужасном величии, картина горящей Москвы. Гордая улыбка играет на устах хана, глаза радостно блещут, и часто ласковый взгляд их останавливается на лице Алея-Бахмета, который, стоя рядом с Давлет-Гиреем, тоже смотрит на родной ему когда-то город.

Лицо Алея-Бахмета спокойно: по-видимому, вид горящей Москвы мало волнует отступника. Однако наружность часто бывает обманчива, и если бы хан, так ласково теперь глядевший на своего мудрого советника и преданнейшего слугу, мог заглянуть в душу Алея, то, по всей вероятности, ему бы очень пришлись не по сердцу те думы, которые таились в душе его мурзы.

Что же? Неужели отступник раскаивался в своих преступлениях? Возможно ли это, если прошло не более двух часов с той минуты, как он дал хану совет истребить огнем Москву?

Нет, отступник еще не каялся: слишком толста была та броня, в которую он заковал свое сердце, и оно не могло сильнее забиться от криков и стонов гибнущих в пламени его прежних, братьев по вере. Нет, он еще не каялся, но у него пробудились такие думы, которые уже давно, казалось навеки, замерли в голове отступника.

Время не изгладило в душе бывшего князя расположение знакомого ему с детства города. Он ясно различает те части Москвы, где он некогда резвился ребенком или терпел беды и радости, став крепким юношей.

Вон Арбат, а вон там должен быть дом Темкиных.

Помнит он, на Арбате произошло его знакомство с Петром... Были они оба тогда ребятишки, лет по пятнадцати, не более. Друг друга они не знали, а среди московской детворы удалыми кулачными бойцами слыли... Раз и сошлись они вот тут, на Арбате... Петька сильно обижал своих противников, когда Андрюша к побоищу явился...

— Ты что это наших мальчишек бьешь? — подлетел к Петьке Бахметов, засучивая рукава.

— Стоят того!.. Да ты мне, что за допросчик? — в тон ему ответил Петька и сжал кулаки.

— А, так-то! — воскликнул Бахметов и, недолго думая, съездил Петьке по уху.

Тот не замедлил ответить ему тем же. Драка началась. Скоро у Петра был уже расшиблен нос, а у Бахметова губа. Красные пятна появились на лицах обоих.

— Что ж, довольно "с тебя? — спросил Петька.

— По мне, так хоть бы и еще, а только тебя жаль: чего даром силенку твою надрывать: все равно меня не осилишь, — задорно ответа Бахметов.

Вдруг, неожиданно для него, Петька протянул ему руку.

— Чем драться, хочешь товарищем быть? — спросил он его.

— Ладно, для ча нет? Будем товарищи! — ответил Бахметов, который не прочь был подружиться с этим сильным парнем.

С этих пор попов сын, Петр Никольский, прозванный Долговязым, будущий запорожец, и Бахметов стали большими друзьями.

Вспоминается мурзе Алею и иное... Вон там был сад и терем Темкина. Теперь, верно, уж нет ничего. Дом, должно, сгорел, а деревья истлели в таком пожарище... Где им уцелеть! Жар-то должен быть, какой там!

И хочется бывшему князю не думать о настоящем: таким кажется оно ему в эту минуту тяжелым. Понеслась мысль его к далекому отрадному прошлому, и тяжелый вздох вырвался из груди отступника.

"Побывать бы там, в городе... Посмотреть бы на все эти места, — думает бывший КНЯЗЬ. — Только где! Разве можно!.. Горит все, весь город, не пробраться будет... Да, пожалуй, и проберешься, так не легче: все, небось, сгорело, и мест знакомых не узнаешь".

А хорошо бы в последний раз взглянуть на места, когда-то родные!..

Чувствует Бахметов, как что-то щемит его сердце давно забытою болью, и снова он тяжело вздохнул всею грудью. Давлет-Гирей услышал эти тяжелые вздохи своего мудрого советника.

— Что так тяжко вздыхаешь, Алей? Москву, что ли, жаль? Ведь когда-то ты здесь жил, — спросил Бахметова хан, зорко смотря на его лицо.

— Нет, не Москву каль... Что мне в ней? — отвечал застигнутый врасплох, но не потерявшийся мурза Алей-Бахмет. — Нет, не о ней я вздыхаю... Я жалею, что в город пройти нельзя, что все сокровища гяуров даром пропадают в огне.

— Да, жаль... Но что ж! Зато мы отняли у царя лучшее сокровище — Москву!

— Я... я хочу попытаться пройти туда!

— В уме ли ты, Алей? — воскликнул пораженный хан.

— Что же? Разве уж это совсем невозможно?... Я попробую... если, конечно, ты позволишь.

— Я не могу ничего запретить моему Алею, но прошу тебя, не делай этого.

— Почему?

— Мне жаль тебя: ты погибнешь! Ты посмотри: разве можно пройти через это море огня?

— Я буду осторожен... Так, прощай, хан! Иду, только товарищей надо подыскать...

— Хоть бы ты не нашел их! Да вряд ли и найдешь. Это остановит тебя.

— Тогда я один пойду!

— Ну, делай, как знаешь! Да хранит тебя Аллах! Бахметов отправился на поиски охотников сопутствовать ему.

Вопреки ожиданиям хана, смельчаков, мало заботящихся о своих головах, нашлось изрядное количество, и Бахметов, недолго раздумывая, спустился с ними с возвышенности и пошел к городу.

VII

СПАСЕНИЕ

Сперва татарскому отряду, с мурзой Алеем во главе, не встречалось особенных затруднений подвигаться вперед: сухие деревянные дома, с которых пошло начало пожара, большею частью успели уже сгореть дотла и представляли из себя груду дымившихся, полуистлевших балок и углей, начинающих покрываться тонким беловатым налетом золы.

Повсюду на пути лежали обгорелые трупы. Тут женщина, почти превратившаяся в уголь, лежала со скрещенными на груди руками, которыми прижимала к груди такой же черный уголь, как и ока, — свое дитя, там раскинулся на земле, словно улегся спать после веселого пира, молодец — огонь мало его тронул: обгорели только ноги, вероятно, он погиб более от дыма, чем от пламени; вон группа обгоревших остовов — знать" погибла целая семья. Чем дальше, тем трупы становятся многочисленнее, и препятствия растут больше и больше.

Уже татарам приходится идти между двух сплошных огненных стен. Жар до того силен, что татары стараются закрыть свои лица, кожа которых начала трескаться.

Дышать почти нечем: дым перемешался со смрадом горящего человеческого мяса и отравил воздух.

Многие из сопутников бывшего князя, менее отважные и решительные, чем он, отказываются продолжать путь далее. С мурзой Алеем остается не более десятка человек.

Навстречу татарам несутся толпы испуганного, обезумевшего люда. Некоторые, увидя перед собою отряд врагов, в страхе шарахаются в сторону и опять продолжают свой бег, повинуясь лишь одному бессознательному влечению убежать как можно дальше от ужасного пожарища; другие смотрят, выпуча глаза, на татар и лезут прямо на них, очевидно ничего не сознавая, ничего не чувствуя, кроме подавляющего ужаса.

Татары не трогали бегущих, и, напрягая все усилия, пробирались сквозь толпы, заботясь лишь о том, как бы им не разделиться, не затеряться в этом многолюдстве.

Несмотря на то, что пожар все изменил, бывший князь узнавал прежде столь знакомые ему улицы. Воспоминания теснились в его голове, и он шел, значительно опередив своих сопутников.

Погруженный в размышления, всецело занятый новым ощущением, которое недавно появилось и овладело его думой, он инстинктивно направлялся к той части города, где стоял дом Темкиных.

Путники его изнемогали от жара, задыхались от дыма, а он,

словно ничего не чувствуя, быстро проходил одну за другой горящие улицы Москвы.

Постепенно татары, шедшие за ним, стали отставать и понемногу затерялись в толпе; Алей не замечал этого — он вглядывался туда, где за клубами дыма должен был находиться сад Василия Ивановича.

"Нашел! Вот он!" — радостно подумал отступник, когда, пробравшись еще сквозь один объятый огнем переулок, он увидел искомый сад — частокол, который некогда окружал сад, исчез, и на месте его торчали только обгорелые головни. Алей перешагнул через них. Деревья-великаны стояли совсем почти обнаженными от той молодой зелени, которая покрывала их часа два тому назад; лишь кое-где виднелись на них листья, свернувшиеся от жара в сухие трубочки.

Чем-то мрачным и зловещим веяло на князя от этого полуистребленного огнем сада, и казалось ему, что ветви дерев грозно машут над его головой, словно в бешенстве на то, что к ним приближается виновник их гибели.

Как не похоже это на прежнее! Бывало, входил сюда молодой князь, веселый, полный ожидания горячих ласк души-девицы, и листья приветливо шептали над ним, словно говоря: иди! спеши! Она давно уже ждет тебя на заветной скамье. И князь, трепещущий от счастья, ускорял шаг.

Тяжело вздохнул отступник и, подняв опущенную голову, взглянул на то место, где находился дом. Он был еще цел, но уже весь охвачен огнем.

Князь подошел ближе и остановился, смотря, как с треском и шипением догорало строение.

Иногда порыв ветра раздувал пламя, столб его с завыванием поднимался еще выше, чем прежде, и на князя сыпались целые снопы искр.

Вдруг до слуха князя долетел отчаянный женский вопль:

— Спасите! Спасите! Не меня, так детей!

Верно, был дик этот крик, если он не смешался с шумом, не был заглушён им и дошел до ушей мурзы Алея.

Почему же так вздрогнул отступник? Почему лицо его вдруг так побледнело, и дрожь потрясла его тело?

В этом вопле отступник узнал некогда дорогой ему голос: это кричала Марья Васильевна.

Взволновал этот крик жестокую и холодную душу мурзы Алея Бахмета. Он забыл о своем вероотступничестве, о татарском наряде и титуле мурзы. Он сознавал только одно, что там, наверху, в объятом пламенем тереме, гибнет "она", и, не задумываясь, ни о чем не размышляя, кинулся к ней на помощь.

"Как пройти? Как проникнуть в терем?" — думал бывший князь и метался вокруг пожарища.

— О, Аллах! О, Бог христианский! Благодарю тебя! — вдруг вскрикнул он.

Перед ним, невдалеке от дома, лежали две лестницы: одна длинная, другая много короче.

Взять первую и приставить к стене, было делом одной минуты. О, радость! лестница почти достигала до окна.

Мурза Алей, цепляясь, как обезьяна, полз наверх.

В своем крике Марья Васильевна, казалось, вылила последние силы. Теперь она стояла, еле держась на ногах. Дым кружил ей голову. Дети уже были без памяти. Она, обняв детей и закрыв их лицо краем своей одежды, поддерживала их слабой рукой, чтобы они не упали в пламя, а другой старалась как-нибудь защитить от жара свое лицо и, главное, глаза, на которые жар оказывал свое ужасное действие.

Пламя было уже совсем близко. Одежда Марьи Васильевны тлелась все сильнее... Вдруг в это время несчастная женщина услышала шорох за окном. Собрав силы, она взглянула в него: наверх поднимался какой-то человек. "Спасемся!" — радостная мысль мелькает в ее голове. — О Боже, благодарю Тебя! — шепчет Мария Васильевна и вглядывается в поднимающегося.

Крик ужаса исторгается из ее груди: к ним лезет татарин, она ясно различила его тюбетейку.

"О Боже! Смерть и там, и тут! Лучше уж тут умереть, чем попасться в руки басурмана. О Боже, Боже!" — в отчаянии проносится в ее голове.

А татарин между тем уже совсем близко. Голова его появилась в окне. Обезумевшая от ужаса боярыня не узнает в этом татарине Андрея Михайловича и в ужасе пятится от окна.

— Давай детей! — говорит мурза Алей глухим от волнения голосом.

Марья Васильевна смотрит на него расширившимися от страха глазами и крепче прижимает детей к своей груди. Ее не удивляет даже то, что слова эти были сказаны на чистом русском языке.

— Давай же их! — повторяет свою просьбу Алей. — Давай скорее! Лестница уже загорелась: сгорит она — спасенья нет! О, спеши же, ради Бога!

Марья Васильевна остается по-прежнему безучастной к его словам.

Тогда бывший князь вспомнил о своем татарском наряде и понял причину страха боярыни.

— Марья! — тихо говорит он, с упреком глядя на нее. — Неужели ты не узнаешь меня!

Эти слова, произнесенные знакомым голосом, заставили встрепенуться Марью Васильевну.

— Боже! Андрей! Ты ли это? — в недоумении прошептала она.

— Да, это я! Что же, перестала бояться? Давай детей! — сказал князь.

Не медля ни минуты, не колеблясь, Марья Васильевна исполнила его просьбу.

Осторожно спустившись вниз по начинающей уже гореть

лестнице и положив детей на траву, Алей поднялся за Марьей Васильевной.

Неизъяснимое волнение испытывал князь, когда спускался сверху, держа в своих руках почти бесчувственную боярыню.

Что ему до того, что его платье горело, что огонь уж жег его тело! Он заботился только о том, как бы бережнее нести дорогую для него ношу.

Марья Васильевна, едва спустилась на землю, бросилась к неподвижно лежащим на земле детям.

Изнемогшая от испытанных душевных потрясений, она пыталась приподнять их с земли своею слабой рукой.

— Оставь их! Они сейчас очнутся, — сказал бывший князь и, нарвав травы, принялся растирать ею бесчувственных детей.

Результат скоро сказался. Настя, которой Алей Бахмет первой оказал помощь, скоро вздохнула и открыла глаза. Мать покрыла поцелуями ее побледневшее личико.

Потом Бахмет принялся за Васю. Мальчик пришел в себя еще скорее, чем Настя. Видя, что для детей уже не представляет опасности и что единственным последствием перенесенного пожара останется на некоторое время сильная головная боль, Бахметов, трепещущий теперь от взора голубых ясных глаз Марии Васильевны, которые поселяли в его душе какую-то смесь разнородных чувств, решил не медлить и довершить дело спасения.

— Пора в путь... Надо выбраться из Москвы, — сказал он, не глядя на Марью Васильевну и стараясь не называть ее по имени.

— Да! Да!.. Скорее отсюда прочь! — воскликнула боярыня, невольно вздрагивая при воспоминании о пережитых ужасах.

Спасенные и их спаситель отправились в дорогу. Впереди пошел бывший князь, неся на руках Васю, сильно ослабевшего, прикрыв его наготу полою своей татарской одежды, за ним шла Марья Васильевна, держа Настю.

Трудно описать, что испытывал в это время отступник. Стыд за отступничество, счастье быть опять вместе с Марьей Васильевной, боязнь, что скоро надо лишиться этого счастья, какое-то неясное ощущение тоски, не то смущения перед взором очей боярыни Ногтевой, все это перемешалось в его душе. Он был счастлив близостью некогда страстно любимой женщины, а сам боялся взглянуть на нее. Он спешил, чтобы поскорей выбраться из горящей Москвы, а сам проклинал ту быстроту, с которой они подвигались вперед: каждый шаг подвигал его все ближе к разлуке навеки с Марьей Васильевной.

А Марью Васильевну в это время тоже теснили думы.

"Андрей жив, а все считали его умершим. Бедный! Милый! Как, должно быть, он страдал все это время! Сколько зла я ему причинила, а он — вот истинный христианин! — отплатил за это добром, да каким! Жизнь подарил! Чистая душа! Прости меня, родной! Судьба разлучила нас, а не я тому виной... Что делать! Не так живи, как хочется, а как Бог велит! Теперь я люблю своего мужа, своих деток, а все словно щемит что-то сердце, как вспомню былое! Особливо теперь, когда он здесь, мой милый, мой желанный! Была бы моя воля, да коли б не грех великий и обет, данный мужу, тоже милому, дорогому мне, так, кажись, сейчас бы обвила руками шею моего прежнего дружка желанного и целовала б"...

"А изменился он сильно за это время!" — принимают мысли Марьи Васильевны иное направление.

"Просто признать трудно, а все ж красавец писаный! Так-то строен, и наряд, расшитый золотом, к лицу ему. Да!.. А отчего он одет, словно бы и татарину в пору? И тюбетейка на голове. Шапку-то, должно, забыл второпях... Голова выбрита гладко. Да и все так, как у татарина. Не лазутчиком ли он нашим среди татар пущен был, а как увидел, что, разузнавай не разузнавай, все равно горю не поможешь, потому наши с ними биться не могут, коли город родимый горит, он и прибег от басурманов в Москву, чтобы помощь свою оказать кому-нибудь, вроде как нам: у него сердце доброе!"

"Так, должно, и есть. А все ж беспременно спросить надо, а то, что за притча! Все был русский князь, а тут на! Вдруг, заместо его, бритый татарин с тюбетейкой на голове очутился!"

Как раз в это время, когда мысли боярыни Ногтевой приняли такое направление, князь, пересилив свое смущение, обернулся к ней.

— Что, Марья...по старой привычке назвал он ее одним именем и тотчас же поспешно добавил: — Васильевна, тебе, кажись, тяжело тащить девочку? Дай ее сюда — снесу обоих, — произнес отступник.

Марья Васильевна беспрекословно передала Настю в руки бывшего князя.

Для силача Бахметова подобная ноша не казалась очень обременительной, и он, посадив на одну руку девочку, на другую Васю, зашагал по-прежнему легко и свободно.

Однако теперь Марья Васильевна пошла с ним рядом, не зная, в какое смущение повергает она своего прежнего милого.

— Тебя узнать трудно, Андрей! Ты сильно изменился, — начала разговор Марья Васильевна.

— Да... Я думаю... Да ведь и было с чего! — ответил бывший князь.

Марья Васильевна поникла головой.

— Андрей! — сказала она, помолчав, — Ты во всем винишь меня и клянешь свою прежнюю любу желанную!.. Андрей? — продолжала боярыня, и в голосе ее послышались слезы. — Верь мне, милый, дорогой! Я ни в чем неповинна, видит Бог! Судьба разлучила нас.

— Марья! Теперь уж все прошло и быльем поросло. Не прежний я, не прежняя ты, а все-таки слова твои мне всю душу воротят! Как вспомню все — инда кровь закипает!.. Ах, милая, милая! Многого бы не случилось, кабы не покинула ты меня! Если бы ты знала, если бы ты знала! — волнуясь, говорил князь дрожащим голосом.

— Знаю, милый, тяжко тебе было, да и мне нешто легче! Легче, думаешь? О! какое времечко пережить пришлось! — воскликнула Марья Васильевна. — Теперь, конечно, не то, — добавила она, —

двенадцать лет время не малое, все успело улечься, да и позабыться кое-что. Теперь есть муж у меня, и люблю я его, прямо говорю тебе, люблю, хоть не так, как прежде тебя, а все же крепко. И в детках Бог послал мне утеху не малую. Забылось все помаленьку... А раньше, раньше, ой, как не сладко было! И судьбу кляла, и людей! Но Он, Великий, наставил меня, и помню я Его слова: верь, люби, терпи и надейся! И, скажу тебе, Андрей, в этом вся жизнь! Отними одно слово отсель — и другие не нужны, и жизнь опостылит!.. С той поры я счастлива, Андрей! — говорила молодая женщина, и очи ее спокойно смотрели на побледневшее лицо князя-отступника.

Слова Марьи Васильевны как огнем жгли его сердце. Ему вспомнилось, что некогда юродивый, удерживая его от самоубийства, говорил то же самое. Если б князь последовал тогда совету старца! Но в нем кипела кровь, его душила злоба в, то время, и он не мог постичь всей глубины этих слов. Он не знал тогда, что нельзя жить счастливо, заменив любовь ненавистью, терпение — жестокой местью... Он не знал тогда этого! Теперь он понял все!

Теперь ему ясно, почему за все двенадцать долгих лет он напрасно стремился к счастью. Он стал богат, еще больше, чем прежде, знатен, славен и любим красавицей Зюлейкой, у него так же, как у Марьи Васильевны, были двое ангелов-утешителей, двое деток, и все же он не был счастлив. Чего-то не хватало; был призрак счастья, тень его, но, как и во всякой тени, в ней не было души, и она служила лишь отражением, пародией на то, что находилось у других в действительности.

— Я рад, Мария, что ты счастлива... Верь! Рад от души! А я... что мне сказать про себя? Я женат и любим женой, да и сам ее люблю. Есть дети: два красавца мальчика, но..., но я несчастлив, — глухо сказал отступник.

— Как? Ты тоже женат? Может ли быть? Как же я не слышала о твоей свадьбе? Или ты женился не здесь, в Москве? — засыпала его вопросами Марья Васильевна.

— Да... Я женился не здесь, — уклончиво ответил ей бывший князь, избегая встретиться с ее взглядом.

— Где же ты женился? На ком? Молодая твоя жена, красивая? — продолжала она расспросы.

— Далеко отселе... А жена моя красавица, — нехотя произнес он.

— Что же ты не говоришь, где ты женился? s Князь не отвечал.

— Не хочешь, стало быть? Ну, твое дело! — сказала Марья Васильевна, несколько обиженная этою скрытностью своего прежнего милого.

— Нет не хочу, а зачем тебе знать? Слушай! Бывает так, что лучше, когда не знаешь всего. Так и здесь... Хочешь, я отвечу, но и тебе, и мне после этого только тяжелее станет.

Марью Васильевну мучило любопытство — этот обще-женский недостаток. Ей казалось невероятным, чтобы слова князя могли бы действительно быть для нее неприятными.

— Андрей! В память прошлого, скажи! — попросила она его.

Князь решился.

— Изволь, я тебе отвечу! Я женился в Крыму! На красавице Зюлейке, дочери мурзы Сайда.

— Как? — воскликнула Марья Васильевна и даже приостановилась. — Да что же это? Да ведь она татарка, стало быть? И не нашей веры? — продолжала изумляться Марья Васильевна.

— Татарка и, как все татары, мусульманка, — ответил мурза Алей-Бахмет.

— Значит, она приняла наш закон?

— Нет... Разве ей позволили бы?

— Так как же? Нешто можно православному на басурманке жениться? Полно! Этого не бывает! Ты, чай, Андрей, просто не хочешь сказать правды и морочишь меня.

— Я тебе сказал истинную правду!

— Да ты где же живешь с нею?

— Там и живу, в Крыму.

— В Крыму? С татарами? Да ведь они убить тебя могут!

— Не убьют!

— Сюда-то ты как попал?

— Пришел с ханом.

Марья Васильевна пристально посмотрела на него.

— Андрей! Что ты говоришь: неправду или...

— Ну, что ж или...? Договаривай! — проговорил князь, начинавший испытывать раздражение.

— Али ты татарин, — медленно проговорила Марья Васильевна.

— Да! Ты сказала верно! — тихо ответил князь. Марья Васильевна остановилась как вкопанная.

— Андрей! — с укоризной и грустью произнесла она. — Ты отступил от нашей веры, ты стал врагом своей родины?

Князь, не отвечая, низко склонил голову.

— Отступник и изменник! — проговорила она, с презрением глядя на бледного как полотно князя.

— Мария! Тебе ли бросать в меня камень? Из-за тебя я погиб... О, Боже! Если б я меньше тебя любил, нешто бы я решился на это? Слушай и суди! Я в Крыму, когда бился с татарами, когда проводил бессонные, тяжелые ночи в татарской неволе, думал лишь о тебе да о том счастье, какое выпадет мне на долю, когда я свижусь с тобой. И вот я дождался конца похода! Как я был рад этому! Сколько коней я переморил, чтоб поскорей добраться до Москвы! Приехал и что же? В Москве я не нашел моей любы желанной! Боярышни Темкиной не было, была лишь княгиня Ногтева! Повернулось в груди моей сердце! Не взвидел я света, чуть руки на себя не наложил! Грызла меня тоска, и ничем не мог смирить я ее! Опостылела мне родина и вера отцов. Куда деться? Чем заглушить тоску? Что мне делать на родине? А там, в Крыму, знаю, ждет, изнывает по мне девица красная. Нет счастья здесь мне, никому я не нужен, никто меня не любит, так прости же, прощай, родимый край. Так и покинул я Москву и обратился в татарского мурзу. А думаешь, легко мне было? Не мучила совесть? О, не дай тебе Бог никогда пережить того, что я пережил. После привык и к новой родине, и к новой вере и преданным даже стал ей. Мало-помалу все позабылось: нашел я утеху в жене, в деточках милых... Настоящего счастья не бывало, а все же лучше, чем прежде. А теперь увидел тебя, и нахлынуло на меня былое! Опять тоска щемит сердце и совесть проснулась. Эх! Да что говорить!

Ничего не ответила отступнику Марья Васильевна на его пылкую речь. Да и что могла она ему ответить? Вероотступничество и измену родине, казалось ей, ничем нельзя оправдать.

Мурза Алей глянул ей прямо в очи: его встретил суровый и холодный взор молодой женщины. Он отвернулся и быстро зашагал, опережая боярыню.

Весь остаток пути они прошли молча. Вот уже горящие московские улицы остались далеко позади, перед ними тянулись чуть дымившиеся, догорая, развалины предместий.

Прошли их, и на путников повеяло прохладой. Они вздохнули с облегчением.

"Однако как же быть с боярыней? — задал себе вопрос князь. — Куда доставить ее?"

В это время навстречу им попалась ватага, татар, со смехом тянувшая под руки отчаянно отбивавшегося от них какого-то человека.

— А! Мурза Алей-Бахмет! — приветствовали князя татары. — Уже воротился из города? И с добычей, кажись? Ишь, какую красотку добыл, хоть самому хану в гарем!

— Это не пленница! Ее пальцем никто тронуть не смей! — сурово произнес мурза.

Услышав это, татары почтительно заговорили, что они не хотели оскорблять ханым, а что только подумали: не пленница ли.

— Кого это вы тащите? — спросил князь. На лицах татар появилась улыбка.

— Мы здесь его нашли, недалеко, — отвечали они. — В луже он сидел, от пожара спасался. Трус, видно, страшный, да забавный такой... И по-нашему кое-что маракует.

Между тем пленник во время этой речи внимательно вглядывался в боярыню.

Внезапно он вырвался из рук державших его татар и подбежал к Марье Васильевне.

— Матушка-боярыня! Не выдай басурманам на пагубу холопа своего верного, — завопил он.

— Боже мой! Да это никак ты, Миколка-выкрест! — воскликнула Марья Васильевна.

— Я и есть, боярыня! Я и есть! Изловили меня, окаянные! Теперь пропала моя головушка, как пить дать, коли ты меня, матушка-боярыня, не выручишь! продолжал вопить Миколка.

— Что, это твой человек? — спросил мурза Алей боярыню.

— Да, мой... При муже он был, — ответила она и обратилась к

Миколке с вопросом: — Где же муж? Не погиб ли, Боже упаси! — спросила она с тревогой.

— Не! Боярин в Кремле, вместе с князем Воротынским, — успокоил боярыню Миколка.

— В Кремле? — вмешался в разговор князь. — Так, пожалуй, к нему боярыню доставить можно?

— Никак эфтаго нельзя сделать, — решительно произнес Миколка. — Потому что те, кто заперлись в нем, к себе никого не впущают, потому, как навалит народа тьма-тьмущая, так тогда никому не спастись — ни им, ни тем.

— Так как же быть? Куда же доставить боярыню? — недоумевал мурза.

— Мне бы лучше всего в вотчину мою попасть, — сказала Марья Васильевна.

— А где твоя вотчина?

— Недалече от Серпухова. Десятка верст от него нет.

— Ладно... Устрою. Слушай ты, как тебя, Миколка, что ль? — обратился он к пленнику.

— Да, меня Миколаем звать, — ответил тот.

— Так вот что... Я тебя освобожу из полона. Миколка радостно вскрикнул.

— Да подожди радоваться, наперед дослушай... Я тебя освобожу с тем, чтобы ты доставил Марью Васильевну с детками целой и невредимой... А коли что случится с нею, узнаю, нарочно из Крыма приду тебя наказать. Слышишь? — добавил князь грозно.

— Слышу! — печально ответил Миколка, для которого перспектива пути по заполненной татарами стране далеко не казалась привлекательной.

— А чтоб безопаснее всем вам, было, дам в охрану воинов своих отряд, которые проводят вас до вотчины. Уж ты прости, боярыня, что не провожаю сам: к хану нужно, — сказал Алей-Бахмет Марье Васильевне, по-видимому, спокойно, между тем как сердце его болезненно сжималось.

— Я уж и так тебе должна спасибо сказать большое: без тебя бы ни мне, ни детушкам не увидеть света белого! — ответила Марья Васильевна, сердце которой, несмотря на ее чувства, возбужденные его исповедью, было все-таки полно благодарности к князю.

— Есть за что благодарить! — ответил мурза и отвернулся, скрывая смущение, как, будто для того, чтобы отдать приказание татарам привести лошадей для Марьи Васильевны с детьми и для Миколки, а также вытребовать отряд воинов для охраны.

Пока исполнялось это приказание, Бахметов, или мурза Бахмет, стоял против боярыни, не сводя с нее глаз. Он словно хотел укрепить в своей памяти дорогие черты некогда любимой женщины.

Марья Васильевна, напротив, смотрела в сторону: татарский наряд ее прежнего милого напоминал ей об его отступничестве, и в ее душе снова поднималось отвращение к вероотступнику, пересиливая чувство благодарности и заглушая прежнюю привязанность.

Наконец она подняла на бывшего князя свои очи, и столько, грусти прочла она в его глазах, что ей стало его жаль, а совесть в глубине души шепнула ей, что сама боярыня, хотя против своей воли, но виновата в его измене родине и вероотступничестве.

— Что же ты скажешь мне, Марья, на прощанье? — тихо промолвил Бахметов.

— Что сказать тебе? Мне жаль тебя! — ответила она с чувством.

— Да! Жалей обо мне, милая, и молись за мою грешную душу! Если б ты знала, как тяжко мне, Марья! — воскликнул князь.

Между тем привели коней, и приехал небольшой отряд для охраны.

Бывший князь сам посадил Марью Васильевну на седло. С нею же сел и Вася, уже значительно оправившийся и теперь восхищавшийся, что ему придется править конем.

Настя была сдана на попечение Миколки.

— Ну, с Богом, — произнес князь дрогнувшим голосом, когда все были готовы к пути.

— Прощай, Андрей Михайлович! Спасибо тебе за твое добро! — сказала Марья Васильевна, протягивая ему руку.

— Прощай, дорогая! Прощай навеки! — грустно воскликнул князь.

— Кто знает? Все в руках Божьих! Прощай же и будь счастлив!

— Мне ли быть счастливым?

— Дети мои будут молиться за тебя, и Бог тебе поможет! Отряд тронулся.

Застучали копыта коней, поднялось облако пыли, и скоро всадники уже далеко скакали от смотревшего вслед им князя. Крупные слезы сверкнули в глазах отступника. Он не смахнул их и дал им волю скатиться на свой расшитый золотом татарский наряд.

VIII

ПОИСКИ

Давлет-Гирей недолго оставался под Москвою. Услышав весть, будто из Ливонии идет русское войско на помощь, хотя запоздалую, столице, хан немедленно двинулся в обратный путь: мщение его было удовлетворено, добычу он еще сберег на южных окраинах, а теперь ничто не может мешать потребовать от Иоанна и отказа от Казани и Астраханского царства, и обильной дани. Таким образом, не было причин хану медлить, и он поспешно отступил от Москвы и пошел обратно к Крыму.

Царь был в Ростове, когда ему донесли об удалении врага. Отправив в погоню за Давлет-Гиреем князя Воротынского, царь приехал в свою любимую Александровскую слободу и приказал очищать столицу от трупов.

Князь Данило Андреевич Ногтев, находившийся, как известно, при Воротынском, вместе с ним избегнул гибели.

Когда Воротынский получил приказание идти следом за уходившими татарами, Данило Андреевич не принял участия в этом походе: он попросил князя Воротынского отпустить его, чтобы узнать о судьбе своей жены и детей.

Грустный и задумчивый брел Данило Андреевич по Москве.

"Где жена? Что с нею и детьми? — мучили его неотступные вопросы. — Может быть, она и дети разделили участь других несчастных и теперь, обугленные, неузнаваемые, лежат в груде таких же, как и они, мертвецов? — думал князь и невольно с большим вниманием вглядывался в валявшиеся по его пути трупы. — Цел ли дом, где жила она с Темкиной? Ах! И зачем я вызвал ее сюда, в Москву! Осталась бы в вотчине — ничего бы, верно, не случилось, а теперь..." — и князь чувствовал, что слезы подступают к его горлу. Он почти не надеялся на то, что жена его спаслась от пожара, и с ужасом приближался к той части города, где должен был находиться дом Темкиных.

Чем ближе подвигался к нему Данило Андреевич, тем более замедлял шаги. Он старался не смотреть в ту сторону, чтобы хоть дольше можно было бы надеяться, что дом уцелел.

Однако достаточно было взглянуть на то, что сделало пламя в этой части города, чтобы надежда поколебалась: не осталось ни одного целого дома, все подряд погорели. Мог ли в таком пожарище уцелеть старый, сухой, как солома, дом Темкиных?

Но наперекор рассудку Данило Андреевич хотел надеяться, и, когда сердце его сжималось недобрым предчувствием, он говорил себе, что все эти страхи вздор, что дом Темкиных мог уцелеть.

Вот сейчас должен он показаться... Сейчас выбежит к нему навстречу жена и в слезах склонит свою головку ему на грудь, потому что напугана всеми этими ужасами, и детки будут прыгать вокруг него и радостно кричать на весь дом: "Тятя приехал! Тятя приехал!" Тогда, кряхтя, выплывет навстречу зятю и старая Анастасия Федоровна... Славная она старушка, только грустит все последнее время.

Так думал, утешая себя, князь. Как раз в это время перед ним показались обгорелые остатки того невысокого забора, которым был окружен недавно громадный сад Темкиной.

Данило Андреевич остановился, словно ударило что-то его в сердце.

Ветра не было, и обгорелые деревья сада стояли неподвижно, словно предваряя князя о том, что он сейчас встретит. Несколько шагов, поворот по тропинке, и вот вместо высокого, обширного боярского дома князь нашел груду обгорелых развалин, вместо объятий молодой красавицы-жены Данилу Андреевича обвила струйка синеватого дыма, поднявшаяся от все еще тлеющей балки.

Все это было так ужасно, так противоположно тем надеждам, которые только что питал князь, что словно туманом застлало очи Данилы Андреевича, кровь прилила к голове, и он в изнеможении прислонился спиной к близ стоящему могучему полуобгорелому дубу.

— Умерли! Сгорели! Ангелы мои! Деточки! — шептали невнятно его губы, между тем как глаза его уставились в какой-то небольшой черный предмет, лежавший около развалин дома.

Кругом князя был словно туман, и сквозь него он лишь и видел одну точку, резко черневшую на желтом песке. Данило Андреевич инстинктивно, сам того не сознавая, уставился в нее глазами, когда его охватил прилив ужасного горя.

Теперь этот предмет странной формы начал привлекать внимание Данилы Андреевича, и, как часто бывает при сильных душевных потрясениях, эта мелочь казалась ему чем-то необыкновенно важным. Князь напрягал зрение. Он был отвлечен от созерцания той муки, которая овладела его сердцем. Понемногу князь оправился и глянул вокруг себя уже не прежним, смутным, ничего не видящим взором, а ясным и сознательным. Пожарище напомнило ему о том, где он находится и какую понес он утрату.

Слезы сдавили его горло, и этот сильный воин заплакал, как женщина.

Слезы сделали свое дело: они превратили давившее князя жгучее горе в тихую скорбь. Теперь мозг князя заработал с удвоенной силою.

"Может быть, они и спаслись? О, дай-то, Боже! Неужели все погибли? Надо искать, Господи! Вдруг я найду их трупы! Несчастный я! За что такая кара? А искать надо: по крайней мере, буду все знать достоверно, а не томиться понапрасну", — думал князь, готовясь приступить к страшной работе.

Вдруг он вспомнил о том предмете, который раньше привлек его внимание.

"Не померещилось ли мне в ту пору? — подумал он, оглядываясь и не видя ничего особенного. — Ничего, кажись, нет такого? А, стой! Вон там что-то чернеется!" — увидел он что-то черное на песке.

Данило Андреевич пошел к интересовавшему его предмету.

Князь подошел и поднял предмет с земли: это была высокая татарская шапка, та самая, которую Алей-Бахмет забыл впопыхах.

Эта находка поразила Данила Андреевича.

"Стало быть, здесь были татары! — думал он с ужасом. — Час от часу не легче! Значит, они, коли не сгорели, так в полон взяты!"

"О-ох, Господи! Да это еще горше! Мою Марию, красавицу, мурзе какому-нибудь отдадут, а детишек моих обасурманят, в татар обратят. Это горше смерти. Пусть бы уж лучше сгорели: по крайней мере, один конец, а там сколько муки претерпят! Ох! Думать страшно! Тут бы хоть кости их похоронил с честью, по обряду христианскому, скорбел бы, страдал бы, да уж не воротить былого, знал бы это и только об одном бы Бога молил, чтоб и мне смерть послал скорее, а теперь ведь каждый час будет дума гвоздить неотвязная, что вот я живу на родине, а детки мои томятся в неволе басурманской!" — и князь, опустив голову и заломив с отчаяния руки, бродил по пожарищу.

— Батюшка-боярин! Да это никак ты, Данило Андреевич! — окликнул его в это время какой-то человек, по-видимому из простонародья, только что подошедший к пожарищу.

Князь быстро оглянулся.

— Это — ты, Степан! — узнал он в подошедшем одного из холопов Темкиных. — Ты как сюда попал?

— Да пошел поглядеть, из пожиток чего-нибудь не осталось ли... Да где! Вишь, все, ровно языком, слизало, чисто да гладко!

— Стало быть, вы не сгорели? Спаслись? — радостно спросил князь.

— Спаслись, боярин! И как это Господь помог нам от погибели лютой уйти, диву даться можно! Выбрались мы из дому, хотим вон скорючи из города. Куда тебе! Народ так валом и валит! Меня инда сдавили так, что думал душу Богу отдать! Одначе и тут Господь помог: выбрались мы и боярышню на руках сквозь толпу пронесли... Без памяти она была...

— А жену и детей моих видел? Как она? Чай, перепугана? — быстро спросил князь.

— А вот, как перед Богом, не помню! Да и где тут, сумятица была страшная! Право, не запомню! Кажись, видел!

— Ахти! — начал опять тревожиться князь. — Как же так? Неужели сгорели?

— Нет! Зачем! Коли все спаслись, стало быть, и боярыня молодая с детьми. Беспременно! А только мне видеть не пришлось...

— Да где вы все теперь находитесь?

— В вотчине боярской подмосковной... Знаешь, чай! От города рукой подать. Верст с пяток будет, не боле.

— Пойду туда, узнаю... Все, говоришь, там? Никто в другое место не попал?

— Все, все! Окромя тех, кто на тот свет угодил. Вот приезжего попа Ивана, чай, знаешь, боярин? Так вот он с попадьей сгорел. Это я уж сам видел. Дом в огне, а он мечется по палатам, ровно обезумел от страха. Зовем его, не выходит. Так и сгорел с женой вместе. Знамо дело, от страха ума лишился.

— Царство им небесное! А Анастасия Федоровна как?

— Да как мы ее без памяти вынесли, так она до сих пор не в себя не приходит. Только, сказывали, стонет все легонько.

— Больна, стало быть, с испугу? — проговорил князь, отходя от Степана. — Пойду про жену разузнаю, ее, кстати, споведаю... Да! — прибавил он, вспомнив про татарскую шапку, найденную им. — Как же вас татары пропустили?

— Здесь их не было!.. Они, бают, и в город не входили: пожар их не пустил, — говорил темкинский холоп, удивляясь, почему такая мысль пришла в голову Даниле Андреевичу.

174

— Не бывали здесь, говоришь? А это что? — указал князь Степану на свою находку.

Тот онемел от изумления.

— Дивное дело! И откель взялась! — бормотал он.

— Стало быть, татары были! — сказал князь.

— Да нет же, не были! Разве опосля. Нешто татар можно проглядеть? Не было их тут, кого хошь спроси, не было!

Князь только пожал плечами.

— Пройду в вотчину, порасспрошу еще кой-кого: может, ты и проглядел... Прощай, старина!

— Прощай, батюшка-боярин! Я тут маленько в мусоре покопаюсь... Может, и найду что. А про татар это, чтоб проглядеть, так не можно! Эко слово молвил! Татарина проглядел! Накось! И рад бы иной раз проглядеть, да он, бритый, не проглядит и саблей по башке съездит! Ну, знамо дело, молод еще боярин, пожил бы с мое — небось, не сказал бы эфтаго. Эх, эх! Грехи наши тяжкие! — бормотал старик, принимаясь за свою невеселую работу, между тем как Данило Андреевич был уже далеко от него.

IX

ПРОПАДАВШИЕ ОТЫСКАЛИСЬ

Во все время, пока очищали Москву от трупов, царь Иоанн Васильевич оставался вдали от нее.

В Москве же работа кипела. Думали скорее окончить очистку, скинув трупы в реку Москву и предоставив ее волнам унести их из пределов города, но надежда не оправдалась: трупов было такое множество, что они запрудили реку и лежали по-прежнему в Москве, заражая смрадом окрестность.

Тогда согнали крестьян из ближайших к Москве деревень, вытащили трупы из реки и зарыли их, где и как пришлось, без отпевания и христианских обрядов: этой чести удостаивались только самые знатные из мертвецов — не хватало для панихид ни времени, ни священников. Только 15-го июня царь Иван Васильевич приехал к Москве и остановился в Браташине, где был у него дворец.

Сюда прибыли два посла Давлет-Гирея.

Царь принял их в столовой избе.

Окружавшие его бояре и сам он были в обыденной одежде, чего никогда не делали при приеме послов, но в этот раз такая одежда служила знаком печали.

Не меньше царя волновались и присутствующие при приеме

послов ханских бояре. В числе их находился и князь Ногтев. Бледнея от гнева, слушал он надменные речи и оскорбительные слова ханского письма. Гнев даже заставил князя на время забыть гнетущее его горе.

А люто было это горе! Данило Андреевич был в вотчине Темкиных. Там он нашел только бесчувственную, почти умирающую Анастасию Федоровну, окруженную десятком приживалок и сенных девушек. Расспрашивать старуху о дочери, нечего было и думать. Он обратился к другим. Кого он ни спрашивал, все говорили, что не видели Марьи Васильевны с детьми и не знают, что с ней приключилось. Даже старуха Авдотья, без ума любившая свою питомицу, и та не могла ему ничего объяснить и только плакала да причитала.

Князь был в отчаянье. Он пробыл в вотчине Темкиных несколько дней, продолжая разузнавать у всякого встречного о судьбе жены и детей.

За это время Анастасия Федоровна успела немного оправиться. При первой возможности князь расспросил и ее.

Происшествие 24-го мая так потрясло старуху, что она ничего не помнила с той минуты, как по дому раздался крик о пожаре. Она могла, поэтому вместе с князем сетовать на судьбу и убивалась исчезновением дочери.

Видя, что дальнейшие расспросы и поиски здесь бесполезны, Данило Андреевич уехал из вотчины Темкиных.

Думая немного рассеяться и забыться среди людей, он поехал ко двору царя и, таким образом, попал на прием ханских послов.

Данило Андреевич внимательно вслушивался в разговор царя с послами, стараясь не проронить ни одного слова.

— Данило Андреич! А Данило Андреич! — услышал он позади себя тихий окрик.

Князь с досадой обернулся: его окликал один из приятелей.

— Что тебе? — спросил молодой боярин.

Тот, наклоняясь к уху князя, тихо прошептал:

— Я сейчас только ко двору приехал, так видел, слышь, что тебя человек какой-то незнаемый перед дворцом дожидается. Холоп твой, бает, и прислан к тебе с вотчины твоей с вестями.

— Гонец с вотчины, говоришь? — переспросил Данило Андреевич, не веря ушам.

— Да, да, сказываю! — ответил ему говоривший. — Ты скореича — вести, баял холоп твой, важные!

Данило Андреевич поспешил незаметно покинуть "столовую избу", в которой происходил прием послов.

— Здравствуй, боярин Данило Андреевич! — радостно приветствовал его посланный. — Наконец-то Бог помог мне тебя сыскать!

— Миколка-выкрест! Ты отколе взялся? Я думал, что тебя уж и в живых нет! Нигде тебя не видно! — удивленно проговорил князь, узнав в гонце трусливого татарина.

— Нет, еще покеда Бог миловал! И от пожарища убежал, и промеж татар целым до вотчины твоей боярской пробрался, да и Бог привел спасти твоих...

— Что, вотчину мою, верно, татары разорили? — перебил его, не дослушав, князь.

— Не! — мотнул отрицательно головой Миколка. — Цела и невредима по-прежнему.

— Да ты откуда с вестями-то ко мне приехал?

— Да оттеда, с вотчины ж... Послан я боярыней Марьей Васильевной...

— Что? Что? Боярыней? Да разве она жива? — дрогнувшим от радости голосом произнес князь.

— И жива, и здорова, и тебя разыскать меня послала...

— Господи! Слава Тебе! А дети?

— И дети тож!

Больше Данило Андреевич уже не слушал Миколку-выкреста. Обезумев от радости, бегом бросился князь от него.

Видя, что конюх держит под уздцы вполне оседланного коня, дожидаясь выхода своего господина, одного из близких приятелей князя, Данило Андреевич вырвал из рук его поводья, вскочил на седло и, крикнув конюху:

— Скажи, что я взял! — что было мочи, поскакал к своей вотчине.

Конь Данилы Андреевича летел как ветер, а князю езда казалась недостаточно быстрой, и он беспрерывно понукал скакуна.

Проскакав несколько верст, конь, покрытый "мылом", как хлопьями снега, начал задыхаться, дрожать, а Данило Андреевич все погонял его.

Наконец лошадь, словно споткнувшись, упала на передние колени, а потом перевалилась на бок. Данило Андреевич оставил коня издыхать и поплелся пешком, горюя, что нет запасной лошади. Однако скоро судьба помогла ему. Князь встретил какого-то проезжего купца, купил у него за тройную цену коня и снова полетел к своей вотчине. Наконец вдали блеснула узкой серебряною полосою речка, составлявшая границу его поместья. Не отыскивая брода, он переплыл на коне речку. Еще несколько скачков изнемогавшего коня, и вот князь перед воротами своей усадьбы.

Из дома его уже увидели. Тогда-то раздался тот крик, о котором Данило Андреевич мечтал в Москве, приближаясь к саду Темкиных.

— Тятя приехал! Тятя приехал! Тятя приехал! — кричали Вася и Настя, выбегая навстречу отцу.

Вслед за ними выбежала и Марья Васильевна.

— Милые! Дорогие! — мог только промолвить Данило Андреевич, попеременно обнимая и целуя то жену, то детей.

Марья Васильевна не могла говорить от волнения и лишь осыпала мужа бесчисленными поцелуями.

Когда первое волнение улеглось, с обеих сторон посыпались расспросы.

— Как Бог только спас вас, дорогие мои! — проговорил Данило

Андреевич. — А я уж думал, что бобылем придется мне доживать век свой!

— Милый! Как я за тебя тревожилась, кабы ты знал! С каких пор послала Миколку тебя разыскивать... Ждала, ждала... Инда тоска всю душу вымотала! Наконец-то дождалась! — говорила мужу Марья Васильевна и снова покрывала поцелуями его лицо.

— Да поведай ты мне, как спаслась ты с деточками и сюда попала? То-то я тебя по Москве искал, а о тебе ни слуху, ни духу, — продолжал расспрашивать жену Данило Андреевич, успев уже пройти в дом и опуститься на лавку отдохнуть после долгого пути.

Марья Васильевна подробно рассказала мужу, как она осталась одна с детьми в объятом пламенем доме, как и кто их спас и отправил в вотчину.

— Так князь Бахметов отступником сделался? Кто бы мог думать! — воскликнул Данило Андреевич, со вниманием выслушав рассказ Марьи Васильевны.

— Да, — произнесла она. — И скажу я тебе, много в этом и я виновата!

— Полно, милая! Знать, шатка была и допрежь сего его вера, коли он на такое решился! Ну, да Бог с ним! Не нам его судить! Он мне вернул жену и детей моих, и спасибо ему за это! Стало быть, в душе-то его еще не все заглохло... не осуждать нам его надо, а только жалеть да просить Господа, чтобы Он ему простил грех великий!

— Да, милый! Так я и думала и жалею его от всего сердца! — ответила Марья Васильевна.

— А больше ничего нет к нему в сердце твоем? — произнес князь, пристально смотря на жену.

Марья Васильевна с упреком посмотрела на мужа.

— Нет, ничего, кроме жалости к нему, говорю, как перед Богом! — твердо ответила она.

— Верю, верю, голубка моя! Могу ль тебе не верить! — произнес Данило Андреевич, встав со скамьи.

Он обнял жену и крепко-крепко поцеловал ее прямо в алые губы, а сам между тем прислушивался к весёлому говору детей, уже успевших заняться какой-то незамысловатой, но интересной для них игрой.

X

НЕЖДАННЫЕ ГОСТИ

Весь отдавшись своему счастью снова быть с женою и с детьми, Данило Андреевич и думать не хотел ни о Москве, ни о шумном царском дворце — его не тянуло к городской жизни, ему не нужны были слава и почести: его прельщал тихий семейный круг. Однако ему вскоре пришлось поневоле расстаться со своей уединенной жизнью. Однажды, ранним утром, когда Данило Андреевич поспешно допивал последнюю кружку своего любимого сбитня из шалфея с имбирем, готовясь отправиться в поле на косьбу, в дверь той комнаты, где он сидел, просунулась голова Миколки-выкреста, ставшего, после спасения Марьи Васильевны, ближним слугою боярина Ногтева.

— Тут тебя, боярин, человек какой-то спрашивает. Приехал, сказывает, издалече с посланьем от кого-то, — проговорил Миколка.

— Откуда же это? — удивился князь;— Ну, да зови его! Увидим!

Голова Миколки скрылась, и через минуту вошел приезжий. Это был молодой, красивый парень, не похожий на обыкновенного холопа; скорее его можно было бы принять за купца или купеческого сидельца.

— Поклон тебе привез, княже, — низко кланяясь Ногтеву, сказал парень, — от купца Василия Степановича Собакина из Новгорода Великого и письмецо от него...

— А! От Василия Степаныча! Помню его, помню! Что, здоров ли старик? — промолвил Данило Андреевич.

— Благодарствуй! Здрав, слава Богу! Вот и письмецо его, — проговорил гонец, подавая князю письмо Собакина.

— Посмотрим, что в нем прописано, — сказал Данило Андреевич, разворачивая свиток.

Письмо было приблизительно такого содержания.

"Князю и боярину Даниле Андреевичу Василий, Степанов сын, Собакин, гость новугородский, челом бьет и низкий поклон тебе с сидельцем со своим Егоркой, прозвищем Ладным, посылает.

"Прошу я тебя, коли ты дружбы нашей не забыл и того не запамятовал, что знавал я тебя, боярина, еще юношей младым, будь благодетелем, окажи мне милость и просьбицу, кою из сего письма узнаешь, исполни не мешкотно.

"Ведомо, чаю, тебе, что царь наш благочестивый третьим браком пожениться хочет, и указ разослал по городам всяким, чтобы боярских да торговых людей дщерей везли к нему на Москву али в слободу Лександровскую на смотрины. У меня ж, как сам, чай, помнишь, окромя сына Каллиста, есть дочь Марфа. Девка на возрасте, лицом не дурна, и хочу я ее к царю везти. Да горе такое, что хоть дела торговые веду я немалые, но на Москве сроду не бывал и приеду туда

— ровно в лес дремучий попаду. Знакомых же там, окромя тебя, у меня никого нет. Куда деться, по приезде, где найти кров и пристанище — не знаю. Тем паче, что Москва теперь спалена царем крымским и только из пепла, бают, подниматься начинает. Вот и надумал я в такой беде к тебе с просьбицей обратиться: найди ты, слезно молю, приют мне на Москве али в Слободе где-нибудь, а я уж век услуги твоей не забуду. Как надумаешь, то либо словами все гонцу моему расскажи'— он парень толковый — либо письмецо с ним пришли. До возвращения же его, Егорки, с ответом от тебя я и трогаться из Новгорода не буду. На меня же старого не серчай, что хлопот да забот тебе наделал, потому, сердце мое отцовское болит о том, чтобы дочери моей в Москве спокойно было бы и обиды ей какой не учинили.

"Еще многажды челом тебе бьет приятель твой старинный Собакин Василий".

Окончив чтение, Данило Андреевич сидел над письменным столом в раздумье. Не особенно по сердцу пришлась ему эта неожиданная просьба, не хотелось ему снова покидать семью и ехать в Москву.

— Вот что, молодец, — обратился князь к гонцу, — ты ступай отдохни малость да подкрепись с дороги, а тем временем над ответом подумаю... Как надо будет — кликну.

Егор поклонился и вышел.

— Спит, чай, жена еще, — проговорил князь по уходу гонца, поднимаясь с лавки. — Марья! Спишь али нет? — окликнул он Марью Васильевну, подходя к двери.

— Ась? — послышался голос боярыни.

— Поднимаешься ты, али еще почивать будешь?

— Да я уж встала. Вот только Богу помолюсь и к тебе выйду. Обожди маленько.

Ждать Даниле Андреевичу пришлось недолго — скоро Марья Васильевна вышла из опочивальни.

— А ведь мне, Марья, надо на днях в Москву ехать! — сказал Данило Андреевич жене, когда она вышла к нему.

— Это зачем? Али, со мной тут живши, по людям соскучился? — улыбаясь, сказала Марья Васильевна.

— Не я соскучился, а люди, должно, по мне соскучились! Сегодня чуть свет гонец приехал.

— Откуда? С Москвы? — тревожно спросила боярыня.

— Нет. Из Новгорода Великого.

— От кого же это?

— От знакомства моего старинного, от торгового человека Василия Степановича Собакина. Загадал он мне загадку! Едет, вишь, он с семьей в наши края, дочь свою на смотрины к царю везет, так просит меня найти в Москве ему пристанище. Вот об этом деле и хотел я с тобой потолковать.

— Да что ж тут особенно раздумывать, — ответила Марья Васильевна. — Ужели в Москве избы не сыскать?

— Да ведь теперь от Москвы-то белокаменной только огарыши одни чернеют заместо домов. Где ж тут найдешь? Уцелел бы хоть ваш темкинский дом, тогда бы туда можно б, а теперь и у нас самих в Москве приюта нет. Вот тут и делай, что хочешь! — с некоторой досадой проговорил Данило Андреевич.

Марья Васильевна допила чашку уже остывшего за время разговора сбитня и задумалась.

— А знаешь, муженек мой родной, что я надумала? — сказала она, помолчав. — Почто нам понапрасну голову-то ломать? Пусть купец твой в нашу вотчину приедет — уж не больно как от Москвы далече, все отселе ближе до нее, чем от Новгорода, а уж опосля мы его в нашей подмосковной Темкинской вотчине устроим. Так, по мне, ладно будет.

— И впрямь! Чего лучше? И мне пока что можно здесь остаться, а не рыскать по Москве зря. Миколка! — крикнул князь затем.

— Что твоей милости? — проговорил тот, выставляя свою голову из-за дверей.

— Кликни-ка ко мне гонца, что с Новгорода приехал. Скажи, боярин, мол, ответ на письмо хочет дать.

Голова Миколки так же быстро скрылась, как и показалась.

Через минуту гонец уже стоял перед боярином.

— Вот что, Егор: письма Василию Степанычу отписывать я не буду, а ты так сам передай, что скажу. Чай, не запамятуешь в дорогё-то? — сказал Данило Андреевич гонцу.

— Чаю, боярин, что, как-никак, а мозгов упомнить сказ твой у меня хватит! — тряхнув кудрями, улыбаясь, ответил Егор.

— Ну и ладно! Так, вишь ты, слухай! Просит меня Василий Степаныч пристанище ему в Москве сыскать. А ты ему скажи, что в Москве теперь домов раз, два и обчелся, пока же снова устроится она — и лето, да и зима минут. Потому пускай он едет прямо сюда, в эту мою вотчину, путь ему ты укажешь, а опосля, как отдохнет с дороги вволю, тогда переведу его я поближе к Москве в вотчину тестя, отколе до Слободы, где царь теперь, рукой подать. Понял, чай, и запомнишь?

— Как не понять! Дело не мудрое... Все от слова до слова перескажу...

— Ну, вот и весь мой сказ. Теперь ступай, хоть гуляй, хоть отдыхай, что хочешь делай — я свое дело справил и кончено! И думушки нет!

— А я, боярин, коли отпустишь, сегодня же вечером, али нет — лучше завтра поутру и в путь тронусь, — сказал посланец.

— Ну, как хочешь! Коли так — не держу, — промолвил Данило Андреевич, слегка дивясь такой торопливости гонца — истинную причину ее ему пришлось узнать позже. — Поклон Василию Степановичу не забудь передать!

— Будь спокоен! Все передам, как сказываешь! Прощенья просим, боярин, и ты, боярыня! Здравы будьте!

— Прощай! Иди с Богом! — отпустил гонца Данило Андреевич.

С этих пор в вотчине стали готовиться к приезду гостей. Однако, пока они прибыли, прошло немало времени — путь из Новгорода был не близок и не легок благодаря плохим дорогам.

— Ай, да ладно, Василий Степанович! Ай да ладно! К самому обеду в раз поспел! Вот что мне любо! — говорил Данило Андреевич, встречая приезжих. — Марья! Марья! Где ты? Подь сюда скореича дорогих гостей встречать! Батюшки! Да неужто это Марфинька! Ишь, ты, время-то! Какая раскрасавица душа-девица стала, а ведь помню вот этакой, — указал Данило Андреевич рукой аршина на полтора от полу, — девочкой бегала, когда я в последний раз в Новегороде был!

— Да, боярин Данило Андреевич, много сменилось с тех пор! Помню я тебя еще пареньком молодым, чуть ус пробивался, а теперь уж мужчина вполне, — ответил ему купец Василий Степанович. Собакин, высокий, плечистый старик, которому длинная седая борода и такие же волосы, сбившиеся надо лбом, придавали вид патриарха.

— Да и ты, брат, постарел изрядно! Да и мудрено ли, коли дочь уж такую вырастил да сына... Чай, сынок-от женат уж? — говорил Данило Андреевич, здороваясь с сыном Василия Степановича, Каллистом.

— Как же, как же! Вот и жена его! Прошу любить да жаловать!

Вошла Марья Васильевна.

— Вот и моя хозяйка. В свой черед, прошу любить да жаловать! Однако, устали, чай, с дороги-то, проголодались? Прошу к столу. Только не взыщите на скудной трапезе...

Так встретил Данило Андреевич прибывших. Он обошелся с ними, как со своими. Отделил для них несколько комнат и предоставил эти покои в полное их распоряжение. Словом, он не стеснял их ни в чем. Впрочем, гостям пришлось прожить в вотчине князя Ногтева недолго. Они торопились поспеть к царскому выбору, а потому Данило Андреевич отвез их сперва в подмосковное поместье Темкиных, а потом переселил их в Слободу, где отыскал для них подходящее пристанище. В этой же Слободе произошел выбор царем себе жены. Судьба решила так, чтобы Марфиньке, дочери Собакина, к ее счастью или несчастью, стать русской царицей.

С переменою судьбы дочери изменилась и судьба ее родственников. Василий Степанович немедленно был возведен царем в звание боярина, а сын его в кравчего.

Посмотрим же, как Василий Степанович, сделавшись важным человеком, отблагодарил Данилу Андреевича за его хлопоты, ласку и радушие.

XI

ВЕСТНИЦА ГОРЯ

Скучно было Марье Васильевне в вотчине, когда она осталась одна после отъезда ее мужа с Собакиным в Слободу. Только и отводила душу, когда какая-нибудь из соседских помещиц погостить заедет. Проведут вдвоем дня два, поболтают, посмеются, а потом и прощай! Опять на годик-другой! И опять Марья Васильевна одна сидит.

Больше же всего ее тоска по мужу крушила. Сама на себя дивилась боярыня, почему в этот раз она больше, чем прежде, по мужу тоскует. Бывало, в "поле" поедет он... Знает Марья Васильевна, что, того и гляди, там либо из пищали в него пальнут, либо саблей зарубят, тоскует она, убивается, а все не так, как ныне. И тоска какая-то иная, словно от предчувствия какого-то недоброго.

Однажды поутру вбежал к ней в горницу сын.

— Матушка! — кричит, — богомолка к нам пришла! К угодникам в Киев пробирается! Старушка старенькая-старенькая такая!

Марья Васильевна обрадовалась.

— Зови ее скорее в дом! — крикнула она сыну и сама спустилась в светелку.

Скоро в комнату вошла маленькая, худощавая, сгорбленная старуха, в лаптях, с котомкой за плечами и дорожным костылем в руке, на который она опиралась при каждом шаге. Лицо ее было покрыто, как маскою, сетью морщин, беззубый рот ввалился, а подбородок далеко выдвинулся вперед. Только глаза, уже давно потерявшие блеск молодости, еще были полны жизни и смотрели приветливым и, вместе проницательным взором.

Войдя в светелку, старуха, опустясь на колени, прошамкала короткую молитву, истово осеняя себя крестным знамением, потом кряхтя, поднялась и, низко поклонившись боярыне, остановилась подле двери.

— Садись сюда, матушка! Устала, чай, с дороги, отдохни... Сейчас и перекусить тебе подадут, — сказала Марья Васильевна.

— Благодарствуй, боярыня! Точно, притомилась я маленько, — ответила старуха, опустившись на лавку и прислонив костыль свой к столу.

— Издалеча идешь?

— От самого от Новагорода. В Киев хочу пробраться, коли Бог приведет... Да уж не знаю, удастся ли: времена ноне такие лихие настали, что Боже упаси!

— Да уж, баушка! Тяжеленько ноне... Перекуси-ка... Вот рыбка, тут грибочки... кваску не хочешь ли?

— Спасибо, спасибо! Кружечку коли дашь, не откажусь, с грибками-от...

Квас был подан, и старуха, очевидно сильно проголодавшаяся, принялась за еду. Марья Васильевна, не желая ей мешать, на время прервала свою беседу.

— Вот я и сыта! Благодарствуй, боярынька! — вскоре произнесла старуха.

— Что ж так ела мало? Только чуть к грибкам притронулась?... Поешь еще! — потчевала ее Марья Васильевна.

— Довольно, родная! И то наелась до отвалу! Чуть не до самого Киева сыта буду! — шутила богомолка.

— Будешь в Киеве, за нас, грешных, помолись.

— Вестимо!.. Об этом не позабуду!

— Ты впервой на богомолье собралась?

— Какое впервой! С сорока лет хожу, с тех самых пор, как ляхи мужа убили... В Киеве раз с десяток была... Теперь в остатний иду: коли Бог поможет, в Ерусалим, ко Гробу Господню пойду...

— Сколько тебе теперь годов, баушка?

— Да вот в Покров без трех годков сотня будет!

— Неужто! Сотня лет! Долгою жизнью Господь тебя наградил!

— Взыскал меня не по грехам моим... Одначе, мне и в путь-дорогу пора, — поднялась богомолки.

— Чего ж ты? Посиди, а то и останься денек-другой... Отдохни.

— Нет, матушка, благодарствуй! Мое дело старое — мешкать нельзя... Того и гляди, помру, до Киева не дойдя... Нет, это не можно! Спасибо тебе, боярынька, за ласку да за угощенье!..

— Не на чем, баушка! И то, почитай, ничего не ела...

— Сытехонька! Тебя как звать?

— Марья.

— А муженька? Его, чай, дома нетути?

— Его Данилой... В Слободе он Александровской теперь...

— Молиться буду за рабов Божьих Данилу и Марию... А чем мне за угощенье тебе воздать? Ты меня не обессудь, старую: хочешь, я тебе скажу, что ждет тебя? Не подумай, что ворожбой бесовской я занимаюсь. Упаси Бог! Нет! Сподобил меня Господь на старости лет по лицам примечать, что впереди будет — злое али доброе.

— Скажи, баушка! Коли это от Бога, так греха нет, — сказала Марья Васильевна, охваченная суеверным чувством.

— Все Бог дает нам, грешным! Он и карает, и милует... Сдается мне, боярыня, что ждет тебя беда через мужа: нагрянет она на него оттуда, откуда и ждать нельзя будет. Ворог есть у него, и тот ворог погубить его захочет. Но Бог все устроит: чист боярин окажется, и беда в радость великую обратится... Надейся на Бога, боярыня! Прощай! Здоровенька будь!

И старуха медленно вышла из комнаты. А Марья Васильевна, взволнованная, шептала:

— Недаром чует сердце мое беду!

XII

ЛЮДСКАЯ БЛАГОДАРНОСТЬ

Данило Андреевич, устроив Василья Степановича в Слободе, остался и сам тут же: его интересовало, какая судьба ожидает Марфиньку, не падет ли на нее царский выбор.

К нему часто заходил Егор Ладный, сиделец и гонец Василия Степановича, снова приехавший вместе с последним в Москву узнать от него, что с Марфинькой, скоро ли наступит день выбора. Приходил он к князю Ногтеву за справками по той причине, что ни у кого другого лучше узнать нельзя было. Впрочем, Собакины' могли бы ему тоже передавать не менее подробно, но с некоторых пор Василий Степанович и Каллист стали очень враждебно относиться к своему сидельцу. Данилу Андреевича такое отношение удивляло. Он несколько раз пытался спрашивать об этом Собакина, но тот только рукой отмахивался от расспросов. Ногтев радушно принимал у себя Егора Ладного, несмотря на разницу положений. Ему нравился этот парень за его кроткий характер.

В тот день, когда уже всем сделалось известным, что Марфа Собакина избрана царем в жены, Егор пришел к Ногтеву.

— Что, слышал, паренек, Марфушка-то чести какой дождалась? — спросил Данило Андреевич Егора.

— Слышал... Как не слышать! — тихо промолвил Ладный.

— Садись, молодец, чего стоишь. Что ты сегодня грустен словно? — сказал Ногтев, глядя на задумчивое и бледное лицо Егора.

— Тоска, боярин! — глухо проговорил Ладный, опускаясь на скамью.

— Тебе ль, вьюноше младому, да тосковать? С чего же это тоска на тебя напала?

— Так... Тяжко, боярин! Не спрашивай... Душа вся изныла! Жизни своей я не рад!

— Господи! Вот дивно! И с чего бы! — воскликнул князь.

В это время вошел слуга.

— Боярин Василий Степаныч, а с ним царский кравчий, Каллист Васильевич, повидать тебя желают, Данило Андреевич. Прикажешь просить?

— Проси, проси! — быстро произнес Данило Андреевич, которого разбирало любопытство посмотреть на вновь испеченного боярина, будущего царского тестя.

Через несколько минут послышались мерные медленные шаги, и в комнату не вошел, а вплыл Василий Степанович Собакин, царский боярин, и следом за ним, не менее торжественно его сын, Каллист, недавно получивший звание кравчего.

Когда Василий Степанович и Каллист вступили в комнату,

бледное лицо Егора Ладного стало еще бледнее. Он поднялся с лавки и, не кланяясь, насмешливо посмотрел на вошедших.

— Царскому боярину и будущему тестю государеву челом бьем! — произнес Данило Андреевич, идя навстречу к Собакину.

— Спасибо, голубчик, спасибо! Не забудем тебя, будь спокоен! Шепнем царю при случае — все для тебя сделает по просьбе нашей! — важно проговорил Василий Степанович, протягивая руку Даниле Андреевичу с таким видом, словно делает ему великую честь этим.

Трудно было узнать в этом чванном боярине того купца-патриарха, которого так радушно принял в своей вотчине Ногтев... Всем своим видом новоиспеченный боярин хотел показать, что он важная птица. Голова его была закинута назад и, казалось, потеряла способность наклоняться — можно было подумать, что боярская шея куда менее гибка, чем купеческая.

Тон Собакина, его надменный вид и чуть слышное рукопожатие покоробили Данилу Андреевича, однако он был слишком гостеприимен для того, чтобы показать чем-нибудь свое неудовольствие гостю, и как ни в чем не бывало, поздоровался с Каллистом.

Потом он попросил гостей сесть.

Боярин и кравчий грузно опустились на лавки и развалились на них так, словно сидели у себя дома за вечерним сбитнем.

— Как здоровье Марфы Васильевны? — спросил князь, начиная беседу.

— Марфы Васильевны? — вопросительно вскинул на Данилу Андреевича глаза Василий Степанович. — Какая она теперь тебе Марфа Васильевна! — грубо заметил он потом. — Чай, слышал, что не сегодня-завтра она царицей будет русскою, а стало быть, и твоею... Мог бы иначе как-нибудь, а то на! Марфа Васильевна! Словно знакомую, какую простую.

Данило Андреевич вспыхнул, но опять сдержался, хотя это стоило ему порядочного усилия, и снес обиду, не желая ссоры.

— Как твое здоровье, боярин? — снова спросил Данило Андреевич.

— Слава Богу! Помаленьку здравствуем. Дочь за царя замуж хотим выдать — при таком счастье, коли б и болезнь, какая приключилась, так пересилил бы! — ответил благосклонно будущий царский тесть.

— Ну, а ты как, — Каллист Васильевич? — обратился князь к до сих пор молчавшему брату Марфы Васильевны.

— Здоров, слава Богу, — коротко ответил тот и опять погрузился в прежнее торжественное молчание.

"Что с этими мужиками говорить будешь? Нешто они теперь люди? Идолищи какие-то! Ишь, спесь-то напустили! Слышал я ляхскую пословицу: из хама не будет пана, и точно! Такими же хамами остались, как были и раньше, только спеси прибавилось, теперь их на престол посади да фимиам воскуряй перед ними — и то им нипочем будет!" — с досадою думал Данило Андреевич.

186

Некоторое время длилось молчание. Данило Андреевич придумывал, о чем бы спросить гостей. Наконец надумал.

— Давно ль царя видел? Как его государево здравие драгоценное? спросил он.

— Кажинный день царя вижу! Кажинный день! Для нас теперь это не диковинка! — хвастливо ответил Василий Степанович. — Ничего, здоров, слава Богу. Сегодня еще со мной весело так говорить изволил. А что, Данило Андреевич, признайся, так по душе, по совести: думал ли ты и в мыслях держать, каких ты особ в своем дому принимал, когда мы к тебе в вотчину из Новгорода приехали? А? Небось, и не думалось, кто такие будут эти гости? — усмехаясь, добавил спесивый старик.

— Нет..., конечно, не думалось, — ответил князь.

— Еще б думаться! А ведь шутка ль — царский тесть и царица будущая, в твоем дому сидели, с тобой за одним столом кушали. Н-да! Тебе, чай, и во сне такой чести не снилось! А я, признаться, уж и тогда на кое-что надеялся, а только, конечно, не болтал зря и держал себя просто, как мое тогдашнее купецкое звание требовало. Я не чванился, и даже, когда ты меня в ту пору изобидел, я даже и виду не показал — снес обиду.

— Помилосердствуй, боярин! Да когда ж я тебя чем-нибудь изобижал? Кажись, как родных, тебя с семьей в своем дому принял, — промолвил изумленный князь.

— В том-то вот и дело, что уж больно как родных! Больно уж просто. Не токмо в первый приезд обеда не приготовил хорошего, каким гостей угощают, а...

— Да помилуй! — прервал князь, начинавший не на шутку раздражаться. — Ведь вы же к самому обеду подъехали, где ж мне было другого обеда взять, окромя того, что был? Я и попросил не осудить меня и откушать, что Бог послал! Да и обед же был вовсе уж не так прост, чтобы...

— Ты наперед дослушай, а не прерывай старых людей — молоденек еще! — в свою очередь перебил Данилу Андреевича Собакин. — Скажу тебе, что, коли б ты хотел гостей уважить, так беспременно сумел бы все устроить, и обед бы живой рукой другой состряпали. Ну, да ладно! Об этом мимо, и не обед меня тогда изобидел больше всего, а невежество твое. Помнишь, чай, сидели мы после обеда за сластями, и разговор вели по душе, а ты вдруг среди беседы поднялся с лавки: "Не погневайся, сказал, Василий Степанович, я соснуть пойду!" Это мне-то, гостю, издалека приехавшему, молвил, да притом старцу седовласому! Вот это меня точно изобидело сильно! У нас так не водится! Н-да! Оначе я, конечно, и глазом не моргнул, виду не показал, что крепко ты меня изобидел. Само собой, ты это в том разуме сделал, что, дескать, купец! Все снести может! Ан, вишь ты! Купец-то в какого боярина оборотился! Почище тебя, пожалуй, будет! И мог бы я тебе зело напакостить, а только я не злопамятен и супротив тебя злобы не питаю... Так-то, батюшка!

Данило Андреевич побагровел от гнева, слыша такую благодарность за свою хлеб-соль. С языка его готово было сорваться гневное слово, но его предупредило неожиданное вмешательство Егора Ладного.

Когда Василий Степанович и Каллиста вошли в комнату, они не заметили или не хотели заметить стоявшего у лавки Егора — они и глазом одним на него не взглянули. Ладный не счел нужным напоминать, о своем присутствии и, молча, вслушивался в разговор. По мере того, как беседа гостей с Ногтевым принимала все более острый характер, Егор начал волноваться. Им овладел гнев при виде того, как отплачивает Собакин князю за его радушное гостеприимство. Он сдерживал себя, но, наконец, не выдержал и заговорил. Егор говорил быстро, горячо. Многое пришлось узнать Даниле Андреевичу из этой речи. Понятна теперь ему стала и тоска Ладного: Марфа Васильевна, как, оказалось, была просватана уже за Егора Ладного, когда честолюбивый старик, услышав о царском указе, пожелал отправить дочь свою к царю на смотрины. Он так и сделал, не тронувшись ни мольбами дочери, ни просьбами Егора, который в свое время оказал немало услуг Василию Степановичу;

Долго говорил Ладный, а Василий Степанович и Каллист сидели, словно онемев. А Егор закончил свою речь:

— Загубил ты дочь свою, загубил и меня... Да я что! Я бобыль! Птица вольная! Сегодня — здесь, завтра — там... Забудусь в чем-нибудь — либо в потехах ратных, либо в молитвах монашеских, а она, болезная, сгорит с тоски, стает, как свеча воску яркого! Не выдержат ее силы женские слабые тяготы великой, и задавит ее кика царская, каменьями самоцветными унизанная!.. Жаль ее, голубку мою, а я что! — тихо докончил Егор Ладный свою речь, и голос его дрогнул, а на реснице повисла слеза.

Тут только опомнился Собакин.

— Вон! — прохрипел он. — Княже! Прикажи вывести холопа буйного! — обратился он к Ногтеву.

Тот не двинулся с места.

— Слышишь, Данило Андреевич? Прикажи вывести его да вспороть на конюшне!

— За что выводить его? Нешто он буянит? Да к тому ж я сам в чужом доме живу и слуги здесь не мои... Да коли б и мои слуги были, прямо скажу, не позвал бы их гнать его: не за что парня гнать — он правду молвил, а коли обижаешься на него, стало быть, это тебе правда глаза колет.

— Вот как! Стало быть, и ты его сторону держишь! Ай да боярин! — злобно проговорил Собакин.

— Да уж не тебе меня боярству учить — ты сам к нему еще и не приобык! — отрезал князь.

— Стой, Данило Андреевич! Не ссорься с ним из-за меня. Он, пожалуй, еще тебе наделает бед — хлеб-то-соль твою, верно, он не больно помнит. Я уйду... И то уж давно сбираюсь; да все хотелось вот на ем сердце сорвать. Теперь меня ничто не держит... Прощай, княже! Не поминай лихом.

— Да куда же ты? — с недоумением спросил Данило Андреевич.

— Куда глаза глядят! Сам еще не знаю... Русь-матушка велика, чай, найду в ней и я себе уголок. А тут мне оставаться не приходится!

— Коли так, иди с Богом! Пошли тебе Господь счастья!

— Быть ли счастью, боярин, быть ли счастью! Об этом и думать не смею. Прощай же, боярин! Здрав будь на многие лета вместе с супругой своей и детушками! Пошли им Бог счастья! А тебе, Василий Степаныч, скажу: больно ты крепко радуешься — смотри, не больно заносись, чтоб слез горьких опосля не проливать!

— Проваливай, проваливай, пока цел! — пробурчал старик.

— Я-то уйду, не только отсюда, а и из мест родимых, а вот ты-то на радость ли себе останешься!

Не прибавив больше ни слова, Егор Ладный повернулся и вышел из комнаты.

Сейчас же после его ухода поднялись с лавок и старик с сыном.

— Спасибо, княже, за прием ласковый! Утешил, утешил старого знакомца, — злобно проговорил Василий Степанович.

— Не на чем, боярин! Что заслужил, то и получил! — равнодушно промолвил Данило Андреевич.

— С холопом заодно на меня напустился! А я думал ему честь оказать, пришел к нему, как добрый, а он на! — продолжал старик.

— Вот то-то и скверно, что ты честь пришел мне оказать! Пришел бы попросту, без чванства да спеси, иная б у нас и беседа была б! — ответил князь.

— Ну, ладно! Лайся, лайся еще поболе! За все тебя отблагодарю, будь покоен! — сказал Василий Степанович, злобно сверкая глазами на Данилу Андреевича.

— Чего от тебя и ждать! Вижу, каков ты человек! — спокойно произнес князь.

— Свидимся ужо! Только рад ли тому будешь! — злобно проговорил старик, готовясь уйти.

С этого времени Данило Андреевич ждал беды. Чтобы не встречаться с Собакиным и не натолкнуться на новую ссору, князь на другой же день уехал в вотчину.

Об Егоре Ладном с этих пор ничего не было слышно. Его не встречали ни в Москве, ни на родине [Дальнейшую судьбу Егора читатель узнает из романа "Воля судьбы", того же автора, героями которого служат Марфа Васильевна и Ладный].

Слова же Ладного оказались вдвойне пророческими. Не прошло и месяца, как по всей Руси святой разнесся слух, что невеста государева занемогла, что ее испортили. Царь был вне себя от гнева и старался найти виновников болезни своей невесты. В это время едва не скатилась с плахи и голова Данилы Андреевича: так ему отплатил за былое добро его старый приятель Собакин.

189

XIII

КЛЕВЕТА

Удалился Данило Андреевич от двора шумного, от хитрых и честолюбивых царедворцев, зажил опять в своей вотчине, как до приезда Собакина, тихою, мирною жизнью со своей женой и детьми.

Все, казалось, по-прежнему было: так же, как и прежде, вставал боярин поутру, чуть зорька на небе заиграет, выпивал сбитня, целовал жену и спешил на поле, подернутое беловатой пеленой росы, подбодрять своих работников не понуканьем грозным, а словом ласковым да примером своим: он сам зачастую работал с ними.

Все в вотчине шло по-старому, да не старое было на душе у князя!

Что-то больно часто он украдкой грустно-грустно на жену поглядывал и деток чаще прежнего к груди своей прижимал, целовал их жарче, и словно дымкой какой-то заволакивались очи Данилы Андреевича.

Видела все это Марья Васильевна, тревога закрадывалась в ее сердце, но она до поры до времени не спрашивала мужа, о чем он кручинится, а старалась скрыть зарождавшуюся тревогу.

А в голове Данилы Андреевича бродили невеселые думы. Чуял он, что натворит ему зла Собакин за его же, князеву, хлеб-соль: не таков старик, чтобы забыть обиду!

А и обида-то, обида: правда — в глаза сказанная!

И сжимала тоска сердце Данилы Андреевича! Чуяло оно-вещун беду неминучую!

Не за себя кручинился князь. Не знал он за собой никакой вины ни перед царем, ни перед родиной, а коли б пришлось умереть, безвинно — что ж делать! Знать, так ему на роду написано: венец мученический принять!

Печалился он за свою жену молодую, за своих детушек, что сиротками останутся. "Что жена молодая, мужем покинутая? Словно былинка в поле одинокая, забытая: ее и солнце жжет, и ветер сердитый до земли сгибает — ни ей покрова, ни ей опоры. Плачется былинка, а помощи взять неоткуда! Так и жена. Кто защитит вдову молодую от людских нападок, от невзгод житейских. Никто! Одна ей дорога — в монастырь. А дети, тогда как же? Али бросить их: растите, мол, как цветы полевые, без призору, да без ласки материнской! А самой идти чин ангельский принимать, спасать свою душеньку от огня адского? Нет, нельзя так!

"Ох, дети, дети! Что с вами будет, с сиротками! И подумать — так дрожь по телу мурашками бежит, а каково вам-то будет! Страшно за вас! За души ваши чистые! Душа детская что воск: что хочешь, то и вылепи! Хочешь ангела божьего, безгрешного, хочешь беса хвостатого да рогатого! Да! В какие руки попадет. Так и дети — нежь

190

их, голубь да на путь истины словами ласковыми наставляй — вырастут люди такие, что если б всем быть, как они, так тогда и зла на белом свете не было бы. А начнут с детства раннего колотушками пичкать, бранью да розгами поучать — не жди добра! Вырастет дитя — все обиды да пинки вспомянет и сторицею за них заплатит!

Такого рода думы тревожили Данилу Андреевича, и он худел, бледнел не по дням, а по часам.

Долго крепилась Марья Васильевна — уже промелькнул конец лета, начался листопад, пришла осень глухая с ее темными ночами да дождями, а она все еще не спрашивала мужа, но, наконец, не выдержала и спросила его, о чем он тоскует.

Произошло это в один из хмурых осенних вечеров.

Даниле Андреевичу было тогда особенно тяжко, словно предчувствие близкого и ужасного несчастья сжимало его сердце.

Марья Васильевна долго смотрела, как князь, сумрачный и молчаливый, медленно прохаживался по комнате.

"Бедный! О чем это он так убивается столько времени? И чего не скажет мне про свою кручинушку? Все полегчало бы! Спросить разве?" — думала Марья Васильевна.

Поколебавшись немного, она тихо спросила:

— Родной! Что с тобою? Поведай мне!

Данило Андреевич был застигнут этим вопросом врасплох.

— Со мной? Ничего! — ответил он, избегая взгляда жены.

— Ой, милый! Почто скрываешь от меня, от жены своей? — произнесла она с упреком. — Ведь вижу, что неладное что-то с тобой творится. Родной мой! — продолжала молодая женщина, подходя к мужу и обнимая его. — Не таись! Открой свою душу! Ужели боишься, что тоски твоей я не пойму али не поделю с тобою?

— Нешто я могу таить, али скрывать что-нибудь от тебя? Тебя кручинить без нужды жаль — вот почему тебе о своей тоске да горе горьком не сказываю! — ответил Данило Андреевич, тронутый словами жены.

— Хуже терзаюсь, родной, скорбь твою видючи! Скажи мне все, поведай без утайки, может, и у тебя, и у меня на сердце полегчает!

— Не хотел я смущать тебя до поры до времени, но будь по-твоему — все открою, ничего не потаю, — сказал князь и подробно рассказал жене о своем и Егоркином столкновении с Василием Степановичем Собакиным.

Безмолвно слушала молодая боярыня рассказ мужа и только бледнела от душевной тревоги.

— Не тоскуй, дорогой! Бог милостив! Может, и пронесет Он мимо бурю злую — не ради нас с тобой, грешных, так ради детушек! — проговорила Марья Васильевна, припав лицом к плечу Данилы Андреевича, когда он окончил рассказ. Утешала она мужа, а у самой на сердце, словно камень тяжелый лежал, и сама она плохо верила в свои утешенья.

— Будем на Бога уповать! — коротко ответил жене князь, но

предчувствие чего-то грозного, какой-то близкой и неотвратимой опасности не покидало его.

И предчувствие это было пророческим: на другой же день поутру приехал гонец к князю от Иоанна с требованием явиться к царю в Слободу. Гонец был опричником.

Когда Данило Андреевич спросил гонца, не известно ли ему, по какой причине царь вызывает его к себе, опричник, стоявший перед князем, не снимая шапки, надменно ответил:

— Баяли, в измене ты уличен, так царь-батюшка требует тебя к себе.

Опричник усмехнулся.

— И что вы, бояре, за народ! — добавил он, — изменник на изменнике! Был бы я на месте царя — всех бы вас извел в один месяц... А он, наш милостивец, терпелив!

"Пришла погибель!" — думал Данило Андреевич, однако еще пытался успокоить жену, навзрыд рыдавшую, и плачущих детей, понявших, что их тятю постигло какое-то несчастье.

Данило Андреевич сам едва сдерживал слезы. Он чувствовал, что еще немного продолжись расставанье — и ему не совладать с собой. Поэтому он поспешил с отъездом.

Сопровождаемый толпой воющей дворни князь вскочил на коня и сразу тронулся полным карьером.

Конь несся как ветер, унося князя, может быть, навсегда от родимого крова, от жены его и детей. Что ждало князя у царя — об этом Данило Андреевич страшился и думать.

Когда князь приехал в Слободу и готовился предстать перед грозные очи царя, во дворце был торжественный прием какого-то посольства.

Замешавшись в толпу придворных, Данило Андреевич думал расспросить, не произошло ли чего-нибудь в Москве такого, что могло подать повод царю отыскивать изменников, и поэтому, отчасти предугадать, в чем его могли оклеветать перед царем, и приготовиться к защите. Однако привести задуманное намерение в исполнение оказалось не так легко: придворные сторонились от князя, как от зачумленного. Лучшие друзья едва кивали ему головой и спешили поскорее удалиться.

С грустью Данило Андреевич заметил эту перемену.

Он отошел от бояр и стал в стороне.

Однако не все бояре оказались одинаковыми — нашелся один из их числа, который подошел к князю, не боясь сам попасть под опалу вместе с ним.

От него Данило Андреевич узнал, что царская невеста тяжко занемогла, и что теперь идут розыски тех, кто ее испортил, и что несколько вельмож, заподозренных в этом, уже сложили свои головы на плахе.

Екнуло сердце князево от этой вести.

"Так вот в чем, верно, винят меня враги! Тяжкую вину взвели на меня клеветники! Ой, тяжкую! Пожалуй, не миновать мне казни!" —

подумал с тоскою Данило Андреевич и почти без надежды ждал себе неминуемой гибели.

Едва окончился прием послов, как царь, обведя внимательным взглядом толпу царедворцев, громко проговорил:

— А где здесь серпуховский наш изменник, князь да боярин нашей царской милости Данило Ногтев? Сказывали, приехал он.

С замиранием сердца Данило Андреевич приблизился к царю.

— А, вот ты! Здравствуй, здравствуй! Что, рад, небось, свидеться с царем своим? — говорил Иоанн, с усмешкой обращаясь к низко кланяющемуся боярину.

— Почто же не рад? Вестимо, мне и честь, и радость свидеться с царем православным, — ответил Данило Андреевич, стараясь сохранить спокойный вид.

— Ага!.. Рад... Много мы этим довольны, что боярин наш рад с нами свидеться! — продолжал насмехаться над князем Иоанн.

Кое-кто из толпы приспешников и любимцев фыркнул от смеха в угоду царю, другие, кому это не удалось сделать или не сумели, старались вызвать на лице своем улыбку.

Данило Андреевич слышал этот смех, видел улыбки на лицах царедворцев, из которых многие были ему обязаны и, в былое время, клялись никогда не забыть услуг его, и горько становилось на сердце боярина от такой черной неблагодарности, но он стоял по-прежнему спокойным, глядя прямо в сверкающие искорками гнева глаза Иоанна.

— Меня рад видеть... Ну, а невесту мою нареченную тоже, небось, рад был бы повидать? Она, болезная, занемогла маленько, — продолжал Иоанн, пытливо смотря на Данилу Андреевича.

— Конечно, рад! Ведь, я ее вот какой знал, — ответил князь, указав аршина на полтора от пола.

— Как так? — спросил царь.

— Да я знаком много лет с Собакиным, Василием Степанычем, был... Марфа Васильевна, почитай, на моих глазах росла! Когда же ты, царь-батюшка, указал девиц к тебе для выбора везти, они — брат ейный, да отец и сама она — ко мне в вотчину приехали, и уж опосля я им нашел, где в Слободе поместиться. Посуди сам, царь-государь, могу ль я не желать видеть ее, невесту твою нареченную?

Видимо, Иоанн не ожидал услышать от князя ничего подобного, потому что лицо его выразило удивление, смешанное с недоверием.

— Ой, не врешь ли, боярин! — воскликнул он.

— Могу ль тебе говорить неправду! Иоанн на минуту задумался.

— Что-то тут напутано, — произнес, наконец, он. — Ну, да мы сейчас разберем! Подь-ка сюда, Василий! Повтори, в чем ты винишь его, — обратился царь к Василию Степановичу Собакину, стоявшему в стороне от других бояр.

Собакин приблизился. Он был бледен, и, когда заговорил, то голос его слегка дрожал.

— Виню я князя Данилу Ногтева в том, что он, с моим наймитом "Егоркой" спевшись, задумал, злобствуя на меня, извести твою невесту нареченную, а мою дочь Марфу Васильевну, — проговорил глухим голосом Собакин, вперив глаза в пол.

— За что же я злобствую на тебя? — тихо спросил князь.

— С зависти, перво-наперво, а потому будто б из дружбы к наймиту моему. Ишь, пристало боярину дружить с холопом! — язвительно заметил Собакин.

— Что же ты на это скажешь? Чем обелишь себя? — спросил Иоанн, лицо которого не выражало гнева: царь был сегодня в духе.

— Все поведаю тебе по истине, ничего не потаю, царь православный! — горячо заговорил Данило Андреевич. — Как сказывал, знал я Марфу Васильевну с младенческих лет... Могу ль против нее я злобу питать и изводить пытаться? Да и как? Сам я в вотчине моей Серпуховской жил с самой той поры, как Марфа Васильевна невестой твоей наречена была, и Егорку, про коего Собакин бает, с того же времени в глаза не видел и, где он находится, не ведаю. И не я по злобе хочу извести дочь Василия Степаныча, а он меня погубить хочет, забыв мою хлеб-соль прежнюю... За что он гневается на меня — пусть сам скажет, чтоб ты не подумал, государь, что клевещу я на него!

— Сказывай! — обратился царь к Василию Степановичу, и в его голосе послышалась гневная нотка. — Водил ли ты хлеб-соль с боярином али нет, и почему винишь его?

Василий Степанович стоял безмолвный, не глядя на царя.

— Сказывай! — уже совсем гневно произнес Иоанн.

— Водил хлеб-соль в былое время, а потом у нас счеты с ним кой-какие были... Да я не виню его прямо — может, он и неповинен... Так, подозрение одно имею, — бормотал струсивший, по-видимому, Собакин.

— А! Теперь только уж подозрение одно! Раньше, помнится мне, ты иные песни пел! — воскликнул Иоанн.

— Расскажи, Данило Андреевич, что у тебя с Собакиным было, — обратился царь, к Ногтеву уже ласково.

Вздох облегчения вырвался из груди князя, он понял, что он спасен. Рассказал подробно Данило Андреевич царю о том, каким напыщенным сделался бывший купец Собакин, превратясь в царского тестя, как он отблагодарил Данилу Андреевича за прежнюю дружбу. Передал также и разговор Егора Ладного с Василием Степановичем.

— Из-за того, царь-батюшка, что я признал Егорку правее, чем он, тесть твой будущий, Собакин, и сердце имеет на меня! — закончил свой рассказ Данило Андреевич.

— Что ж, Василий, ведь выходит, что князь-то и в мыслях не держал того, в чем ты его винишь? — обратился Иоанн к сумрачному Василию Степановичу.

— Врет он! — прошипел тот. — Никакой ссоры у меня с ним не было, и не мог я на него по злобе клеветать!

— Спроси, государь, сына его Каллиста — они были тогда вместе у меня... Тот врать, думаю, не станет, — сказал Данило Андреевич. —

Каллист здесь — вон он стоит в сторонке, — добавил князь, видя, что царь ищет Каллиста в толпе придворных.

Иоанн сделал Каллисту знак приблизиться. Тот подошел, видимо сильно смущенный.

— Ссорился отец твой с этим боярином? — спросил его царь. — Смотри! Говори правду.

Каллист немного помолчал, как будто собирался с духом. Потом тихо промолвил:

— Да, отец ссорился с боярином!

Иоанн быстро обернулся к Василию Степановичу.

— Ты что же это, старик? — грозно проговорил он. — Так-то ты начинаешь свое боярство? Неповинно хотел погубить за его же хлеб-соль!.. Добро, я сегодня не гневен. Но помни! — погрозил царь рукой съежившемуся от страха Василию Степановичу. — А с тобой, Данилушка, свидимся еще на свадьбе моей... Смотри, приезжай! — ласково сказал Иоанн князю.

Данило Андреевич, радостный и довольный, низко поклонился царю.

Иоанн готовился уже удалиться во внутренние покои, но вдруг опять обернулся к Ногтеву.

— А скажи, княже, когда я еще с тобой разговор важный имел? Словно обещал тебе что-то... Давно это было — ты еще совсем молодым был... Помнится мне что-то, а что — запамятовал, — произнес царь.

— Да, царь-государь. Годов, почитай, двенадцать назад ты мне гривну обещал золотую, пожаловать за то, что я детей из пожара на Арбате вызволил. Ну, а после Анастасия Романовна, блаженной памяти супруга твоя первая, умерла, тут тебе не до меня было, то и забыл про гривну, — улыбаясь, сказал Данило Андреевич.

— Да, да! Вспомнил. Точно, ты и есть тот молодец, что за детьми в огонь полез. Как я раньше не признал тебя? Положим, времени прошло немало... Да ведь ты во дворец вхож, а вот не пришло же мне в голову вспомнить о тебе до сегодня! А давно это было, давно! Тогда еще Настасья моя жива была, только уж прихварывала... Ох, время, время! — проговорил Иоанн, и глубокий вздох вырвался из его груди, а по исхудалому и бледному лицу прошло светлое, слегка грустное, но спокойное выражение.

— А гривну ты получишь, будь спокоен! — продолжал он, очнувшись от своей задумчивости. — Теперь не забуду! Так помни: жду тебя к себе на свадьбу! — прибавил он, кивнув головой Даниле Андреевичу на прощанье и удаляясь.

Толпой окружили придворные князя, наперерыв поздравляя с царскою милостью. Какими добрыми и любезными сделались теперь все те, которые еще недавно избегали перекинуться с ним словом! Один звал князя к себе отобедать, другой — приглашал на крестины, третий на свадьбу, и так без конца. Князю было неприятно оставаться в толпе этих лицемеров, он поспешно ушел из дворца и поскорее отправил гонца к своей жене, чтобы порадовать ее доброю вестью.

Сам же остался в Слободе ожидать царской свадьбы и обещанной царем гривны.

Свадьба царя состоялась 28-го октября 1571 года. Кто бы узнал в бледной, едва держащейся на ногах от слабости царской невесте, еще недавно такую свежую, сильную Марфу Васильевну... Она едва могла достоять до конца венчания..., ноги ее подкашивались. Данило Андреевич с грустью смотрел на Марфу Васильевну.

"Господи, Боже мой! Как она переменилась! С тоски, верно! Ох, болезная, болезная! Не жилица она на белом свете, кажись!" — думал Данило Андреевич. И он, к сожалению, угадал.

Недолго пришлось Марфе Васильевне быть русской царицей — всего около двух недель: тринадцатого ноября Марфа Васильевна скончалась.

Отец и родственники несчастной царицы приобрели себе через ее замужество богатство и почести, а сама она... гроб в монастыре Вознесенском, рядом с двумя первыми женами царя Иоанна.

Вскоре после кончины молодой царицы Данило Андреевич уехал в вотчину, надеясь, что теперь уже ничто не помешает ему наслаждаться тихою и спокойною жизнью.

Действительно, в этот раз ему удалось провести в вотчине безвыездно зиму и часть следующего года, пока не прошел слух, что крымцы опять идут на Русь.

Долг призывал князя к защите родины, и он немедля поспешил под знамена...

В это же время и мурза Алей-Бахмет снова явился с ханом на свою прежнюю родину, но уже не для того, чтобы добыть себе славу, а лишь для того, чтобы сложить свою буйную головушку на земле родимой.

Только этого теперь жаждал отступник!

ЧАСТЬ ЧЕТВЕРТАЯ

I

ТОСКА ОТСТУПНИКА

Как уже было сказано, Давлет-Гирей в тот же день, в который подступил к Москве и сжег ее, поспешил в обратный путь, устрашенный вестью, будто бы из Ливонии идет на помощь стольному городу русская рать под предводительством Магнуса.

Хан не бежал из-под Москвы — он уходил гордый и спокойный: он сломил надменность Иоанна, сжёг Москву, чего же еще надо? Правда, его воинам не пришлось попользоваться богатой добычей, которую они ожидали найти в Москве — этого не позволил сделать огонь, но что же? Они найдут ее на юге Руси: там добычи непочатый угол!

Так думал Давлет-Гирей и радостным взглядом оглядывал свое войско, из которого, шутка сказать, не потерял почти что ни одного человека.

Весел, доволен хан, но далеко не так довольны его мурзы. Своими руками спалили добычу... Да какую! Разве найдешь где-нибудь, кроме Москвы, столько золота и серебра, как в ней, столько тканей неоценимых и диковин всякого рода? Нет! Уж где! И думать нечего! Хан обещает добычу... Будет она, будет, конечно, да какая?

Рабы-христиане, прекрасные жены урусов, табуны коней и другого скота — что все это в сравнении со спаленным в Москве богатством!

И сердито хмурят свои брови корыстные мурзы. Мрачны они, но всех, кажись, мрачнее ханский любимец, красавец мурза Алей-Бахмет.

Глядит он мрачнее тучи черной, поводья коня бросил, сложил на груди руки могучие и двинул угрюмо свои тонкие брови: невеселые, видно, думушки бродят в его голове.

Дивятся, глядя на него, мурзы; не меньше их дивится и хан, видя мрачное состояние духа своего любимца.

"Что с ним? Обидел я его чем? Кажись, нет! Аль боится, что награды от меня не получит? Его не наградить, так, кого же награждать?" — думает Давлет-Гирей.

А Алей-Бахмет ничего не замечает, и ни хан, ни мудрые мурзы не догадаются, что за смута творится в душе Алеевой.

Словно темная осенняя ночь, тяжелая, беспросветная, охватила душу. И ищет он хоть звездочки малой, чтоб хоть на миг лучом своим мерцающим озарила она эту тьму непроглядную, да нет! Не найти ему этой звездочки, потому что давно закатилась она!

Много думушек бродит в голове Алеевой, а пуще всего одна перебивает — тяжкая, скорбная дума о том, что не видать ему более во веки вечные Марьи Васильевны.

И раньше немало приходилось ему тосковать да кручиниться, а не так. Или надежда тогда еще не совсем исчезла, или привык он к разлуке, и черные очи Зюлейки заставили его позабыть лазурные очи прежней зазнобушки. Теперь же все позабытое опять вспомнилось, и всплыло наверх то, что, казалось, давным-давно на самом дне его души погребено было.

И совесть к тому же... Ох, совесть, совесть! Лютый палач, куда лютее самого лютого из них. Тому-то мук таких не замыслить, и тот только тело пытает огнем да железом каленым, а до души не добирается! А ведь она, злодейка, всю душеньку воротит, все забытое на память приводит и сосет, сосет где-то там, глубоко внутри... Не спрячешься от нее ни за горами высокими, ни за лесами дремучими!

Низко опустил на грудь Алей-Бахмет головушку удалую, и губы побелевшие тихо шепчут: — Что делать? Что делать?

Видит хан, как все мрачней и мрачней становится лицо его любимца. Хочется ему утешить своего мудрого мурзу.

— Алей! — говорит хан: — Алей! О чем затуманился? О том, что ль, грустишь, что о награде тебе я ни слова не молвил? Так, верно?

Но Алей молчит. Вскинул только на Давлет-Гирея глаза и снова потупился.

— Эх, Алей, Алей! Не знаешь, видно, ты меня! Когда ж это бывало, чтоб Давлет-Гирей своих слуг верных жаловать забывал? — гордо произнес хан. — Нет, мурза, не печалься: не забыл тебя! Забота только меня об одном берет, чем наградить тебя без обиды... Жаль Москва сожжена — отдал бы ее тебе всю в награжденье — не пожалел бы! Для тебя не пожалел бы! Вот что надумал я, Алей... Ты знаешь, я могуч, богат и славен — многим могу наградить тебя — избери сам себе награду!..

Слушает Алей-Бахмет ханские речи, а только не радуют они его, как в былое время. Прежде от таких речей забилось бы, затрепетало его сердце от радости, а ныне, словно голос чей-то ему тихий незнакомый шепчет: "За что награда тебе? За что? За кровь христианскую, за души невинные загубленные?"

Слушает Алей-Бахмет этот голос, и не дает он ему вымолвить хану спасибо за награду да за ласку: язык словно прилип к горлу, не поворачивается!

— Что ж молчишь, Алей? Отвечай! — уже с некоторым раздражением говорит хан, не дождавшись ответа от Алея.

И вдруг злоба охватила сердце Алея-Бахмета. Сам не знает он, почему его сердце загорелось, только обернулся он к хану и молвил со злобой:

— Славен, могуч ты, хан, а того, что мне надо, дать в награду не сможешь! Другой же награды мне не надо! Спасибо за ласку! Так, слышь! Не надо, не возьму ничего!

И усмехнулся он дерзкой, ядовитой усмешкой в глаза хану, стегнул коня и понесся как ветер, только пыль столбом из-под копыт конских повалила.

Краской гнева вспыхнуло лицо Давлет-Гирея; смотрит он вслед дерзкому мурзе, и недобрые думы в уме его зашевелились.

"А! Старое вспомнил, урус-собака! К своим захотелось! Да поздно! Теперь не уйдешь! Ишь, лайдак! Сам своих, как зверь лютый, раньше мучил, а теперь нашел пору каяться, когда Москву сжег чуть не своими руками! Ха, ха, ха! Ну, да ладно! Благо, выказал себя! Теперь присматривать, брат, за тобою будем!" — думает хан.

Все чаще и чаще бьет нагайкой коня мурза Алей. Конь и то несется вовсю мочь, а всаднику все мало... Ветер ударяет в лицо Алея и засыпает ему глаза пылью, но нипочем это всаднику! Он рад ветру. Думает он, что поможет это ему забыть тоску.

Но не развеять ветру кручины Алеевой, не смешать ее ему с пылью дорожною, не поднять, не осилить ее ветру: не легка кручина, не перышко — тяжела она, как гиря свинцовая!

И не унести коню Алея от тоски лютой. Тоска — не стрела каленая: прошипит стрела мимо уха и в сыру землю ударится, а тоска все тут, бессменно! Свила она, словно птица, гнездо себе в душе грешной и сидит там, не хочет покидать гнезда — боится на свет Божий показаться: знает, растает она от луча светлого солнечного!

Медленно совершали обратный путь татары, словно прогуливались, а не домой с победы возвращались.

Да это и была, пожалуй, прогулка для них и вместе жатва не сеянного, а не поход!

Прошлись они по югу Руси, все выжгли, пограбили... Было у татар на этом пути много забав жестоких, да веселья и разгула, одного не было — битв да боев кровопролитных. Как же не прогулка? А добычи-то, добычи везли они с собой! Одних рабов более ста тысяч насчитывали, а табунов и стад конских и добра всякого и не счесть скоро!

Глядят мурзы на свою добычу необозримую и уж не хмурят, как прежде, своих седых бровей: не думали они, не гадали так поживиться от урусов! Теперь, пожалуй, не жаль и московского спаленного добра. Уж очень хороша да обильна добыча.

Один только Алей-Бахмет по-прежнему мрачен и задумчив и домой едет с пустыми руками — не везет жене ни парчи блестящей, ни колец золотых... Не узнать Алея! Бывало, больше всех в Крым добра привозил, даже завидовали ему все, а в этот раз он близко к добру русскому не подходил, будто брезгал им.

Как ни медленно шло войско Давлет-Гиреево, а все-таки дотянулось до Крыма. Даже и возвращению домой не радовался Алей-Бахмет. Что ж, что он дома, коли душа его там, далеко, на Москве, осталась!

Но ошибался Алей-Бахмет, думая так, — не вовсе уж он к дому

остыл. Только заслышал он голоса детей, как дрогнуло его сердце, но не тоскою, а чем-то иным: спрыгнул он с коня, прижал к груди деток и почуял, как с каждым поцелуем алых губ детских замирает все больше и больше тоска. Когда ж подошла Зюлейка и со слезинкой радости на темных очах обняла его любовно и жарко поцеловала, почудилось князю, что и совсем тоска гнетущая из души его куда-то вылетела...

"Есть еще, есть у меня утешенье!" — думал он, обнимая посменно, то детей, то жену.

II

УДАРЫ СУДЬБЫ

С тех пор, как побывал мурза Алей-Бахмет под Москвою, не по сердцу стали ему кровавые ратные забавы. Целыми днями сидел он теперь дома, то болтая с детьми, то беседуя с Зюлейкой.

Косился хан на Бахмета, что обабился так.

Но Алей не обращал внимания, ни на ханское недовольство, ни на насмешки. Понимал он также, что не за одно это хан на него сердится, а за ответ резкий, который Бахмет ему промолвил на пути к Крыму: недаром же Давлет-Гирей никакой награды ему за совет московский не дал. Но мало заботился об этом Алей. Ему теперь все равно — в чести ль находиться или в опале. Было бы только на душе у него легко: одного только этого и хочет. Легко же ему лишь тогда становится, когда видит он глазки ясные детушек своих да слышит речи их детские бесхитростные. Любил он тоже любоваться на мальчиков, стоя вместе с Зюлейкой перед их постелью; когда они засыпали. Видел он, как все больше и больше тяжелели веки детей, слышал, как сперва их живая речь постепенно становится медленнее, несвязнее..., вот замирал их лепет совсем, а вместо него слышалось тихое, ровное дыханье...

И казалось отступнику, что и в его душе так же засыпало все прежнее, и снова он чист становится, как в былое время.

Что ему опала ханская, как и слава, и богатство, и могущество? Нужны ль они ему, когда есть у него такая утеха? Что заменит ее ему? Ничто!

А тут еще рядом с ним стоит жена молодая, любящая, и дети с ним его тихую радость, как в иной раз поделит и горе горькое, и тоску лютую.

Но недолго пришлось так тешиться Алею-Бахмету своими детьми.

Промелькнуло лето, настала осень дождливая. Сидят дети дома, скучают да через окно в сад поглядывают.

— Матушка, — просит старший, — пусти побегать маленько по саду: вишь, погода разгулялась!

А у самого в голове мысль такая таится:

"Лужи теперь в саду, — смекает он, — должно быть, большущие-пребольшущие! Вот по ним корабль пустить славно будет. Точно по морю поплывет! К тому ж ветер... По луже рябь пойдет, заместо волн морских это выйдет!"

И еще усерднее пристал мальчик к матери — больно уж хочется ему суденышко спустить.

Младший тоже не отстает от него, тоже гулять просится, только не у матери, а у отца.

У него иное в голове:

"Вот было б ладно, кабы теперь гулять пустили, — думает мальчуган. — В саду земля размякла и лужи есть... Сейчас бы я от лужи большой к другой, поменьше ее, прорыл бы землю и реку устроил... Большая лужа морем была б, а маленькая — озером... И река между ними, что та Волга, которая, как отец сказывал, в земле урусов бежит... Вот славно было бы да занятно".

И ласкается ребенок к отцу, просит да молит его погулять отпустить.

Глянул Алей в окно — видит: и, правда, небо прояснилось, дождя нет, и даже солнышко из-за туч выглядывает.

— И впрямь, Зюлейка, чего мы ребят-то морим. Пусть пойдут, погуляют... Нечего им тут в духоте сидеть, — говорит Алей-Бахмет.

Мальчикам только этого и надо.

— Стойте, стойте! — кричит им Зюлейка, — оденьтесь потеплее... Холодно, чай...

Куда тебе! Дети и слушать не хотят! Их уже и след простыл. Выбежали в сад, и каждый за свое занятие задуманное принялся.

Погода осенняя изменчива. Не больше часа прошло, как дети в сад вышли, а уж солнца нет, и тучи со всех сторон черные понависли. Там скоро и дождь мелкий да частый пошел.

Велела Зюлейка рабу позвать детей. Пришли они, глянула она.

Мальчики стояли перед нею, покрытые грязью, мокрые, нитки сухой нет. И холодно им: бледные, и зуб на зуб не попадает.

— Играли, — говорит старший, трясясь всем телом от охватившего его холода, который он только теперь почувствовал, — Кораблик... я спускал!

Младший промок еще больше старшего.

Алей, когда увидел детей, тоже встревожился.

Мальчиков сейчас же уложили в постель, напоили питьем горячим, тело их шерстяной тканью вытерли.

На другой же день младший встал поутру кислым, словно не выспался. Капризничает, есть ничего не хочет, только пить все просит. К вечеру разгорелся, как огонь. Стал жаловаться, что горло болит. Видит Алей, что дело плохо. Зюлейка плачет. А что с болезнью поделаешь? Рад бы помочь, да как?

Дня через два заболел и старший, тоже на горло жалуется. Может быть, тоже тогда простудился, а, может, и от брата к нему зараза перешла. Лежат мальчики, стонут.

Света не видят от горя Алей и Зюлейка.

Не жалеет золота Бахмет: созвал он всех мулл мудрейших, каких знал, всех знахарей, в лечении опытных.

Стоят мудрецы над больными, да только головами покачивают, поглаживают бороды седые.

Указывают они отцу с матерью на пленку белую, что в горле у детей с одного края до другого протягиваться начала, руками разводят и Аллаху молиться о спасении детей советуют.

Так и ушли.

Рыдает Зюлейка, склоняясь над постелью младшего сына, а Алей только смотрит так сумрачно, что, пожалуй, его, не плачущего, более жаль делается, чем Зюлейку, рыдающую.

А мальчику плохо. Мечется он по постели, хрипит...

— Душно мне, — шепчет. — Душит!

И стонет тихо, чуть слышно. Потом замрет, раскинется весь и дышит тяжело.

— Ой, матушка! Батюшка! Родимые! Спасите! Душит! — уже не говорит, а кричит ребенок, снова начиная метаться.

Отец с матерью руки свои над ним ломают от горя, а помочь бессильны!

Вдруг приподнялся малютка, схватился руками за горло, широко открыл глаза и снова упал на подушку.

Кинулась к нему с воплем Зюлейка и обняла уже не сына, а его остывший труп. А отец смотрит, стиснув зубы от боли душевной, на мертвое дитя и в грудь себя ударяет.

"О Аллах! Вот начало кары! Вот оно!" — думает отступник с ужасом.

Погребли на другой день малютку. Еще не все отнято от несчастных родителей — может быть, старшего сына Бог помилует. Но плох и он. Мечется так же, как вчера его брат. Хрипит и на удушье жалуется.

— О, Аллах! — восклицает Зюлейка. — За что Ты казнишь нас?

— Алей! Помолись! Не Аллаху, а своему прежнему христианскому Богу! О, помолись! Ведь Он милосерд! Он простит тебя! Помилует сына!

— Мне ли, отступнику, молиться Христу! — шепчет Алей в ответ ей.

А Зюлейка уж не слышит его ответа: она уже распростерлась ниц, молясь Аллаху. Пробовал и Алей молиться, как жена советовала. Но страшно ему осенить себя крестом христианским! И рука, точно свинцом налитая, тяжелая, не поднимается.

Пересилил себя Алей, перекрестился, пал на колени и шепчет полузабытые слова молитвы Господней.

202

Но не удалось довести отступнику молитвы до конца. Дошел до слов: "яко же и мы оставляем должником нашим" и остановился: предсмертный хрип сына прервал его молитву! В ужасе он кинулся к нему: мальчик уже отходил, и отцу только пришлось услышать его последний вздох.

Как безумный, упал на пол Алей-Бахмет, бился об него головою и дико выкрикивал:

— Проклят я! Проклят я Господом! Проклят!

III

БЕЗУМНАЯ

Грустно и мрачно в высоком и богатом доме мурзы Алея-Бахмета. Не слышно прежнего веселого говора мальчиков, их серебристого смеха. Вместо Говора их поселилось в доме угрюмое молчание, вместо смеха — рыдания и слезы. Только стоном Зюлейки и тяжким вздохом хозяина дома нарушится тишина — и снова все замрет в тяжелом безмолвии.

В мрачной задумчивости полулежал Алей на одном из диванов. Он один — Зюлейка плачет на своей половине дома.

Прошло уже несколько дней, как дети погребены, а Алей-Бахмет еще до сих пор не может привыкнуть к тому, что навеки расстался с детьми.

Всего шесть дней ведь назад он сидел на этом же самом диване со своими мальчиками и рассказывал им про далекую Русь, про ее города многолюдные, про реки глубокие и широкие. Помнит он, с каким любопытством устремляли на него сыновья свои темные глазки, как жадно ловили каждое слово...

А теперь... О, Боже! Да не сон ли это, не страшный ли сон, навеянный темною и унылою осеннею ночью? И невольно Алей вслушивался в окружающую тишину: вот-вот раздастся веселый смех его младшего сына или звонкий голосок старшего.

И забывается в мечтах на минуту Алей и еще внимательнее прислушивается. А за дверью и, правда, раздаются шаги. Кто-то идет к нему в комнату.

Поднялся Алей с дивана... Радостно бьется его сердце...

"Дети бегут", — думает он, принимая свои мечты за действительность.

Дверь скрипит, отворяется, и, увы! вместо розовых детских личиков в дверях показывается голова седобородого старика раба.

— Что тебе? — упавшим голосом говорит Алей.

203

— С ханым что-то неладное творится! — шепчет ему в ответ раб, словно боясь своим голосом нарушить царившую в доме тишину.

— Что с ней? — испуганно спросил Бахмет и, не дожидаясь ответа, поспешил на женскую половину дома.

Когда Бахмет вошел в комнату жены, Зюлейка стояла, прижавшись спиною к стене, сложив руки на груди и устремив взгляд на какую-то точку в углу комнаты.

Зюлейка уже не плакала, как раньше, не стонала. Напротив, на бледном лице ее порою мелькала улыбка.

Она не заметила прихода мужа и стояла, словно застыв, в созерцании видимого одною ею.

"О, Аллах! Что с ней?" — подумал Бахмет, удивленный странным видом жены.

— Зюлейка! — окликнул он ее, подходя к ней ближе. Молодая женщина, казалось, не слышала его зова; она даже не шелохнулась, только губы ее теперь тихо что-то шептали, а улыбка не сходила с лица. Алей-Бахмет взял жену за руку. Зюлейка вскинула на него глаза, глянула каким-то странным, ничего не выражающим взглядом и снова приняла прежнее положение.

Алей вслушался в то, что шептала жена.

— Вы здесь, мои мальчики? Что же вы прячетесь? Ах, вы мои соколики! Играть, видно, захотелось? Что же! Играйте, балуйте, детки! Только, помните: в сад не убегайте! В саду холодно!.. Дождь, ветер... Лужи везде... Простудитесь!.. Заболеть можете и... Ох, и вымолвить страшно! Пожалуй, умрете! Что я тогда буду делать без вас, без моих соколов ясных? И то я сон видела страшный, будто вы умерли, покинули меня навеки... Слава Аллаху, что это только сон! Помню, как я горевала... Детки! Подите, поближе ко мне! Дайте мне приласкать вас! Идите же! Что же вы? — шептала Зюлейка, и при последних словах лицо ее приняло умоляющее выражение.

Было что-то таинственно-страшное в этой бледной, исхудалой женщине, ведущей разговор с незримыми существами.

Толпа рабынь, дрожащих от суеверного ужаса, теснилась у дверей, шепча молитвы. Даже Алей-Бахмет, этот храбрец, не робевший ни перед какими опасностями, почувствовал, как дрожь пробежала по его телу.

— Зюлейка! Опомнись! Опомнись, моя бедная! Лучше плачь й стони, но не зови детей, не улыбайся такою улыбкой! Эта улыбка — хуже плача! Умерли наши дети, наши ангелы! На небесах они теперь, у трона Аллы Всемогущего! Нет их здесь... Плачь, Зюлейка! Тоскуй и рыдай, но опомнись, — вскричал с дрожью в голосе Алей-Бахмет и с силой потряс руку жены.

Голос мужа и его движение оторвали Зюлейку от ее мечтаний.

Она как-то растерянно оглянулась по сторонам. Взгляд ее скользнул по толпе рабынь и остановился на лице Алея. Она, кажется, не узнавала его и пристально вглядывалась.

— Это я, Зюлейка! Это я — твой муж! — произнес Алей-Бахмет, обнимая жену.

Страхом и отвращением исказились черты лица Зюлейки, и, вместе с тем, в глазах сверкнула гневная искорка.

— Прочь! Отойди! Не касайся меня своими руками! — воскликнула она, стараясь освободиться от его объятий. — Я знаю тебя — ты гяур, урус!.. Что? Тебе надо моих детей? Не отдам я тебе их! Ты уже раз унес их от меня... Я плакала, горевала, а ты..., ты смеялся! А все-таки ты не смог совсем отнять деток моих от меня! Они опять со мной! Вон они улыбаются... Видишь! Нет? Конечно, нет! Не видишь, потому что Бог их накажет, если они будут ласкаться к тебе! Ты ведь отступник! Ты проклят Богом христиан, проклят и Аллою, а они, мои малютки, ангелы безгрешные, чистые... Они ангелы! О детки! Подождите, не маните меня к себе! Я сейчас, сейчас!.. Смешно вам, мои соколики? Смейтесь, смейтесь! Видите, и я смеюсь!.. Ха-ха-ха! — засмеялась Зюлейка безумным смехом. — Ах, как я рада видеть моих деток! Как мне весело! Пусти же меня! Не держи!

И она вырвалась из рук мужа.

— Они ангелы, ангелы! А ты проклят Богом! Проклятый! Про-о-клятый! — выкрикивала она нараспев, начиная кружиться по комнате в безумной пляске.

Алей-Бахмет, бледный, как полотно, широко раскрытыми глазами глядел на безумную пляску жены, бессильно опустив руки.

"Новый удар судьбы! Новая потеря! О, горе мне, горе! Правду сказала она в своем безумии: проклят я Богом!" — думал он. А Зюлейка продолжала носиться по комнате все быстрее и быстрее.

Вдруг она остановилась как вкопанная.

— Дети! Дети! Где они? Куда ушли? — повторяла она с тревогой. Мальчики мои, где вы? Откликнитесь! — и она тревожным взглядом обводила комнату. — Это ты их пустил, верно, гулять? — внезапно накинулась Зюлейка на мужа. — О проклятый! Ты все-таки хочешь отнять их от меня! Алла! Они убежали в сад! Там так сыро, холодно... Дождь, ветер... Простудятся! О, Алла! Надо их вернуть! Дети, дети!

С этими словами Зюлейка, прорвавшись сквозь толпу оторопевших рабынь, выбежала из комнаты. Алей побежал за ней следом.

Миновав несколько комнат, безумная выбежала в сени, а оттуда в сад.

Погода была бурная. Шел крупный дождь, и ветер гнул и ломал ветви деревьев. Пожелтевшие листья, кружась, как бабочки, в воздухе, падали на мокрую землю и снова вздымались, гонимые свирепым ветром. Погода не остановила Зюлейку. Быстро бежала она по сырым дорожкам сада.

Дождь насквозь промочил ее одежду, влажные ветви деревьев хлестали ее по лицу, но она продолжала бежать, и ветер доносил до слуха Алея крики безумной:

— Дети! Дети! Ау! Где вы?

Алей-Бахмет едва поспевал за женой. Безумная, пробежав главную, широкую дорожку, свернула на боковую узкую дорожку, ведущую к фонтану и пруду, который уже был виден сквозь чащу деревьев.

— Они здесь! Они должны быть здесь! Кораблики, верно, спускают! Ох, дети, дети! Наделаете вы беды! — кричала Зюлейка, направляясь прямо к пруду. — Так и есть! Вон они, мои мальчики! — продолжала она. — Дети, идите домой! Здесь холодно, сыро! О, Алла! Они купаются! В такую погоду! Пруд глубок... Утонут! Великий пророк, они уж на средине! — закричала Зюлейка, бегая по берегу пруда.

Вид ее был ужасен.

— Ты меня зовешь, малютка? — спрашивала она одного зримого ею сына. — Меня зовешь? Лучше сам скорей иди ко мне... Брось купанье... И так остыл ты весь... Вишь, какой бледный. Что ж не выходишь? Иди же скорей! Спасите его! Смотрите, он уже начинает скрываться под водой! О, рабы вероломные! Вас все еще нет! — кричала Зюлейка. — Так я сама его спасу!

И Зюлейка готова была броситься в пруд.

В это время сильные руки Алея-Бахмета охватили ее.

— Кто меня держит! Пусти! Сын тонет! — отбивалась безумная. — А! Это ты, проклятый! — с злобой проговорила она, узнав мужа. — Ты, я знаю, хочешь, чтоб он утонул! Да нет, не будет этого! Я спасу его, моего малютку! О, Алла! Он утонет у меня на глазах! Да пусти же, пусти меня, проклятый! Или я убью тебя! — кричала Зюлейка.

Но Бахмет не уступал, конечно, ее мольбам. Он старался только об одном, как бы скрутить руки безумной и потом отвести подальше от пруда. Однако это было не так легко сделать, несмотря на его железные мускулы.

Зюлейка защищалась с силою, утроенною отчаянием и безумием. Она увивалась, как змея, в сильных руках мужа, кусалась, царапалась.

Порою Алею-Бахмету казалось, что он уже вполне овладел ею, что теперь безумная не может больше сопротивляться: руки ее он крепко держит в своих. Он уже готов был поднять Зюлейку и оттащить от пруда, но она неожиданно вырвала руки, и борьба начиналась с новою силой.

Наконец безумная стала, по-видимому, изнемогать в неравной борьбе; Алей уже думал торжествовать победу; вдруг острая боль в боку заставила его почти выпустить жену: безумная до рукояти всадила в бок мужа небольшой кинжал, им же, некогда подаренный Зюлейке, с которым она, никогда, не расставалась.

— Вот тебе, проклятый! Теперь выпустишь! — крикнула она.

Алей-Бахмет пошатнулся... Кровь алою тонкою струйкой потекла по одежде... В голове зашумело... Словно темная пелена покрыла его глаза. Он чувствовал, как какая-то неведомая сила толкает его, и грузно опустился на мокрую от дождя траву.

С диким криком радости вырвалась безумная из его рук

— Сейчас, мой сын! Я бегу к тебе! Я свободна... Подержись минутку! Ты не утонешь, мой ангел! Твоя мать здесь! Она спасет тебя! Иду! — проговорила Зюлейка, подбегая к краю крутого берега.

Раздался тихий всплеск, и круги заходили от берега до берега по поверхности глубокого пруда.

Раз-другой показалась голова Зюлейки над водою и снова скрылась. Высунулась рука... Мелькнул край одежды...

Тело прекрасной ханым медленно опускалось на дно.

А в это время луч солнце вырвался из-за туч. Заиграл радугой на каплях дождя, скользнул по неподвижно лежащему на траве Алею-Бахмету, по поверхности пруда, на котором круги уже перестали ходить: взамен их поднимались со дна крупные пузыри — то выходил воздух из трупа прекрасной ханым.

Снова сдвинулись тучи, и луч солнца глубоко скрылся в далеком свинцовом небе.

Только ветер по-прежнему завывал, колыхая деревья, да капли дождя с неумолчным шумом ударяли по листьям...

IV

ГРЕЗЫ И ДЕЙСТВИТЕЛЬНОСТЬ

В комнате больного полусвет. Он лежит один: рабы, пользуясь выпавшей им малой долей свободы, разбежались, кто куда мог. Немногие остались дома, да и те почти не заглядывали в ту комнату, где лежит страдающий раной хозяин дома.

Рана Алея-Бахмета невелика, но опасна. Мудрые знахари, когда в первый раз делали перевязку, призадумались: выживет ли? Но больной выжил. Теперь рана почти затянулась, но Алей все-таки слаб настолько, что не может подняться с дивана. Лекари его дивятся: с чего бы такая слабость? А сам он знает, почему его хворь так упорна: не тело болит — страдает дух! Вот где кроется его болезнь, и не вылечить ее никаким мудрым знахарям.

Жарко больному, мучит его жажда. Пытается он позвать кого-нибудь из рабов, но голос его едва слышен, ленивые слуги далеко, и не слышат они его зова.

Давно уже — два месяца скоро, как лежит он таким заброшенным, покинутым всеми, ожидающим, как милости, когда вспомнят о нем его рабы и заглянут в его комнату.

Одинок, покинут... Думал ли он когда-нибудь, что наступит такое время, когда он — могучий и сильный — будет зависеть от самого ничтожного своего раба?

Ни детей, ни жены, вот она кара — страшная кара! О, хоть бы смерть послал ему Аллах Всемогущий!

Тяжело больному... Жажда томит его все сильнее... Мечется он в жару...

Вдруг точно прохладой повеяло на него. Словно морской ветерок — не бурный и свирепый, а тихий, ласкающий, обдувает его разгоряченное лицо.

Слышится больному отдаленный равномерный плеск морских волн, набегающих на низкий берег. Сладкая истома охватывает его, и он впадает в забытье.

Он не спит — глаза его полуоткрыты, но и не бодрствует. Он между сном и действительностью.

Странные грезы наполняют ум больного. Чудится ему, что он стоит на песчаном берегу моря. Лучи солнца играют по тихим морским волнам, и вся поверхность моря сверкает, как расплавленный металл. Жарко, но не душно. А на душе какая-то благодать! Он молод, любим! Иначе, отчего же бьется радостно его сердце, когда он вспоминает о красотке-боярышне?

Вот уж он в струге казацком. Быстро несутся по волнам легкие ладьи, с каждым взмахом весел все ближе и ближе становится родина, а вместе и она.

О, лети же быстрее, ладья! Жаль, что нет крыльев, а то полететь бы, как сокол, высоко-высоко в поднебесье и ринуться камнем оттуда прямо к терему стрельчатому боярскому, где сидит, пригорюнившись, красная девица, дружка милого своего вспоминаючи!

Греза сменяется грезой.

Видит он себя снова на морском берегу, только не залит солнцем берег, как раньше. Нависли на небе тучи свинцовые, дождем грозят. А ветер сгоняет облака в новые тучи и пенит синее море.

Темно и на душе у молодца.

Угрюм взгляд, брови сдвинуты, а руки в кулаки сжаты, будто грозят они какому-то врагу дальнему, неведомому. А думы недобрые гуляют в буйной головушке. Злобные думы. Кровью пахнет от них, христианскою кровью!

Мечется в тоске по постели больной мурза Алей-Бахмет. Напомнила греза ему о его грехе незамолимом. Чего бы он ни дал, чтоб вернуть прежнее время, когда он еще не менял веры! Пусть тогда тяжко было — терпеть бы стал, и, может быть, не пришлось бы ему теперь лежать одиноким, оставленным всеми! Может, не потерял бы он милых детушек! Не погибла бы, обезумев от горя, жена, не проклинала бы его... И она верно сказала! Проклят он Богом, отвержен людьми.

К чему такая жизнь? Кому она нужна? Никому! Лучше бы смерть!

Как жаль, что он так слаб! Ведь вот тут же, на стене, висит кинжал... Страшный кинжал! Отравленный! Достать бы! Царапина — и готово! Нет жизни, нет и страданий.

Да зачем кинжал? Если он слаб, чтобы достать его, можно найти другое средство... На рану наложена перевязка... Сорвать ее. Рана ведь

208

еще не совсем зажила — кровь потечет из нее, и капля за каплей будет уносить частичку жизни...

И рука Алея-Бахмета потянулась к перевязке...

Что же остановилась рука, едва коснувшись бинта? Почему больной откинулся на подушку и замер, словно слушая что-то?

Да, он слушает! Слушает внимательно! Знакомый голос шепчет ему что-то. Вслушивается Алей и уже не думает о смерти — он жадно ловит слова, и они, как целебный бальзам, успокаивают его исстрадавшуюся душу!

— Милый! Опомнись! Что делаешь ты? Ужели еще мало греха на твоей бедной душе? Ведь ты знаешь, отчего так тяжко страдаешь — то наказанье за грехи прежние. Неужели еще сильнее хочешь страдать? Опомнись, милый! Мука загробная — страшная, вечная мука! Не уйдешь от нее, не скроешься ни в пещерах темных, ни на горах высоких, где блещут на солнце льды и снега вековечные! Живи, пока можно жить! Исправиться еще не поздно... Молись! Ты говоришь: отверг тебя Бог христианский, а Аллах не внемлет мольбам. Не правда это! Молись и дастся тебе. Не молись Богу христиан, если ты боишься Его, не молись Аллаху, если ты не веришь Ему, а молись просто Единому Вечному Господу! Пройдет печаль, уймется тоска... Легко будет на сердце твоем. Тогда, просветленный, очищенный, будь готов к смерти, и Он пошлет ее тебе, как награду. А до тех пор терпи! Ты говоришь, я умерла, проклиная тебя... О, милый! Прости! Я была безумная! Я ведь тогда еще была земною, не знала тайны смерти, казалась она мне вечной разлукой... Вот почему болело мое сердце, рвалась душа от тоски. Виновата ль была я, безумная? Ах, если б ты знал, что я видела тогда, когда боролась с тобой у пруда! Я видела, что стонет мой сын, мой младший малютка. Бледнеет все больше и больше его личико... В глазах ужас... И вижу я, как он постепенно слабеет. Тянет его в пучину вода... О, скажи, какое бы материнское сердце выдержало это? Кто бы не кинулся на помощь своему дитяти? И я хотела кинуться... Бегу к берегу... Еще немного, и я буду в воде... Вдруг твои сильные руки охватывают меня, не пускают. Я рвусь, изнемогаю в борьбе... А малютка все жалобнее зовет: матушка! матушка! Силы мои слабеют, я изнемогаю... Тут вспоминаю о кинжале. Миг — кинжал у тебя в боку, я свободна! С криком радости бегу я к пруду на помощь младенцу. С глухим плеском раздаются зеленоватые воды... Что-то холодное охватывает меня, запирает дыханье"...

Это смерть.

— "Но, друг мой! Если б ты знал, как теперь я счастлива! Дети со мной, о горестях земных нет и мысли. Вечный покой, о каком ты и думать на земле не мечтаешь".

— "Милый! Не осуди же себя на вечную разлуку со мной!.. Я жду тебя здесь, дети тоже... Пострадай до конца — и мы радостно встретим твой приход!"

И видит больной, как белые тени тихо проносятся в полусвете комнаты. Вон она — его Зюлейка, вон дети. Улыбаются мальчики, протягивают к нему руки и приветливо кивают головой на прощанье, а Зюлейка в последний раз шепчет: "скоро". И тени словно тают в воздухе.

— Милые, дорогие! — шепчет Алей, силясь протянуть к исчезающим сыновьям свои руки. — Чего я не сделаю для вас? Велите жить — буду жить, умереть — умру! Ангелы!

Нет уже на душе его прежней тоски — он знает будущее: от него зависит устроить свое счастье, и он устроит его!

С этого дня Алей-Бахмет стал быстро поправляться. Не прошло и недели, а уж он мог вставать с постели; через месяц он поправился совершенно. Но не тот это был Алей-Бахмет, как прежде. Похудел он, постарел... Ничто его не интересовало.

До него доходили слухи, что хан разгневан на своего любимца за то, что он не показывается к нему во дворец, не участвует ни в советах, ни в походах. Слыша это, мурза Алей-Бахмет только улыбался и не думал изменять своего образа жизни. Он жил затворником в своем пышном доме. Рабов почти всех отпустил на волю, оставил только двух самых преданных.

Друзья его не посещали и стали реже вспоминать о нем. Он не жалел об этом. У него были иные друзья! Незримые никем, приходили они к нему ночью. С ними он только становился весел, отбрасывал свою задумчивость и мрачность, и веселый смех его громко звучал по опустелому дому.

Со страхом внимали оставшиеся слуги этому смеху и спешили, обратясь к Мекке, сотворить молитву Аллаху: дивно им было, с кем мог беседовать в такую пору их господин.

Вот в каком таинственном мире жил Алей. До земного, до того, что творится вне его дома, не было ему дела. Впрочем, нет... Изредка и он соприкасался с миром. Это бывало по пятницам, которые у мусульман заменяют христианские воскресенья...

Чуть солнце вставало, как уже к дому мурзы Алея-Бахмета тянулись толпы убогого люда. Кого, кого здесь не было! Шли и старцы, согбенные прожитыми годами и недугами, шли стройные юноши, шли малые дети. Все они стремились за помощью к Алею, и всем им щедро помогал он.

Не по дням, а по часам таяли сокровища Алеевы, но он не горевал, продавал один тысячеголовый табун коней за другим, и по-прежнему не было у него отказа беднякам.

Прошла зима, промелькнули следом за нею весна и начало лета, а мурза Бахмет все не изменял своего образа жизни, все по-прежнему был угрюм и задумчив днем и неистово весел ночью.

Однажды прибыл к нему гонец от хана. Сурово встретил его Алей-Бахмет.

Однако к удивлению рабов, переговорив с гонцом, хозяин в первый раз со времени смерти жены и детей вышел к ним с веселым лицом.

Щедро одарил посланца Алей-Бахмет, дал ему лучшего коня со своей конюшни и отпустил с миром.

После того вернулся он в дом по-прежнему веселым и кликнул: рабов.

Недоумевая, зачем они нужны господину, поспешили рабы к нему. Их было оставлено всего двое: Сафа — дряхлый старик из перешедших в магометанство литовцев, и Ибрагим — его внук.

Смиренно стояли рабы перед мурзой Бахметом. Некоторое время мурза молчал, как будто обдумывая предстоящую речь.

— Сафа! Ты давно служишь мне, ты был мне всегда верным рабом — скажи, чего ты хочешь в награду за твою преданность, — начал Алей, обращаясь к старику.

Тот с недоумением посмотрел на него.

— Господин! — ответил, наконец, раб. — Служба тебе мне лучше награды.

— Верю! Спасибо тебе, старик! — произнес Алей. — Но теперь пришло время нам расстаться: с завтрашнего дня ты и внук твой свободны! Да, свободны, и, мало этого, вы еще будете награждены мною... Завтра отправляюсь в, поход на урусов: после моего отъезда вы свободны и... Подай-ка тот ящик! — приказал Алей Ибрагиму, указывая на средних размеров сундук, стоящий в одном из углов комнаты.

Раб поспешно исполнил его приказание.

— Вот, смотрите, — сказал Алей, взяв из рук раба сундук, поставив его на диван и отпирая. — Этот сундук был некогда доверху полон золотом, теперь в нем осталось только половина, но все-таки золота много... Вот, глядите! — и Алей приподнял крышку сундука.

Глаза рабов алчно блеснули при виде золота: его еще было очень много в сундуке.

— Я поставлю этот ящик здесь... Завтра, как я уйду отсюда, вы отоприте сундук и поделите между собой золото поровну...

Рабы остолбенели от такой неожиданной и щедрой награды.

— Кроме золота, возьмите себе и разделите всю мою землю и остальное имущество... Возьмите и табуны коней... Все ваше, все... кроме одного: не касайтесь дома! Поклянитесь мне, что, взявши золото, вы немедля уйдете из дома, запрете двери и ворота тяжелыми запорами, закроете ставнями окна и никогда не вступите в него сами и других не допустите... Вот чего я требую взамен наград!.. Согласны вы сделать это? Поклянитесь!

— Клянусь землею — подножием трона Аллаха, клянусь небом — Его вечным жилищем, клянусь всем видимым миром злых и невидимым миром добрых духов, клянусь самым великим Аллахом и Его пророком Магометом, что исполню в точности твой приказ и, пока жив я или кто-нибудь из потомков моих, ни один человек не войдет в твой дом, и пусть он будет свят и неприкосновенен во веки веков! — торжественно проговорил старик.

Внук его произнес такую же страшную для каждого мусульманина клятву.

— Хорошо! Теперь я спокоен! И сам клянусь вам священной бородой пророка, что каждый, вступивший в этот дом, потерпит страшную кару на себе самом и на чадах своих, — проговорил мурза Алей-Бахмет, и глаза его сверкнули мрачным огнем.

Невольный страх забрался в души суеверных рабов.

— Теперь, друзья мои, идите! Завтра простимся навеки... Сегодня последняя ночь вашего рабства: блеснет солнце, и вы превратитесь в богачей. Все будет вам доступно, все вы сможете купить! Но берегитесь! Помните прежнее ваше житье, не забывайте убогих и нищих — каждая поданная вами нищему медная деньга прибавит много пудов на ту чашку весов Аллаха, на которой будут сложены ваши добрые дела! Помните также, что все вы купите, кроме одного: душевного спокойствия! Его надо вам самим добыть, а не сумеете нажить его — не достанете нигде даже за горы золота!

Рабы, тронутые до глубины души щедростью господина и его речью, плакали от счастья. Они пали ниц перед Алеем и целовали ему ноги.

Наконец, когда рабы излили все, что было на душе, только тогда они поднялись с пола.

— Идите же, друзья, и спите спокойно! Вы мне сегодня больше не понадобитесь! — отпустил их Алей.

Они, отвесив еще несколько поклонов и пробормотав новые благодарности, вышли из комнаты. Но напрасно желал им Алей спать спокойно: ни Сафа, ни Ибрагим глаз не сомкнули в эту ночь. Им все мерещилось светлое будущее, и даже смех господина, особенно веселый в эту ночь, не пугал их, как прежде.

А господин их в эту ночь хохотал еще громче, чем всегда...

V

НЕЖДАННОЕ СЧАСТЬЕ

Когда ханский гонец сообщил Алею о приказании Давлет-Гирея отправиться в поход против урусов, Алей-Бахмет понял, что судьба посылает ему средство отделаться от ненавистной теперь для него жизни. Ему уже нечего было думать о самоубийстве, он решил, что не вернется с похода и падет от христианской руки. Вот почему так весел и доволен мурза Алей: близок конец его страданиям! Медленно прохаживался он по объятым полутьмою, тихим, опустелым комнатам. Он внимательнее, чем прежде, вглядывался во всякую мелочь, словно хотел все запечатлеть в своей памяти и унести воспоминание с собою в загробную жизнь. Он уже и теперь смотрел на все, что видел, как посторонний, как человек, совершивший свой житейский путь, все эти предметы: золото, парча, драгоценные камни

— все это вещи мирские, чуждые ему. Его радость, его надежда жила "там", в синем небе, за облаками, в краю неведомом, а здесь оставались только грустная память да тоска о былом.

Но все то, на что он теперь так хладнокровно смотрел, было, ему когда-то близко и дорого.

Вон на стене, на пестром узорчатом ковре, развешаны несколько шашек, тускло светящихся своею синеватою сталью. Эти шашки все взяты из рук убитых им польских панов.

Помнит он, как особенно яростно защищался один из этих поляков — его шашка висит в середине, она тяжелее и длиннее других.

Это был уже старик. Он был толст, но ловко сидел на коне и, несмотря на старость, лихо работал своею страшной шашкой.

Пробовали лихие татарские наездники ссадить с седла старого вояку, налетали на него, как соколы с высоты; бестрепетно, но со свистом поднималась панская сабля и рассекала голову наездника вместе со стальным шишаком.

Татары уже почти выиграли битву: часть поляков бежала, другая часть была побита; оставался только этот седой пан со своей челядью. Он и не думал сдаваться. Напрасно хан обещал горы золота тому из своих наездников, кто убьет этого шайтана-поляка. Никто не вызывался: пан, казалось, был заговорен от пуль и мечей, а разве можно одолеть нечистую силу.

Бледнел Давлет-Гирей, скрежетал зубами от злобы, а что поделаешь?

Видел все это Алей-Бахмет.

Не говоря ни слова, тронул он своего коня и медленно поехал навстречу богатырю-пану.

Размахнулся пан, блеснула шашка, но вместо головы врага рассекла пустой воздух. В первый раз промахнулся седой боец: не ожидал он, что его противник успеет отпрянуть с конем в сторону!

Занес и свою шашку Алей, опустил ее, но она встретила лезвие панской шашки, пересекла ее наполовину, но не срезала, как всякую бы другую. Старик остался невредимым.

Рванул каждый из врагов свое оружие, звякнули шашки, блеснули и опустились обе сразу. Пошатнулся в седле пан, сделал усилие еще раз взмахнуть оружием, но рука его повисла бессильно. Шашка со звоном упала на землю, и сам он, вслед за нею, грузно рухнул под копыта коня Алея-Бахмета. С гиком бросились татары добивать панскую челядь, а голову старика отрубили, воткнули на копье и понесли, как трофей, перед войском.

Глядит теперь Алей-Бахмет на эту шашку, вспоминает битву, и дивно ему, как мог он в ту пору гордиться своею победой? Чем он гордился? Тем, что убил старика, которого раньше не знал, с которым врагом не был и к которому ненависти не чувствовал!

И другие вещи, на какие только он ни посмотрит, все также добыты кровью, убийством и грабежом.

Обвел взором мурза Бахмет всю комнату, перешел в другую, в третью — нет ничего, что было бы добром нажито.

Грустно становится на сердце Алея.

"Господи! — думает он уныло. — Как не карать было Тебе меня, грешника!"

В это время взгляд его случайно упал на небольшой ящичек из дубового дерева. Ящик был накрыт толстым слоем пыли: очевидно, к нему уже давно никто не прикасался.

Вполне недоумевая, что может находиться в ящике, Алей-Бахмет приподнял его крышку; в ящике лежало что-то, завернутое в пожелтевший от времени кусок холста. Алей вынул и развернул сверток.

Крик радости вырвался из груди отступника.

В его руках очутился крест и ладанка, которую дала ему Марья Васильевна при их расставании, двенадцать лет назад.

— О, Бог великий! Бог христианский! Ты отверг мою молитву, когда я молился Тебе, оскверненный грехом, теперь же посылаешь крест спасения мне, раскаивающемуся! Это знаменье мне, что я могу быть прощен! О, благодарю Тебя, Боже! — воскликнул Алей-Бахмет и надел на себя найденный крест.

Потом отступник опустился на колени. Он уже теперь не страшился молиться христианскому Богу — он знал, что прощение близко! И рука Алея уже без трепета, как прежде, творила крестное знаменье.

Он молился долго и жарко и чувствовал, как все злое, все тяжелое — и тоску, и грусть словно смыло набежавшей волной и, взамен этого, так тихо, так спокойно стало у него на душе, как не было ни разу за истекшие годы.

Солнце уже успело совсем закатиться, когда раскаявшийся отступник окончил молитву.

Настала ночь, темная южная ночь. Алею нравилась эта темнота, в которую были погружены комнаты: она позволяла ему более углубиться в себя. Он добрался до одного из диванов и опустился на него.

Вспомнились ему теперь две женщины, из которых одна заставила его ненавидеть жизнь, а другая на некоторое время привязала его к жизни для того, чтобы потом повергнуть в еще большие страдания. Которую из этих женщин любил он больше? Марью Васильевну? Да, он любил ее настолько сильно, что ни протекшие годы, ни испытанные превратности жизни не могли ослабить этой любви. Скажи Марья Васильевна, во время их последнего свиданья в объятой пламенем Москве, только одно слово "останься!" и он, не раздумывая, сорвал бы с себя расшитый золотом татарский наряд, снова принял бы полузабытое тогда им христианство и осудил бы себя на жестокие муки от палачей царя Иоанна — ведь царь не простил бы ему отступничества от веры отцов и измены родине. Он решился бы на все это и остался бы, а между тем... между тем его сердце разрывалось бы в то же время от тоски по покинутой Зюлейке и детям!

Что любовь Алея к Зюлейке была сильна, это доказывает его тоска по умершей жене. И эта тоска еще удваивалась при мысли о потере детей, о вечном исчезновении того счастья, может быть, призрачного, но все-таки счастья, которое он испытывал в своем домашнем кругу.

Каждый час, каждую минуту думал он об умерших; они являлись тотчас же по его желанию.

Вот и теперь, едва он, вспоминая минувшее, остановился на мысли о дорогих ему погибших существах, — внезапно перед Алеем появился ярко-зеленый светящийся кружок.

Кружок рос и, слабея краской, скоро залил своим светом всю стену; потом начали отделяться от стены, словно светящиеся волокна и медленно поплыли по воздуху. Вся комната наполнилась странным зеленоватым светом: казалось, луч солнца проник сквозь толщу морской светло-зеленой воды и отразился каким-то чудом в роскошных, но темных и опустелых палатах Алея.

Алей пристально вглядывался в наполнивший комнату зеленоватый туман. Понемножку перед его взором обрисовывается человеческая голова, шея, плечи... Минут — и мурза не помнит себя от радости: перед ним стоит Зюлейка, веселая, полная жизни, а из-за ее плеч выглядывают головы сыновей Алея й весело кивают ему.

Встал мурза Бахмет, протянул руки к призракам.

— Вы снова со мной, мои милые, дорогие! — шепчут его трепещущие от радости губы. — Детки! Идите сюда! Какую игру я для вас придумал! Вот повеселитесь-то! — продолжает он, и его веселый смех разносится по дому...

Солнце вставало... Белый покров тумана медленно поднимался с равнин, а в глубине темного ущелья, у бегущей по его дну речки, мелкой и узкой, но быстрой и порожистой, еще висел неподвижной молочно-белой завесой.

Попал луч солнца в комнату к мурзе Алею-Бахмету. Побледнел под его светом зеленоватый туман, растаял и испарился под его теплотой. Образы Зюлейки и детей исчезли.

Мурза очнулся. Грезы уступили место действительности. Он поднялся с дивана, потянулся и подошел к окну.

Алея облил солнечный свет и ослепил на мгновенье.

"Вот так-то и жизнь очи слепит! — подумал он. — И кажется, что откроешь глаза — увидишь диво дивное, а на деле... Да нет! Что я жизнь хулю? Мне она еще матерью родной была, а есть которым она и вовсе злой мачехой бывает, и живут же!.. Стало быть, надо! Никто своего срока не прейдет!"

А перед ним, на его глазах закипала та жизнь, о которой он размышлял: все шевелилось, жужжало, чирикало, пело, издавало голоса... Все это жило, стремилось жить и на все лады славило жизнь!

Время шло. До слуха Алея долетело от крыльца ржание и стук копыт его боевого коня.

"Пора!" — подумал он и начал снаряжаться к походу.

Сборы были недолги. Сменив свою одежду на более удобную для похода, он надел шишак и подошел к стене, где висели шашки. Сперва он по привычке протянул руку к своей боевой шашке, но раздумал: очень уж часто она обагрялась христианской кровью!

Подумав немного, он выбрал длинную шашку польского пана и прицепил ее, вложив в ножны, к кушаку. Кольчуги Алей не надел: зачем она была нужна ему, если он шел не на победу, а на смерть?

Наскоро закусив, Алей-Бахмет решил отправиться в путь. Подойдя к порогу, он обернулся и окинул взглядом ряд покоев, видневшихся через открытые двери.

Великолепна, сказочна была роскошь покоев мурзы Бахмета, но сам владелец, стоящий на пороге, готовый удалиться навеки из своего роскошного жилища, холодным взглядом окинул всю обстановку.

— На всем этом кровь, — шептал Алей, — потому что все добыто кровью и омыто слезами несчастных. Пусть же сгниет это неправым путем нажитое добро! Пусть оно — покрытое пылью, изъеденное ржавчиной — лежит в опустелых покоях и рушится, рассыпается в прах вместе с ними. Горе тому, кто прельстится его красотою!

Окончил свою речь мурза Бахмет и навсегда вышел из своего дома.

Конь тихо заржал, узнав своего господина. Алей потрепал его по шее и вскочил на седло. Конь сделал несколько скачков и потом послушно пошел под привычным для него всадником.

Сафа и Ибрагим низкими поклонами провожали Алея-Бахмета.

— Прощай, старик! Прощай и ты, Ибрагим! Так сделайте, как я говорил вам... Не забудьте клятвы! Будьте счастливы! — проговорил Алей и тронул коня.

Некоторое время Сафа и Ибрагим смотрели вслед господину, словно боясь, не шутку ли вздумал он подшутить над ними. Но видя, что Алей быстро удаляется, они повернулись и опрометью бросились бежать к дому, где лежало заветное золото — теперь уже их золото!

Немало спорили они, бранились, вынимали ножи и грозили ими друг другу, разделяя оставленное им богатство, но, наконец, поделили золото, и сразу как рукой сняло всю их вражду. Они в точности исполнили волю господина: не тронули ничего из вещей, заперли тяжелым запором дубовые двери, заколотили ставнями окна и удалились навсегда от опустелого жилища мурзы Алея-Бахмета.

Прошли многие годы.

Покосился от старости дом, на кровле проросла высокая трава, ставни покрылись мохом. Но покинутое жилище по-прежнему стоит необитаемым, пугая окрестных поселян своим таинственным видом. Много толков идет между ними про этот дом. Говорят они, что там поселилась нечистая сила и смельчаку, который решился бы войти в это обиталище злых духов, грозила бы лютая смерть.

VI

ВРАГИ ИДУТ

Было раннее летнее утро, когда Данило Андреевич, напутствуемый просьбами жены щадить себя и громкими прощальными криками своих детей, выехал из ворот своей усадьбы. Ехал он на службу, "в поле", к своему давнему начальнику, князю Михаилу Ивановичу Воротынскому.

Отправился боярин Ногтев в поход не один: с ним было около сотни холопей, изрядно вооруженных, и в числе их Миколка-выкрест. Лихорадка трясла Миколку, этого выродившегося потомка диких покорителей Руси; рад был бы спрятаться в сарай, по примеру прошлого года, да нельзя было. Волей-неволей пришлось трусливому парню покориться горькой необходимости. Теперь он ехал в двух шагах от князя и, то и дело, вскидывал глаза на прикрытый стальным шеломом затылок Данилы Андреевича: все еще надеялся выкрест, что, авось, что-нибудь его выручит из беды: может, князь дома позабыл кое-что передать боярыне и пошлет его, Миколку, с весточкой к ней! А уж только б попасть в вотчину! Там можно найти причину, чтобы остаться!

Путь Даниле Андреевичу и его челядинцам предстоял недалекий: войско стояло всего в трех верстах от Серпухова, стало быть, и от вотчины Ногтева почти, что рукой подать.

Солнце еще только что стало на полдень, а уж перед путниками показался русский стан, и скоро они уже въезжали в гуляй-город [гуляй-городом, т. е. передвижным городом называлось походное укрепление, устраиваемое из обозных телег].

Данило Андреевич, сдав своего коня на попеченье Миколки, прошел в палатку главного воеводы, Михаила Ивановича Воротынского.

Князь Воротынский, старик лет шестидесяти, приветливо встретил своего более юного друга и ратного товарища.

— Что, Данило Андреевич, тоже на защиту земли родной поспешил? — сказал Воротынский, обнимая князя Ногтева.

— Еще б, княже, не спешить! Хоть и не больно прытка моя сабля, а все ж на поле брани в ножнах лежать не будет! — ответил Данило Андреевич, здороваясь с сидящим в той же палатке князем Дмитрием Ивановичем Хворостининым.

— Благо ты, Данило Андреевич, не забыл долга своего боярского. А трудное ныне время для Русского царства! Нужда великая в людях, в оружии, а враг силен... Ой, как силен! Только на милость Божию и надежда, чтоб не допустил Он, Всемогущий, земли православной до погибели конечной! — проговорил старик, и в глазах его блеснула слеза.

— А что о татарах слышно? Далече они? — спросил Данило Андреевич.

— Близехонько! Уже наши пыль заприметили, да и вести есть о них, что идут сюда басурмане, напрямик к нам прут: тут, вишь, для них переправиться ладнее будет, — сказал Михаил Иванович.

— Поглазеть надо-ть, сколько их сюда валит, — произнес Данило Андреевич, готовясь выйти из палатки.

— Пойдем! Мы тоже поглядим! — сказали Воротынский и Хворостинин.

Все трое вышли и направились к тому месту "гуляй-города", откуда можно было рассмотреть приближающуюся татарскую рать.

Крымцы были уже довольно близко. Можно было отчетливо рассмотреть их войсковые значки и стяг, который несли возле Давлет-Гирея.

Медленно, но безостановочно продвигалась татарская рать к Оке, которая синею лентою извивалась среди зеленеющих полей.

Русское войско стояло на левом берегу реки.

Хану во что бы то ни стало, надо было переправиться через Оку: только тогда он мог свободно идти к Москве.

Однако, казалось, хану вряд ли удастся совершить свое намерение: русские решили не допустить врага до переправы. Они стояли на месте, самом удобном для перехода через реку, — иное место хану трудно сыскать — и пушки, зловеще выглядывавшие с "гуляй-города", грозили засыпать ядрами толпы ханского войска. Кроме того, помня московское прошлогоднее разорение, русские ратники рвались к бою, и если б части Давлет-Гиреевой рати удалось переплыть реку, то смельчаков татар ждала бы неминуемая смерть.

Однако в семье не без урода, и среди самой отборной травы всегда найдутся плевелы; так было и среди русского войска.

Когда князь Воротынский внимательно смотрел на подходящих татар, он был отвлечен от этого громкими криками, раздававшимися в стане.

Михаил Иванович с досадой обернулся.

— Что тут такое? — спросил он, нахмурив брови, видя, что толпа ратников с бранью и криком ведет к нему какого-то человека. — Ах, это опять ты! Верно, что-нибудь уже натворил, негодный холопишка? — промолвил гневно князь Воротынский, узнав в том человеке, которого вели к нему, одного из своих холопей, известного неисправимого вора и пьяницу.

— Да помилуй, княже! — завопил высокий, худой малый, одетый в грязную и порванную рубаху. — Сейчас две деньги [рубль делился на две полтины; полтина — на сто денег] у меня стащил и водки на них купил у Пахома, который с Москвы бочонок ее, проклятой, захватил... Опился б, окаянный! — со злобой прибавил парень, тряся за плечо воришку — худого, черноватого мужика, производившего впечатление загнанного волка; сходство с этим зверем ему еще более придавали вороватые черные глаза, которыми он злобно сверкал порою исподлобья.

— На тебе взамен твоих денег! — сказал Воротынский высокому парню, подавая ему полтину. — А с ним, — кивнул князь на воришку, — расправьтесь по-свойски, чтоб неповадно ему впредь было чужое добро таскать!

Между тем ратники, должно быть, порядком помяли вора, потому что, когда он, избитый, извалявшийся в грязи, поднялся на ноги, то едва не упал снова на землю.

Однако он кое-как удержался на ногах, и если б Воротынский видел, какой свирепый взгляд бросил наказанный вор на него и как злобно прошептал: — Погоди! Ужо отплачу тебе за это, старый хрыч! — то Михаил Иванович, пожалуй, призадумался бы: мелкий, но подлый враг бывает иногда опаснее нескольких сильных! И воришка не на ветер кинул слова — он жестоко отплатил Воротынскому впоследствии.

Но не до него Михаилу Ивановичу: татары подошли уже очень близко — их отделяла от русских только река.

— Ну-ка, братцы! Попотчуйте незваных гостей нашим гостинцем! — приказал седой воевода пушкарям.

Воротынскому не надо было повторять приказа, пушкари живо принялись за дело.

Скоро грянул пушечный выстрел, за ним другой, третий, и ядро за ядром врезалось в самую гущу врагов.

Со своей стороны, татары не дремали, их пушкари были тоже не ленивы: быстро раскатили они пушки, и скоро ядра с глухим стуком стали врезаться и разрушать составленную из телег стену "гуляя".

Пальба продолжалась весь остаток дня и всю ночь, следующую за ним.

Особенно жаркой была она со стороны татар: враг словно хотел засыпать ядрами русских, разбить их "гуляй-город", принудить отступить и дать татарам возможность переправиться в этом месте через Оку.

Однако на другой день с тревогой и грустью узнал седой воевода, что ночная пальба татар была простою уловкой: пользуясь тем, что русские заняты этой пальбой, хан отыскал иное место, годное для переправы [Давлет-Гирей переправился у так называемого "Сенкина перевоза"], и теперь, в понедельник 28-го июля, был уже на левой стороне Оки и спешно направился по дороге к Москве.

Воротынскому оставалось только постараться исправить результат своей оплошности: догнать татар и заставить биться, не допустив до Москвы.

Так воевода и решил сделать. Покинув "гуляй-город" он поспешил вслед за ханом.

VII

1-Е АВГУСТА 1572 ГОДА

Мечтал Давлет-Гирей разорить снова Москву, как в прошлом году, и на этот раз не отступать от нее, а идти дальше искать Иоанна, хоть на край русского царства, захватить царя в свои руки и положить конец Руси.

Уже мечты хана начали сбываться, уже Москва была недалеко от него, и он, убежденный в предполагаемом успехе, уже назначал в Москве жилища для своих мурз, когда Воротынский нагнал его 1-го августа и принудил к бою. Битва произошла в пятидесяти верстах от столицы, у Воскресения в Молодях.

Татар было более ста тысяч, русских гораздо менее; но они жаждали битвы, и, со времен Дмитрия Донского и Мамая, никогда русские не бились с татарами с такой храбростью, как тут.

Пусть их меньше числом, чем татар; русские должны биться, победить или пасть — иного выбора не было! Не было выбора и татарам.

Москва для них потеряна — оставалось воротиться на родину. Но враг теснил, не пускал их — надо было пробить себе дорогу или умереть.

Ожесточение с обеих сторон было равным. С одной стороны — жажда мести, достигшая высшей степени, с другой — не меньше по силе отчаяния.

Пищали и пистоли молчали, разве изредка раздавался треск их: пуля казалась неверным оружием. Хотелось рвать, терзать врага своими руками. Бились грудь на грудь. Рубились, кусали, как звери, один другого. Падали, облитые кровью, на землю, снова поднимались и, стоя на дрожащих от слабости ногах, снова вступали в бой.

Ужасен был этот бой, и каждая рука, способная поднять саблю, была дорога, но еще дороже было благоразумие и хладнокровие: самая дикая храбрость еще далеко не создает победы.

Князь Воротынский, бившийся, как простой воин, не забывал о своей обязанности воеводы: то тут, то там являлся он в разных местах битвы, и если ему не было надобности возбуждать силы бойцов, то нужно было уметь направлять их — в этом и заключается искусство полководца.

Орлиным оком обозревал седой воевода поле битвы — заставлял татар двигаться прямо на скрытые пушки и вдруг губительным залпом орудий поражал их смятенную толпу и усыпал трупами землю. Увидел он слабые места татарского войска, и вот, с отборной дружиной обогнув незаметно, по дну оврага, поле сражения, неожиданно ударил в тыл татарской рати.

Не выдержали этого удара татары, дрогнули...

В самой середине побоища, где сражались отборные татарские

наездники с лучшими русскими витязями, находился бывший князь Андрея Михайлович Бахметов. Но не для боя выехал он в середину врагов: его сабля оставалась в ножнах, как и до битвы: не хотел он больше проливать христианской крови. Алей-Бахмет искал смерти, и, казалось, нигде не мог найти ее верней, чем здесь. Безоружный, с непокрытой головой, — шелом он держал в руках, — без брони или кольчуги, сидел он на белом коне и ожидал, что вот-вот сверкнет над ним булатная сабля и опустится на его голову.

Вокруг Алея-Бахмета вздымалась не одна сабля — сверкали десятки их, но все, словно сговорясь, щадили его, искавшего смерти, и, со свистом разрезав воздух, опускались на бритое темя какого-нибудь отчаянно защищавшегося и жаждавшего спасения татарского бойца.

Прошло уже довольно времени с тех пор, как началась битва. Уже больше половины татар было перебито, и оставшиеся в живых напрягали последние силы, а Алей-Бахмет по-прежнему сидел невредимым на своем белоснежном коне.

Отчаяние начало проникать в душу князя-отступника: смерть, казалось, бежала от него!

Он тронул своего коня, застывшего в неподвижности вместе с всадником и только шевелившего в испуге тонкими ушами, и врезался в толпу русских.

За ним, повинуясь бессознательному влечению, двинулись татары. Русские встретили их грудью. Бой закипел еще сильнее прежнего, а Алей-Бахмет остался невредим.

Вдруг он увидел перед собой красивое, возбужденное лицо князя Ногтева.

"А! Вот этот не пощадит меня! — подумал Алей-Бахмет, узнав мужа Марьи Васильевны. — Он знает, верно, что я его бывший соперник!"

С этой мыслью он направил своего коня к Даниле Андреевичу. Он подъехал к Ногтеву так близко, что почти задел своим стременем за стремя князя, но тот, занятый поединком с каким-то сильным татарским мурзой, не заметил Алея-Бахмета.

Увидя, что и тут потерпел неудачу, отступник отчаялся в возможности найти для себя смерть в этой сече и окончательно поддался охватившей его злобе: рука его нервно сжала эфес, и он до половины извлек уже шашку из ножен. В это время ему бросилось в глаза монгольское лицо Ми-колки-выкреста. Алей-Бахмет быстро обнажил шашку...

Миколка-выкрест, которому Данило Андреевич приказал следовать за собою в битву, в продолжение всего боя старался прятаться за спиной своего господина. Он был оглушен шумом сражения, подавлен грозившими ему со всех сторон опасностями, чтобы хоть не видеть ужасов битвы, закрыл глаза, сидел съежась на своей смирной, видавшей всякие виды кобылке, и, держа бесполезную для него обнаженную саблю в левой руке, правою безостановочно осенял себя крестным знаменьем и дрожащими губами шептал молитвы, какие только мог вспомнить.

Увидя лицо Миколки-выкреста, Алей-Бахмет, как мы сказали, быстро обнажил шашку. В душе его кипела злоба, и выкрест показался ему самым подходящим человеком, на котором можно было сорвать ее.

— А! — громко воскликнул он, бросаясь на Миколку. — Против тебя я еще могу драться! Ты такой же отступник от веры отцов, как и я! Защищайся, собака!

Миколка, услышав грозный возглас, широко открыл глаза. Увидев подле себя свирепого татарского витязя с поднятою шашкой, он взвыл от страха, еще больше съежился, чуть не лег на спину своей лошади, но инстинктивно схватил саблю и взмахнул ею. В его глазах все потемнело, помутилось. Он не мог различить лица врага, был почти без сознания, чувствовал только одно, что смерть близка, и со свирепым отчаянием сжав рукоятку сабли обеими руками, он со страшною быстротою размахивал своим оружием во все стороны.

Вдруг он почувствовал, что клинок сабли врезался во что-то твердое. Ему в лицо брызнуло чем-то теплым!

"Убит я! Убит!" — в отчаянье подумал выкрест и выпустил саблю из рук.

Однако он не чувствовал никакой боли. Это ободрило его. Он немного успокоился и провел рукой по своему лицу: когда он после этого взглянул на руку, она оказалась запачканной кровью.

"Вот те на! Боли нет, а кровь есть! Откуда бы ей взяться?" — раздумывал Миколка и вдруг с ужасом вспомнил, что ведь подле него должен находиться сильный татарский богатырь, что его, верно, сейчас поразит смертельный удар.

Выкрест проклинал свою забывчивость и, бледнея от страха, глянул в сторону своего врага.

Кто опишет радость Миколки? Его противник, сильный татарский витязь, склонился к шее лошади, а из его глубоко просеченной головы алою струей стекала кровь на белоснежную масть боевого коня.

— Так это твоя кровь на моем лице, голубчик мой! Ай, да Миколка! — восхищался выкрест.

Конь Алея-Бахмета, чуя, что со всадником случилось что-то неладное, встал на дыбы. Тело истекающего кровью противника выкреста перекинулось назад и медленно скатилось с седла к ногам Миколкиной кобылы.

Был ли мертв Алей-Бахмет? Казалось, да. Но при внимательном осмотре можно было заметить, что грудь его еще поднималась, хотя еле приметно.

Битва между тем подходила к концу. Ряды татар поредели, а удачное нападение Воротынского привело татарских воинов в смятение. Им казалось, что продолжать бой невозможно, что остается искать спасения только в бегстве.

Панический ужас овладел татарскими воинами, начиная от

самого хана и его мурз до последнего конюха, и жалкие остатки гордой татарской рати ударились в постыдное бегство, оставив в добычу победителям и ханское знамя, и пушки, и обоз.

Русские преследовали их по пятам.

Немногим крымцам удалось снова увидеть родные улусы, а из турецких янычар никто не добрался до Константинополя: они все полегли на поле битвы.

VIII

СМЕРТЬ АНДРЕЯ МИХАЙЛОВИЧА

— Ты убил?

— Убил!

— Ох, заливаешь!

— Вот те крест!

Такой разговор происходил между Миколкой-выкрестом и одним из холопов князя Ногтева, которому перекрещенец, после окончания боя, хвастал своею победой над татарским витязем.

— А ну, пойдем! Покажь свово супротивника!

— Пойдем! Я к тому и речь вел!

Они пошли к полю битвы.

Ужасен был вид побоища! Всюду трупы, обезображенные, облитые кровью... там лежала целая груда искалеченных, брошенных друг на друга тел: это погибшие от огня орудий; тут, ближе к идущим, трупы лежали поодиночке; лица убитых застыли с тем выражением, которое они имели в момент смерти: большинство этих мертвых лиц выражало беспредельную злобу — здесь кипел недавно рукопашный бой.

В этом месте должно было находиться и тело Алея-Бахмета — противника Миколки.

— Во-во! Вон и он самый лежит! — трепещущим от радости голосом возгласил Миколка, указывая своему спутнику на одно из неподвижных тел.

Действительно, холопы князя Ногтева приближались к телу Алея-Бахмета. Широко раскинув могучие руки, лежал бывший князь Бахметов, обратясь своим прекрасным лицом прямо к далекому небу... Странно, но он опять не производил впечатление мертвеца. Правда, его глаза были плотно сомкнуты, лицо бледно, губы сжаты, выражение этого неподвижного лица было так спокойно, что можно было почесть князя спящим. Если бы не груды тел вокруг, ясно напоминавшие о недавней битве, и не запекшаяся полоса крови на бритой макушке головы Андрея Михайловича, то можно было бы усомниться, действительно ли он мертв.

Товарищ Миколки, когда взглянул на лежащего перед ними убитого, с сомнением покачал головой.

— Ой, паря! — молвил он. — Чтой-то как он на мертвеца не походит? А как разодет-то! Вишь, наряд какой раззолоченный... К тому ж и шашка больно хороша! Ух, ладная шашка! — говорил Семен, выбирая из рук Алея шашку и помахивая ею, — а погляди-ка, погляди, Миколка, что у него на шее надето? Вишь, на цепочке! Ведь они, басурмане, крестов не носят, должно быть, ладанка заговоренная какая-нибудь.

Миколка, слыша эти слова, дернул цепочку, и глазам их представилась, действительно, ладанка, но вместе с нею и большой христианский крест, некогда подаренный Андрею Михайловичу Марьей Васильевной.

Миколка и его товарищ даже рты раскрыли от удивления.

— Да как же крест-то Христов на шею евонную попал?

— А уж эфтово не знаю! А только молодец он татарский, знатный, и что лег он теперь носом кверху, так эфто для нас, для русских, благодать. Нишкни! — говорил Миколка, все более и более восхищаясь своей победой над таким врагом. Он даже забыл свою трусость и, вздумав поглумиться над врагом, крепко схватил Алея за нос, произнеся:

— Вот и лежи, и лежи! И чихнуть не смей!

Но тут произошло что-то такое ужасное, что Миколка, заорав от страха во всю глотку, бросился бежать от тела Алея, как сумасшедший.

Оказалось, что предполагаемый мертвец открыл глаза и глядел прямо на них.

Словно с цепи сорвавшись, вбежал Миколка в стан и, обезумевший от ужаса, инстинктивно направился к палатке Данилы Андреевича. Тот как раз выходил из нее.

— Что ты? Ошалел, что ль? — воскликнул Ногтев, когда Миколка набежал прямо на него и чуть не сбил князя с ног.

— Там... Ожил... Я убил, — чуть слышным голосом проговорил он, трясясь от страха.

— Что такое? Где там? Ожил, говоришь. Аль убит?... Ничего не понимаю! — в недоумении произнес князь.

В это время к палатке Данилы Андреевича подлетел и Семен, перепугавшийся не меньше Миколки, несмотря на то, что он не был трусом.

— Стой, стой! — окликнул его князь. — Ты куда? Еще второй! Да что с вами такое? — продолжал Данило Андреевич, когда Семен остановился.

— Открыл... глаза! — выпалил Семен, едва переводя дух.

— Так вы этого-то и испугались? — усмехнулся Данило Андреевич.

— Еще б, княже, не испужаться! Был мертвец мертвецом и вдруг на! глаза открыл! — оправдывался Семен.

— Стало быть, жив был, а покойником только вам показался.

— Оборотень он! Беспременно оборотень! Потому — чуден: сам по виду как есть татарин, а на груди ладанка с крестом... Нешто это где видано, чтобы у басурмана поганого крест надет был? — продолжал Семен, значительно успокоившийся.

Такое сообщение заинтересовало князя.

Пойдем, посмотрим, что, за чудо такое! — сказал он, отходя от палатки и поспешно направляясь к полю недавней битвы.

Семен и Миколка-выкрест не совсем охотно последовали за ним: им далеко не было приятно снова увидать оживленного мертвеца; что это был мертвец — они были уверены!

— Покажите, где ваш покойник, — приказал князь, когда все трое уже находились в середине поля.

— Вон он лежит! — указал Миколка князю на Алея-Бахмета, сам между тем стараясь держаться за спиной Данилы Андреевича.

Ногтев подошел поближе к мнимому мертвецу.

Алей-Бахмет лежал в прежнем положении, только глаза его теперь были широко открыты, и в них виднелась еще не угасшая жизнь.

Данило Андреевич пристально вгляделся в лицо лежавшего перед ним. Тихий крик изумления вырвался из груди Ногтева.

— Да ведь это князь Бахметов! Вот где Бог привел встретиться! — с некоторой грустью проговорил он.

Бахметов, по-видимому, тоже его узнал. Губы его зашевелились: он как будто тщетно пытался что-то сказать.

Данило Андреевич, заметив эту попытку, наклонился к лицу лежавшего и старался прислушаться.

— Княже!.. Прости!.. — расслышал он слова.

— Мне не в чем тебя прощать, Андрей Михайлович! Ты детей моих спас, спасибо тебе! — с волнением проговорил Ногтев.

Выражение радости мелькнуло в глазах смертельно раненого Бахметова.

— Хоть... одно... доброе дело... сделал! Слава Создателю! Но грешен я..., ох, грешен! Покаяться хочется... Священника бы...

— Сейчас священник придет, — сказал Данило Андреевич и, подозвав все еще державшихся в отдалении Семена и Миколку, приказал им сбегать в стан за священником.

Те со всех ног бросились исполнять его приказание.

Между тем Бахметов продолжал шептать: ему, видимо, хотелось облегчить свою душу в этот великий час прощания с жизнью.

Тяжкий я... грешник!.. Изменник... отступник от веры... отцов...

— Бог видит, княже, твое раскаяние! Он простит тебя! — старался утешить его Ногтев.

— А кровь христианскую, которой... я залит не раз бывал..., чем... смою?... О княже! Тяжко... мне!.. И всю жизнь... было тяжко... И лют

225

бывал я потому... что... совесть мучила... Ни дня, ни часа... покоя, — шептал Бахметов, и лицо его приняло скорбное выражение.

Ногтев с непритворною грустью смотрел на умирающего.

— Страшно... умирать, а жить еще... страшнее! О, Боже!.. Прости мне грехи... мои! Ох, покаяться б... поскорей... привел Бог!.. Дождусь ли священника?

— Священник уже идет! — произнес Данило Андреевич, видя, что из стана спешно направлялись к смертельно раненному священник и еще несколько человек: очевидно, по стану разнеслась весть об ожившем басурмане, который хотел покаяться перед священником. Весть эта была так невероятна, что нашлось немало желающих убедиться в ее истине, и священника, поэтому сопровождала целая толпа.

Священник, седой старик, поспешно приблизился к Бахметову и склонился ухом к его устам. Князь Ногтев отошел в сторону.

Долго шептал Андрей Михайлович свою исповедь, и, по мере того, как она близилась к концу, все спокойнее и светлее становилось лицо умирающего. Наконец, когда кончилась исповедь, священник, сотворив жаркую молитву о прощении грехов кающемуся, благословил его и причастил. Таким образом, отступник снова вернулся в лоно церкви. Татарский мурза Алей-Бахмет исчез навеки, и на место его явился умирающий, но полный веры Андрей Михайлович Бахметов.

С радостным выражением лица лежал умирающий. Уже смерть его была недалека, уже видно было, как постепенно угасала в нем жизнь. Но вдруг полузакрытые глаза Андрея Михайловича раскрылись, и он пристально посмотрел на Данилу Андреевича. Тот принял это за знак подойти к умирающему, и склонился над ним.

— Прощен..., я, княже! — еще тише, чем прежде, зашептал умирающий. — К Богу иду!.. Не поминай лихом!.. И... Марье Васильевне... скажи..., пусть... помолится... за душу... мою. Ладанку, что у меня надета, вместе с крестом... сними, как умру... и передай ей... ее... это, заветная... В давнюю... пору... была она мне... ею дана...

Умирающий помолчал, как бы сбираясь с силами.

— Еще... пред... тобой... не совсем... покаялся я... Грешен я пред тобою: питал... супротив тебя... некогда... мысли злые: убить хотел... Прости... каюсь... Потому все... это... что больно любил... Марью Васильевну... Ох... как... любил!.. Забыл... заповедь Божью..., сотворил себе земного кумира... в ней! За то и... карал Господь... Прости меня... княже!.. Умираю... Уже... и очи... меркнут... Прости! Дай руку!..

Из раны Андрея Михайловича вдруг хлынула кровь. Он вздрогнул всем телом и судорожно сжал руку князя. Бледное лицо его еще больше побледнело, осунулось. Глаза плотно сомкнулись, рот полуоткрылся. Выражение полного спокойствия появилось на его лице. Еще раз дрожь пробежала по телу Андрея Михайловича, и он замер.

Князь Ногтев чувствовал, как холодели пальцы руки Бахметова, которую он держал в своей. Данило Андреевич выпустил его похолодевшие пальцы, сложил руки умершего крестом на груди, встал и, сняв шапку, перекрестился. Это же сделали и все окружающие. Священник приготовился служить панихиду.

Князь Андрей Михайлович отошел в вечность!

Тихая кончина его былого соперника в любви к Марье Васильевне взволновала Данилу Андреевича, и он украдкой смахнул со своих глаз не одну слезу.

Тело Андрея Михайловича с честью погребли, и над могилой покаявшегося отступника водрузили высокий крест.

Блудный сын вернулся в дом отчий!

www.ingramcontent.com/pod-product-compliance
Lightning Source LLC
Chambersburg PA
CBHW020835260626
47169CB00003B/997